CRISTINA CASSA

GW01459630

Autorin:

Cristina Cassar Scalia stammt aus dem spätbarocken Noto und hat sich schon immer gewünscht, Sizilien zum Schauplatz eines Romans zu machen. Wenn sie ihre Leser durch die Lektüre dazu inspirieren kann, ihrer Heimat einen Besuch abzustatten, so sagt sie, hat sie ihren Job gut gemacht. Wenn sie nicht gerade schreibt, arbeitet sie als Augenärztin in Catania. »Schwarzer Sand« ist ihr erster Roman im Blanvalet Verlag.

Die Ermittlungen mit Giovanna Guarrasi gehen weiter:

1. Schwarzer Sand
2. Tödliche Klippen (erscheint im Juni 2022)
Alle Bände sind eigenständige Fälle und können unabhängig voneinander gelesen werden.

Besuchen Sie uns auch auf www.instagram.com/blanvalet.verlag und www.facebook.com/blanvalet.

Cristina Cassar Scalia

Schwarzer Sand

Roman

blanvalet

MIX
Papier aus verantwor-
tungsvollen Quellen
FSC
www.fsc.org   FSC® C014496

Klimaneutral*
Druckprodukt
ClimatePartner.com/14044-1912-1001

Penguin Random House Verlagsgruppe FSC® N001967

1. Auflage
Taschenbuchausgabe 2022 by Blanvalet, einem Unternehmen
der Penguin Random House Verlagsgruppe GmbH,
Neumarkter Straße 28, 81673 München
Copyright der Originalausgabe © 2018 by Cristina Cassar Scalia
Copyright der deutschsprachigen Ausgabe © 2021 by Limes
in der Penguin Random House Verlagsgruppe GmbH
Redaktion: Friedel Wahren
Umschlaggestaltung: © Sandra Taufer
LO · Herstellung: DM
Satz, Druck und Bindung: GGP Media GmbH, Pößneck
Printed in Germany
ISBN 978-3-7341-1115-0

www.blanvalet.de

Für Oma Livia

Das Verbrechen zählt nicht … Es zählt, was im Kopf desjenigen, der es begangen hat, passiert oder passiert ist.

Georges Simenon

1

An jenem Morgen war La Muntagna, der Vulkan, wieder erwacht. Eine dicke schwarze Aschewolke hing drohend über der Stadt, hüllte sie ein. Wenn es ganz still war, war das Donnern sogar vom Meer aus zu hören. Eine Mischung aus Donnerschlag und Feuerwerk, das durch die Entfernung gedämpft wurde.

Schwarzer Sand rieselte herab und formte einen knirschenden Teppich auf dem Boden, glitt an den offenen Sonnenschirmen ab, die fliegende Händler aufgetrieben hatten und bei plötzlich einsetzendem Regen am Straßenrand verkauften.

Alfio Burrano drückte mehrmals auf die Scheibenwaschanlage, gab sich dann aber geschlagen und schaltete die Scheibenwischer einfach an. Die Farbe des nagelneuen weißen Range Rover war inzwischen zu Anthrazitgrau und danach zu trübem Schwarz geworden. Beim Gedanken an die Schäden, die der raue Sand auf der Karosserie und anderen Oberflächen anrichtete, fluchte Alfio leise. Er zog eine halb geraucht Zigarre aus der Vordertasche seines Rucksacks und zündete sie an.

Zwischen dem Ortsschild *Willkommen in Sciara, Dorf am Ätna,* und der Einfahrt zur Villa Burrano lagen etwa fünfhundert Meter, die von zahlreichen Häusern unterschiedlicher Größe gesäumt waren. Man hatte sie in dem einst privaten Schlosspark errichtet, und sie bildeten einen Ring aus Gebäuden um das Schloss herum.

Als er den Dorfplatz hinter sich gelassen hatte und auf den Seiteneingang zufuhr, klingelte Alfios Handy, das an die Freisprechanlage gekoppelt war. Er sah kurz auf das Display, um sich zu vergewissern, dass nicht schon wieder die blauen Augen darauf zu sehen waren, die ihn schon den ganzen Nachmittag über mit Nachrichten und Telefonaten bombardierten, auf die er nicht geantwortet hatte.

Valentinas Stimme – seine Önologin und nicht nur das – verlieh ihm neuen Mut. »Hallo, Boss! Und, wie ist es ausgegangen?«

»Wie soll es schon ausgegangen sein? Wenn alles gut geht, bleibt der Luftraum über Catania nur bis morgen früh geschlossen. Die Flüge werden nach Palermo und Comiso umgeleitet oder gleich ganz gestrichen, so wie meiner. Das übliche Chaos eben. Hoffentlich lässt man mich wenigstens morgen fliegen, sonst platzen die Termine.«

Noch vor einigen Stunden hatte Alfio beobachtet, wie der Check-in-Schalter im Bellini Terminal von etwa zwanzig eifrigen Meilensammlern gestürmt worden war, die sich ärgerten, dass sie ihre missliche Lage nicht mit ihrer Mitgliedskarte oder einem Priority-Boarding-Status lösen konnten. Er hatte sich sofort ans Telefon geklemmt. Vergeblich hatte er versucht, den Führungsstab des Flughafens Catania zu kontaktieren, unter dessen Mitgliedern er mehr als nur einen Freund hatte, um mit dessen Hilfe einen Platz auf dem letzten Flug nach Mailand Linate zu ergattern, der noch am gleichen Nachmittag starten sollte.

»Ganz bestimmt gibt es für dich noch eine Möglichkeit, um loszufliegen. Lass uns heute Abend irgendwo nett essen gehen, ja? Das wird dich aufbauen«, schlug sie vor.

Bei anderer Gelegenheit hätte er nicht lange gezögert, aber

dass er sich nach dem schrecklichen Nachmittag auch noch auf ein Wortgefecht bei Kerzenschein in Sachen Liebe einlassen sollte, um sich das Vögeln zu verdienen, dazu hatte er keine Lust.

»Tut mir leid, Vale! Sei mir nicht böse, aber heute Abend ziehe ich mich lieber nach Sciara zurück.«

Schweigen. Sie war enttäuscht. »Na klar, das ist genau der richtige Abend, um sich in ein Dorf am Fuß des Vulkans zurückzuziehen. Spring doch gleich in den Krater!«

Das klang gar nicht gut. Jetzt musste er zumindest eine Gegeneinladung aussprechen, auch wenn er mit einer Abfuhr rechnete. Aber da irrte er sich.

»Burrano, du bist ein Arschloch. Du weißt doch, dass mir die heruntergekommene Villa unheimlich ist.« Sie seufzte resigniert. »Na schön. Ich bringe das Abendessen mit.«

Alfio öffnete das Tor und fuhr die schmale Auffahrt entlang. Er parkte den Range Rover unter einem Baum mit starken Ästen, die unter dem Gewicht des Sands nicht einknicken konnten und seinen Wagen schützen würden. Dann näherte er sich dem einzigen Bereich der Villa, der im Innern beleuchtet war. Vier Zimmer und einige Quadratmeter Garten, in dem er sogar ein recht anständiges Schwimmbad installiert hatte. Die Zimmer hatten alle einen separaten Eingang und waren weder mit dem Hauptflügel des Hauses noch mit seinem Türmchen verbunden.

Das hatte er von der Alten bekommen und sich schweren Herzens damit begnügt. Mehr hätte er nicht mehr erwarten können. Die Alte, einst Tante Teresa Burrano, war stinkreich, aber geizig wie Harpagon, Alfios einzige Verwandte und Einnahmequelle. Sie behandelte ihn wie einen Untergebenen und zeigte ihm ganz offen ihre Enttäuschung, dass er der Alleinerbe des Familienvermögens war.

Dann tauchte Chadi, der junge tunesische Dienstbote, aus einem etwas abseitsstehenden Häuschen auf und kam Alfio mit verwunderter Miene entgegen. Er folgte ihm durchs Haus bis zum Garten, der nach hinten hinausging.

»Bravo, Chadi, dass du das Schwimmbad abgedeckt hast! Der viele Sand, der da runterkommt, hätte eine Riesensauerei angerichtet«, lobte er den Jungen. Die Plane, die das Becken schützte, war mit schwarzem Sand bedeckt, genau wie der umliegende Rasen, und so schwer, dass sich eine Mulde darin gebildet hatte. Chadi stellte sich unter das Vordach und wartete ab.

Alfio wurde klar, dass er eine Anweisung erwartete.

»Dottore Alfio, Haus drüben Mauer eingestürzt ist. Wasser steht drin«, teilte Chadi mit und deutete auf den dunklen Teil des Hauses.

»Was heißt Wasser? Meinst du Feuchtigkeit?«

»Nein, nein, Wasser!«

Burrano musterte ihn ratlos. »Wieso bist du überhaupt rübergegangen?«

Vermutlich hatte er der Tante nichts vom Wasser gesagt, denn die hätte sofort protestiert, weil sie den Mann als Wächter der Villa eingestellt und ihm die Schlüssel des alten Lieferanteneingangs zum Türmchen überlassen hatte. Und sie hatte sogar noch mehr getan. Neben den zwei Videokameras, die ihr Anwesen überwachten, hatte sie noch eine dritte Kamera anbringen lassen, die alles aus der Ecke des Hauses in ihrem Teil bis zum Rand des großen Gartens aufnahm. Sie hatte schon genügend Einbrüche hinnehmen müssen, unnötig also, weitere zu riskieren. Denn das wirkte sich auch auf den Wert des Hauses aus. Aber wenn die hysterische Alte das nicht kapieren wollte, ließ sich nichts dagegen unternehmen.

»Ich haben lautes Geräusche gehört. Also haben Licht drüben angemacht und nachschauen gegangen. In allen Zimmern. Dann bin ich in Zimmer unter dem Turm gegangen, das mit den Schränken, und habe eingestürzte Mauer gefunden. Als ich angefasst habe, meine Hand ganz nass gewesen.«

»Mist, das hat uns noch gefehlt!«, stieß Alfio hervor.

»Wollen Sie sehen?«

»Habe ich eine andere Wahl? Natürlich will ich es sehen.«

Ja klar, aber dann? Auch wenn Wasser durchsickerte, was hätte er tun sollen? Geld in das Haus zu stecken, davon wollte die Alte nichts hören. Alfio fluchte leise und schaltete die Sicherung ein, die den Turm mit Strom versorgte. Dann holte er den Schlüssel und seine starke Taschenlampe mit dreitausend Lumen und ging vor dem Tunesier den langen äußeren Verbindungsgang entlang, der zum Haupteingang führte. Das war der kürzeste Weg in das betreffende Zimmer, ohne dass er das ganze Haus durchqueren musste.

Die Tür quietschte unheilvoll, und ihn überlief eine Gänsehaut. Er legte einen vorsintflutlich anmutenden schwarzen Schalter um und atmete erleichtert auf, weil er auch diesmal heil davongekommen war. Die wenigen noch funktionierenden Birnen beleuchteten eine Marmortreppe, über die er und Chadi den Unglücksort erreichten. Der Raum mit dem Wasserschaden lag im ersten Stock. Es war ein Wohnraum, der wie das übrige Haus extravagant eingerichtet war und in ein Schlafzimmer führte. Es war unmenschlich heiß, Staub hing in der Luft und kitzelte in der Nase. Alfio wies Chadi an, ein Fenster aufzureißen, das sich aufgrund eines schief hängenden Fensterladens nur schwer öffnen ließ.

»Zieh den Vorhang zur Seite, der ist völlig verstaubt! Ich bekomme sowieso schon keine Luft, aber wenn wir noch fünfzig Jahre Staub dazurechnen, schweben wir hier in Lebensgefahr. Dieser verdammte Geiz! Wie kann man ein Haus nur so verkommen lassen?«, schimpfte er.

Die eingestürzte Mauer befand sich neben einem Kamin und hatte ein leeres Bücherregal mitgerissen. Durch die Wand sickerte so viel Wasser, dass sich in den Winkeln bereits Schimmelpilz gebildet hatte.

»Wer weiß, wie lange das schon so geht«, knurrte er. Dann legte er eine Hand an die Wand und zog sie angeekelt zurück. »Irgendwo muss es einen Rohrschaden geben. Fragt sich nur, wo genau? Ist sowieso alles baufällig hier.«

Er richtete seine Taschenlampe auf die Verzierungen an der gegenüberliegenden Wand. Die Farben, die abgebildeten Gegenstände, alles spiegelte den Geschmack wider, in dem die Villa eingerichtet war, eine Mischung aus arabischer Architektur und Jugendstil. Auf einer Seite stand eine Porträtbüste, die den Standbildern längs der Pfade im öffentlichen Park der Villa Bellini in Catania ähnelte. Sie stellte Ignazio Maria Burrano dar, seinen Großvater. Was zum Teufel eine solche Büste in einem Privatraum zu suchen hatte, schienen nur seine Vorfahren gewusst zu haben. Mithilfe der Taschenlampe, die er Chadi gegeben hatte, verweilte sein Blick einen Moment lang auf einem Fleck an der Wand hinter der Büste. Dort wirkte die Farbe frischer als im umliegenden Bereich. Sie schien auf einem anderen Untergrund aufgetragen worden zu sein.

Alfio stützte sich mit dem Ellbogen an der Büste ab und spürte, dass sie sich bewegte. »So, wie die wackelt, dürfte sie nicht allzu schwer sein«, stellte er fest.

Neugierig geworden, versuchte er, sie zu bewegen, und stellte fest, dass sie sich tatsächlich leicht verschieben ließ. Vermutlich bestand sie aus Gips oder Ton. Er schob sie zur Seite und legte die Wand dahinter frei. Die Verfärbung war eindeutig.

Ungeachtet des Drecks und Mäusekots ging Chadi in die Hocke und fuhr mit der Hand in die Ecke zwischen Wand und Boden.

»Hier ist Spalt«, teilte er mit und deutete auf einen Riss, der ungefähr eineinhalb Meter lang war. Er klopfte an die Wand, hinter der es hohl klang. Alfio näherte sich, richtete die Taschenlampe nach links und fuhr dabei mit dem Finger eine schmale Öffnung entlang, die sich wie ein Riss anfühlte, bis er auf etwas Rundes, Metallenes stieß. Ein Türknauf, fast auf Mannshöhe. Er versuchte, ihn nach rechts zu schieben, ohne Erfolg.

»Chadi, hilf mir mal, das Ding da zu bewegen!«

Sie zogen beide daran. Der Knauf bewegte sich ein paar Millimeter, bis er plötzlich nachgab und sich als Eisenpflock entpuppte, der irgendetwas verriegelte. Die Wand bewegte sich wie eine Tür. Alfio zog kräftig daran, bis er sie ganz geöffnet hatte.

»So, so, so«, murmelte er verwundert.

Vor ihm tat sich ein Schlund auf, der durch zwei dicke Seile abgesperrt war. Hätte er auch nur einen Schritt weiter nach vorn getan, wäre er hinuntergestürzt. Aber wohin? Auf den ersten Blick kam ihm die Öffnung wie ein tiefer Abgrund vor. Wahrscheinlich aber handelte es sich um den Schacht eines Lastenaufzugs. Er streckte den Kopf in die Öffnung und hielt sich dabei an der Wand fest. Dann richtete er den Strahl der Taschenlampe nach oben und nach unten.

»Unglaublich, welch absurdes Zeug er sich hat einbauen lassen!«, brummte er und dachte an die vielen Veränderungen, die sein Großvater in der Villa vorgenommen hatte und die Alfio erst nach und nach entdeckte. Doch das hier war das Erstaunlichste. Dann stellte er zwei Überlegungen an. An gleicher Stelle befand sich im Erdgeschoss entweder die Küche oder die Vorratskammer. Beide Räume hatte er vielleicht ein oder zwei Mal in seinem Leben betreten.

»Komm, wir gehen runter!«, entschied er.

Er stieg die Treppe hinab, Chadi folgte ihm, und sie betraten den Dienstbotengang. Alfio wollte das Licht anschalten, aber diesmal funktionierte es nicht. Auch die Küche lag im Dunkeln. Sein Verstand sagte ihm, dass er die Besichtigung besser verschieben sollte, zumal jeden Moment Valentina auftauchen konnte und er sie von hier aus nicht hören würde. Doch seine Neugier war zu groß, um damit bis zur nächsten Rückkehr aus Mailand warten zu wollen. Er richtete seine berühmte Supertaschenlampe auf die gekachelte Wand in der schäbigen Küche, in der ein vorsintflutlicher Kühlschrank stand und wo Kupfertöpfe voller Grünspan hingen. Vor der Wand, hinter der sich der Lastenaufzug befinden musste, entdeckte er eine Anrichte in verblasstem Hellgrün.

»Chadi, komm her! Wir verschieben das Teil hier.«

»Jetzt?«

»Nein, übermorgen.«

Der junge Mann musterte ihn fragend aus seinen großen dunklen Augen.

»Jetzt«, stellte Alfio klar.

Wie erwartet befand sich dahinter die Tür. Zufrieden nahm Burrano die Taschenlampe wieder zur Hand und griff nach dem Türknauf. Ohne großen Kraftaufwand öffnete er die Tür und richtete das Licht auf den Lastenaufzug.

Entsetzt fuhr er zurück. »Oh Mist!«, schrie er und ließ die Taschenlampe fallen.

Er stolperte, half sich mit den Händen wieder auf und rannte durch den Flur in Richtung Ausgang. Nach wenigen Metern konnte er sich nicht mehr auf den Beinen halten. Übelkeit überfiel ihn, und er musste sich erbrechen.

2

Die stellvertretende Polizeidirektorin, Vicequestore Giovanna Guarrasi, lümmelte auf einer Hängematte unter einem Sonnensegel, das zum Schutz vor der Vulkanasche aufgespannt worden war, und genoss das Naturschauspiel des natürlichen Feuerwerks in der Ferne, das schon Stunden andauerte. Ab und zu streckte sie den Arm zu den kanarischen Dattelpalmen aus, zwischen denen die Hängematte angebracht war, und schob sich an.

So etwas hatte sie nie zuvor gesehen. Der Gipfel des Ätna glich einem Kohlebecken, das Feuer spuckte sowie Asche und kleine Steine ausstieß. Der Lavastrom schien sich seinen Weg über das Valle del Bove, eine nicht bebaute Landsenke am Osthang, gesucht zu haben, die als Auffangbecken diente und dadurch alle Dörfer am Fuß des Vulkans verschont hatte.

Guarrasi knöpfte sich die Jacke zu und streckte die Hand nach dem Gartenstuhl aus, auf den sie ihre wichtigsten Gebrauchsgegenstände gelegt hatte: ihr iPhone, eine Tüte geröstete Kastanien, ein Päckchen blaue Gauloises, einen Aschenbecher und ein Mückenspray. Sie nahm sich eine Zigarette, zündete sie an und atmete genüsslich den ersten Zug ein.

Sie war neununddreißig Jahre alt und stammte aus Palermo, hatte zwölf Jahre bei der Polizei hinter sich, davon die ersten sechs bei der Antimafiaeinheit. Ihr Lebenslauf glänzte und wies eine beeindruckende Reihe brillant gelöster Fälle auf.

Nach drei Jahren als Oberkommissarin bei der Kommandoeinheit in Via Fatebenefratelli in Mailand war Vicequestore Giovanna Guarrasi, von ihren Freunden nur Vanina genannt, zur Leiterin der Abteilung *Straftaten gegen Leib und Leben* der Kommandoeinheit in Catania befördert worden.

Vanina war erst vor einer Stunde hundemüde und wie immer deprimiert, wenn sich ein bestimmter Tag jährte, aus Palermo zurückgekommen. Der 18. September war für sie ein Gedenktag. Ein schmerzhafter Gedenktag, den sie nie vergaß und der ihre Seele mit Trauer erfüllte. Drei Jahre lang hatte sie weit weg von Sizilien durchgehalten. Drei lange kalte Winter hatte sie ausgeharrt und sogar Skifahren gelernt. Drei Sommer lang hatte sie jede freie Minute in stundenlangen Staus auf der Autobahn verbracht, nur um so oft wie möglich zur nächstgelegenen Küste zu fahren.

Andererseits hatte das niemand von ihr verlangt. Diese Entscheidung hatte sie selbst getroffen. Im Gegenteil, alle hatten sie davon überzeugen wollen, dass Mailand nichts für sie sei. Aber um richtig erfolgreich zu wirken, musste eine radikale Änderung her. Und in jener kritischen Zeit und nach allem, was passiert war, hatte sie das Gefühl gehabt, genau das zu brauchen.

Den Spitznamen Vanina hatte ihre Mutter gewählt und behauptet, sie habe ihn in Stendhals *Vanina Vanini* entdeckt, auch wenn sie die Geschichte nie gelesen hatte. Daraus resultierte der recht ungewöhnliche Spitzname, den die meisten poetisch, aber sehr viel sizilianischer zu *Vannina* entstellten.

Das Dorf Santo Stefano hatte Vanina einige Wochen nach ihrer Ankunft in Catania zufällig entdeckt. Es war eine glückliche Oase am Hang des Ätna, in der Ruhe und Ordnung herrschten. So viel Tugendhaftigkeit hatte sie verblüfft, doch nachdem sie von der Existenz einer direkten Verbindungsstraße erfahren hatte, die sie in weniger als fünfzehn Minuten ans Meer brachte, beschloss sie, sich dort eine Wohnung zu suchen. Im Ausgleich für etwas Ruhe verzichtete sie gern auf die Nähe zu ihrem Büro. Wie sich herausstellen sollte, war es eine gute Entscheidung gewesen.

Sie zog in das frisch renovierte ehemalige Bauernhaus, das Nebengebäude eines Gutshauses, das mitten im Dorf in einem Garten mit Zitrusbäumen lag. So etwas in Catania zu finden wäre unmöglich und für sie zudem unerschwinglich gewesen.

Ein paar Stunden Faulenzen in der Hängematte hatten genügt, um Vanina in eine bleierne Müdigkeit zu versetzen, die sich in den vergangenen elf Monaten angestaut hatte. Obwohl der Abend nahte und es draußen feucht wurde, hatte sie kaum die Kraft, ins Haus zurückzukehren.

Der Tag hatte schmerzhafte Erinnerungen in ihr wachgerufen und ihr die Laune verdorben. Die Aussicht auf einen Abend allein zu Hause trug auch nicht zur Besserung ihres Befindens bei. Vielleicht hätte sie die Einladung ihrer Freundin Giuli – im echten Leben Maria Giulia De Rosa – annehmen sollen, die ihr an diesem Tag viele Nachrichten geschickt und sie mehrmals angerufen hatte. Sie wollte mit Vanina abends eins dieser jungen Lokale im Zentrum von Catania besuchen, das auf lokale Küche spezialisiert war, wo dem Pizzateig noch Zeit zum Aufgehen zugestanden wurde und man das Bier selbst braute. Eins dieser Lokale, in die Vanina sonst immer gern ging. Aber weil Giuli nie allein, sondern immer mit einer Gefolgschaft von mindestens sechs oder sieben Leuten unterwegs war, hatte Vanina an diesem Abend keine Lust auf ein Treffen.

Sie fand, dass dieser missratene Tag genau richtig für einen Abend auf dem Sofa mit einem Filmmarathon in Schwarz-Weiß war. Zumindest würde sie das von ihren trüben Gedanken ablenken.

Sie stellte einen Fuß auf den Boden und achtete darauf, die Hängematte nicht aus dem Gleichgewicht zu bringen. Wie üblich kippte sie aber und warf Vanina ab. Noch im Fall richtete sie sich auf. Aber früher oder später würde sie mit dem Hintern auf dem Rasen landen, das war nur eine Frage der Zeit. Ihre Rückenschmerzen erinnerten sie daran, dass es in ihrem Alter keineswegs normal war, wegen einer kleinen Reise und etwas Feuchtigkeit so ungelenk zu sein. Aber das war allein ihre Schuld, weil sie Fitnessstudios, Schwimmbäder, Sporteinrichtungen und jede andere Örtlichkeit für körperliche Ertüchtigung boykottierte.

Sie überquerte das kleine Rasenstück zwischen Bauernhaus und Gutshaus, stieg drei Stufen aus Lavastein hinauf und drückte die Tür auf, die nur angelehnt war. Sie legte ihre Jacke und verschiedenes Zubehör im engen Eingangsbereich ab, in den sie eine alte Kommode aus dem Haus in Castelbuono gezwängt hatte, nachdem ihre Mutter das Haus vor vielen Jahren verkauft hatte. Hätte sie die Wahl gehabt, hätte sie das nicht zugelassen. Allerdings war sie damals vierzehn Jahre alt gewesen, und ihre Meinung hatte kaum Gewicht gehabt.

Durch die Küche ging sie ins Wohnzimmer, das durch eine Schiebetür abgetrennt war. Dort stand ein runder Tisch, der sich bei Bedarf ausziehen ließ, was aber selten vorkam. Ein Regal mit zwei Reihen Büchern, in dem Chaos herrschte, teilte sich den Platz mit anderen Gegenständen unterschiedlichster Herkunft. Ein großes Regal voller Videokassetten und DVDs, die akribisch genau geordnet waren, diente als Rahmen für einen zweiundvierzig Zoll großen Flachbildfernseher. Eine Wand war ganz mit alten Plakaten italienischer Filme bedeckt, die auf Sizilien spielten. In einer Ecke stand ein Ledersessel, daneben ein Abstelltischchen, davor einige Fußschemel.

Der alte italienische Film, vor allem aber Autorenfilme waren Vaninas ganze Leidenschaft. Auf Sizilien gedrehte Filme waren zudem schon fast eine Sucht. Sie sammelte sie seit Jahren, möglichst in Originallänge, auch die seltensten und schwer zu findenden oder solche, die nur eine auf Sizilien gedrehte Szene enthielten. Sie hatte bereits hundertsiebenundzwanzig Filme zusammengetragen, und das war kein leichtes Unterfangen gewesen, vor allem vor der Digitalisierung. Sie besaß Filme aus den Dreißigerjahren mit Angelo Musco bis hin zu solchen mit Pietro Germi und den neuesten Streifen.

Vanina zog einen Katalog mit Filmtiteln aus einer Schublade, den jemand vor einiger Zeit für sie angefertigt hatte und den sie von Mal zu Mal aktualisierte. Sie ließ sich auf ein modernes hellgraues Sofa fallen, das so gar nicht in dieses Haus passte. Aufgrund der vielen guten wie schlechten Momente, die sie darauf verbracht hatte, hätte sie sich niemals davon getrennt. Nicht einmal unter Androhung von Folter.

Was sie jetzt brauchte, war ein lustiger, seichter Film, der keine trüben Gedanken in ihr hervorrief. Ihr Blick fiel auf einen Film mit dem Titel *Mimi in seiner Ehre gekränkt*, als das lächelnde Gesicht von Chefinspektor Ispettore Capo Carmelo Spanò auf ihrem Handy aufpoppte. Wann immer dieses Bild erschien, was durchschnittlich zehn bis zwanzig Mal am Tag geschah, überlegte Vanina, dass der heitere Gesichtsausdruck des tüchtigen Mitarbeiters so gar nicht zu den Botschaften passte, die er zu überbringen pflegte.

»Spanò, was gibt's?«

»Boss, entschuldigen Sie die späte Störung, es ließ sich nicht vermeiden. Sie müssen kommen.«

»Was ist los?«

»Eine Leiche wurde gefunden. In einer Villa in Sciara.«

»Ermordet?«

»Könnte sein.«

»Was heißt *könnte sein*, Spanò?«, fragte sie ungeduldig.

»Das ist schwer zu sagen … Sie sollten sich das lieber selbst ansehen.«

Sie schwieg und starrte auf die Wand mit den Filmplakaten, Auge in Auge mit Giancarlo Giannini, der sie resigniert anzusehen schien. Ein anderes Mal. Sie steckte ihre Ohrstöpsel ein, stand vom Sofa auf und ging ins Schlafzimmer.

»Boss?«, fragte Spanò in ihr Schweigen hinein.

»Warum wurde die Gendarmerie nicht verständigt?«, fragte sie und sprach damit aus, was sie gerade dachte. Alles, was üblicherweise an den Hängen des Ätna passierte, lag in der Zuständigkeit der Carabinieri, deren Einsatzzentralen über die verschiedenen Dörfchen verstreut waren.

»Der Besitzer der Villa ist ein Bekannter und hat sich direkt an mich gewandt. Ich hatte gerade zufällig Bereitschaft. Aber Sie müssen sich das selbst …«

»… ansehen. Schon verstanden, Spanò«, wiederholte sie, schlüpfte in ihre Hose und zog unter dem Bett ein Paar beige englische Schnürschuhe hervor, die inzwischen praktisch von allein liefen, so viele Ermittlungen hatten sie schon überdauert.

»Wer ist bei dir?«

»Bonazzoli und Lo Faro.«

»Fragapane?«

»Der kommt auch gleich. Soll er Sie abholen?«

»Nein, nicht nötig. Fragapane kriecht wie meine Großmutter mit ihrem Fiat Fünfhundert auf der Palermo–Mondello.«

Der Inspektor verkniff sich ein Lachen.

Sie steckte ihre Dienstwaffe, eine Beretta 92 FS, in die Pistolentasche unter dem Arm und zog eine braune Lederjacke über. Die schlimmsten Erfahrungen ihres Lebens hatten sie gelehrt, niemals unbewaffnet aus dem Haus zu gehen.

Während sie die Schlüssel ihres Mini von der Ablage nahm, die vor Schals überquoll, fiel ihr ein Backblech auf dem Küchentresen auf, das ihr bekannt vorkam. Sie hob das Geschirrtuch an, das darüberlag, und stellte betrübt fest, dass zwei sizilianische Scàcce mit Tomatensoße darauflagen, die noch lauwarm waren.

Spanò rief sie niemals wegen einer Kleinigkeit an, vor allem nicht an einem Sonntag. Wenn, dann war die Lage ernst oder zumindest knifflig. Die Tatsache, dass auch Inspektorin Bonazzoli vor Ort war, bestätigte dies. Das hieß, dass sie schätzungsweise drei bis vier Stunden kein anständiges Essen bekam, jedenfalls nichts, was ganz oben auf ihrer Liste stand. Ohne weiter darüber nachzudenken, schnitt sie ein Stück von jeder Scàccia ab und schob es sich in den Mund. Am liebsten hätte sie alles verdrückt, noch besser vor dem Film, den sie gerade hatte aussuchen wollen, wenn diese abendliche Leiche sie nicht wieder zur Pflicht gerufen hätte. Um die Bissen schneller hinunterzuspülen, behalf sie sich mit einigen Schlucken Coca-Cola aus einer kleinen Flasche, die sie an diesem Nachmittag geöffnet hatte. Sie klopfte an Bettinas Balkontür. Die Herrin des Hauses wohnte im Erdgeschoss des Gutshauses.

Umhüllt von den Düften aus ihrer stets geschäftigen Küche, wischte sie sich die Hände an der Schürze ab. Bettina war

Witwe, nur einen Meter sechzig groß, wog neunzig Kilo und war um die siebzig, die man ihr aber nicht ansah.

»Vannina! Willkommen zurück!« Das doppelte N, das sie in Vaninas Namen schmuggelte, war typisch für sie und alle anderen aus der Gegend.

»Was ist passiert? Stört man Sie jetzt auch schon am Sonntagabend?«, fragte sie verärgert und warf einen schnellen Blick auf die Pistolentasche, die hervorblitzte, als Vanina ihre Jacke zurechtrückte.

Vanina lächelte über die Ausdrucksweise der Frau. »Bettina, dagegen kann ich leider nichts unternehmen. Den Mördern hat noch niemand erklärt, dass sich Morde an einem Sonntag nicht gehören.«

»Haben Sie die Scàcce gesehen?«

»Natürlich! Ich habe von jeder schon ein Stück probiert. Sie verwöhnen mich.«

Bettina stammte ursprünglich aus Ragusa, ihre Scàcce waren nach allen Regeln der Kunst zubereitet.

»Sie sollen bei der Arbeit ja nicht verhungern. Wer weiß, wann Sie heute Abend wieder loskommen«, kommentierte Bettina und nickte nachdrücklich. Offenbar war sie zufrieden, etwas zu Vaninas Versorgung beigetragen zu haben.

Vanina winkte ihr zum Abschied und eilte die Treppe hinunter. Im Auto knöpfte sie sich unter dem Pulli die Hose auf und war dankbar, dass seine Länge das versteckte, was eigentlich abtrainiert gehörte. Dabei war ihr Bettina mit ihren abendlichen Überraschungen allerdings keine große Hilfe. Wenn auch schweren Herzens, musste sie ihr das früher oder später einmal sagen. Bei dem Stress und ihrem leicht an ein Borderline-Syndrom grenzenden Gemütszustand war es sowieso schon nicht leicht, auf eine gesunde Ernährung zu achten und die Lebensmittel zu streichen, die sie in kritischen Momenten nur allzu gern zu sich nahm. Dies in Kombination mit dem Kochtalent ihrer Nachbarin war ein zum Scheitern verurteiltes Unterfangen.

Auf ihrem iPhone gab sie in Google Maps die Adresse ein, die sie in ihren Notizen gespeichert hatte, und frohlockte innerlich zum x-ten Mal über das Genie, das dieses Navigationssystem erfunden hatte. Sie nutzte den ersten Straßenabschnitt, auf dem sie sich auskannte, um Spanò zurückzurufen.

»Spanò, tun Sie mir doch den Gefallen und verständigen Sie die Spurensicherung und den Staatsanwalt. Wer hat Dienst?«

»Vassalli.«

Vanina rümpfte die Nase. Der war arrogant, ein Kontrollfreak und Pedant. Aber wenn er im Dienst war, hatte fast immer auch der Gerichtsarzt Adriano Calì Bereitschaft, der nicht nur der Beste auf seinem Gebiet, sondern auch ein Freund war. Bei dem Gedanken, ihn zu treffen, war sie erleichtert und tauchte aus ihrer psychischen Starre auf, in der sie sich schon den ganzen Abend befunden hatte. Sogar Spanòs Anruf war ihr anders als sonst erschienen. Andererseits konnte sie ihrem Mitarbeiter auch nicht die Schuld in die Schuhe schieben. Natürlich war Spanò überall bekannt, außerdem gut in die catanesische Gesellschaft integriert. Daher hatte man in der leidigen Angelegenheit wohl ihn und nicht die zuständige Polizeidienststelle in Sciara kontaktiert, die nur wenige Schritte von der Villa entfernt lag. Andererseits hätte sie sich später vielleicht geärgert, wenn sich der Fall als interessant erwiesen hätte. Denn strenggenommen liebte Vanina leidige Angelegenheiten. Sehr sogar. Je mehr sie gefordert wurde, je schlafloser ihre Nächte waren, je mehr Urlaubstage dafür draufgingen, desto begeisterter stürzte sie sich in den Fall. Und zwar mit Leib und Seele.

3

Die Villa, die durch ein verrammeltes Gatter mit zwei Schlössern und einen dunklen Garten geschützt war, wirkte verlassen. Auf dem Platz davor war weit und breit kein Streifenwagen zu sehen.

Genervt nahm Vanina genau in dem Moment ihr iPhone zur Hand, als die Nummer von Inspektorin Bonazzoli auf ihrem Display erschien. »Herrgott, Marta, was habt ihr mir da für eine Adresse gegeben?«, beschwerte sie sich.

»Wir haben uns vorhin auch geirrt. Du musst um die Villa herum zum Nebeneingang fahren. Offenbar ist die Öffnung der Hauptzufahrt zu umständlich.«

»Zu umständlich, wie bitte? Die haben eine Leiche im Haus und sagen, dass der Zugang zu umständlich ist? Und ihr lasst euch auch noch ins Bockshorn jagen?«, spottete sie, knallte die Autotür zu und machte sich auf den Weg zum Nebeneingang. Fünfzig Meter weiter vorn sah sie aufrecht neben einem Streifenwagen den Polizeibeamten Lo Faro stehen, der sie wie immer auf seine etwas wichtigtuerische Art begrüßte.

»Guten Abend, Dottoressa Guarrasi.«

Vanina musterte ihn mit so eisigem Blick, dass sein Lächeln gefror. »Sind Sie hier, um neben dem Streifenwagen herumzustehen? Wo ist Spanò?«

»Ehrlich gesagt … warte ich auch gerade auf ihn.«

»Aber offensichtlich an der falschen Stelle. Ich bin auch erst zum Haupteingang gekommen und habe dort niemanden gesehen.«

Inspektorin Bonazzoli trat mit einer Taschenlampe durch das Gartentor. »Boss, hier bin ich«, grüßte sie.

Vanina ging auf sie zu. Aus den Augenwinkeln nahm sie wahr, wie Lo Faro sich sofort zu ihnen gesellte.

»Lo Faro, was soll das? Sie warten hier auf die Spurensicherung und den Gerichtsarzt. Und schicken Fragapane zu uns, er könnte hilfreich sein.« Sie ließ sich von der enttäuschten Miene des Beamten nicht beeindrucken und trat, gefolgt von Inspektor Marta Bonazzoli, durch das Gartentor. »Falls die überhaupt rechtzeitig kommen«, fügte sie leise hinzu.

Ispettore Bonazzoli lächelte. Fragapanes Fahrkünste waren dem gesamten Einsatzkommando ein Begriff und sogar im Polizeipräsidium bekannt.

Sie umrundeten die Villa und erreichten die dunkle Terrasse, von der aus sie ins Innere des Gebäudes gelangten. In der Mitte der Eingangshalle führte eine Marmortreppe nach oben. Sie wurde von Marmorstatuen gesäumt, die Schatten auf die Stufen warfen. Oben angekommen, entdeckten sie zwei Räume, in denen Lampen voller Spinnweben hingen und von denen nur jede dritte funktionierte. Von dort aus erreichten sie einen engen dunklen Gang, in dem es bestialisch stank.

»Die Leiche befindet sich wohl ganz in der Nähe«, vermutete Vanina und rümpfte die Nase.

Das Szenarium, das sich ihnen in der Küche bot, wirkte beinahe surreal. Zwei Personen, ein Mann und eine Frau, saßen an einem Tisch mit Marmorplatte, die mit einer fingerdicken Staubschicht bedeckt war. Der Mann hielt den Kopf zwischen den Händen, während die Frau krampfhaft die Henkel einer weißen Tüte umklammerte, die auf ihrem Schoß lag. Eine

Gartenleuchte auf einem Regal hüllte alles in weißes Licht. Dadurch wirkte das Ambiente noch unheimlicher.

Ispettore Spanò bückte sich vor einer kleinen Tür, die sich halb verborgen neben einer Anrichte befand, die offenbar verschoben worden war. Dahinter hielt ein maghrebinischer Junge eine Taschenlampe und leuchtete in die Öffnung hinein.

Der Mann am Tisch stand auf und kam auf Vanina zu. »Hallo, ich bin Alfio Burrano«, stellte er sich vor.

Er war um die fünfundvierzig, blond mit einigen grauen Strähnen, und trug eine zerknitterte Jacke. Er wirkte verstört, was sein interessantes Gesicht aber nicht hässlicher machte. Die sizilianische Variante von Simon Baker.

Sie gab ihm die Hand. »Vicequestore Giovanna Guarrasi.«

Spanò, der sich nicht von der Stelle rührte, winkte sie zu sich heran. »Boss, sehen Sie sich das an!«

Vanina trat zu ihm. »Ich gehe mal davon aus, dass die Leiche dort drinliegt.«

»Sofern man das noch so bezeichnen kann …«, murmelte der Inspektor und rückte zur Seite. »Aber Achtung auf die kleine Unebenheit!«, warnte er sie.

Während ihrer beruflichen Laufbahn hatte Vanina schon viele Tatorte gesehen. Männer, die an Armen und Beinen gefesselt bei lebendigem Leib verbrannt worden waren, in Pfeiler einbetonierte Leichen, erschossene, erstochene oder erwürgte Menschen. Aber das Bild, das sich ihr an diesem Abend bot, war gelinde gesagt makaber. Auf dem etwa eineinhalb Quadratmeter großen Boden des Speisenaufzugs krümmte sich der mumifizierte Körper einer Frau, an deren Schädel noch die Reste eines Seidentuchs hingen. Ihr Kopf war in einem Winkel von neunzig Grad verrenkt und ruhte auf einem Pelzmantel, der ein Damenkostüm von undefinierbarer Farbe bedeckte. Um den Hals trug sie drei unterschiedlich lange Ketten. Rings um die Leiche lagen ein Täschchen, ein Schminkköfferchen, wie man es früher benutzt hatte, ein offenes Parfümfläschchen und eine Metallschatulle aus einem Safe.

»Wer hat sie gefunden?«

»Alfio Burrano und der Tunesier.«

Vanina schloss die Tür und schob den Metallriegel vor. Von innen ließ sie sich jedenfalls nicht öffnen.

Sie schob den Riegel wieder beiseite, steckte den Kopf in die Grabkammer und sah sich die Gegenstände näher an. Es stank so bestialisch, dass es ihr den Atem verschlug. Sie unterdrückte das Verlangen, sofort zurückzuweichen, und kämpfte gegen die Übelkeit an, die sie auch nach all den Dienstjahren noch überkam, schob sich weiter durch die Öffnung und achtete darauf, keine Beweise zu zerstören.

»Ist das Haus bewohnt?«, fragte sie, als sie wieder herauskam.

»Soweit ich verstanden habe, wohnt nur Alfio hier. Aber nicht in diesen Räumlichkeiten.«

»Vermutlich hielt sich hier schon lange niemand mehr auf.«

»Alfio sagt aus, dass er hier nie länger als ein paar Minuten zugebracht hat.«

Spanò drehte sich um und linste zu Burrano hinüber, der sich wieder neben die Frau, offenbar seine Freundin, gesetzt hatte. Dann sprach er weiter. »Boss, was meinen Sie? Sollen wir die beiden Taschen öffnen, bevor die Spurensicherung kommt und sie uns wegnimmt? Dann bekommen wir schon mal einen Eindruck.«

Vanina nickte.

Gerade als der Inspektor ein Paar Handschuhe aus der Tasche zog, erhob sich im Flur die krächzende Stimme des stellvertretenden Leiters der Spurensicherung Cesare Manenti.

»Zu spät«, kommentierte Vanina.

Ab jetzt würden sie die Information immer erst erhalten, wann und wie Manenti es für richtig hielt, und der arbeitete nicht gerade zügig.

»Ciao, Guarrasi«, begrüßte er die Kollegin und sah sich genervt um. Er war als wortkarg und meistens übel gelaunt bekannt. »Und? Wo ist die Leiche, deretwegen ich einen unterhaltsamen Abend bei Freunden unterbrechen musste?«

Hat so jemand etwa Freunde?, dachte Vanina bei sich.

»Dort drin, aber ich warne dich, du hast nur wenig Platz«, sagte sie und wies auf die Öffnung.

Manenti steckte den Kopf in den Speisenaufzug und überließ dann mit einem Kopfnicken den Platz einem Beamten in weißem Ganzkörperanzug, der mit Schuhschützern, Handschuhen und Mundschutz ausgestattet war.

»Habt ihr etwas verschoben?«, fragte er, schon in Erwartung einer bestätigenden Antwort.

Beleidigt trat Spanò vor. »Keinen Fuß haben wir hineingesetzt.«

Doch als Antwort wurde er nur mit einem abfälligen Blick nach dem Motto *Du redest hier mit einem Vorgesetzten* bedacht.

»Manenti, verlier keine Zeit und gib mir lieber ein paar nützliche Informationen! Die Autopsie bringt vermutlich wenig. Aber was sagt uns der Rest über das Alter der Leiche?«, fragte Vanina kurz angebunden.

»Prähistorisch«, kommentierte der vermummte Sachverständige aus dem Speisenaufzug

Vanina schob Inspektorin Bonazzoli vor Cesare Manenti,

der bei ihrem Anblick unverzüglich zu säuseln begann und plötzlich seine ganze Blasiertheit verlor. Sie entfernte sich, überließ ihn den grünen Kulleraugen der Inspektorin, die in Sachen Anmut Heidi Klum in nichts nachstand, und sah sich nach Burrano um. Er stand vor dem Tisch, auf dem ein anderer Vermummter einen Scheinwerfer montierte, der auf die Öffnung gerichtet war. Er hatte die eine Hand in die Hosentasche gesteckt, hielt in der anderen eine Zigarre und schlich um einen Beamten herum, der mit einer vorsintflutlichen Steckdose hantierte.

Aus den Augenwinkeln beobachtete Vanina die Frau, die immer noch dasaß und die Tüte auf dem Schoß hielt. Sie war blass und antwortete unkonzentriert auf die Fragen von Inspektor Spanò. Sie war jung, fast noch ein Mädchen, und die Eindringlichkeit, mit der Burrano sie anstarrte, ließ keinen Zweifel an der Natur ihrer Freundschaft.

»Signor Burrano, ich hätte noch einige Fragen an Sie«, sagte Vanina und ging auf ihn zu.

»Natürlich. Könnten wir das in einem anderen Raum besprechen? Ich will … also diese … na ja … Leiche nicht noch einmal sehen.«

Sie verlegten ihre Unterhaltung ins Esszimmer und setzten sich an einen langen Tisch unter einen Kronleuchter, dessen Birnen zur Hälfte nicht mehr funktionierten. Die Frau mit der weißen Tüte schob ihren Stuhl so dicht an Burrano heran, dass sie sich fast berührten, setzte sich dann neben ihn und rückte vorsichtig die Tüte auf ihrem Schoß zurecht. Vanina fragte sich, was die um Himmels willen so Kostbares enthalten mochte. Burrano stellte sie einander vor. Valentina Vozza, Önologin. Sie war höchstens achtundzwanzig, ihr makelloser Körper steckte in engen Jeans, wie sie nur wenige tragen konnten. Mit ihrem dunklen glatten Bob sah sie aus wie die Comic-figur Valentina Crepax.

»Signor Burrano, wie lange wohnen Sie schon in diesem Haus?«, begann Vanina, ließ sich auf der anderen Seite des Tischs vor den beiden nieder und zog ihre Zigaretten aus der Tasche.

»Ehrlich gesagt komme ich nur selten her. Manchmal verbringe ich das Wochenende in diesem Haus, aber oft übernachte ich nicht einmal. Meine Zimmer befinden sich auf der anderen Seite, im renovierten Teil des Hauses.«

»Gehört die Villa Ihnen?«

»Nein, meiner Tante.«

»Wohnt sie auch nicht hier?«

»Sie hat noch nie hier gewohnt.«

Vanina sah sich um. Verzierungen und Flachreliefs zeigten Palmwedel und unterschiedlichste Vegetation. Als würdiger Abschluss die Vorhangstangen, die wie Holzlanzen aussahen und an denen Vorhänge im Berberstil hingen. Der Gestank der verwesten Leiche, der ihr im Speiseaufzug entgegengeschlagen war, sowie der Staub, den die vielen Leute aufwirbelten, verursachte ihr ein Kratzen im Hals. Deshalb lehnte sie das Feuerzeug ab, das Burrano ihr sofort hinhielt, als sie das Päckchen Zigaretten herausgeholt hatte. Doch dem aufmerksamen Blick der Vicequestore war das Blitzen in Valentina Vozzas Augen nicht entgangen, als sie die Geste sah. Wer zwei und zwei zusammenzählte, erkannte sofort, wer hier Jäger und wer Häschen war.

»Wer hat diese Zimmer zuletzt bewohnt?«, fragte Vanina und spielte mit der Zigarette zwischen ihren Fingern.

»Dottoressa Guarrasi, rauchen Sie ruhig, kein Problem«, sagte Burrano.

»Danke, mir ist gerade nicht danach. Wo waren wir stehen geblieben?«

»Soweit ich weiß, wohnte zuletzt mein Onkel Gaetano hier. Das liegt aber schon Jahre zurück.«

»Er lebt nicht mehr?«

»Wer?«

»Ihr Onkel.«

Einen Moment lang schien Burrano verwirrt zu sein. »Nein«, antwortete er nach einer Weile, als sei das allgemein bekannt.

Mit ihren stahlgrauen Augen musterte Vicequestore Guarrasi ihn prüfend. Ihr Blick wirkte einschüchternd. In seiner knappen Antwort hatte etwas mitgeschwungen.

»Signor Burrano, wussten Sie von dem Lastenaufzug?«

»Dottoressa Guarrasi, ich hatte keine Ahnung«, beteuerte er mit Nachdruck. »Aber das ist auch kein Wunder. In diesem Haus gibt es so einige Merkwürdigkeiten. Eine Leiche zu finden war nicht gerade angenehm.«

»Was meinen Sie mit Merkwürdigkeiten?«

»Der ganze Bau, die absurde Einrichtung, das Türmchen und das andere Teufelszeug, das mein Großvater installieren ließ.«

»Inspektor Spanò sagte mir, Sie hätten die Öffnung in der Küchenmauer entdeckt, nachdem Sie zuvor in einem oberen Stockwerk auf eine ähnliche Tür gestoßen waren. Könnten Sie mir die zeigen?«

Alfio Burrano stand auf. »Natürlich«, sagte er und nickte.

Trotz ihrer zwölf Zentimeter hohen Absätze sprang auch Valentina augenblicklich auf und war bereit, ihrem Freund zu folgen. Dabei glitt ihr die weiße Tüte aus der Hand, und der Inhalt aus zwei Pappboxen mit dem Logo eines bekannten japanischen Restaurants in Catania ergoss sich auf den Boden. Vanina hatte keine Ahnung von japanischem Essen und beobachtete neugierig, wie sich neben einer nicht näher identifizierbaren grünen Pampe etwa ein Dutzend Sushirollen, Sojasoße und Ingwerscheibchen über den Boden verteilten.

»Meine Güte, Vale!«, stieß Burrano genervt hervor. »Dottoressa Guarrasi, kommen Sie, ich führe Sie nach oben in das Zimmer.«

Valentina wollte ihnen folgen.

»Warum willst du denn mitkommen? Dafür gibt es überhaupt keinen Grund. Setz dich ruhig wieder!«, wies er sie zurecht und hielt sie mit unmissverständlicher Geste auf. »Sieh lieber zu, dass du Chadi findest, und sag ihm, er soll diese Schweinerei beseitigen.«

Hätte ein Mann in solchem Ton mit Vanina gesprochen, hätte sie ihn zum Teufel geschickt. Valentina hingegen setzte sich brav wieder hin und machte gute Miene zu bösem Spiel. Sie blitzte Burrano zwar wütend an, hielt sich aber zurück. Burrano stieg Vanina voran die Marmortreppe hinauf zu einem Zimmer, dessen eigenwillige Einrichtung der im Esszimmer und im restlichen Haus in nichts nachstand. Dann deutete er auf eine Tür, die sich hinter einer Wandmalerei versteckte, und machte sie auf das Standbild aufmerksam, das sich davor befunden hatte.

»Scheint eine Nachbildung der Büste von Giuseppe Verdi im Garten des Teatro Massimo in Palermo zu sein«, vermutete Vanina.

Burrano lächelte nachsichtig und erklärte ihr, dass die Büste den Stammesvater und Bauherrn des Palazzo darstellte.

»Diese Tür war also auch verborgen«, stellte Vanina fest.

»Richtig. Genau das hat mich ja so neugierig gemacht. Als

ich dann herausfand, dass in der Küche an derselben Stelle die Anrichte stand, kam ich auf den glorreichen Gedanken, sie zu verschieben. Das hätte ich wohl lieber lassen sollen.«

»Glauben Sie, es gibt noch eine weitere Tür? Beispielsweise im Stockwerk über uns?«

»Kann sein, allerdings bezweifle ich das. Soweit ich weiß, wurden nur diese Zimmer bewohnt. Also war es sinnvoll, den Speisenaufzug bis hierher zu bauen. Darüber erhebt sich nur das Türmchen.«

Vanina schob den Riegel vor die Tür des Speisenaufzugs und stellte fest, dass auch sie sich nicht von innen öffnen ließ. Aber warum brachte man bei einem Speisenaufzug überhaupt einen Riegel an? Sie ging in die Hocke und richtete die Taschenlampe ihres iPhones auf den Spalt zwischen Fußboden und Aufzugtür. Er war nur wenige Millimeter tief und mit bloßem Auge kaum zu erkennen. Dann richtete sie sich wieder auf und wischte sich die staubigen Hände an der Hose ab. Sie sah sich im Zimmer um, entdeckte die halb eingestürzte Mauer und warf einen Blick auf die Möbel, die nahelegten, dass das Zimmer an einen Schlafbereich angrenzte. Dann wandte sie sich wieder zu Burrano um, der mit verschränkten Armen neben der Büste seines Vorfahren stand und sie beobachtete. Mittlerweile schien er sich viel wohler zu fühlen. Jedenfalls wirkte er nicht mehr so befangen.

»Ich glaube, wir haben alles gesehen und können wieder nach unten«, verkündete Vanina und bedeutete ihm, er möge vorangehen. »Ich muss Sie allerdings darauf aufmerksam machen, dass dieser Bereich des Hauses sowie das Türmchen versiegelt werden. Das heißt, weder Sie noch sonst jemand hat ohne unsere Begleitung Zutritt«, teilte sie ihm mit und stieg hinter ihm die Treppe hinunter.

»Keine Angst, Dottoressa Guarrasi! Ich war seit Ewigkeiten nicht mehr in der Küche, und wenn, dann habe ich nie länger als ein paar Minuten dort verbracht.«

»Warum das?«

Burrano musterte sie misstrauisch. »Das waren die Räumlichkeiten meines Onkels Gaetano«, erklärte er schließlich.

Vanina wartete, dass er mit der Erklärung fortfuhr.

»Er starb vor fünfzig Jahren, ich habe ihn nie kennengelernt.«

»Wenn Sie nie hierherkommen, wie konnten Sie dann den Mauereinsturz bemerken?«

»Chadi hatte im Haus einen dumpfen Schlag gehört und sah in den verlassenen Räumen nach. Den Rest der Geschichte kennen Sie. Dottoressa Guarrasi, darf ich Sie um einen Gefallen bitten? Würden Sie dafür sorgen, dass die Presse nichts davon erfährt? Man weiß nie, was die alles schreiben. Meine Tante würde bestimmt nicht gern auf der Titelseite der *Gazzetta Siciliana* landen.«

»Das werden wir so weit wie möglich vermeiden«, versprach sie. Sie hatten bereits wieder die untersten Stufen der Treppe erreicht, als der Rechtsmediziner Calì, gefolgt von Fragapane, durch die Eingangstür kam. Vanina überließ Burrano seiner Freundin, die ihm bereits auflauerte, und ging den beiden Männern entgegen. Sie schickte Fragapane umgehend ins Horrorkabinett in die Küche zu Spanò und empfing den Rechtsmediziner mit einem ironischen Lächeln.

»Dachte ich mir doch, dass du jeden Moment aufkreuzen würdest«, sagte sie.

Calì schnitt eine Grimasse, streifte sein strahlend blaues, eng anliegendes Jackett ab, das er über knackigen Jeans trug, die er bis zu den Knöcheln aufgekrempelt hatte. »Vassalli liebt mich eben und überträgt mir gern ausgefallene Fälle«, sagte er und sah sich um, während sie zur Küche gingen.

Dann zog er ein Paar Latexhandschuhe aus seiner Ledertasche, die er auf dem Boden abstellte. »Wenn ich es richtig verstanden habe, hat der Patient das Verfallsdatum schon leicht überschritten.«

»Die Patientin. Es handelt sich um eine Frau«, stellte Vanina klar.

»Vassalli hat angedeutet, dass sie mumifiziert ist«, fasste der Arzt zusammen, streifte die Handschuhe über und schob sich an Manenti und dem Rest der Truppe vorbei. »Er ist übrigens auch gleich da und erachtet seine Anwesenheit heute Abend wohl für notwendig.«

In Catania funktionierte die Beauftragung eines Gerichtsmediziners anders als in allen anderen Städten. Statt die Rechtsmedizin zu kontaktieren, rekrutierte der Staatsanwalt den jeweiligen Gerichtsarzt selbst, indem er ihn aus einer Liste auswählte. Das hieß auch, dass der betreffende Arzt einen Auftrag nicht ablehnen konnte, wenn er einen Anruf erhielt. Es sei denn, er führte persönliche Gründe oder gesundheitliche Probleme an, die er aber nachweisen musste. Darum wusste er natürlich immer genau, wann der diensthabende Staatsanwalt eintraf.

Calì zwängte sich in den Speisenaufzug.

»Adriano …«, setzte Vanina an.

»Wetten, du willst den Todeszeitpunkt wissen«, kicherte er.

»Spotte nicht und mach dich lieber an die Arbeit! Meinst du, der Todeszeitraum lässt sich noch bestimmen?«

»Willst du wissen, ob der Tod vor zehn, zwanzig oder vierzig Jahren eintrat?«

»Schon verstanden … das ist nicht möglich.«

»Ich glaube ehrlich gesagt nicht, dass ich dir diesmal weiter-helfen kann. Nach ein paar Jahren lässt sich der genaue Todes-zeitraum einfach nicht mehr mit Sicherheit bestimmen. Bei dieser Dame kann ich dir jedenfalls bestätigen, dass ziemlich viele Jahre vergangen sind«, erklärte er und untersuchte auf-merksam die menschlichen Überreste. Er nahm eine Kette in die Hand, betrachtete die hochhackigen Pumps und hob den Rock ein wenig an, bis er ein Spitzenteilchen entblößte, das wie ein Mieder aussah und schlaff um das Becken hing.

»Eine elegante Dame«, stellte er fest. »Auf den ersten Blick würde ich sagen, dass sie eher nicht in jüngster Zeit gelebt hat.«

»Ach, sag bloß!«, scherzte Vanina in palermitanischem Dia-lekt, den der eingefleischte Cataneser Calì nicht ausstehen konnte.

Manenti stand neben dem Rechtsmediziner, hatte die Hände in den Taschen seines uralten grauen Staubmantels vergraben und schmollte. Neben Adriano, der trotz des Anlas-ses nicht auf sein modisches Outfit verzichtet hatte, wirkte er seltsam altbacken.

»Das Gitter ist der Grund, weshalb die Leiche mumifiziert ist. Die Flüssigkeiten konnten schnell den Körper verlassen, die niedrige Temperatur und etwas Luft haben den Rest erle-digt. Wir hätten sonst nur Knochen vorgefunden«, erklärte der Arzt weiter.

»Dann sind wir ja richtige Glückspilze!«, spottete Vanina weiter.

Da betrat Staatsanwalt Vassalli gewichtigen Schrittes den Raum, dicht gefolgt von Lo Faro. Die finstere Miene ließ dar-auf schließen, dass er von der Störung und dem abendlichen Ortstermin alles andere als begeistert war.

»Schönen guten Abend, Dottoressa Guarrasi. Calì, mein Lieber. Also? Was wissen wir über das Opfer?«, fragte er skeptisch und schien die Frage ad acta zu legen, noch bevor er sie richtig gestellt hatte.

»Bis jetzt wissen wir nur, dass es sich um eine Frau handelt, die schon eine ganze Weile hier liegen muss.«

»Was heißt eine ganze Weile, Calì? Wie lange schon?«

»So auf die Schnelle ist das schwer zu sagen. Ich fürchte, das lässt sich nicht mehr genau bestimmen. Sicher über zehn Jahre, obwohl es gewisse Anhaltspunkte gibt, dass es sogar noch viel weiter zurückliegen könnte.«

»Besteht Hoffnung, dass wir wenigstens noch sagen können, ob es sich um einen Mord handelt?«

Der Arzt zögerte einen Moment lang. »Mithilfe der Autopsie? Nur wenn die Tatwaffe eindeutige Spuren hinterlassen hat. Sonst müssen wir auf die Mithilfe von Vicequestore Guarrasi hoffen«, sagte er und warf Vanina einen fragenden Blick zu.

»Dottoressa Guarrasi, was sagen Sie?«, fragte der Staatsanwalt.

»Tja, noch haben wir nicht genügend Anhaltspunkte, mit denen wir arbeiten könnten. Eines ist aber schon mal klar, Dottore Vassalli. Egal, wer die Frau war und wie sie ums Leben kam, sie hätte die Tür des Speisenaufzugs niemals selbst von innen verriegeln können. Das bedeutet also …«

Vassalli dachte über die Worte nach und nickte. Er näherte sich dem Leichnam, den Calì mittlerweile mit Spanòs und Lo Faros Hilfe vorsichtig aus der Grabkammer herausgezogen hatte. Lo Faros Mithilfe hatte sich allerdings auf diese wenigen Handgriffe beschränkt, denn gleich darauf war er zusammengesackt und drohte ohnmächtig zu werden.

So mitten in der Küche auf dem Boden unter dem grellen Scheinwerferlicht wirkte die Tote noch abstoßender. Burrano wurde blass um die Nase und flüchtete hinter seiner Freundin aus dem Raum.

»Armer Kerl! Ihn traf wahrscheinlich der Schlag, als er den Schacht entdeckte«, kommentierte der Staatsanwalt und blickte den beiden kurz nach.

Hätte dieses Mausoleum nicht Signora Teresa Burrano gehört, mit der seine Frau oft im *Club Buraco* spielte, dann hätte Vassalli den Ortstermin viel lieber auf den nächsten Morgen verschoben. Abgesehen davon, dass der Fall schon zu einem jener Problemfälle zu werden schien, bei denen die Guarrasi zur Höchstform auflief und er sich nicht so einfach ausklinken konnte. Der Staatsanwalt machte keinen Hehl daraus, dass er nicht viel für Vaninas rasantes Tempo übrighatte, mit dem sie ermittelte und bei dem er nur schwer mithalten konnte.

Giovanna Guarrasi war Vollblutpolizistin, sie schien für die Arbeit im Polizeipräsidium geboren zu sein und umgab sich nur mit vertrauenswürdigen Personen, die auch sie mit ihrem Vertrauen belohnte. Egal, ob Männer oder Frauen, sie hatte es verstanden, die Hingabe ihrer Einheit zu gewinnen, mit ihrer Hilfe wie eine Dampflok vorzupreschen und erst wieder anzuhalten, wenn sie die Schuldigen für möglichst lange Zeit hinter Gitter gebracht hatte.

Vanina sah sich den Tatort genau an. Der erste Eindruck war der wichtigste. Unter den Einzelheiten befand sich immer etwas, das auf den ersten Blick vielleicht unwichtig erschien, sich bei näherer Betrachtung und in Verbindung mit Indizien aber als bedeutsam erwies. Obwohl sie diesmal ziemlich sicher war, dass es anders ausgehen würde. Das Verbrechen war vor langer Zeit begangen worden, außerdem hatte der einzige

Zeuge das Geheimnis vermutlich schon mit ins Grab genommen.

Während Vassalli sich mit Burrano unterhielt, der inzwischen zurückgekehrt war, sich aber in sicherer Entfernung aufhielt, beugte sich Vanina über die Leiche, streifte einen Handschuh über und hob einen Schuh auf, den Calì neben die Tote gelegt hatte. Er verströmte einen ekelerregenden Gestank, doch daran war sie gewöhnt. Die Absatzform jedenfalls half ihr weiter und trug ein wenig zum Eingrenzen der Zeit bei.

»Da bekommst du eine ganz schöne Gänsehaut. Diese düstere Atmosphäre, dann das gespenstische Türmchen. Und schau dir mal die Zimmer an! Scheint so, als wären sie von einem auf den anderen Tag verlassen worden. Wäre eine tolle Location für einen Film mit Leiche, noch dazu mumifiziert«, kommentierte Adriano Calì.

Der Rechtsmediziner war vermutlich der Einzige, der in Sachen Filmkenntnisse mit Vanina mithalten oder sie sogar übertreffen konnte. Er liebte alte Filme, und das hatte erheblich zur Festigung ihrer frisch geknüpften Freundschaft beigetragen.

»Wie aus einem Film von Dario Argento?«

»Nicht unbedingt. Eher wie aus *Leichen muss man feiern, wie sie fallen*, würde ich sagen. Den hast du doch bestimmt gesehen. Mit Marcello Mastroianni und der blutjungen Ornella Muti … Steht der nicht in deiner Sammlung?«

»Soll ich dir was sagen? Den habe ich tatsächlich nicht. Ich bin mir nicht mal sicher, ob ich den Film überhaupt jemals gesehen habe.«

Schon zum zweiten Mal führte Adriano sie bei einem Film aufs Glatteis. Beim ersten war es so eklatant gewesen, dass sie die Sache nie vergessen hatte. *Oktober in Rimini*. Ein Drama aus den Siebzigern, in dem Alain Delon auf unvergleichliche Art mit Dantes Versen das Mädchen Vanina bezirzt. Für sie war es wie eine Erleuchtung gewesen, denn endlich erfuhr sie, woher ihre Mutter ihren Spitznamen hatte.

»Papiere gibt es natürlich keine«, unterbrach Manenti den Dialog der beiden und starrte auf den Schuh, den Vanina in der Hand hielt.

»Dachten Sie, welche zu finden, Manenti?«

»Na ja, es sieht so aus, als wäre sie auf dem Weg zum Check-in am Flughafen gewesen.«

»Vielmehr vor einer Reise, Manenti. Irgendetwas sagt mir, dass zum Zeitpunkt ihres Todes Flugreisen noch nicht so üblich waren.«

Voller Interesse näherte sich Spanò. »Was wollen Sie damit sagen, Boss?«

Vanina beugte sich über die Leiche, schob den Rock beiseite und legte Unterrock und Mieder frei. Dann winkte sie Inspektorin Bonazzoli heran, die seit über einer Stunde um die Mumie herumschlich, ohne sie zu berühren.

»Marta, hast du im Zug oder im Flugzeug schon mal eine Frau gesehen, die so gekleidet war?«

Die Inspektorin trat näher und begutachtete das Beweisstück, das ihr der Boss unter die Nase hielt. »Und was ist mit diesem Schuh?«, fragte sie.

»Seine Form, die gekappte Spitze, der unten breiter werdende, etwas nach innen gekippte Absatz. Den trägt man schon seit Jahrzehnten nicht mehr. Die Kleidung ist zwar stark mitgenommen, zeigt aber deutlich, dass sie einmal sehr elegant war. So reisen Frauen heutzutage nicht mehr«, erläuterte Vanina. Sie ließ den Rock wieder fallen, als wolle sie die letzte Würde der unbekannten Dame wahren.

»Höchstens noch zu Beginn der Sechzigerjahre«, stellte sie fest, ohne Calì weitere Erklärungen zu liefern. Der musterte sie ratlos. Sie entfernte sich von der Leiche und bedeutete Spanò, ihr zu folgen.

»Wer immer die Tote dort ablegte, wusste entweder, dass sich hinter der Anrichte ein mögliches Versteck befand, oder er schleppte sie zum Speisenaufzug, versteckte sie dort und schob die Anrichte davor. Jedenfalls ging er in der Villa ein und aus und kannte jeden Winkel«, bemerkte Spanò.

»Wenn man bedenkt, dass die Aufzugtür auch im oberen Stock hinter einer Büste versteckt war, tendiere ich zu zweiter Version, Inspektor.«

Spanò schien in Gedanken versunken, wie immer, wenn er etwas zu sagen hatte. »In der Villa wohnt schon seit Jahren niemand mehr. Was sage ich … seit Jahrzehnten. Die einzigen Räume, die Alfio benutzt, und das auch erst seit Kurzem, liegen getrennt auf der anderen Seite. Die alte Burrano setzt nie einen Fuß hier herein. Aber eine Tatsache hat Alfio Ihnen gegenüber vermutlich noch nicht erwähnt. Gaetano Burrano starb nämlich an keiner Krankheit, sondern wurde ermordet.«

Vanina runzelte die Stirn. »Wie lange wollten Sie noch warten, um mir das mitzuteilen, Spanò?«

Calì unterbrach sie. »Für heute Abend bin ich durch, Vanina. Morgen mache ich mich an die Arbeit und sage dir dann Bescheid. Aber wie gesagt, mach dir keine allzu großen Hoffnungen! Ich glaube kaum, dass ich viel herausfinde.«

»Gut, dann sprechen wir uns morgen«, antwortete sie zerstreut.

»Am späten Vormittag, nicht vorher«, stellte der Rechtsmediziner klar.

Sie gab ihm zu verstehen, dass sie ihn verstanden hatte, und bemerkte, dass auch Manenti die Zelte abbrechen wollte.

»Erklären Sie mir das, Inspektor! Gaetano Burrano wurde ermordet? Von wem?«, fing sie wieder an.

Unschlüssig schüttelte der Inspektor den Kopf. »Ich war damals selbst noch klein. An gewisse Einzelheiten kann ich mich zwar noch erinnern, weil meine Familie mit den Burranos befreundet war. Wenn Sie Genaueres wissen wollen, müsste ich allerdings ein paar Nachforschungen anstellen. Wann …«

Vanina hob die Hand und unterbrach ihn. »Ich will so viel wie möglich darüber erfahren.«

Sie wandte sich zu Burrano um, der gerade mit Vassalli sprach. Mitfühlend schüttelte der Staatsanwalt den Kopf. Vanina kannte ihn inzwischen. Er war zwar gewissenhaft, aber sicher keiner, der in seiner Arbeit aufging. Vielmehr erledigte er alles mit nervtötendem Phlegma.

»Morgen würde ich gern Signora Burrano befragen und dann noch einmal mit ihrem Neffen sprechen. Außerdem möchte ich ein weiteres Mal in Ruhe herkommen«, verkündete Vanina.

Spanò nickte nicht sonderlich überzeugt. »Boss, entschuldigen Sie, aber glauben Sie tatsächlich, dass Sie etwas herausfinden werden? Seit dem Burrano-Mord sind über fünfzig Jahre vergangen. Der Mörder ist vermutlich selbst schon längst verstorben. Und das Haus war die ganzen Jahre über unbeaufsichtigt. Nach Aussage von Alfio Burrano wurde sogar mehrfach eingebrochen. Jeder hätte den Speisenaufzug entdecken und ihn als Versteck für eine Leiche benutzen können.«

»Spanò, ich will wissen, wer Burrano ermordet hat, wann es passiert ist, wo und warum. Außerdem müssen wir herausfinden, wie viele Leute in diesem Haus verkehrt haben, als er noch lebte. Dienerschaft, Verwalter, Vertrauenspersonen. Vor allem müssen wir feststellen, wer von dem Lastenaufzug wusste.«

»Morgen besorge ich alle Informationen«, murmelte der Inspektor ergeben.

Vanina ließ ihn stehen und ging zu Vassalli hinüber.

»Wir werden Signora Teresa so wenig wie möglich belästigen«, versuchte der Staatsanwalt, Alfio Burrano zu beschwichtigen, der mit dem Mädchen am Arm mechanisch nickte.

Vanina schmunzelte vor sich hin. Am besten eröffnete sie dem Staatsanwalt gleich, dass sie die alte Dame schon am Morgen des nächsten Tages *belästigen* wollte. Und je länger sie ihn ehrerbietig reden hörte, desto unumstößlicher wurde ihre Entscheidung. Irgendwo musste sie schließlich anfangen, am besten genau hier.

4

Oberinspektor Carmelo Spanò trank seinen Kaffee aus und verspeiste den letzten Bissen seiner Quarktasche. In vollen Zügen genoss er den nicht allzu süßen Quarkgeschmack mit feiner Zimtnote. Dann nahm er die Zeitung und breitete sie auf dem kleinen Aluminiumtischchen aus, dessen matte Oberfläche ganz offensichtlich nur kurz mit einem Schwamm in Berührung gekommen war. Er überflog die Seiten, blätterte die Zeitung von Anfang bis Ende durch und vergewisserte sich, dass nichts über den Leichenfund erwähnt wurde. Es war zwar noch etwas früh dafür, aber schließlich konnte man nie wissen. Unter den Beamten der Spurensicherung, die sich vergangenen Abend in der Villa Burrano aufgehalten hatten, gab es auch einen, der gern mal etwas ausplauderte. Und ein Fund wie dieser hätte so manchen Reporter auf der Suche nach einer Geschichte über Mord und Totschlag gereizt, um über die Runden zu kommen.

Er wischte sich den Mund mit einer Papierserviette ab und ließ wie immer einen Euro siebzig auf dem Tisch liegen. Dann winkte er dem Besitzer der Bar, in der er jeden Morgen frühstückte, seit ihm zu Hause niemand mehr das Frühstück machte.

Die Strecke zu Fuß bis zum Büro war der Moment, den er am meisten genoss, und an Tagen wie diesem der einzig ruhige Augenblick. Vanina schien bereits ganz in dem Fall der vorsintflutlichen Leiche aufzugehen und würde nicht lockerlassen, bis sie ihn gelöst hätte. Und eigentlich hatte auch er immer diesen Grundsatz vertreten, weshalb er schon viel kompliziertere Fälle als den in der Villa Burrano gelöst hatte. Genau diese Prinzipientreue hatte letztlich aber auch dazu geführt, dass er nun jeden Morgen mutterseelenallein frühstücken musste und dass Scheidungspapiere auf seine Unterschrift warteten, die in der Anwaltskanzlei des Dreckskerls lagen, mit dem seine Frau vor einem Jahr durchgebrannt war. Doch diesmal hatte er Zweifel am Sinn der komplizierten Ermittlungen, die ihm bevorstanden. Und um ehrlich zu sein, hatten ihm diese Zweifel sogar eine ziemlich schlaflose Nacht beschert.

Polizeimeister Vicesovrintendente Fragapane kam ihm im Flur des Präsidiums entgegen und fuchtelte mit einem braunen Plastikbecher herum, in dem sich eine schwarze Brühe befand, die einen leichten Geruch nach Kaffee verströmte. Die Brühe hatte er zweifellos am Kaffeeautomaten im Eingang gezapft.

»Ich war heute Morgen kurz im Archiv und habe mir ein paar Unterlagen zum Fall Burrano besorgt.«

Spanò sah auf die Uhr, es war Punkt acht. »Wann heute Morgen, Fragapane? Es ist gerade mal acht.«

»Du weißt doch, dass ich schlecht schlafe. Ich war schon um halb sechs wach und wusste nicht, was ich machen sollte. Ich wollte nicht im Haus herumgeistern und Finuzza auf die Nerven gehen, die zum Dienst ins Krankenhaus muss. Also habe ich die Zeit genutzt.«

Salvatore Fragapane gehörte mit Spanò zu den älteren Mitgliedern des Einsatzkommandos und damit zur *alten Garde,* wie sie es nannten. Spanò öffnete die Tür zu seinem Büro, das er sich mit dem Vicesovrintendente teilte. Auf Fragapanes

Schreibtisch lag ein verstaubter Ordner, aus dem vergilbte Seiten hervorlugten, daneben eine von der Zeit und den Motten zerfressene Pappschachtel.

»Na gut, lass mal sehen, was wir in diesen Unterlagen finden.«

Punkt 8:45 waren draußen auf dem Flur die Schritte von Vicequestore Guarrasi zu hören. Sie schaffte es nie vor dieser Uhrzeit ins Büro, außer sie verbrachte die Nacht im Präsidium, was gar nicht so selten vorkam. Und natürlich war das keine Frage von Faulheit. Ab zehn Uhr morgens konnte Vanina ohne Ermüdungserscheinungen bis tief in die Nacht hinein arbeiten. Mehr noch, je später es wurde, desto besser funktionierte ihr Gehirn. Wer sie nicht kannte, nannte es fälschlicherweise eine Schlafstörung, aber das stimmte nicht. Schlief Vanina erst einmal, schlief sie durch und erholte sich gut. Dann hörte sie noch nicht einmal den Wecker. Aber irgendetwas an ihrem Schlaf-Wach-Rhythmus war durcheinandergeraten. Und um sich selbst wenigstens halbwegs gerecht zu werden und das immense Schlafdefizit ein wenig aufzuholen, das sich unter der Woche ansammelte, hätte sie von zwei Uhr nachts bis zehn Uhr morgens schlafen müssen. Doch das klappte höchstens am Sonntag, oder wenn es einmal ruhiger zuging.

Am Abend zuvor war sie mit dem Gefühl nach Hause gekommen, dass es sich hier um einen Fall handelte, der nicht so schnell in Vergessenheit geraten würde. Eine beängstigende Geschichte, über die die Leute auch nach Jahren noch reden würden. Burrano musste sich damit abfinden, dass Zeitungen sich solche Fälle kaum entgehen ließen.

Am selben Abend noch verdrückte sie Bettinas Scàcce und verbrachte die letzten wachen Stunden im Internet auf der Suche nach Informationen über die Villa. Doch auch das war nur ein kläglicher Versuch, so lange wach zu bleiben, bis die Müdigkeit sie übermannte und vor den bedrückenden Gedanken bewahrte, die um diese Zeit gern an die Oberfläche drängten. Die Recherche hatte nicht länger als fünf Minuten gedauert, denn Geschichten um die Villa Burrano reichten in eine Zeit zurück, in der das Internet noch nicht einmal in Gottes Plan stand. Also musste sie sich notgedrungen der Wehmut jenes 18. September hingeben, der gerade erst verstrichen war. Der Fernseher lief, während ihr Blick zu einem Foto schweifte, das als einziges auf einem Bord stand. Bei den Erinnerungen sank ihre Laune wieder in den Keller, und sie fühlte sich wie ein Waise. Zum fünfundzwanzigsten Mal.

Es war unglaublich anstrengend gewesen, den dritten Wecker abzustellen, den sie absichtlich weit von ihrem Bett aufgestellt hatte. Ihre Beine fühlten sich an wie Betonklötze, ihr war schwindelig, und sie befürchtete, die Augen nicht offen halten zu können. Erst nach dem zweiten Kaffee, einer Dusche und einer Zigarette an der frischen Luft fühlte sie sich einigermaßen bei Sinnen. Sie war eindeutig zu spät dran. Wie immer musste sie sich das Frühstück aus der Bar in Santo Stefano mitnehmen.

Bevor sie ihr eigenes Büro aufsuchte, schaute sie in dem von Ispettore Marta Bonazzoli vorbei, das diese sich mit Polizeikollege Lo Faro und Ispettore Nunnari teilte, der als Einziger am Vorabend nicht beim Ortstermin anwesend gewesen war. Hier traf sich das Einsatzkommando vor jedem neuen Fall, wartete auf Vanina und tauschte erste Eindrücke aus.

Marta saß an ihrem Schreibtisch, hielt eine dampfende Tasse in der einen und einen veganen Vollkornkeks in der anderen Hand. Schweigend schlürfte sie ihren Kräutertee und versuchte, ihn auszutrinken, bevor Vanina hereinkam und die

Nase rümpfte. Dabei lauschte sie Spanòs und Fragapanes Ausführungen, die Nunnari die Lage schilderten. Der lauschte neugierig und fragte nach Einzelheiten zu dem Fall.

Vanina klopfte mit den Fingerknöcheln an die halb offene Tür und platzte dann ins Büro. »Guten Morgen«, grüßte sie und hielt mit einer Handbewegung Spanò auf, der aufspringen und zu Bonazzolis Platz eilen wollte.

»Hallo, Boss!«, empfing Marta sie und schaufelte das Stück ihres Schreibtischs frei, auf dem Vanina sich für gewöhnlich niederließ. Marta Bonazzoli war nicht nur eine Frau, sondern auch eine Fremde und genoss das Privileg, einen Teil ihrer spärlich bemessenen Freizeit mit Vanina zu verbringen. Die beiden duzten sich.

Ein ganz neuer Fall, frische Ermittlungen, das war genau das richtige Allheilmittel für Vanina, deren Gemütszustand vom Anspruch an ihre ermittlerischen Fähigkeiten abhing.

»Also, Kinder«, begann Vanina, setzte sich mit einer Pobacke auf die Ecke des Schreibtischs und stellte ein kleines Tablett mit einem Becher ab, aus dem es nach Kaffee duftete.

»Fassen wir zusammen. Seit gestern wissen wir, dass wir es hier mit keinem, sagen wir … gewöhnlichen Fall zu tun haben. Und wir wissen, dass die Autopsie nicht viel ergeben wird, genauso wenig wie die Untersuchungen der Spurensicherung. Mit den dürftigen Anhaltspunkten können wir uns gerade so eben einen Überblick über den besagten Zeitraum verschaffen.«

Spanò lachte höhnisch und kassierte wie immer einen schiefen Blick.

»Das heißt …«, fuhr Vanina nun lauter und deutlicher fort und unterband das belustigte Gemurmel. »Das heißt, dass wir uns diesmal nur herantasten können. Wir haben weder Fingerabdrücke noch Hinweise auf eine Tatwaffe, keine Anhaltspunkte, die uns irgendwie weiterhelfen könnten. Egal, welche Spur wir entdecken, sie wird uns mindestens ein paar Jahrzehnte zurückführen. Und noch ist nicht gesagt, dass sie uns überhaupt irgendwohin führen wird.«

Nunnari hob die Hand.

»Entschuldigen Sie, Boss, aber wenn das so ist ... warum haben wir es dann so eilig?«

»Typisch Drückeberger«, kritisierte Spanò.

Vanina musterte den Inspektor durchdringend, aber keineswegs verärgert.

»Vermutlich besteht kein Grund zur Eile, Nunnari, aber wir sollten keine Zeit verlieren. Wenn die Nachricht erst einmal die Runde gemacht hat, was schätzungsweise recht bald geschieht, wird die Sache gehörig Staub aufwirbeln. Familie Burrano ist bekannt und hat schon einen Mord in ihrem Stammbaum zu verzeichnen. Außerdem ist Catania ein großes Dorf. Bei so einer Geschichte bricht die Hölle los. Wir sollten also lieber so viele Informationen wie möglich zusammenzutragen, damit wir nicht unvorbereitet sind.«

»Boss«, mischte sich Fragapane ein und trat mit einem Aktenbündel unter dem Arm vor. »Die Akte zum Mordfall Burrano haben wir schon. Wir übernehmen das also ... ich meine ... das Einsatzkommando? Ich habe mir die Unterlagen heute Morgen im Archiv des Präsidiums besorgt. Glücklicherweise befanden sie sich auf einem einigermaßen geordneten Regal, sonst müsste ich noch immer danach suchen.«

Zufrieden streckte Vanina die Hand aus, griff nach den Unterlagen und warf einen Blick auf die erste Seite aus dem Jahr 1959. »Sehr gut, Fragapane. Sie und Spanò besorgen sich weitere Informationen zu dem Mord. Wie es dazu kam, wo es passierte, ob der Täter gefasst wurde, und gegebenenfalls, wer es war. Achten Sie vor allem darauf, ob sich unter den verschiedenen Namen von Zeugen, Verdächtigen und anderen Beteiligten auch der einer Frau befindet.«

Vanina bemerkte eine gewisse Skepsis, mit der die Beamten ihre Zustimmung bekundeten.

»Hören Sie, es mag ja sein, dass die über fünfzigjährigen Unterlagen nichts mehr hergeben, aber irgendwo müssen wir schließlich anfangen. Es geschah in der Villa Burrano, die Leiche der Frau war eindeutig nicht mehr frisch. Der Mord an Gaetano Burrano ist bisher das einzig Bedeutsame in der Geschichte dieser Familie, und wie der Zufall will, ereignete er sich vor langer Zeit. Deshalb müssen wir erst einmal herausfinden, was damals passiert ist. In Ordnung?«

»Wir machen uns gleich an die Arbeit«, versicherte Spanò.

Vanina rutschte von Inspektor Bonazzolis Schreibtischkante.

»So bald wie möglich und bevor uns jemand Steine in den Weg legt, werde ich mit Inspektor Bonazzoli zu Signora Burranos Haus fahren. Noch möchte ich sie nicht selbst vorladen. Das käme mir derzeit übertrieben vor. Im Gegenteil … Marta, besorg mir die Telefonnummer! Ich rufe sie persönlich an. Aber jetzt suche ich erst einmal mein Büro auf und verdrücke mein Frühstück, bevor es kalt wird.«

Sie nahm das Kaffeetablett, das sie auf dem Tisch abgestellt hatte, achtete darauf, es gerade zu halten, und begab sich zur Tür.

»Ach, bevor ich es vergesse! Nunnari, setzen Sie sich mit der Spurensicherung in Verbindung und fragen Sie nach, wann wir den Inhalt der Taschen haben können, die neben der Leiche gefunden wurden! Damit lässt sich bestimmt ein besserer Überblick verschaffen, zumindest was den Zeitraum betrifft.«

Der Kommissar nahm Haltung an und führte zwei Finger an die Stirn.

»Wegtreten«, antwortete Vanina und lächelte.

Nunnari war eingefleischter Fan amerikanische Filme, vor allem derjenigen, in denen Offiziersanwärter irgendeinem erbarmungslosen Oberfeldwebel *Jawohl* entgegenschrien. Das hatte er ihr bei dem einzigen Mal erzählt, als sie gemeinsam eine Überwachung durchführen mussten. Als Filmliebhaber hatte er ihre Sympathie gewonnen. Zu schade nur, dass er nicht wie Zack Mayo aus *Ein Offizier und Gentleman* aussah, sondern eher wie der Fettkloß Private Pyle aus *Full Metal Jacket.*

Sie betrat ihr Büro und ging zu ihrem Schreibtisch, den sie eigenhändig unter das nach Osten ausgerichtete Fenster gestellt hatte. Schon jetzt brannte die Sonne, obwohl es noch früh war. Sie ließ den Rollladen gerade so weit herunter, dass sie nicht die Sonnenbrille hervorziehen musste und noch ein Sonnenstrahl auf den Fußboden fiel. Das erinnerte sie daran, dass sie nach Sizilien zurückgekehrt war, denn nur sie wusste, wie sehr sie sich danach gesehnt hatte. Sie wickelte das Papptablett aus und zog den Plastikbecher mit Caffè Latte hervor. Dann nahm sie den Deckel ab, schüttete zum Spaß ein halbes Päckchen Rohrzucker hinein und biss in ein *Panzerotto,* wie man das süße Gebäck mit Vanillecreme in Catania nennt. Sie hatte ihr Frühstück gerade zur Hälfte verspeist, als Marta kam und zweimal an die Tür klopfte.

»Boss ... oh, entschuldige bitte, ich dachte, du seist schon fertig.«

Vanina bedeutete ihr, sich zu setzen. »Was gibt's?«, fragte sie und erhaschte den Blick von Ispettore Bonazzoli, der sich auf den Plastikbecher geheftet hatte. »Genau, für euch ist Milch ja pures Gift. Da ist es fast noch besser, eine Zigarette zu rauchen.«

Marta war an dieses hämische *euch* schon gewöhnt, das Vanina jedem entgegenrief, der keine herkömmlichen Essgewohnheiten hatte. Insbesondere galt das aber für Veganer.

»Ich habe doch gar nichts gesagt«, antwortete Marta. Sie wusste inzwischen, dass die x-te Verteidigung eines Frühstücks aus Leinsamen und Sojajoghurt nur vergebliche Liebesmüh gewesen wäre.

»Hast du dir die Nummer von Signora Burrano geben lassen?«

Marta nickte. Sie holte ihr Samsung-Handy heraus und wies auf das Display.

»Ich sehe, du hast dir gleich auch noch die Handynummer ihres Neffen besorgt. Sehr gut, auf mich wirkt er interessant«, stichelte sie, hob den Hörer ab und wählte die Nummer.

»Weißt du, was er zu mir sagte, als er mir seine Nummer gab? Dass er mir dankbar sei, wenn ich sie an dich weitergebe.«

Vanina runzelte die Stirn und tat diese absurde Andeutung ab.

Signora Burrano ging erst nach gut fünf Minuten ans Telefon, die Vanina erst im Gespräch mit einer Ausländerin namens Mioara verbrachte, vermutlich der Betreuerin, um dann geduldig abzuwarten.

»Dottoressa Guarrasi, ich dachte mir schon, dass wir früher oder später Bekanntschaft machen würden«, begann Signora Burrano.

»Guten Tag, Signora Burrano, verzeihen Sie die Störung, aber angesichts der Umstände ließ sich das nicht vermeiden. Ich brauche ein paar Informationen von Ihnen und bitte Sie um ein unverbindliches Gespräch. Unter vier Augen.«

Sie gab Marta ein Zeichen, damit sie Spanò die Tür öffnete, der bereits zweimal angeklopft hatte. Niemals hätte er es sich erlaubt, ohne Aufforderung das Büro zu betreten.

»Ja, das dachte ich mir«, antwortete Signora Burrano.

»Wenn es Ihnen nichts ausmacht, komme ich noch heute am späten Vormittag bei Ihnen vorbei.«

»Offenbar gehören Sie auch zu den Menschen, die keine Zeit verlieren wollen. Natürlich macht mir das nichts aus, solange es nicht zwischen zwei und vier Uhr ist. Sie wissen ja, wie das ist. In meinem Alter habe ich Mühe, meine Gewohnheiten zu ändern, vor allem, wenn es um meine Mittagsruhe geht.«

»In Ordnung. Ich bin dann zur gegebenen Zeit bei Ihnen.«

Als Vanina aufgelegt hatte, tuschelten Marta und Spanò einfach weiter.

»Und? Darf ich es auch erfahren? Oder ist es ein Geheimnis zwischen euch beiden?«

»Entschuldigen Sie, Dottoressa Guarrasi. Sie waren am Telefon, deshalb …«

»Schon gut. Also? Was habt ihr in den Unterlagen entdeckt, die Fragapane mitgebracht hat?«

Spanò machte es sich auf dem Stuhl bequem.

»Bisher haben wir sie nur überflogen. Es gibt außerdem nur den Akt M1 zum Mord. Fragapane geht ihn gerade minutiös durch, und wir wissen alle, dass er dafür Zeit braucht. Gaetano Burrano wurde offenbar am fünften Februar 1959 mit einem Pistolenschuss in den Kopf ermordet. Um genau zu sein, mit einem Genickschuss aus einer Beretta Kaliber 7.65, die allerdings nie gefunden wurde. Den Leichnam fand man am Schreibtisch sitzend im Büro.« Spanò machte eine wirkungsvolle Pause und musterte Vanina mit durchdringendem Blick »In der Villa in Sciara«, fügte er hinzu.

Vanina beugte sich vor, stützte sich auf die Ellbogen und wartete ab.

»Masino Di Stefano wurde des Mordes beschuldigt, er war Verwalter der Ländereien und hatte noch weitere Aufgaben.«

»Wer hat die Ermittlungen geleitet?«

»Kommissar Agatino Torrisi, damals Leiter des Einsatzkommandos.«

»Mordmotiv?«

»Burrano weigerte sich damals, auf seinen Ländereien ein Aquädukt verlegen zu lassen. Es war ein umfangreiches Projekt, an dem besonders die Mafiafamilie Zinna interessiert war, zu der Di Stefano Kontakte pflegte und vermutlich über seine Frau verwandtschaftlich verknüpft war.« Allein die Erwähnung der Namen einiger Familien, die sie früher aus dem Effeff aufsagen konnte, verursachte ihr Übelkeit.

»Und das alles haben Sie in zehn Minuten beim Durchblättern der Akte herausgefunden?«

»Nein. Aus den Unterlagen habe ich nur, dass Di Stefano für den Mord an Burrano verurteilt wurde und wer den Fall betreute. Soweit ich weiß, war nirgends von der Mafia die Rede, auch weil im Jahr 59 das Wort Mafia, wie wir es heute verstehen, kaum Verwendung fand. Di Stefanos Schwager Gaspare Zinna stand unter dem Verdacht der Mittäterschaft, sie konnte aber nie bewiesen werden.«

»Kein Wunder.«

»Von wem wissen Sie dann das mit dem Aquädukt?«

»Von niemandem, Dottoressa. Ich habe nur ein wenig herumtelefoniert. Mein Vater ist zwar schon achtundachtzig, aber sein Gehirn funktioniert noch immer einwandfrei. Ich habe in fünf Minuten mehr von ihm erfahren als aus zehn Akten.«

Vanina lächelte. Familie Spanò war immer eine unerschöpfliche Informationsquelle. »Und wie ging es mit dem Aquädukt weiter?«

»Wenn Sie zu Hause in Santo Stefano den Wasserhahn aufdrehen, kommt dann Wasser?«

»Selbstverständlich.«

Der Inspektor richtete sich auf und streckte die Hände aus. »Na also …«

»Verstehe«, pflichtete Vanina ihm bei, während Marta erst ihre Chefin und dann Spanò ratlos ansah, bis sie begriff, was der Wortwechsel zu bedeuten hatte.

Inspektorin Bonazzoli stammte aus Brescia und war erst seit knapp einem Jahr in Sizilien. Sie hatte sich schon an vieles gewöhnt, wie ungenaue Uhrzeiten oder nicht funktionierende Dienstleistungen. Sie hatte sogar gelernt, mitten im Winter mit Sonnenbrille aus dem Haus zu gehen, freundschaftliche Verhältnisse mit den Nachbarn zu pflegen und niemals abzulehnen, was man ihr anbot – natürlich nur, wenn es keines tierischen Ursprungs war –, denn das wäre einer unverzeihlichen Kränkung gleichgekommen. Allerdings verfügte sie noch immer nicht über die Fähigkeit, aus wenigen Worten, manchmal nur aus Gesten gewisse unterschwellige Botschaften herauszulesen. Diese tauschten ihre Kollegen oft miteinander aus, und offenbar verstanden alle sie sofort. Alle außer ihr.

»Bonazzoli, vergiss es! Ich erkläre es dir später«, provozierte Spanò sie belustigt.

Sie musterte ihn mit schiefem Blick. »Burrano wurde also in demselben Haus ermordet, in dem sein Neffe gestern die

Leiche fand«, fasste sie zusammen und brachte die Unterhaltung wieder in die Spur.

»Genau«, bestätigte Vanina. »Spanò, wann haben Sie das letzte Mal mit Ihrem Vater zu Mittag gegessen?«

Spanò lächelte. »Das ist schon eine Weile her, wieso?«

»Dann nehmen Sie sich heute mal so lange Zeit, wie Sie wollen, und essen bei Ihren Eltern. Ich möchte noch mehr über Gaetano Burrano erfahren. Was für ein Mensch er war und was man sich über ihn erzählte. Auch den Tratsch über ihn. Es wird wohl kaum mehr viele Leute geben, die sich noch an ihn erinnern können.«

Der Inspektor nickte.

»Marta, du nimmst Kontakt mit Dottore Burrano auf und bestellst ihn heute am frühen Nachmittag zu einem Treffen mit uns in Sciara ein.«

»Alles klar, Boss.«

Sie rief Inspektor Nunnari, der kopfschüttelnd das Büro betrat.

»Noch immer keine Nachricht von der Spurensicherung?«, erriet Vanina.

»Bis jetzt noch nichts, Boss. Vielleicht ist es noch zu früh.«

Vielleicht lag es aber auch daran, dass Manenti sich nicht richtig wertgeschätzt fühlte, wenn Vanina ihn nicht höchstpersönlich anrief.

Vanina beugte sich zum Telefon vor und wählte seine Nummer. »Guarrasi am Apparat, kann ich mit Dottore Manenti sprechen.«

»Hallo, Guarrasi!«, ertönte nach wenigen Sekunden seine Stimme.

»Guten Tag, Manenti. Wie kommen Sie voran?«

»Meine Abteilung katalogisiert gerade alles, was sich in den beiden Taschen befand, und wahrscheinlich kannst du es kaum erwarten zu erfahren, was das war. Stimmt's?«

»Wann … kann ich dir jemanden schicken? In ein paar Stunden?«

Am anderen Ende der Leitung war ein lautes Stöhnen zu hören. »Wenn du meinst, dass zwei Stunden ausreichen … Jedenfalls war es nur Krimskrams. Frauensachen eben. Kämme, Lippenstifte, Spiegel, ein seidenes Taschentuch. Und dann Schmuck, viel Schmuck. Ein Päckchen Zigaretten. Etwas könnte aber nützlich sein, wir haben einen Organizer gefunden.«

»Aus welchem Jahr?«

»Aus keinem Jahr, es ist ein Telefonbüchlein.«

»Und was kannst du mir über die anderen Beweisstücke sagen?«

»Welche Beweisstücke?«, fragte er, machte eine Pause und fuhr dann fort. »Ach so! Das Schließfach. Bei dem Druck, den du machst, hätte ich beinahe das Wichtigste vergessen. Die Kassette war voller Zehntausend-Lire-Banknoten.«

»Abzugsjahr?«

»Willst du nicht zuerst wissen, wie viele es waren?«

»Das ist nicht das Wichtigste. Mich interessiert eher, aus welcher Zeit sie stammen.«

Der Kollege schien überlegen. »Guarrasi, du kommst wie ein echter Profi rüber«, stellte er mit einem gewissen Spott in der Stimme fest, der sie irritierte.

»Danke, Manenti. Also?«

»Ich weiß es nicht. Ich kann dir aber sagen, was ich weiß. Es sind ziemlich große Lappen.«

Das hatte sie erwartet. »Das heißt also, sie sind schon ziemlich alt. Wie lange brauchst du, um herauszufinden, aus welchem Jahr sie stammen?«

»Mann, Guarrasi! Es sind nicht einmal zwölf Stunden vergangen, und eine Nacht lag auch noch dazwischen. Glaubst du, ich habe Däumchen gedreht, oder was? Alles braucht seine Zeit.«

Vanina hielt den Hörer vom Ohr weg und zog eine Grimasse. Sie breitete die Arme aus, schüttelte den Kopf und zwang sich zu schweigen.

Spanò lächelte hämisch. Marta seufzte.

»Polizeimeister Fragapane ist gegen eins bei dir. Und denk dran, dass du ihm nicht nur Fotos gibst, sondern die Taschen samt Inhalt. Du weißt sowieso nicht, was du damit anfangen sollst«, teilte sie ihm in sachlichem Ton mit und unterstrich so die Rüpelhaftigkeit ihres Gesprächspartners.

»Ich übergebe ihm so viel Material wie möglich, in Ordnung? Aber eins wüsste ich gern noch. Ich kann ja nachvollziehen, dass du mir die Luft abschnürst, wenn es um einen Mord vom Vortag geht. Aber dieser ganze Aufwand bei einer Leiche aus unbekannter Zeit, die nur durch Zufall gefunden wurde?«

Was sollte sie darauf antworten? Vor allem fiel ihr keine logische Antwort ein. Also würgte sie das Gespräch ab. »Aber noch etwas, Manenti«, sagte sie, kurz bevor sie auflegte. »Ein kleiner Tipp. Unter der aufgedruckten Figur auf dem Geldschein steht immer das Ausstellungsdatum. Es dürfte nicht allzu schwer herauszufinden sein.«

Dem folgte nichts mehr, sie hörte nur noch ein Klicken am anderen Ende der Leitung. Vanina blickte zu den beiden Inspektoren auf, die sich zu amüsieren schienen.

»Jeglicher Kommentar ist untersagt«, warnte sie. Dann stand sie auf und griff nach ihrer Lederjacke, die über der Stuhllehne hing. Gefolgt von den beiden Inspektoren, verließ sie den Raum und betrat das Büro nebenan.

»Fragapane!«, rief sie.

Vicesovrintendente Fragapane sprang auf.

»Sie begeben sich um eins zur Spurensicherung und sorgen dafür, dass man Ihnen so viel wie möglich mitgibt. Und sehen Sie zu, dass Sie mir einen Geldschein aus der Kassette mitbringen, zumindest ein vergrößertes Foto davon. Aber Achtung! Manenti rückt nichts gern heraus.«

»Überlassen Sie das ruhig mir, Dottoressa! Ich habe einen Freund, der bei der Spurensicherung arbeitet.«

»Warum schicke ich wohl immer nur Sie?«

Fragapanes Netzwerk war mit den Tentakeln eines Kraken vergleichbar, er kannte in jeder Abteilung irgendwen. Und Vanina vermutete, dass seine Kontakte auch weiter reichten als die der staatlichen Polizei.

Verlegen senkte der Polizeimeister den Blick auf seine Schuhe, war insgeheim aber stolz.

Während Marta das gegenüberliegende Gebäude aufsuchte, um einen Dienstwagen zu besorgen, wählte Vanina Adriano Calìs Nummer, der aber nicht ans Telefon ging. Sie blickte zum Himmel, der inzwischen grau verhangen war, und streckte die Handflächen aus, um zu prüfen, ob es Asche regnete. Dann zündete sie sich eine Zigarette an, zog aber nur ein paarmal daran und drückte sie in einem Blumentopf voller Erde und Kippen aus, bevor sie auf dem Beifahrersitz Platz nahm. Marta hätte natürlich nie zu protestieren gewagt, wenn Vanina mit Zigarette eingestiegen wäre, sondern hätte das Rauchen schweigend, aber offensichtlich bekümmert geduldet. Andererseits stank das Innere des Autos sowieso schon nach abgestandenem, kaltem Rauch, der am widerlichsten war.

»Darf ich dich etwas fragen? Warum stürzt du dich eigentlich so auf einen Fall, der vermutlich gar nicht gelöst werden kann?«, fragte die Inspektorin.

»Das weiß ich nicht.«

Irgendetwas am Fund dieser Leiche war interessanter als alle anderen Morde, mit denen sie sich in letzter Zeit befasst hatte. Vielleicht lag es an der ungewöhnlichen Kulisse, die der eines Filmsets glich, wie Adriano es formuliert hatte. Vielleicht war es einfach nur Neugier auf einen jener vertrackten Fälle, in die sie sich so gern hineinwühlte, die ihr aber nur selten begegneten. Vielleicht war es auch nur das Bedürfnis, ihre Tage auszufüllen und ihren Geist zu beschäftigen, und das verhinderte, dass sie ihr Tempo drosselte, obwohl die Umstände es erforderten. Vor allem an diesen Tagen, welche die schlimmsten für sie waren.

»Ich weiß es nicht«, beteuerte sie wieder. »Aber wenn du mich in ein paar Stunden noch einmal fragst, habe ich vielleicht eine Antwort darauf.«

5

Die Wohnung von Teresa Burrano nahm den ganzen dritten Stock eines Anwesens aus dem neunzehnten Jahrhundert mit Blick auf den Ätna ein. Die Wohnung war riesig, hatte mehrere Wohnzimmer und kleinere Salons, deren Türen alle offen standen und die perfekt aufgeräumt waren.

Signora Burrano empfing Vicequestore Guarrasi und Ispettore Bonazzoli in einem großen gesteppten Sessel aus hellem Leder und lud beide ein, auf einem Sofa aus demselben Material Platz zu nehmen. Neben Signora Burrano saß eine Frau um die sechzig. »Dies ist meine liebe Freundin Clelia Santadriano«, erklärte sie ihren Besucherinnen.

Auf den ersten Blick fand Vanina Teresa Burrano äußerst unsympathisch. Sie hatte ein kantiges Gesicht, markante Gesichtszüge und ein süffisantes Lächeln.

»Signora Burrano, sicher wissen Sie, was gestern Abend in Ihrer Villa in Sciara passiert ist.«

»Mein Neffe hat es mir heute Morgen erzählt.«

»Wussten Sie, dass es in der Villa einen Lastenaufzug gibt?«

»Nein, aber es wundert mich nicht. Mein Schwiegervater hatte lauter solche fixen Ideen. Dazu gehörte unter anderem, dass er seine Mahlzeiten in seinen Privaträumen einnehmen wollte. Bestimmt handelt es sich um einen Speisenaufzug.«

Sie griff nach einer Packung Zigaretten, die auf einem Tischchen lag, hatte aber Mühe mit dem Öffnen. Vanina bemerkte die knotigen, arthritisch verformten Hände. Signora Santadriano eilte ihrer Freundin zu Hilfe und öffnete die Zigarettenschachtel. Sie reichte ihr eine Zigarette und ein goldenes Feuerzeug, das neben der Schachtel gelegen hatte.

»Die Türen zu dem Lastenaufzug waren versteckt und mit Eisenriegeln verschlossen. Das heißt, dass die Vorrichtung noch anderen Zwecken diente als nur dem Transport von Speisen«, merkte Vanina an.

»Kann gut sein, dass mein Mann ihn im Nachhinein zu einem Versteck umfunktionierte. Er hatte überall Verstecke und Tresore. Hier, in seinem Büro …«

»Warum das?«, fragte Vanina.

»Er war wohlhabend, Dottoressa, und hatte seinen Besitz gern unter Kontrolle. Er vertraute niemandem. Wenn Sie zudem bedenken, wie sein Leben endete, hatte er nicht ganz unrecht.« Vanina dachte an die Schatulle voller Geld, die man neben der Leiche gefunden hatte.

»Soweit ich weiß, verbrachte Ihr Mann vor seinem Tod viel Zeit in Sciara. Haben Sie ihn nicht begleitet?«

»Nein.«

»Und warum nicht, wenn ich fragen darf?«

»Ich liebte das gesellschaftliche Leben und blieb darum lieber in der Stadt. Und um ehrlich zu sein, glaube ich kaum, dass ihn das sonderlich bekümmerte. Er hatte eine andere Auffassung von mondänem Leben. Er verreiste viel und verkehrte jeden Abend mit anderen Leuten. An Gesellschaft mangelte es ihm nie.«

Als Marta die Signora überrascht ansah, erklärte sie es genauer. »Verstehen Sie mich bitte nicht falsch. Ich ziehe den Namen meines Mannes niemals in den Schmutz. Ich achte sogar darauf, ihn so wenig wie möglich zu erwähnen, um keine schmerzhaften Erinnerungen heraufzubeschwören. Aber in meinem Alter ist es sinnlos, scheinheilig zu tun, Dottoressa. Mein Mann wurde vor sechsundfünfzig Jahren ermordet. Damals Witwe zu sein war eine fast irreversible Tatsache, gleichgültig, welches Verhalten der Mann zu Lebzeiten an den Tag gelegt hatte. Ich habe über zwanzig Jahre getrauert. Wissen Sie, wie alt ich damals war? Dreißig, jünger als Sie.«

Vanina zögerte einen Moment lang. »Ihren Mann umschwirrten also ziemlich viele Frauen«, schlussfolgerte sie.

Teresa Burrano schnaubte und unterstrich dies mit einer Handbewegung. »Pff! Unzählige.«

»Signora Burrano, wer könnte davon gewusst haben, dass Ihr Mann den Lastenaufzug als Versteck benutzte? Selbst wenn das bisher reine Vermutung ist.« Und wer weiß, ob ich jemals Beweise finde, die das untermauern, dachte sie bei sich.

»Niemand, nur sein Verwalter.«

»Sie meinen Masino Di Stefano?«

Signora Burrano schürzte die Lippen und lächelte schief. »Sie steuern wohl immer direkt aufs Ziel zu, wie? Ja, genau ihn meine ich. Er war der Einzige, dem mein Mann vertraute … und ausgerechnet er verdiente sein Vertrauen am wenigsten.«

Vanina dachte über die nächste Frage nach, die sie der Signora stellen wollte. »Hätte Ihr Mann jemanden töten können?«

Das schiefe Lächeln der Signora verwandelte sich in ein offenes Lachen. »Wer, Gaetano? Er hätte nicht einmal Ohrfeigen verteilen können! Selbst seine Jagdgewehre hielt er aus Angst vor einem Unfall unter Verschluss. Auch die Pistole, die nie gefunden wurde, fasste er nicht an. Nicht einmal bei ernsteren Angelegenheiten verlor er den Verstand. Im Grunde hatte er Charakter.«

Einen Augenblick lang musterte Vanina Clelia Santadriano. Die Frau hörte ganz offensichtlich gelassen zu und schien die Geschichten schon zu kennen. Andererseits hatte Signora Burrano keinerlei Hemmungen, in ihrer Gegenwart über persönliche Dinge zu sprechen.

»Haben Sie jemals eine Geliebte Ihres Mannes persönlich kennengelernt?«, wagte Vanina zu fragen.

»Die eine oder andere. Aber ich sage Ihnen gleich, nur wenige sind noch am Leben.«

»Haben Sie aus dem Umfeld Ihres Mannes zum Zeitpunkt seines Todes oder danach nie etwas über das Verschwinden einer Frau gehört?«

»Nicht dass ich wüsste. Dottoressa, ich wiederhole mich, ich habe nur einen verschwindend kleinen Teil des Umfelds, wie Sie es nennen, von Gaetano gekannt. Und glauben Sie mir, das war auch besser so. Er war mein Mann und wäre immer zu mir zurückgekehrt. Das wusste ich mit Gewissheit. Und mehr wollte ich auch nicht wissen.«

Sie sprach mit verblüffender Unerschütterlichkeit und eisiger Distanziertheit über ihre persönlichsten Angelegenheiten. Wer konnte wissen, ob sie als junge Frau auch so gewesen war oder ob das Leben sie erst dazu gemacht hatte?

»War die Villa in den Jahren nach dem Tod Ihres Mannes bewohnt?«

»Nein. Sie wurde auf meine Anweisung hin geschlossen, nachdem die Ermittlungen beendet waren.«

»Das heißt also, dass nicht einmal das Personal mehr Zutritt hatte?«

»Richtig.«

»Lebt von dem Personal, das in der Villa gearbeitet hatte, noch jemand?«

»Nicht dass ich wüsste. Aber so viele waren es nicht. Mein Mann wollte in Sciara nur wenige Menschen um sich haben. Den Grund dafür können Sie sich sicher vorstellen. Was seine Seitensprünge betraf, war er immer äußerst diskret.«

»Erinnern Sie sich noch an die Namen?«

Die Signora schloss die Augen und dachte angestrengt nach. Dann schüttelte sie den Kopf. »Schwer zu sagen …«

Vanina überreichte ihr ihre Visitenkarte und verwies auf Marta als Ansprechpartnerin, falls ihr noch etwas einfiele.

Das rumänische Mädchen Mioara tauchte auf, um sie zur Tür zu begleiten, auch Signora Santadriano folgte ihnen, blieb aber auf halbem Weg stehen. »Hoffentlich klären Sie diesen schrecklichen Fall bald auf«, sagte sie und streckte Vanina eine Hand entgegen.

Vanina bemerkte den unverkennbaren neapolitanischen Akzent.

»Teresa hat die Sache ziemlich mitgenommen, auch wenn sie es sich nicht anmerken lässt«, fuhr die Frau besorgt fort. »Sie werden das sicher verstehen, es gab in der Vergangenheit schon einmal ein Verbrechen in der Familie, über das sie mit niemandem sprach, nicht einmal mit ihrem Neffen. Und jetzt kommen die schmerzhaften Erinnerungen wieder hoch. Arme Teresa.«

Das war im Grunde gut nachzuvollziehen. Auch wenn Signora Burrano mit ihrer versteinerten Miene und ihrem hochmütigen Verhalten nicht unbedingt Sympathie erweckte. Doch sie war eine alte Frau, einsam und kinderlos, mit dreißig bereits Witwe. Ihren Mann hatte sie durch einen Kopfschuss verloren, also eine gehörige Portion Unglück abbekommen.

Vanina versicherte der Frau, dass sie alles in ihrer Macht Stehende tun werde, um die schreckliche Geschichte so schnell wie möglich aufzuklären. Doch leicht würde das nicht.

Der Weg aus dem Gebäude führte über einen Innenhof. Der Wind hatte erneut die Richtung gewechselt und wieder Asche über der Stadt verteilt. Das graue Kopfsteinpflaster aus Lavastein im Atrium war mit Asche bedeckt, genau wie die Beete mit Sukkulenten in der Mitte des Hofs.

Vanina zündete sich eine Zigarette an.

»Was hältst du davon, wenn wir ein paar Arancina-Reisbällchen bei Savia essen?«, schlug sie vor und blickte auf die Uhr.

Marta dachte nach. »Da gehe ich zwar nicht so gern hin, aber wenn du willst, leiste ich dir Gesellschaft.«

Vanina schlug sich mit der flachen Hand an die Stirn. Immer wieder beging sie den gleichen Fehler. Ihr wollte einfach nicht in den Kopf, dass sie mit Marta nicht einfach problemlos überall zu Mittag essen konnte.

»Arancine gibt es auch mit Spinat oder Auberginen …«, zählte sie auf.

»Ich glaube kaum, dass die weder Butter noch Käse enthalten. Aber mach dir keinen Kopf! Wie gesagt, ich begleite dich gern. Ich trinke einfach einen Tee.«

Vanina blieb stehen und sah sie ungläubig an. »Einen Tee? Wie kannst du eine Mahlzeit bloß durch einen Tee ersetzen?«

»Mach dir deswegen keinen Stress! Ich finde schon etwas. Außerdem habe ich keinen Hunger.«

Sie setzten sich vor das Lokal unter einen Sonnenschirm. Es war so heiß, dass sie ihre Jacken auszogen und nur im T-Shirt dasaßen.

»Unser lieber Verstorbener schlug also gern mal über die Stränge«, fasste Marta zusammen und machte es sich auf dem Stuhl bequem.

»Scheint so.«

»Ist dir aufgefallen, mit welcher Gelassenheit Signora Burrano darüber sprach? Als wäre das völlig normal. Kannst du dir das vorstellen? Der Ehemann vergnügte sich mit seinen Geliebten in der Villa, während sie zu Hause blieb und das gesellschaftliche Leben genoss.«

»Das wundert mich nicht. Damals waren Ehen kaum mehr als ein Vertrag, der aus rein finanziellen Gründen zwischen zwei Familien geschlossen wurde. Je höher der soziale Status, desto größer das Interesse. Dazu kommt noch, dass die Burranos nicht einmal Kinder hatten. Unter solchen Umständen war es ganz normal, dass jeder friedlich und ohne größere Probleme sein eigenes Leben führte, dabei aber immer die schöne Fassade aufrechterhielt. Jetzt schau mich nicht so angewidert an! In Brescia war das auch nicht anders, da kannst du sicher sein.«

Marta richtete sich auf. »Kann schon sein.«

»Wenn in der Villa allerdings so viele Frauen herumschwirrten, wie die Signora andeutete, werden wir kaum herausfinden, um wen es hier geht«, überlegte Vanina.

»Aber zu dieser Frau wird es doch eine Vermisstenanzeige geben, oder?«

»Das kontrollieren wir als Erstes. Wir fangen in dem Jahr an, in dem Burrano ermordet wurde. Wenn Adriano dann noch herausfindet, wie alt das Opfer war, können wir wenigstens den Kreis der Verdächtigen einschränken.«

Sie bestellte ein Reisbällchen und eine Cola Zero, aber die nur, um sich selbst ein wenig an der Nase herumzuführen.

»In dieser Bar machen sie nicht nur die besten Arancine, sondern hier werden sie auch noch bei ihrem richtigen Namen genannt. *Arancine* und nicht *Arancini*.«

Die männliche oder weibliche Bezeichnung dieses Bestsellers der sizilianischen Küche war nur eine der unzähligen, seit

Ewigkeiten andauernden Streitigkeiten zwischen Palermitanern und Catanesen.

Nachdem Marta auch den Vorschlag abgelehnt hatte, eine kleine Pizza zu bestellen und dann den Käse zu entfernen, bestellte sie ihren Tee. »Das reicht mir«, versicherte sie.

Vanina bestand nicht weiter darauf, aber für sie wäre es undenkbar gewesen, ein Getränk ohne etwas Festes zwischen den Zähnen zu genießen. Doch mit Martas liebenswürdiger Aussage *Das reicht mir* war die Angelegenheit für sie erledigt.

»Weißt du, was mich nicht ganz überzeugt?«, nahm Vanina das Gespräch wieder auf und konzentrierte sich auf den Gedanken, der ihr seit dem Telefonat mit Manenti im Kopf herumspukte.

Marta hörte ihr aufmerksam zu.

»Das ganze Geld neben der Leiche. Der Mörder öffnet den Lastenaufzug, der vermutlich als Versteck gedacht war, legt dort die Frauenleiche ab und entdeckt eine nicht gerade unscheinbare Geldschatulle. Gesetzt den Fall, er weiß nicht, was sie enthält, nimmt er sie mit fast hundertprozentiger Sicherheit mit, wenn auch nur, um sie zu öffnen und sich den Inhalt anzusehen. Falls er hingegen gleich weiß, was die Schatulle enthält, dann hat er höchstwahrscheinlich vor wiederzukommen, wird aber aus irgendeinem Grund daran gehindert.«

Vanina biss in das Reisbällchen. »Und das lenkt den Verdacht auf zwei Personen. Sie waren die Einzigen, die von dem Versteck wussten.«

»Gaetano Burrano und Masino Di Stefano«, riet die Inspektorin.

»Beide konnten das Geld nicht mehr holen. Der eine wurde ermordet, der andere kam wegen des Mordes an Ersterem hinter Gitter.«

Marta schwieg und dachte nach.

Vanina wischte sich die Hände mit einer Papierserviette ab und trank einen Schluck Cola. »Das ist die einfachste Vermutung, allerdings überzeugt sie mich nicht«, sagte sie und lehnte sich auf dem Stuhl zurück.

Ihr Blick glitt zu jener Ecke der Via Etnea, an der zu jeder Tages- und Nachtzeit geschäftiges Treiben herrschte. Ein Stück Gehweg, an dem die beiden bekanntesten Bars der Stadt lagen, an deren Tresen die Gäste schnell ihren Espresso tranken und deren Tische stets besetzt waren. Gegenüber befand sich der Haupteingang der Villa Bellini.

Vanina zündete sich eine Zigarette an.

»Wir könnten Di Stefano einbestellen«, schlug Marta vor.

»Jetzt? Unter welchem Vorwand? Wir wissen nicht, wer die Frau ist und wann sie ermordet wurde. Angenommen, Di Stefano ist in die Sache verwickelt, glaubst du, er sagt etwas dazu? Der hat sechsunddreißig Jahre Knast hinter sich, ich kann mir also kaum vorstellen, dass er gut auf Polizei und Präsidium zu sprechen ist.«

»Was machen wir dann?«

Vanina sog den Rauch ihrer Zigarette ein, schob ihren linken Arm unter den rechten, in dessen Fingern die Zigarette steckte, und kratzte sich mit dem Daumen am Kinn. »Wir geben uns Mühe, das alles zu verstehen.«

»Boss, Signora Spanò traute ihren Augen nicht, dass Carmelo zu Hause zum Mittagessen war«, verkündete Fragapane amüsiert.

Vanina bedeutete ihm, ihr zu folgen. Der stellvertretende Polizeimeister suchte die Unterlagen zusammen, die er am Morgen in der Akte gefunden hatte, und beide machten sich auf den Weg zum Büro der Vicequestore. Er nahm vor dem Schreibtisch seiner Chefin Platz.

»Gibt es was Neues zum mörderischen Verwalter?«, fragte Vanina, ließ sich auf ihren Stuhl fallen und streckte die Beine auf der Suche nach einer Fußstütze aus.

»Jawohl. Ich habe seine Akte gefunden.«

»Und was steht da drin?«

Fragapane klappte eine rosafarbene Mappe auf. »Tommaso Di Stefano, geboren am sechsten August 1928 in Catania. Zu lebenslanger Haft wegen Mordes an Gaetano Burrano verurteilt. 1995 wegen guter Führung aus der Haft entlassen.«

Vanina drehte sich auf dem Stuhl nach links und nach rechts, stützte sich mit den Ellbogen auf den Armlehnen ab und führte die gefalteten Hände nachdenklich ans Kinn. Sie bedeutete dem Polizeimeister, er möge fortfahren.

»Der Prozess nahm nicht viel Zeit in Anspruch. Obwohl Di Stefano stets seine Unschuld beteuerte, führten alle Indizien zu ihm. Er hatte kein Alibi. Am Abend des Verbrechens sahen ihn mehrere Zeugen die Villa betreten und wieder herauskommen. An seiner Kleidung wurden Blutspuren gefunden. In seinem Haus fand man Unterlagen zu einem Grundstück, auf denen nur noch Burranos Unterschrift fehlte. Die andere Unterschrift war die von Calogero Zinna. Wenn Sie wissen, was ich meine. Das war ein Projekt …«

»Es ging um den Bau eines Aquädukts«, unterbrach ihn Vanina.

»Genau. Bei diesem Geschäftsabschluss hätte Di Stefano Unsummen verdient. Doch sowohl Signora Burrano als auch Vincenzo Burrano, Bruder des Opfers und Vater von Alfio Burrano, sagten aus, der Ordensträger habe sich stets geweigert, sein Grundstück abzutreten. Es gab außerdem die Zeugenaussage eines Halbpächters, der Burrano gesehen haben will, wie er mit dem Verwalter stritt. Vielleicht gab es im Haus Di Stefano einen Zweitschlüssel zu einem Lancia Flaminia, dessen Verlust Burranos Frau angezeigt hatte. Di Stefano hat immer geleugnet, etwas damit zu tun zu haben, doch just in jenen Tagen ging auf seinem Bankkonto eine große Summe ein, die genau zum Verkauf eines solchen Wagens gepasst hätte.«

»Er soll also den Wagen des Mannes gestohlen haben, den er ermordet hatte, um ihn dann zu verkaufen und das Geld auf der Bank einzuzahlen? Wie dumm muss man da sein?«, überlegte Vanina

»Finanziell ging es ihm nicht gerade gut, außerdem war er spielsüchtig. Zwei Jahre zuvor hatte man ihn in einer Spielhölle erwischt.«

»Was ist mit der Familie Zinna?«

»Gegen Gaspare Zinna wurde ermittelt, er leitete für seinen Vater Calogero die Geschäfte bezüglich des Baus des Aquädukts.«

»Taucht irgendwo in der Akte auch eine Frau auf? Vielleicht eine Zeugin, eine Komplizin …«

»Nein, Boss. In den Unterlagen ist nur von der Witwe die Rede.«

Vanina dachte nach. »Fragapane, was ist mit den Beweisstücken, die bei der Spurensicherung lagen?«, fragte sie unvermittelt, denn ihr fiel wieder ein, dass sie ihn vor zwei Stunden losgeschickt hatte, um sie zu holen.

Der stellvertretende Polizeimeister sprang auf. »Tut mir leid, Dottoressa, die habe ich auf Nunnaris Schreibtisch liegen gelassen! Er hat mich zur Spurensicherung begleitet und … ich hole sie sofort.«

»Lassen Sie es gut sein!«, sagte Vanina, wählte eine interne Nummer und ließ Nunnari kommen.

Zwei Minuten später tauchte der Polizeimeister auf und streckte den Kopf durch die halb geöffnete Tür.

»Boss, darf ich?«

»Nunnari, kommen Sie!«

Mit einer Schachtel in der Hand, gefolgt von Marta, trottete der Mann herein. Kurz darauf füllten unzählige Plastiktütchen mit antiquiert aussehenden Gegenständen den Schreibtisch von Vicequestore Guarrasi: Handschuhe, Kämme, Spiegelchen, Puderdöschen, Lippenstifte; eine Handvoll Schmuck, der auf den ersten Blick nicht besonders wertvoll aussah. Ein Päckchen Zigaretten der Marke Mentola, ein Mundstück und ein Fläschchen Eau de Toilette.

»Was sind denn das für Zigaretten?«, fragte Nunnari neugierig.

»Zigaretten mit Pfefferminzgeschmack. Als ich noch klein war, haben die Damen solche Zigaretten geraucht«, erklärte Fragapane. Dann griff er nach einem grünen Schächtelchen mit der Aufschrift *Brillantina Linetti*. Auf einem dazugehörigen Kassenzettel stand verblichen noch ein Preis: 250 Lire. »Diese Brillantine hat auch mein Vater benutzt.«

»Ganz nach dem Motto: Findet den Eindringling«, kommentierte Vanina.

»Wann sind Sie geboren, Fragapane?«, fragte sie.

»1958, Dottoressa. Ich bin zwei Jahre älter als Spanò. Warum?«

»War die Brillantine von *Linetti* nicht nur was für Männer?«

»Eigentlich schon. Allein schon wegen des Duftes. Sie roch … sagen wir … nach Herrenfriseur.«

»Aber sie befand sich in der Tasche einer Frau.« Vanina öffnete die Brillantineschachtel, die Tube darin war neu.

»Aber verboten war es auch nicht, Dottoressa. Vielleicht war dieser Frau der Duft der Brillantine angenehm.«

»Oder sie hat ihr nicht gehört«, überlegte Marta Bonazzoli.

»Und genau das notieren wir«, erklärte Vanina.

In dem kleinen Telefonbuch aus der Tasche standen unzählige Vornamen und daneben Telefonnummern, die logischerweise nur aus vier Zahlen bestanden.

»Übrigens, Boss. Dottore Manenti hat mir auch die Schatulle mitgegeben«, fügte Fragapane hinzu und zog ein Bündel Banknoten von einer Größe heraus, die Vanina außer in Filmen mit Rossano Brazzi oder Amedeo Nazzari noch nie gesehen hatte. Marta streckte die Hand aus und nahm einen Geldschein.

»Seht euch das an!«, rief sie und drehte den Schein in den Fingern.

Vanina nahm ebenfalls einen der Scheine und faltete ihn auseinander. Zwei Frauen waren darauf abgebildet, die einander gegenübersaßen und sich mit den Ellbogen auf einen Schild stützten. Darunter standen zwei Daten: 24. Januar 1959 und 7. Mai 1948.

»Nunnari, wenden Sie sich an die Banca d'Italia und informieren Sie sich über die Auflage und den Zeitraum, in welchem die Geldscheine gültig waren.«

Der Polizeimeister nickte.

Fragapane nahm weitere Tütchen mit den Gegenständen zur Hand, die auf dem Schreibtisch lagen, und begutachtete sie.

»Carusi, ich gebe zu, es ist schon recht seltsam, diese Sachen anzuschauen. Ich fühle mich in meine Kindheit zurückversetzt und habe das Gefühl, als würde ich in der Handtasche meiner Mamma kramen.«

Vaninas Telefon, das auf einem Unterlagenturm am Rand ihres Schreibtischs lag, klingelte und vibrierte zugleich. Auf dem Display stand eine unbekannte Nummer. »Guarrasi«, sagte sie und ging dran.

»Buonasera, Dottoressa, Alfio Burrano am Apparat.«

»Dottore Burrano, buonasera.«

»Ich wollte Ihnen nur sagen, dass Chadi und ich schon in Sciara sind. Natürlich halten wir uns von dem Türmchen fern.«

Verwirrt warf Vanina einen Blick auf die Uhr. Alfio Burrano bemühte eine Vicequestore der Polizia di Stato, nur um mitzuteilen, dass er früher da sei? Sie bestätigte ihm die Uhrzeit des Treffens.

»Ich warte auf Sie, Dottoressa.«

Seinem Ton nach zu urteilen klang es fast so, als würde er sie einbestellen. Vielleicht war ihm bei der Rollenverteilung etwas nicht ganz klar. Ohne lange nachzudenken, speicherte sie seine Nummer ab: Nachname, Vorname, dann machte sie ihr iPhone aus und legte es wieder auf den Papierstapel. Alles unnötiger Papierkram, den sie früher oder später durchsehen musste.

»Fragapane, wir müssen alle Vermisstenanzeigen zu Frauen durchgehen, die in Catania und Umkreis in den Fünfzigern und Anfang der Sechzigerjahre aufgegeben wurden.«

Der stellvertretende Polizeimeister sprang auf und zog einen Notizblock aus der Tasche.

»Also circa ab 1957 bis … sagen wir 1962?«

»Mit besonderem Augenmerk auf das Jahr 1959. Lassen Sie sich von Lo Faro helfen, dann macht er sich wenigstens nützlich. Ach was, rufen Sie ihn! Seltsamerweise hat er sich heute Morgen nicht eingefunden.«

Als das Team das Büro verlassen hatte, wählte sie Adriano Calìs Nummer. Während sie darauf wartete, dass er dranging, griff sie nach einem durchsichtigen Asservatentütchen, in dem sich ein Stück vergilbtes Papier mit einer Nummer befand – vier Zahlen, die nichts zu bedeuten schienen. Sie konzentrierte sich auf ein braunes Symbol, das dem Papier aufgeprägt war, eine Scheibe mit einem Kopf in der Mitte. Sie hielt es näher an die Augen, um es besser begutachten zu können, konnte aber nichts Genaues feststellen.

»Ich habe mein Telefon extra in der Nähe, denn mir war schon klar, dass du nicht warten kannst«, sagte der Arzt, als er ans Telefon ging.

»Wie weit bist du?«, fragte sie.

»Kommt darauf an, woran du interessiert bist. Fertig bin ich jedenfalls noch nicht.«

»Im Moment will ich nur wissen, ob du das Alter des Opfers feststellen kannst.«

»Nicht genau. Sobald ich mir die Verknöcherungen genauer angesehen habe, lässt sich vielleicht Näheres dazu sagen. Aber so schnell, wie du es gern hättest, geht das nicht.«

»Und so in etwa?«

»Die Haare scheinen auf den ersten Blick alle noch dunkel pigmentiert, sie muss also noch ziemlich jung gewesen sein. Was hältst du davon, wenn wir später noch einmal telefonieren? Ich bekomme noch einen steifen Nacken, wenn ich das Telefon weiter zwischen Schulter und Hals klemmen muss.«

»Klar, aber amüsier dich nicht zu ausgiebig mit der jungen Dame. Ihrem Torselett nach zu urteilen kannte sie sich aus.«

»Guarrasi, dein Humor grenzt schon an Blasphemie.«

»Weil sie tot oder weil sie eine Frau ist?«

Adriano unterdrückte ein Kichern und räusperte sich. »Wenn du mich in weniger als zwei Stunden zurückrufst, gehe ich einfach nicht dran, das schwöre ich dir.«

Lachend legte Vanina auf. In diesem Moment betrat Fragapane den Raum, gefolgt von Lo Faro.

»Ach, da ist ja unser lieber Lo Faro! Wo haben Sie denn heute Morgen bei der Besprechung gesteckt?«

Welche Besprechung?, schien der verlorene Blick des jungen Mannes zu fragen.

»Dottoressa … keine Ahnung … vielleicht … hat man mir nicht Bescheid gesagt.«

»Wer hätte denn Bescheid sagen sollen? Wir waren in Ihrem Büro.«

Er tat, als hätte er das überhört, obwohl er genau wusste, dass es wohl so gewesen sein musste. Lo Faro ging so ziemlich allen auf die Nerven. Er war noch jung, hatte keinerlei Erfahrung, war aber sehr ehrgeizig und gerade erst dem Einsatzkommando zugeteilt worden, nachdem er über zwei Jahre lang alle verfügbaren Hebel und politischen Kontakte in Bewegung gesetzt hatte. Am Ende hatte er es geschafft, der Abteilung Straftaten gegen Personen zugeteilt zu werden, und hatte sich in deren Tiefen begeben, noch bevor er richtig schwimmen konnte. Zum Leidwesen für ihn war das genau in der Zeit, als Vanina die Leitung übernommen hatte. Für einen Charakter wie ihn hätte es keinen unangenehmeren Vorgesetzten geben können. Da er aber nicht gerade eine Leuchte war, hatte er das nicht nur nicht begriffen, sondern sich sogar darauf versteift, sich bei ihr einzuschmeicheln. Er machte ihr den Hof, umwarb sie geradezu, was zur Folge hatte, dass er ihr nur noch mehr auf die Nerven ging. Er war der Einzige im Team, dem sie nie die Erlaubnis erteilt hatte, sie Boss zu nennen, wie alle anderen das bereits durften.

»Na schön. Dann halten Sie sich jetzt erst mal an den Vicesovrintendente und tun Sie, was er Ihnen sagt.« Dann wandte sie sich an Fragapane. »Dottore Calì hat bestätigt, dass die Frau noch jung gewesen sein muss. Das grenzt unseren Aktionsradius zumindest etwas ein.«

Der Polizeimeister nickte und wollte gerade gehen, als Vanina noch ein Detail einfiel und sie Lo Faro zurückrief. »Da hätte ich noch etwas für Sie. Sehen Sie dieses Telefonbüchlein? Informieren Sie sich bei der Telecom, ob man die Inhaber dieser Nummern aus den Fünfzigerjahren noch ermitteln kann. Falls das möglich ist, geben Sie alle einzeln weiter. Achten Sie bitte darauf, dass die Blätter unversehrt bleiben, sie zerfallen sehr schnell.«

Der junge Mann versuchte gar nicht, seine Befriedigung zu verhehlen. Endlich erteilte man auch ihm einen wichtigen Auftrag.

Nachdem sich Vanina die Akte Burrano hatte aushändigen lassen, entließ sie die beiden Männer. Sie verließ das Büro und klopfte an die gegenüberliegende Tür. Sie betrat das Büro und traf auf einen Kollegen der Abteilung für organisierte Kriminalität, der mit einigen Inspektoren gerade auf dem Weg nach draußen war.

Tito Macchia, Leiter des Einsatzkommandos, der von allen nur Grande Capo, großer Boss, genannt wurde, stand in voller Größe hinter seinem Schreibtisch und hatte den Kopf gesenkt. Er war eine Mischung aus Bud Spencer und Kabir Bedi, so jedenfalls hatte Vanina ihn eingeordnet, als sie ihn kennengelernt hatte.

»Ach Vanina! Gibt's was Neues?«, empfing er sie mit seinem neapolitanischen Akzent, den ihm auch nach fünf Jahren in Catania niemand ausgetrieben hatte.

Sie hatte ihn am Vorabend aus der Villa Burrano angerufen und ihm den Fund der Leiche mitgeteilt. Sie berichtete ihm, was es Neues gab und was sie vorhatte. Macchia hörte aufmerksam zu, strich sich über den grau melierten Bart und kaute auf einer nicht angezündeten Zigarre herum. Er schien eher aus Neugierde denn aus echtem Interesse an dem Fall zuzuhören. Selbst er hielt ihn für schwer lösbar, vor allem weil er schon so lange zurücklag. So etwas war ihm noch nie untergekommen.

»Sieh zu, was du herausfinden kannst, aber meiner Meinung nach sollten wir nicht allzu viele schlaflose Nächte investieren. Denn abgesehen von den objektiven Schwierigkeiten wird der Mörder vermutlich schon tot sein oder irgendwo halb verblödet im Altenheim sitzen.«

»Woher willst du das wissen? Unkraut vergeht nicht. Es könnte doch sein, dass er putzmunter und voll bei Sinnen ist und sich ins Fäustchen lacht, weil er ungeschoren davongekommen ist.«

Vanina steckte nur zu gern ihre Nase in die Vergangenheit der Leute, das wusste auch Tito Macchia nur allzu gut.

»Also gut. Ich weiß sowieso, dass man dir nichts ausreden kann, was du dir einmal in den Kopf gesetzt hast.«

Sie hatte sich ihren guten Ruf als Expertin für ungelöste Fälle in Mailand verdient, als sie den Schuldigen an einer ungelösten und scheinbar nicht zusammenhängenden Mordserie ausfindig gemacht hatte. Um den Mörder zu fassen, hatte sie im Leben der Familien von sieben Opfern ermittelt, von denen das erste über zwanzig Jahre zuvor ermordet worden war. Nichts im Vergleich zu dem halben Jahrhundert, das sie nun zu durchforsten gedachte.

6

Als Vanina Spanòs Büro betrat, war er gerade vom Mittagessen zurück, saß an seinem Schreibtisch und erwartete sie.

»Sie glauben ja nicht, was meine Mutter in einer Stunde alles auf den Tisch gezaubert hat. Lauter Leckerbissen!«, rief der Inspektor und sprang von seinem Stuhl auf, als sie hereinkam.

Vanina lächelte bei dem Gedanken an ungeahnte Neuigkeiten und bedeutete ihrem Kollegen, sich wieder zu setzen. Auch sie wollte unbedingt erfahren, was die Erinnerungen seines Vaters hergaben. Je mehr Informationen es gab, desto besser konnten Fragapane und Lo Faro ihre Ermittlungen eingrenzen. Und irgendetwas sagte ihr, dass in diesem Fall Tratsch viel nützlicher war als jede offizielle Akte.

Spanò machte es sich wieder auf seinem Bürostuhl bequem, verschränkte die Hände unter dem leicht gewölbten Bauch und wollte mit seiner Erzählung beginnen, als ihn Vaninas belustigter Blick ablenkte, der auf sein Hemd gerichtet war.

»Was ist?«, fragte er und sah nach unten, ob er sich vielleicht mit Tomatensoße bekleckert hatte. Dann stellte er fest, dass ein Hemdknopf offen stand und dahinter sein behaarter Bauch hervorlugte.

»Entschuldigen Sie, Dottoressa, das habe ich gar nicht bemerkt«, murmelte er und lief rot an.

Vanina lachte und bot ihm zur Entspannung eine Zigarette an.

In diesem Moment betrat Marta Bonazzoli das Büro und erinnerte sie an die Fahrt zum Ortstermin in der Villa Burrano.

»Begleiten Sie uns, dann können Sie uns auf der Fahrt erzählen, was Sie bei dem leckeren Essen erfahren haben«, sagte Vanina und streckte Spanò die Hand hin, als wolle sie ihm vom Stuhl helfen. Der Inspektor sprang auf und wehrte die Provokation damit ab.

Marta setzte sich hinters Steuer einer schwarzen Giulietta, die als Folge einer Beschlagnahmung erst seit Kurzem zum Fuhrpark gehörte. Obwohl Spanò sehr ungern Beifahrer war, protestierte er nicht. In Vaninas Rangliste ihrer Lieblingsfahrer rangierte Marta auf dem obersten Platz, sowohl auf vier als auch auf zwei Rädern.

»Also, was haben wir herausgefunden?«, fragte Vanina.

»Boss, ich sage Ihnen, sobald ich von dem Leichenfund in der Villa Burrano erzählt habe, hat mein Vater eine halbe Minute lang nachgedacht, dann gelacht und mir höhnisch Glück gewünscht.«

»Was soll das heißen?«, fragte Marta erstaunt.

Vanina kräuselte die Lippen und lächelte zynisch.

»Na, das soll heißen, dass diese Frau irgendwer sein kann, Marta«, fuhr sie für Spanò fort. »Gaetano Burrano war ein Mann von Welt. Er reiste viel, spielte, gab Geld aus. Er war gut aussehend, einer der reichsten Männer von Catania und ständig von Frauen umschwärmt. Jeder Sorte von Frauen, wenn du verstehst, was ich meine. Die Leute bezeichneten seine Villa in Sciara als Lasterhöhle, in die eine ehrenwerte Dame den Fuß besser nicht setzte, wenn sie ihren guten Ruf nicht aufs Spiel setzen wollte.«

Vanina dachte daran, mit welcher Entschlossenheit Signora

Burrano betont hatte, niemals in der Villa gewohnt zu haben. »Ihr Vater hat aber keine Namen genannt, oder?«, fragte sie.

»Nein, Dottoressa. Er erinnerte sich daran, was man sich in der Familie erzählte. Die Tante meines Vaters war Schneiderin, sie nähte für halb Catania die Kleider. Signora Teresa Burrano gehörte zu ihren Stammkundinnen. Sie wissen ja, wie das damals war. Schneiderinnen, Barbiere, Friseurinnen gehörten zu dem Personenkreis, der am besten informiert war, weil diese Leute von Haus zu Haus gingen. Meine Tante hatte das Glück, für die Damen der gehobenen Gesellschaft zu arbeiten. Sie sagte immer, sie seien zwar am anspruchsvollsten, dafür aber auch am geschwätzigsten. Wer allerdings die Frauen waren, die mit Don Gaetano Umgang pflegten, erfuhr mein Vater vermutlich nie. Und falls er doch davon wusste, hat er es wohl vergessen.«

Der Ascheregen hatte wieder aufgehört und eine Mondlandschaft hinterlassen. Die schwarzen Häufchen an den Rändern der Straße, die an den Berghängen emporführte und ein Dorf nach dem anderen durchquerte, schienen die Fahrbahnen noch mehr als üblich zu verengen. Aus Lavastein erbaute alte Hütten wechselten sich mit Zementbauten von zweifelhaftem Geschmack und hier und da einem monumentalen Gatter ab, das zu irgendeinem Park führte. Sciara war eine der letzten bewohnten Ortschaften, bevor sich die Straße zu den Silvestribergen bis hinauf zum Rifugio Sapienza schlängelte und damit die Hauptzufahrt der Cataneser zu La Muntagna war, ihrem Berg.

Alfio Burrano rückte den weißen Plastikstuhl vom Beckenrand weg, stellte ihn so auf, dass er mit dem Gesicht zur Sonne saß, und knöpfte sich das Hemd ein wenig auf. Er fühlte sich wie gerädert. Nachdem er am Abend zuvor in seiner Stadtwohnung angekommen war, hatte er gleich eine Tablette Tafil eingeworfen und war in einen tiefen Schlaf gesunken, aus dem er bei Sonnenaufgang erwacht war.

Schon der Morgen hatte ihm lauter nervtötende Angelegenheiten präsentiert, von denen eine schlimmer als die andere war. Zuerst hatte ihn die Alte mit ihrem Besuch beglückt und ihm persönlich mitgeteilt, was in der Villa passiert war. Dem war ein Gespräch mit seinem Anwalt gefolgt, der ihm alle Ärgernisse aufzählte, die sich im Zusammenhang mit der Auffindung der Leiche ergeben würden. Gefolgt von drei Anrufen von Valentina, auf die er nicht reagierte und deren letzter mit einer Schimpftirade geendet hatte. Dann ein weiterer Anruf von ihr, der ihn nicht beleidigt, dafür aber mit zehn Minuten Geheul so entnervt hatte, dass er sich schließlich zu einem Treffen überreden ließ, nach dem er sich nur noch schlechter fühlte.

Allmählich gewöhnte sich Alfio an die Vorstellung der mumifizierten Leiche, die er nicht aus dem Kopf bekam. Nach dem ersten Schock und nachdem er den ganzen Morgen von nichts anderem geredet hatte, faszinierten ihn die Ermittlungen zu der verhutzelten Leiche im Lastenaufzug immer mehr. Zudem empfand er die Tatsache, dass er selbst Akteur in der Angelegenheit war, keinesfalls als das Ärgernis, das sein Anwalt ihm prophezeit hatte. Ganz im Gegenteil, die neue Erfahrung belebte durchaus seine Tage.

Und dann war da noch sie, Vicequestore Guarrasi. Die interessanteste Polizistin, die ihm je untergekommen war, auch wenn es wohl kein grandioser Einfall gewesen war, sie anzurufen und seine Nummer auf ihrem Display zu hinterlassen …

Kerzengerade stand Chadi neben der offenen Einfahrt und riss die Tore auf, als er die Giulietta mit Vanina und den beiden Beamten näher kommen sah. Auf diese Weise konnten sie sofort auf den Hof fahren. Marta parkte hinter dem weißen Range Rover, dem Spitzenmodell der Marke, wie Vanina bemerkte, als sie aus dem Auto stieg. Wem der Wagen gehörte, war unschwer zu erraten.

»Signor Burrano, da sieh mal einer an, Signor Burrano«, sagte Inspektor Bonazzoli leise.

Mit ausladenden Schritten überquerte Burrano den kurzen Weg, der seinen Garten vom gepflasterten Hof trennte. Mit ausgestreckter Hand ging er auf Vanina zu, begrüßte dann kurz per Handschlag seinen Freund Carmelo sowie Marta mit einem Fingerzeig.

Bei Tageslicht verlor die Villa Burrano etwas von ihrem gespenstischen Aussehen, umso mehr war der Zerfall zu sehen, dem sie preisgegeben war. An der Fassade sowie auf der Terrasse, auf die der Haupteingang hinausging, rankten sich Kletterpflanzen, die bereits ihre Blätter verloren hatten. Das mit Symbolen bedeckte Türmchen glich einem Minarett, das wie ein Wachturm über ein verwunschenes Schloss hinausragte. Es wurde von allen nur der Burrano-Turm genannt. Der Garten begann bei der Terrasse und führte über Stufen bis zum Haupttor, das auf den Dorfplatz hinausging. Ihn ungepflegt zu nennen wäre eine beschönigende Bezeichnung gewesen.

Inspektor Bonazzoli löste die Siegel an der Tür und ließ ihre Kollegen und Burrano ein, die daraufhin Fenster und Fensterläden öffneten. Die Marmortreppe, die nach oben führte, wirkte nun heller, und auch die Flachreliefs an den Wänden und Gewölben waren deutlich zu erkennen. An der Wand über der Tür hing in Originalgröße die Nachbildung eines Shisha rauchenden Mannes.

Vanina begab sich zum Fundort der Leiche in die Küche, betrat diese allein und blieb einen Schritt vor der Tür stehen. Sie gab sich Mühe, alles mit anderen Augen und anhand der aktuellen Informationen zu sehen. Es war praktisch unmöglich, die Öffnung zu erkennen, vor der die Anrichte gestanden hatte. Wem hätte zudem in den Sinn kommen sollen, das Möbelstück zu verrücken, die Tür zu öffnen und dort ein Versteck zu finden, nachdem das Haus kurz nach der Tat verschlossen worden war? Fest stand zwar, dass im Lauf der Zeit mehrmals in das Haus eingebrochen worden war, aber kein Dieb hätte eine Kassette voller Geld und ein Täschchen mit Schmuck zurückgelassen.

Vanina bat Signor Burrano, ihr die Gemächer seines Onkels zu zeigen. Er führte sie in ein Schlafzimmer, das aussah, als wäre es bis vor Kurzem noch bewohnt worden, wäre nicht alles mit dicken Staubschichten bedeckt gewesen. Auf einem von beiden Nachtkästchen stand sogar noch eine Teetasse mit Unterteller, auf dem anderen ein Aschenbecher. Vanina öffnete die Türen der beiden Kästchen, in denen sich jeweils ein Nachttopf befand. Das Bett selbst schien nicht nur von einer Person benutzt worden zu sein. Auf dem Toilettentischchen lagen etwas unordentlich eine Haarbürste und ein Kamm mit einem Horngriff. Die Schublade darunter war halb leer, doch die beiden Haarnadeln und der verbrauchte Lippenstift, die seit einem halben Jahrhundert hier lagen, hatten bestimmt nicht Gaetano Burrano gehört. Im angrenzenden Boudoir stand ein runder Tisch mit Frühstücksgeschirr: zwei Teller, zwei Kaffeetassen, aber nur eine Teetasse. Vanina machte kehrt und sah sich die Verzierungen auf der Tasse an, die auf dem

Nachtkästchen stand, sie waren identisch mit dem Service auf dem Tisch.

Dann riss Burrano sie aus ihren Gedanken. »Alles in Ordnung, Dottoressa?«

»Ich weiß nicht genau«, antwortete sie und ging an ihm vorbei zur Tür.

Je weiter sie in dem Turm nach oben kam, desto kahler und chaotischer wirkten die Räumlichkeiten. Burrano gab detailgenau die Geschichte des Architekten wieder, den sein Großvater auf Erkundungsreise nach Afrika geschickt hatte, damit dieser die alte Ruine renovieren und in ein Schloss verwandeln konnte. Das Türmchen wirkte tatsächlich wie ein Minarett.

Als sie die Terrasse erreichten, deutete Burrano auf ein Leitungssystem, das an der Wand hinauflief und in Düsen mündete, von denen sich eine an jeder Zinne befand.

»Anhand dieses komplizierten Mechanismus sieht man schon, wie verrückt mein Großvater war«, erklärte Burrano mit selbstgefälliger Stimme. »Da er überall Liegenschaften besaß, sowohl hier in der Nähe als auch weiter entfernt, wollte er, dass das Türmchen stets beleuchtet wurde, damit er es von allen Ländereien aus sehen konnte. Darum ließ er eine Anlage installieren, die mit Oxyacetylen betrieben wurde, das durch die Leitungen an der Wand gepumpt zu Düsen verlief, die das Türmchen sowie alle Lampen im Haus entzündete. Wenn Sie das genauer betrachten, sehen Sie noch heute die Ventile an den Lampen. Mein Onkel hat sie wohl noch aufbewahrt, selbst als die Anlage längst auf elektrisches Licht umgestellt worden war.«

Die Turmterrasse verlief um den gesamten Turm, sodass der ganze Horizont zu sehen war – die Stadt, der Golf von Catania bis nach Augusta und der rauchende Ätna. Vanina gelangte zu der Einsicht, dass Burranos Anwesen in Sciara viele Hektar groß gewesen sein musste, wenn dem Familienoberhaupt ein so großes Projekt in den Sinn gekommen war.

Alfio Burrano kam auf sie zu und wies auf den öffentlichen Dorfpark. »Sehen Sie, Dottoressa, der Gemeindepark dort gehörte damals noch zur Villa. Genau wie der kleine Park hier hinten. Alles andere im Umkreis war Ackerland.«

»Und was ist dann passiert?«, fragte Vanina und deutete auf die Dächer der vielen Häuser, die die Villa umstanden.

»Dann wurde die Grünanlage zu Bauland, und meine Tante hat viel Geld damit verdient«, meinte Alfio abfällig und verzog das Gesicht.

Nachdem sie wieder nach unten in die Privatgemächer gekommen waren, kehrte Vanina noch einmal ins Schlafzimmer zurück und nahm Spanò und Marta mit. »Spanò, nehmen Sie Bürste und Kamm und alles, was in der Schublade liegt, und bringen Sie es zur Spurensicherung! Falls sich irgendwelche Spuren darauf finden, werden wir sie mit der DNA der Mumie vergleichen.«

»Glaubst du, die Frau im Lastenaufzug hat in diesem Bett geschlafen?«, fragte Marta und sah dem Inspektor zu, wie dieser einen Handschuh anzog und zwei Plastiktütchen hervorholte, die er in der Tasche immer mit sich trug.

»Keine Ahnung. Es ist nur eine Vermutung, aber da wir in diesem Fall nur sehr wenig Nachprüfbares haben, nutzen wir jede Einzelheit.«

»Sollten wir nicht lieber noch einmal die Spurensicherung holen und sie direkt damit beauftragen?«, schlug Marta vor, die immer für den offiziellen Weg war.

»Na klar, dann verlieren wir mindestens zwei weitere Tage. Vergiss es! Egal, was hier passiert ist, inzwischen ist so viel Zeit vergangen, dass wir gar keine Beweise mehr verunreinigen können. Glaub mir, diese Bürste ist das einzig Nützliche hier. Sobald wir hier fertig sind, kommst du mit mir und Spanò ins Büro und bringst den Inhalt der Schublade zu Manenti.«

Bevor sie das Haus verließen, bat Vanina den Hausherrn, sie in das Zimmer zu führen, in dem sein Onkel ermordet worden war. Burrano ging ihnen voran bis zum Esszimmer, in dem sie am Vorabend gesessen hatten. Von dort gelangten sie durch eine abgeschlossene Tür in das besagte Zimmer.

»Dottoressa, eigentlich vermeide ich es, dieses Zimmer zu betreten, wenn ich jemandem diesen Teil der Villa zeige. Es verursacht mir Gänsehaut«, gestand Burrano und riss das Fenster auf.

»Keine Sorge, wir müssen nicht lange bleiben. Ich möchte nur kurz einen Blick hineinwerfen.«

Sie befanden sich in einem Herrenzimmer mit Bibliothek und großem Kamin, Holztäfelungen an der Wand und halb leeren Bücherregalen. Einige mit Boucléstoff überzogene Sessel standen herum, und die Wände waren mit den bekannten maurischen Motiven in kräftigen Farben verziert. Nur eine Ecke wirkte ein wenig leer, als würde etwas fehlen. Vanina trat an den Schreibtisch in der Mitte des Raums, auf dem sich noch Bücher und Papierkram stapelten. Dazu ein leerer Aschenbecher sowie ein Tintenfass mit Stift. Am Rand des Tischs stand eine Kaffeetasse.

Sie hatte keine Ahnung, wonach sie Ausschau halten sollte. Cavaliere Burrano war in diesem Zimmer ermordet worden, und ein paar Zimmer weiter war siebenundfünfzig Jahre später aus diesem schrecklichen Schacht die Leiche einer seiner Geliebten aufgetaucht. Es musste eine Verbindung geben.

Bevor sie das Zimmer wieder verließ, machte Vanina noch Fotos aus verschiedenen Blickwinkeln, die sie wahrscheinlich nie wieder ansehen würde, aber wissen konnte sie es nicht.

Alfio Burrano hielt sich diskret im Hintergrund und wartete, bis Vanina ihre Besichtigung beendet hatte. »Dottoressa, darf ich Sie noch etwas fragen?«

»Natürlich.«

»Wo fängt man bei solchen Fällen eigentlich an?«

Gute Frage! »Am Anfang, Dottore Burrano«, antwortete sie geheimnistuerisch. Und wieder hatte sie das Gefühl, dass der Mann einen vertraulichen Ton anschlug, den sie auf keinen Fall dulden konnte. Zumindest nicht während ihrer Dienstzeit.

Burrano ging ihr voran zum Ausgang, an dem bereits die beiden Inspektoren warteten. Während Marta ihre liebe Not mit dem Eingangstor hatte, es mit aller Kraft zuzog und die Versiegelung wieder anbrachte, überlegte Vanina, auf welchem Weg der Täter die Leiche im Haus wohl transportiert hatte. Der Haupteingang befand sich an einer gut einsehbaren, offenen Stelle der Terrassierung, die um die gesamte Villa herumführte und sogar vom Vorplatz aus zu sehen war. Zwischen Außenstufen, monumentalem Eingang und Innentreppen hätte sich der Mörder keinen unwegsameren Ort zur Tarnung einer Leiche aussuchen können.

Die Arme wurde direkt im Haus ermordet, dachte sie bei sich.

Die beiden Inspektoren wandten zeitgleich die Köpfe dem abschüssigen Garten zu und sahen dann wieder zur Villa zurück.

»Wirklich erstaunlich, Dottoressa«, stellte Spanò fest und betrachtete die Beweisstücke, die er in der Hand hielt. »Heute würde man diese Gegenstände bei einem Mordfall auf der Stelle analysieren. Damals haben die Kollegen sie einfach liegen gelassen.«

»Spanò, wir reden von 1959, außerdem musste im Fall Burrano nicht zusätzlich ermittelt werden. Er war nach wenigen Tagen gelöst. Trotzdem sollten wir die Gegenstände, die seinerzeit am Tatort gesichert wurden, aus dem Archiv holen.«

»In der Akte, die Fragapane aufgetrieben hat, müsste es Fotos geben«, schlug Marta vor.

Allerdings wusste jeder, dass Vanina nur ungern mit Fotos arbeitete. Offiziell hieß es, sie könne sich nicht auf die Details konzentrieren, in Wahrheit aber wussten nicht nur Marta und Spanò, dass Dottoressa Guarrasi nur sich selbst vertraute. Sie war überzeugt, dass immer irgendetwas übersehen wurde, auch wenn es sich nur um eine Kleinigkeit handelte, die sie entdeckte, einem Beamten der Spurensicherung aber entgangen war. Und meistens hatte sie recht.

Burrano verließ mit ihnen die Villa. »Dottoressa Guarrasi, falls Sie mich brauchen, stehe ich Ihnen uneingeschränkt zur Verfügung«, erklärte er mit einem Fuß bereits in seinem luxuriösen SUV.

»Vielen Dank, Dottore Burrano, ich fürchte allerdings, dass Sie aufgrund Ihres Alters nicht zu dem Personenkreis gehören, der über die Fakten informiert ist.« Er lächelte sie an und nickte, winkte ihr zum Abschied kurz zu und brauste mit dem Tunesier auf dem Beifahrersitz davon.

Lo Faro hatte etwas Zeit gebraucht, um konkret zu verinnerlichen, welche Recherche Vanina genau wollte, aber nachdem er es begriffen hatte, ging ihm die Arbeit leicht von der Hand. Er hatte aus der Datenbank schon sieben Vermisstenanzeigen gefischt, die damit übereinstimmten, wonach Vanina suchte, und war dabei, dem älteren Kollegen zwei weitere vorzulegen.

Fragapane war gut im Umgang mit Papier, stand dafür mit dem Computer auf Kriegsfuß. Alle Karteieinträge, die Lo Faro fand, ließ er sich ausdrucken, bevor er den Inhalt analysierte. Natürlich hielt ihn das ungemein auf, aber für die Genauigkeit seiner Ermittlungsarbeiten war diese Vorgehensweise unerlässlich. Außerdem gab es bei der Polizei nur wenige Beamte, die über seinen Scharfblick verfügten und in der Lage waren, versteckte Hinweise in Unterlagen zu finden. Also war man froh, ihn zu haben.

Vanina und Spanò tauchten wieder auf, als Fragapane aus den ersten sieben Vermisstenanzeigen bereits alle wichtigen Informationen herausgefiltert hatte.

»Also«, begann er, befeuchtete den Zeigefinger und blätterte in dem Notizbüchlein, in welches er die Blätter eingeheftet hatte, die ihm Lo Faro ausgedruckt hatte. »Bisher haben wir nur sieben Frauen gefunden, die in jenen Jahren in Catania als vermisst gemeldet wurden. Zwei fehlen noch, Lo Faro druckt sie gerade aus.«

Vanina und Spanò hätten sich am liebsten diese Zeit gespart und die Informationen direkt auf dem Bildschirm angesehen, doch beide vermieden es, Fragapane darauf hinzuweisen.

»Fangen wir bei den Anzeigen aus dem Jahr 59 an. Da gibt es insgesamt vier. Zwei wurden zur Zeit der Feiertage von Sant'Agata gemacht.« Der Mord an Burrano hatte sich genau am 5. Februar zugetragen, dem Tag der Schutzheiligen.

»Zwei von vier?«, fragte Vanina ungläubig, stützte sich mit einem Bein an dem Schreibtisch ab und verschränkte die Arme.

»Ja, Boss. Andererseits verlassen am Festtag der heiligen Agata alle Cataneser das Haus und kehren erst im Morgengrauen wieder zurück. Bei dem Chaos, das in der Nacht herrscht, passieren immer irgendwelche Dummheiten, das wissen wir ja nur zu gut.«

Spanò nahm Fragapane die Blätter aus der Hand, überflog sie kurz und reichte sie ihm dann mit resigniertem Blick zurück. Der besagte, dass sie ihm ziemlich unnütz erschienen.

Fleißig fuhr Fragapane mit seinen Ausführungen fort: »Nunziata Cimmino, dreiundzwanzig, ledig. Sie verschwand am Abend des vierten Februar und tauchte nie wieder auf. Ihr Vater gab die Vermisstenanzeige auf. Wahrscheinlich haben die Carabinieri ermittelt. Sie war Bäckereiverkäuferin in der Via Plebicito.« Er wies auf das Foto eines einfachen, pausbäckigen Mädchens. »Dann haben wir noch Teresa Gugliotta, siebenundzwanzig. Sie war mit einem Musikprofessor am Konservatorium verheiratet. Er gab die Vermisstenanzeige auf. Sie verschwand am fünften Februar. Irgendwer will gesehen haben, wie sie in einen Zug stieg, offiziell wurde das allerdings nie bestätigt. Hinter ihrem Rücken wurde offenbar ziemlich getuschelt.«

»Die ist viel zu unscheinbar«, entschied Spanò und sah sich das Foto mit der Frau in hochgeschlossener Bluse und Brosche am Kragen an. Sie passte nicht zu der auffälligen Eleganz der Mumie.

Vanina hatte das Gefühl, dass der Nebel nur noch dichter wurde, genau wie der Aschesturm des Vulkans, der alles einhüllte und einfach nicht aufhören wollte.

Hinter der halb geschlossenen Tür erkannte sie Macchia, der eine Hand auf die Türklinke gelegt hatte und noch jemanden grüßte, bevor er hereinkam. Gleich darauf stürmte der Leiter des Einsatzkommandos mit seinem massigen Körper in Vaninas Büro und informierte sich über den neuesten Stand der Dinge.

»Und wo habt ihr Inspektor Bonazzoli gelassen?«

»Bei der Spurensicherung. Sie bringt Manenti die Sachen vorbei, die wir in der Villa Burrano gefunden haben.«

Nachdem er sich vergewissert hatte, dass Vanina keine Anstalten machte, ihre Stellung auf der Schreibtischkante aufzugeben, nahm Macchia auf ihrem Bürostuhl Platz und bedeutete Fragapane, mit seinem Bericht fortzufahren.

Unterdessen brachte Lo Faro die beiden anderen Vermisstenanzeigen. Sie stammten jeweils aus den Jahren 1960 und 1961. Sobald er den Einsatzleiter auf dem Stuhl von Dottoressa Guarrasi sitzen sah, rührte er sich nicht mehr vom Fleck, erpicht darauf, sich bei nächstbester Gelegenheit hervorzutun.

Von den neun Frauen kam nur eine infrage, die in Kleidung und in Anbetracht der gefundenen Gegenstände in etwa mit der mumifizierten Leiche übereinstimmte. Es handelte sich um Vera Di Bella, geborene Vinciguerra, dreißig Jahre alt, Gattin eines renommierten Anwalts, wie Spanò wusste. Der Ehemann hatte sie im April 1959 als vermisst gemeldet. Aus einem Aktenvermerk konnte man folgern, dass es auch über diese Frau Klatsch und Tratsch gegeben hatte.

Vanina sah sich den Aktenvermerk und das Foto genau an. Es handelte es sich um ein altes Dokument mit verblichenem Foto, und sie hoffte, dass es ihr vielleicht Hinweise in Verbindung mit der mumifizierten Frau liefern konnte.

»Das könnte sie sein«, kommentierte Macchia und schaukelte auf dem Bürostuhl hin und her, der bei jeder Bewegung quietschte.

Vanina nickte und erhob sich von der Schreibtischkante. »Spanò, versuchen wir mehr über diese Vinciguerra herauszufinden und jemanden von der Familie ausfindig zu machen, der sich noch an die Zeit erinnert. Zum Beispiel der Mann, der die Vermisstenanzeige aufgegeben hat. Bestellen Sie ihn morgen früh ein, sofern er noch lebt.«

»Guarrasi, ich sagte bereits, dass wir bei jedem Zeugen, den wir in diesem Fall suchen, erst einmal hoffen müssen, dass er überhaupt noch lebt und irgendwelche Informationen liefern kann«, erläuterte der Einsatzleiter und überließ ihr dann den Platz. »Wie gehen wir also vor?«

»Diese Vinciguerra sollten wir in die engere Wahl nehmen, obwohl sie erst über zwei Monate nach Burranos Tod verschwand. Die anderen Vermisstenanzeigen behalten wir für alle Fälle erst einmal hier. In der Zwischenzeit machen wir uns auf die Suche nach dem mörderischen Verwalter Masino Di Stefano. Vorausgesetzt, er ist noch bei guter Gesundheit. Falls man die mitgebrachten Spuren analysieren kann, falls sie sich mit der Leiche abgleichen lassen und übereinstimmen, bestellen wir ihn ein.«

»Du glaubst tatsächlich, dass die Geschichte etwas mit dem Mord an Burrano zu tun hat?«

»Zumindest gibt es eine Übereinstimmung. Und da Übereinstimmungen immer gegen den Wind stinken …«

»… denkst du, dass er sie vielleicht umgebracht hat?«

»Genau daran habe ich gedacht.«

»Du weißt aber schon, dass sich das unmöglich nachweisen lässt, selbst wenn dem so wäre.«

»Ich weiß.«

»Wichtig ist nur, dass du dir das klarmachst«, schloss er, berührte kurz ihre Hand und verabschiedete sich von den anderen. Beim Verlassen des Büros lief ihm Inspektor Bonazzoli in die Arme, die mit Blick auf ein Blatt Papier gerade ins Büro eilen wollte.

Marta lief hochrot an. »Alles in Ordnung, Ispettore?«

»Ja, danke, Dottore.« Macchia sah sie an und lächelte mild, was sie nur noch verlegener machte.

»Und? Hast du alles Manenti übergeben?«, fragte Vanina und befreite sie aus der peinlichen Lage.

Der Big Boss zog sich zurück, und Lo Faro dackelte ihm sabbernd hinterher.

»Ja«, antwortete sie und setzte sich auf den Stuhl, den Spanò für sie frei gemacht hatte.

»Und, was hat er gesagt?«

»Er meint, dass nur Verrückte so einen Fall überhaupt ernst nehmen können.«

»Und weiter?«

»Dass man den Wünschen von Verrückten nachkommen muss. Er wird daran arbeiten. Aber er braucht Zeit, das hat er gleich klargestellt. Weil die Spuren alt und verunreinigt sind. Danach wird er sich äußern, ob er etwas gefunden hat, das sich analysieren lässt.«

»Der Dreckskerl wird schon etwas finden, das sich analysieren lässt. In der Bürste hingen Haare. Fragapane, bitte rufen Sie Nunnari an! Und wenn Sie schon mal dabei sind, holen Sie gleich Lo Faro zurück, bevor Macchia ihn mit Fußtritten aus seinem Büro befördert.«

Vanina lachte und verließ den Raum. Auch Spanò grinste in sich hinein.

»Warum? Ist er in Macchias Büro?«, fragte Marta.

»So sicher wie das Amen im Gebet. Er kriecht überall hinein, wo man hineinkriechen kann.«

Gefolgt vom Sovrintendente und einem keuchenden Lo Faro, kehrte Fragapane zurück. Vanina lächelte vor sich hin und stellte sich vor, mit welcher Vehemenz der Polizeimeister ihn zurückgepfiffen hatte.

»Lo Faro, mussten Sie auf die Toilette?«, fragte sie ihn.

»Nein, ich dachte …«

»Was genau?«

»Wir wären fertig …«

»Womit fertig?«, fragte sie und wurde laut. »Dann lassen Sie mich gleich einiges klarstellen. Erstens: Wenn es um eine Leiche geht, ganz egal, ob frisch oder alt, können Sie erst ab dem Moment sagen, dass Sie fertig sind, wenn Sie den Mörder gefunden und hinter Gitter gebracht haben. Wenn in der Zwischenzeit nicht noch etwas anderes passiert, dann können Sie das Wort *Ende* erst einmal auf unbestimmte Zeit einfrieren. Zweitens: Wenn Sie in meinem Büro sind und meinen Männern zuhören, während sie die Ermittlungen mit mir besprechen, in die ich auch Sie mit einbezogen habe, auch wenn es nur um das Sortieren von Unterlagen geht, dann verlassen Sie den Raum erst dann, wenn ich Ihnen die Erlaubnis dazu erteile. Drittens: Es gibt nur einen, der Arschkriecher noch mehr hasst als ich, und das ist Tito Macchia. Ich rate Ihnen also, erst einmal Bilanz zu ziehen, wenn Sie nicht riskieren wollen, im Büro zu bleiben und Akten zu sortieren.«

Wie ein begossener Pudel blieb der Beamte entsetzt mitten im Raum stehen. Er sah sich nach Unterstützung bei den Kollegen um, begegnete aber nur Inspektor Bonazzolis mitleidigem Blick.

Vanina senkte die Stimme wieder. »Das ist alles. Jetzt können Sie gehen.«

»Bin … ich jetzt nicht mehr mit von der Partie?«, fragte der junge Mann fassungslos, was Spanò ein Grinsen entlockte und Vanina erweichte.

»Benehmen Sie sich ordentlich und machen Sie Ihre Arbeit,

und zwar gut. Sie werden sehen, dann beziehe ich Sie auch weiterhin mit ein.«

Unbeholfen blieb Lo Faro an der Tür stehen. »Entschuldigen Sie, Dottoressa, wegen des Telefonbüchleins …«

Vanina fiel aus allen Wolken. Sie hatte völlig vergessen, dass sie Lo Faro diese Aufgabe übertragen hatte. Vermutlich weil sie sowieso davon ausgegangen war, dass nichts dabei herauskam.

»Ah klar, das Telefonbüchlein! Was ist damit?«

»Also, ich versuche gerade, jemandem im Archiv der Telecom zu erreichen, weil die Nummern bei denen erst später angefangen haben. 1959 wurden die Nummern auf Sizilien von der … warten Sie, ich schaue schnell nach … Firma Set verwaltet.«

Er hatte dazugelernt. Dennoch war es äußerst unwahrscheinlich, dass noch Informationen einzuholen waren.

»Sehr gut. Sehen Sie zu, dass Sie noch etwas herausfinden!«

Frischen Mutes verließ er das Büro.

»Nunnari, Sie müssen etwas erledigen«, sagte Vanina, woraufhin er sogleich Habachtstellung einnahm. »Finden Sie heraus, was mit Tommaso Di Stefano passiert ist. Dem Mann, der Gaetano Burrano ermordete. Erkundigen Sie sich, ob er noch lebt und zurechnungsfähig ist, wo er wohnt und was er macht. Wenn das die Leiche einer Frau ist, die mit Burrano gelebt hat, könnte Di Stefano vielleicht einiges dazu sagen.«

»Zu Befehl, Boss.«

Nachdem sie alle entlassen hatte, ließ sich Vanina auf ihren knarrenden Bürostuhl fallen.

»Ich habe einen vollen Nachmittag mit deiner mumifizierten Leiche verbracht und bin gerade fertig geworden«, berichtete Adriano Calì.

»Und warum rufst du mich erst jetzt an?«

»Weil ich erst meinen verdreckten Kittel ausziehen und den kalten Seziersaal verlassen wollte. Ich musste die Leiche bei Eiseskälte sezieren, um zu verhindern, dass sie sich verflüssigt.«

»Und, was gibt's Neues?«

»Hör zu! Luca ist heute zurückgekommen und wartet an der Piazza Europa mit einigen Freunden auf mich. Giuli kommt auch. Ich schlage vor, du holst mich ab, begleitest mich, und ich erzähle dir unterwegs alles Wichtige. Dann bleibst du bei uns, und wir trinken alle zusammen einen Aperitif. Dabei kommst du auf andere Gedanken.«

»Du bist ein Schlitzohr. Wer hat dir das wieder gesteckt? Giuli etwa?«

»Was heißt hier gesteckt? Sehe ich aus wie jemand, dem man etwas stecken kann? Also? Soll ich hier auf dich warten, oder soll mein Assistent mich begleiten?«

»Na schön, dann warte auf mich. Aber zum Aperitif bleibe ich nicht. Vergiss es, vergiss es!«

Adriano stand schon am Hintereingang des Ospedale Garibaldi und hielt nach ihr Ausschau. Er trug einen eng anliegenden blauen Regenmantel, eine Umhängetasche und einen kabellosen Kopfhörer im rechten Ohr. Mit seinem strahlenden Lächeln sah er nicht im Entferntesten wie jemand aus, der seine Nachmittage mit Leichen verbrachte.

»Zu Diensten, meine Liebe.«

Sie zündeten sich eine Zigarette an und ließen die Autofenster herunter.

»Also!«, drängte Vanina.

»Was soll ich sagen? Für mich ist sie tatsächlich seit fünfzig Jahren tot. Nachdem ich sie ausgezogen hatte, konnte ich einen Blick auf die Etiketten ihrer Kleider und des Pelzes werfen und habe mir angesehen, was noch leserlich war. Das waren Namen von Schneidereien, die es seit Ewigkeiten nicht mehr gibt. Vierzig Jahre oder länger. An der Leiche habe ich weder Schnitt- noch Schussverletzungen gefunden. Und keine Projektile. Falls man sie erwürgt oder vergiftet hat, kann ich das jetzt leider nicht mehr nachvollziehen, aber vermutlich interessiert dich das sowieso nicht besonders.«

»Sonst irgendetwas Auffälliges? Brüche, Goldzähne oder so?«

»Nichts. Sie hatte perfekte Zähne.«

Vanina zog an ihrer Zigarette und stieß den Rauch zum Fenster hinaus. Währenddessen trommelte sie mit den Fingern auf das Lenkrad und schwieg.

»Ich habe dir doch gesagt, dass ich dir diesmal nicht helfen kann.«

»Adri, hör zu! Kannst du dich an die Namen der Schneidereien auf den Etiketten erinnern?«

»An die auf dem Pelz, ja. Tramontana. Die anderen waren unleserlich, sie liegen aber alle noch bei der Spurensicherung. Kann schon sein, dass sie die mit etwas Zauberei wieder leserlich bekommen.«

»Weißt du zufällig, ob es ein bekanntes Pelzgeschäft war? Ein elegantes?«

»Es war damals das beste in Catania. Es wurde geschlossen, da waren wir zwei noch nicht einmal geboren.«

»Und woher weißt du das?«

»Vergiss nicht, Schätzchen, ich bin in einer Familie mit beängstigend vielen Frauen aufgewachsen. Mama, Oma und drei Tanten. Und alle trugen Pelze«, kicherte er und zog noch einmal an seiner Zigarette. »Meinst du, deshalb bin ich schwul geworden?«

Vanina lachte. Menschen, die sie in gute Laune versetzten, konnte sie an einer Hand abzählen. Und Adriano Calì war einer davon.

Die Geschäfte im Corso Italia hatten noch offen, und auf der Piazza Europa war ums Verrecken kein Parkplatz zu finden. Vanina packte die Gelegenheit beim Schopf, dass sie nicht anhalten musste. Mit etwas Glück konnte sie vielleicht sogar noch vor acht Uhr die Stadt verlassen und den Stau am Autobahndreieck Richtung der Dörfer am Ätna vermeiden.

Giuli wäre zwar enttäuscht, aber Vanina hatte keine Lust, sich den halben Abend lang die Neuigkeiten und das Geschwätz über die catanesische Gesellschaft anzuhören.

Vanina ließ die Dörfer hinter sich und fuhr bis nach Viagrande. Mit etwas Glück hatte der Feinkostladen noch offen, in dem sie gern einkaufte. Sie parkte vor den öffentlichen Gartenanlagen, hüpfte schnell aus dem Auto und eilte in das Geschäft. Dort erwarteten sie Körbe voller Packungen, Weinregale und ausgewählte Lebensmittel, vor denen handbeschriftete Schildchen hingen. Mitten im großen Verkaufsraum erhob sich ein kreisrunder Tresen mit Vitrinen voller Wurstwaren, Fleisch, kiloweise Brot und Trockenfrüchten jeder Art.

Sebastiano empfing sie und legte zum Gruß eine Hand schwungvoll an die Kochmütze, sodass sie ihm beinahe heruntergefallen wäre. Das Feinkostgeschäft befand sich seit fast einem Jahrhundert im Familienbesitz und war auch dank seines besonderen Talents Anlaufadresse für kulinarische Kenner geworden.

»Buonasera, Sebi«, sagte sie. Sie hatte ihn kaum begrüßt, da reichte er ihr hinter dem Tresen auch schon ein Sesam-Grissini, um das er eine Scheibe rohen Schinken gewickelt hatte.

»Probier mal den Parmaschinken, der zergeht förmlich auf der Zunge.«

Mit einem gewissen Schuldgefühl nahm Vanina innerhalb weniger Minuten eine ganze Reihe verschiedener Kostproben zu sich, eine leckerer als die andere. Erst der Schinken, dann eine Scheibe Salami aus dem Fleisch vom Nero-Siciliano-Schwein, zum Schluss ein Stückchen Caciocavallokäse aus Ragusa, gereift in Nero-d'Avola-Wein. Es war sinnlos, sich etwas vorzumachen, sie war einfach nicht für Diäten geschaffen.

Vanina nahm hundert Gramm Schinken mit nach Hause, einen Büffelmozzarella von einer Viehzucht in Ragusa, der nur zweimal in der Woche angeliefert wurde, sowie die Hälfte eines *Cucciddato di San Giovanni*, ein ringförmiges Hausbrot, im Steinofen gebacken, das mit der letzten Lieferung gekommen und noch lauwarm war.

Als sie an der Balkontür ihrer Nachbarin Bettina vorbeiging, sah sie, dass im Wohnzimmer noch Licht brannte, also Buraco-Abend war, eine Form des Canastaspiels. Sie wollte sich vorbeischleichen, hatte aber die Rechnung ohne die Wirtin gemacht, denn das Licht ging automatisch an und erregte die Aufmerksamkeit der Nachbarin. Bettina eilte zum Fenster, das einen Meter über dem Boden lag.

»Vannina! Was soll das bedeuten, klopft man jetzt nicht mehr?«

»Buonasera, Bettina. Ich habe gesehen, dass du Besuch hast, und wollte nicht stören.«

»Was heißt denn hier stören? Komm rein, ich stelle dich endlich meinen Freundinnen vor. Sie wollten sowieso gerade gehen.«

Sie schloss das Fenster und verschwand, noch bevor Vanina etwas einwenden konnte. Kurz darauf erschien sie, gefolgt von drei gepuderten Witwen, über welche Vanina inzwischen jedes noch so kleine Detail wusste, an der Balkontür. Luisa, eine der drei, hatte viele Jahre mit ihrem Mann in Palermo gelebt, der inzwischen verstorben war.

Während Vanina vergeblich versuchte, dem Ansturm der Frauen standzuhalten, überlegte sie, dass die Frauen aufgrund ihres Alters unter Umständen nützliche Informationen für ihre Ermittlungen liefern konnten.

»Meine Damen, dürfte ich Sie etwas fragen?«

Das Geplapper der vier verstummte umgehend, und sie konzentrierten sich. Zog Vanina sie etwa mit etwas Glück in ihr Vertrauen?

»Hat jemand von Ihnen mal einen Pelz bei Tramontana gekauft?«

Bettina und Ida, eine weitere Dame, hoben wie in der Schule gleichzeitig die Hand.

»Mein Mann, er ruhe in Frieden, hatte eine Leidenschaft für Pelze«, erklärte die Nachbarin sehnsuchtsvoll.

»War das ein teures Geschäft?«

Die Frauen sahen sich an.

»Natürlich war es teuer, schließlich war es ein Pelzgeschäft, und ein sehr gutes obendrein. Damals hatte man entweder Geld oder kam gar nicht auf den Gedanken, ein solches Geschäft zu betreten.«

Die Neugierde war den vier Frauen förmlich ins Gesicht geschrieben, denn jetzt hätten sie natürlich gern gewusst, warum Vanina ihnen diese Frage gestellt hatte, doch sie fuhr nicht fort.

Bevor sie durch die Tür ging, blieb Luisa einen Moment lang stehen, ergriff Vaninas Hand und drückte sie fest. »Es war mir eine große Ehre, Sie kennenzulernen, Dottoressa Guarrasi.

Sie kommen ganz nach Ihrem Vater. Mein Mann kannte ihn gut. Wissen Sie … wir waren Kaufleute. Ich kann mich noch gut erinnern, als wäre es gestern gewesen … als er … Der Ispettore war ein Held. Was er in jenen unglückseligen Jahren alles für Palermo getan hat …« Sie wandte sich an ihre Freundinnen, als wolle sie es ihnen erklären.

Vanina nahm die verdutzten, fassungslosen Blicke und Bettinas besorgten Gesichtsausdruck wahr. Fast unmerklich und verblüfft nickte sie. Immer wenn ihr Vater erwähnt wurde, hatte sie das Gefühl, als würde ihr ein Faustschlag verpasst. Dann überkam sie wieder jener dumpfe Schmerz, der sie auch am Vortag ergriffen hatte. An diesem schicksalhaften Datum, das jedes Jahr wieder jenen schrecklichen Morgen markierte.

Bettina fuhr ihren Computer hoch, auf dessen Bildschirm ihr die Gesichter von zwei lächelnden Jungen vor den Klippen von Aci Trezza entgegensahen. Sie hauchte den beiden Teufelchen, die sie seit über einem Monat nicht mehr gesehen hatte, einen Kuss zu. Doch glücklicherweise gab es Computer, Skype oder Facebook sowie das ganze andere Teufelszeug, das jemand in ihrem Alter eigentlich nicht mehr bedienen konnte. Da Blut aber dicker war als Wasser, überwand es auch die Unvereinbarkeit zwischen dem Kopf einer über Siebzigjährigen und den Anforderungen der modernen Technik.

Sie klickte auf Mozzilla Firefox, den ihr Neffe Piero ihr erklärt und als den sichersten Browser empfohlen hatte, weil man sich bei dem kaum Viren einfing. Viren, wie das schon klang … Bettina verstand immer noch nicht, wie sich eine Maschine ein Virus einfangen konnte. Als die farbige Schrift mit dem Streifen unten auftauchte, tippte sie mit dem Zeigefinger einzeln die Buchstaben ein, verschrieb sich allerdings ein paar-

mal: *Ispettore Guarrasi, Palermo.* Sie klickte auf das erste Such-
ergebnis, drückte die Brille auf die Nase, heftete den Blick auf
den Bildschirm und las in einem Zug die Seite durch, die dem
Mann gewidmet war, von dem sie an diesem Abend zum ersten Mal gehört hatte. Langsam lehnte sie sich zurück und verfluchte ihre Neugierde, die sie dazu verleitet hatte, etwas über
ihre Lieblingsmieterin herauszufinden, das die ihr selbst nie
erzählt hatte. Jetzt wusste sie auch, warum. Sie wusste alles.

Vanina starrte auf die Gegensprechanlage, als könne der Apparat mit Videokamera, den sie gleich nach ihrem Einzug hatte
installieren lassen, aus der Entfernung Fragen beantworten, die
ihr erstaunter Blick gestellt hatte. Sie hielt den Film an, den sie
gerade schaute, und stand mühsam von dem grauen Sofa auf,
das sie sogar mit nach Mailand genommen hatte.

Maria Giulia De Rosa linste in die Kamera der Gegensprechanlage und wirkte nervös. »Machst du auf, oder soll ich
weiter hier stehen bleiben und in die Kamera starren?«

»Ist der Aperitif denn schon vorbei?«, fragte Vanina, als sie
die Tür öffnete.

»Es ist nach zehn.«

»Mit dir hatte ich schon Aperitifs, die ewig dauerten. Von
wegen zehn Uhr!«

Giuli überreichte ihr eine kleine Schale mit Eis, die in Papier eingewickelt war. Nuss und Schokolade, erklärte sie. Ein
mürrischer Zug lag auf ihrem Gesicht, als wäre der Abend ein
Reinfall gewesen.

»Was ist los?«, fragte Vanina

»Nichts. Abgesehen davon, dass du mich mit Adriano und
Luca allein gelassen hast.«

»Waren denn nicht noch andere Leute dabei?«

»Unerheblich. Ich kannte sie kaum.«

Vanina holte Gläser und kleine Löffel. »Ich hatte keine Lust, tut mir leid. Ich habe einen anstrengenden Tag hinter mir.«

»Wenn du zu Hause bist, heißt das, dass es keine frisch ermordeten Leichen gibt. Ich habe dich schon an viel stressigeren Abenden zum Ausgehen gebracht, also verkauf mich nicht für dumm.«

Giuli setzte sich auf das Sofa vor dem großen Fernseher, auf dem ein Standbild in Schwarz-Weiß zu sehen war. »Wie ich sehe, vergnügst du dich gerade mit einem deiner vorsintflutlichen Streifen. Wer ist denn der Schönling mit der Zigarette?«

»Gabriele Ferzetti, einer der charmantesten Schauspieler des italienischen Films. Und der vorsintflutliche Streifen heißt *Die mit der Liebe spielen*. Du weißt schon, Michelangelo Antonioni«, ironisierte Vanina.

Das Standbild beschrieb eine jener Filmszenen im Hotel *San Domencio* in Taormina, in dem der Film endete. Sie und Adriano gingen nie daran vorbei, ohne eine kleine Runde im Hotel zu drehen und im alten Speisesaal etwas zu trinken, in dem genau die Szene gedreht worden war, die auf dem Standbild flimmerte. Sie ließ sich neben Giuli nieder und reichte ihr ein Glas mit Eiscreme.

»Hast du etwa der catanesischen Movida den Rücken gekehrt, nur um mit mir Eis zu essen und meinen Filmgeschmack zu kritisieren?«, fragte sie.

»Und du? Igelst du dich zu Hause ein, um noch einmal die Dialoge deiner Filme zu wiederholen, oder was?«

Vanina wurde ärgerlich. »Giuli, hör auf! Ich freue mich, dass du mich besuchst, aber dieses wehleidige Gesicht passt nicht zu dir. Wenn du also schon mal hier bist, dann nutz doch die Gelegenheit und sprich dich aus!«

Maria Giulia De Rosa war eine Pragmatikerin, die niemals in Selbstmitleid verfiel. Sie war Anwältin für Scheidungsrecht und verdiente ihren Lebensunterhalt mit Familientragödien und Ehedramen, hielt sich selbst aber für immun dagegen. So immun, dass ihren Angaben zufolge bisher kein Mann ihre Kriterien für ein friedvolles Miteinander erfüllt hatte. Vanina Guarrasi war die Einzige, bei der die Anwältin ab und an die Maske fallen ließ. Warum, wusste sie selbst nicht.

»Luca sah heute noch toller aus als sonst.«

Luca Zammataro war Journalist und liiert. Er arbeitete als Kriegsberichterstatter für eine große italienische Zeitung im Ausland und war der bestaussehende und undurchschaubarste Mann von ganz Catania. Doch zu Giulis Leidwesen und dem vieler anderer Frauen war er schwul und seit über zehn Jahren der Lebensgefährte von Adriano Calì. Und er war der einzige Mann, für den Anwältin De Rosa alle Kriterien auf null gestellt und jede Dummheit begangen hätte.

Den Abend über beim Anblick des vertrautesten Pärchens von Catania zu leiden war eine Litanei, die Vanina seit zwölf Monaten in regelmäßigen Abständen zu hören bekam. Sie bohrte ihren Löffel in das Eis und schob das schlechte Gewissen beiseite. Nach den zwei Tagen, nach Palermo und den Worten von Signora Luisa war Zucker die einzige Alternative zu einem sehr viel schädlicheren Päckchen Zigaretten. »Iss und denk nicht mehr daran, ist besser so«, riet sie.

»Er kam mit noch feuchten Haaren an, sein Bart duftete nach diesem Parfüm …«

»Giuli, hör endlich auf!«

»Du hast ja recht. Ich bin übrigens nicht wegen Luca gekommen. Und das ist auch nicht der Grund, weshalb ich dich heute Abend aufstöbere. Seit drei Tagen reagierst du auf niemanden. Gestern warst du in Palermo, ohne ein Wort zu sagen. Du verschweigst mir etwas.«

Tatsache war, dass sich zwischen Maria Giulia De Rosa und Vanina Guarrasi aus irgendeinem Grund eine gewisse Vertrautheit eingestellt hatte. Die Anwältin war eine der wenigen Auserwählten, denen Vanina gewisse private Dinge erzählte, deren Erinnerung sie irgendwie ertragen konnte.

»Da war die Gedenkfeier.«

Maria Giulia stellte das Glas ab und führte ihre eisige Hand zum Gesicht. Sie drehte sich zum Bord um, das über dem Fernseher hing, und warf einen flüchtigen Blick auf das gerahmte Foto, das auf dem einzigen Platz stand, der nicht von Videokassetten und DVDs zugestellt war.

»Fünfundzwanzig Jahre, nicht wahr?«

Vanina nickte, stand auf und starrte auf das Foto. Sie näherte sich ihm langsam und sah Inspektor Giovanni Guarrasi in die Augen, der ihr unter seiner Schirmmütze zuzuzwinkern schien. *Was gibt's, meine Kleine? Sag es mir, ich kümmere mich darum.*

Zigarette im Mundwinkel, schiefer Blick. Graue Augen, die niemals und vor niemandem den Blick senkten. *Wie schön du bist, Papa.*

Und er hätte gelacht. Auch an jenem Tag hatte sie zu ihm gesagt, dass er schön sei. Und er hatte gelacht.

Diese Lachen hätte ihre letzte Erinnerung an ihren Vater sein sollen. Außerdem seine starken Arme, die sie am Eingang zum Gymnasium Garibaldi fest umarmten. *Jetzt geh, bevor deine Schulkameraden uns sehen und die nächsten fünf Jahre Witze über dich reißen.*

Sie hätte auf ihn hören und sich dort von ihm verabschieden sollen. Das Tor durchqueren, die Stufen hinauf in die neue Klasse gehen und dortbleiben sollen. Wenn sie das getan hätte, wäre die letzte Erinnerung an ihren Vater die richtige gewesen. Aber so kam es nicht. Vielleicht weil sie spürte, dass ihr erster Schultag ein besonderer Anlass war und er diesen Abschnitt für den wichtigsten im Leben hielt und es wohl keine zweite Gelegenheit gegeben hätte, ihn noch einmal vor diesem Tor zu sehen. Vielleicht, weil es ihr egal war, was die anderen von ihr dachten, und sie ihm das noch sagen wollte. Vielleicht, weil eine leise Vorahnung sie ergriff und zum Zurückkehren bewegte. Sie war gegen den Strom am Hausmeister vorbei, der ihr warnend nachrief, dass die Schulglocke bald läuten würde, noch einmal durch das Tor gelaufen und war auf der obersten Stufe mit Blick auf die Straße stehen geblieben. Ihr Vater war noch da und zündete sich auf dem Gehsteig gegenüber der Schule eine Zigarette vor der offenen Tür seines Fiat Uno an.

Sie hätte nur zwei Minuten gebraucht. Sieben Stufen, nur noch ein Kuss, eine Umarmung und dann nichts wie weg, um ihrer Pflicht nachzugehen, wie er es ihr beigebracht hatte. Zwei Minuten. Doch die hatte sie nicht mehr.

Sie kamen aus dem Englischen Garten, rasten gegen die Fahrtrichtung. Zwei Motorräder, vier Sturzhelme, die geradewegs auf das Auto von Inspektor Guarrasi zurasten. Dann Schüsse. Viele Schüsse. Sie schienen nicht enden zu wollen. Gebrüllte Beleidigungen, Geldscheine, die zum Zeichen der Schmach neben den blutenden Kopf eines Mannes auf den Boden geworfen wurden, der es gewagt hatte, sich gegen den Rest der Welt zu stellen. »Arschloch! Das hast du davon! Jetzt hörst du endlich auf.«

Das Dröhnen der Motoren, die ungestört das Weite suchten. Die ungestraft davonkamen.

Wäre sie nur nicht so hilflos gewesen, hätte sie nur eine Waffe gehabt … sie hätte sie alle umgebracht, jeden Einzelnen, ohne Gnade. Sie hatte sich geschworen, niemals wieder ohnmächtig in eine solche Situation zu geraten. Diese Mörder würden ihr nicht entkommen. Kein einziger.

Das hatte sie geschworen, und das hatte sie gehalten.

7

Biagio Patanè, Commissario im Ruhestand, runzelte die Stirn und zog die Zeitung näher zu sich heran. Vielleicht hatte er sich ja verlesen. Mit dreiundachtzig Jahren konnten einem die Augen durchaus einmal einen Streich spielen. Er las noch einmal die Überschrift im Nachrichtenteil über Catania. Und da stand es schwarz auf weiß. Villa Burrano, Tote aus der Vergangenheit. Verblüfft las er den Artikel.

Die zufällig am Sonntagabend in der Villa der bekannten Weinunternehmer gefundene Leiche hat bisher keinen Namen. Es handelt sich offensichtlich um eine Frau, deren Tod mehrere Jahre, wenn nicht Jahrzehnte zurückliegt. Bei der in einem Lastenaufzug, von dessen Existenz nicht einmal die Eigentümer wussten, gefundenen Leiche wurden keine Ausweisdokumente gefunden. Nach erfolgter Anzeige durch Alfio Burrano, der die Leiche fand, begaben sich Beamte des Einsatzkommandos unter Vicequestore Giovanna Guarrasi sowie der stellvertretende Staatsanwalt Vassalli vor Ort. Sowohl Spurensicherung als auch Gerichtsmediziner arbeiten daran, Hinweise zur Identifikation des Leichnams zu liefern. Die Villa Burrano ist seit Langem unbewohnt, beherrschte aber vor über fünfzig Jahren nach dem grausamen Verbrechen, das zwischen ihren Mauern begangen wurde und dem Cavaliere Gaetano Burrano zum Opfer fiel, die Schlagzeilen.

Nachdenklich sah er auf. Dann legte er die Zeitung offen auf das Tischchen vor dem Fenster, steckte die Brille in die Innentasche seines Jacketts und zog es an. Vor dem Spiegel im Flur rückte er seine Krawatte zurecht, reckte den Hals und spähte in die Küche.

»Angelina, ich gehe!«, rief er.

Dann schlüpfte er durch die Tür, noch bevor seine Frau ihm mit dem Mantel hinterherlaufen konnte, den er sonst die ganze Zeit auf dem Arm hätte mitschleppen müssen.

»Gino, wo willst du denn so früh schon hin? Hast du dein Handy dabei? Man kann nie wissen, vielleicht brauchst du es ja.«

Angelina war eine Heilige, und das konnte er bei allem, was sie mit ihm durchgemacht hatte, nur laut sagen. Trotzdem hatte sie diese fixe Idee, Kleidung nach Jahreszeiten auszuwählen, ohne auch nur einen Finger nach draußen zu strecken und zu prüfen, ob sich Temperatur und Jahreszeit deckten. Die Tatsache, dass sie um einiges jünger war als er, hatte ihn bei der Hochzeit noch mit Stolz erfüllt, wandte sich seit ein paar Jahren aber gegen ihn. Mit fortschreitendem Alter festigte sich in ihr nämlich immer mehr die Überzeugung, dass sie ihn im Auge behalten musste. Dafür gab es jedes Mal einen anderen Grund, zudem wandte sie immer wieder neue Methoden an und bediente sich nicht mehr derer, die sie in der Jugend genutzt hatte, um seiner Untreue auf die Schliche zu kommen.

So schnell es seine Hüften erlaubten, steuerte er auf den zerbeulten weißen Fiat Panda zu, den er jeden Tag an einem anderen Ort parkte. Er fuhr durch die halbe Stadt bis zur Via di Sangiuliano, stellte den Wagen in der Nähe des Teatro Bellini ab und ging zu Fuß bis zu dem großen Tor, hinter dem sich jene Welt befand, der er über vierzig Jahre lang angehört hatte. Wenn ihn der Eindruck nicht täuschte, den Vicequestore Giovanna Guarrasi auf ihn gemacht hatte, dann war sie genau die Richtige für diesen Fall, und er konnte ihr vielleicht helfen.

»Boss, hier ist ein Herr, der Sie sprechen möchte.«

Vanina blickte von ihrer *Gazzetta Siciliana* auf, die Spanò ihr kurz zuvor vorbeigebracht hatte, und musterte den Polizeimeister mit fragendem Blick.

»Wer, Nunnari?«

»Biagio Patanè.«

»Und was will dieser Biagio Patanè von mir?«

»Ich weiß es nicht, Dottoressa. Das wollte er weder mir noch der Bonazzoli sagen. Er wollte mir nicht einmal verraten, worum es geht, und tat so, als müsse ich ihn kennen. Er ist bestimmt schon um die achtzig. Kennen Sie ihn?«

»Nunnari, woher soll ich ihn denn kennen? Ich bin selbst erst seit elf Monaten in Catania!«

»Und, soll ich ihn hereinlassen?«

»Was denn sonst? Soll er etwa draußen stehen bleiben?«

Achtzig war das Mindestalter, das jemand haben musste, um ihr nützliche Details zum Fall in der Villa Burrano zu liefern. Nunnari wollte gerade das Büro verlassen und den alten Mann rufen, als er ihn fröhlich an Carmelo Spanòs Arm heranspazieren und mit ihm plaudern sah, als würde er ihn kennen.

»Keine Sorge, Nunnari, ich kümmere mich schon darum«, versicherte er dem Ispettore, während er den Mann zum Büro von Dottoressa Guarrasi begleitete. Dann klopfte er an. »Boss?«

Vicequestore Giovanna Guarrasi lehnte sich mit verschränkten Armen auf ihrem Stuhl zurück. Sie war neugierig auf diesen Patanè, den Spanò so ehrfürchtig begleitete, nachdem er sich erfolgreich geweigert hatte, mit ihren Mitarbeitern zu sprechen.

Er war hochgewachsen, trug ein makelloses Hemd und einen tadellosen Anzug. Er war offenbar an die achtzig Jahre alt, für die er sich aber blendend hielt. Das war der erste Eindruck, den Vanina von dem Mann hatte, der gerade ihr Büro betrat. Er sah wie die alternde Version des italienischen Schauspielers Lando Buzzanca aus.

»Vicequestore Giovanna Guarrasi«, stellte sie sich vor, stützte einen Ellbogen auf den Schreibtisch und streckte ihm die Hand entgegen.

»Commissario im Ruhestand Biagio Patanè, Einsatzkommando«, antwortete er und deutete eine Verbeugung an.

Verblüfft bot sie ihm einen Stuhl an.

Auch Spanò wies liebenswürdig lächelnd auf den Stuhl. »Der Commissario war Leiter der Mordkommission über … wie lange, Dottore? Dreißig Jahre.«

»Jetzt übertreiben Sie mal nicht! Am Anfang habe ich gar nichts geleitet. Ich war einfacher Polizist. Später habe ich dann einen Hochschulabschluss erworben und bin Commissario geworden. Aber es war ein langer Weg, bevor ich Leiter von irgendwas wurde.«

»Dottoressa, Commissario Patanè war mein erster Vorgesetzter.«

Vanina lächelte. »Ist mir ein Vergnügen, Commissario. Polizeimeister Nunnari hatte mir Ihren Titel nicht genannt.«

»Nein, Dottoressa, ich habe ihm meinen nicht gesagt. Ich hatte noch nie viel für Leute übrig, die irgendwo hinkommen und gleich mit ihren Titeln um sich werfen, damit sie eine Sonderbehandlung bekommen. Schließlich habe ich keine Sonderwünsche. Ich bin sicher, dass Sie mich auch ohne Carmelo empfangen hätten. Oder irre ich mich?«

»Da irren Sie sich nicht. Worum geht es?«

»Als ich heute Morgen im Nachrichtenteil das Foto der Villa Burrano sah, war ich doch sehr erstaunt. Carmelo, junger Mann, bringen Sie mir ein Glas Wasser?«

Spanò eilte umgehend los.

Der Mann zog zwei Stückchen Schokolade aus der Tasche und bot Vanina eins davon an. Sie deutete sogleich auf ihre persönliche Ration, die auf dem Schreibtisch lag.

»Schokolade ist mir heilig. In meinem Alter fehlt oft nicht viel, und man fühlt sich schlapp.«

Spanò kehrte mit drei Plastikbechern und einer kleinen Flasche Wasser zurück, die er an einem Automaten im Erdgeschoss gezogen hatte. Patanè trank seinen Becher in einem Zug aus.

»Dottoressa Guarrasi, ich habe mir angewöhnt, gelöste Fälle für mich in folgende Kategorien einzuordnen: in jene, die beim ersten Mal endgültig gelöst wurden; in jene, bei denen die richtige Spur erst nach einiger Verzögerung und nach Fehlschlägen auftauchte, und schließlich die, die zwar gelöst wurden, bei denen aber Zweifel blieben. Die ersten beiden Kategorien geraten irgendwann in Vergessenheit, außer es handelt sich um legendäre Fälle. Letztere kommen einem auch nach längerer Zeit in regelmäßigen Abständen immer wieder ins Gedächtnis und rauben einem den Schlaf, auch wenn es bei mir glücklicherweise nur wenige sind. Und zu denen gehört auch der Mord an Gaetano Burrano, der mir dann lange nicht mehr aus dem Kopf geht, wenn er mir erst einmal in den Sinn gekommen ist.«

Er trank einen weiteren Becher Wasser, während Vanina und Spanò ihn gespannt ansahen.

»Für Commissario Torrisi lag die Lösung praktisch auf der Hand. Überall fanden sich Beweise und Indizien zulasten von

Di Stefano, in der Villa, in seiner Wohnung, auf Burranos Stuhl. Vielleicht hatte er sogar Blut an der Kleidung. Er fand die Leiche und rief uns an, weil er der Einzige in der Villa war. Zu dem Zeitpunkt waren alle in Catania zu den Feierlichkeiten der heiligen Agata. Niemand stellte damals infrage, dass er der Mörder war. Niemand außer mir, aber ich hatte beim Einsatzkommando damals nichts zu melden. Sie fragen sich jetzt bestimmt, warum ich überhaupt den Mordfall Burrano aufs Tapet bringe. Bei Ihrem Fall geht es schließlich um eine Frau, von der man zudem nicht einmal weiß, wann sie ums Leben kam.«

Aufmerksam folgte Vanina den Ausführungen des Mannes, der offenbar mit allen Wassern gewaschen war.

»Und Sie finden, ich sollte mich das jetzt fragen?«

Patanè lächelte. »Dottoressa Guarrasi, ich glaube, Sie sind noch gwiefter, als man sich erzählt.«

»Danke, Dottore Patanè. Bitte fahren Sie fort!«

»Als ich davon las, dass in der Villa Burrano die Leiche einer Frau gefunden wurde, fiel mir plötzlich etwas ein, dem ich damals ehrlich gesagt nur wenig Beachtung geschenkt hatte. Kurz nach Burranos Tod kam eine ehemalige Prostituierte zu mir. Sie erzählte mir, dass eine Freundin von ihr, ebenfalls ehemalige Prostituierte, aber sehr viel bekannter als sie, seit einiger Zeit spurlos verschwunden sei. Die verschwundene Frau war unter dem Namen Madame Luna bekannt, mit bürgerlichem Namen hieß sie Maria Cutò. Sie führte eines der renommiertesten Freudenhäuser in Catania, ein Luxusbordell, wenn Sie verstehen, was ich meine. Dann wurde sie vom Staat gezwungen, es dichtzumachen. Das Bordell hieß …« Er schloss kurz die Augen und schien angestrengt nachzudenken. »Ich weiß es nicht mehr, aber sobald es mir wieder einfällt, sage ich es

Ihnen.« Er drehte sich zu Spanò um, der die Unterlagen, die Fragapane ausgedruckt hatte, nach einer Cutò durchging.

»Vergessen Sie es, Carmelo!«, riet er ihm und senkte den Blick, als wolle er sagen, dass es keinen Sinn habe.

Spanò sah fragend auf und wirkte irgendwie entmutigt.

Vanina ahnte etwas, vermied aber jeglichen Kommentar. Sie spürte, dass Patanès Bericht Stunden dauern konnte, wenn sein Redefluss unterbrochen würde.

»Eine Anzeige gab es damals nicht. Das Mädchen wollte keine erstatten, und nach der Schließung des Bordells interessierte sich niemand mehr für das Verschwinden von Maria Cutò.« Plötzlich richtete er sich auf dem Stuhl auf und schnalzte mit den Fingern. »*Casa Valentino*, so hieß das Bordell. Es war das teuerste in Catania.«

»Warum wollte sie keine Vermisstenanzeige aufgeben?«

»Genau das ist es ja, was mich seit heute Morgen umtreibt, Dottoressa. Nachdem Luna Kurtisane wurde, übte sie das Gewerbe kaum noch aus, und wenn, dann nur für wenige Auserwählte, die sie großzügig bezahlten. Offenbar war Gaetano Burrano einer von denen, der auch noch nach der Schließung des Bordells regelmäßig mit ihr verkehrte. Das Mädchen befürchtete, Luna könne des Mordes an Burrano beschuldigt werden, wenn sie Vermisstenanzeige erstattete. Doch sie war der Meinung, dass Luna etwas zugestoßen oder dass sie auf der Flucht war, um nicht in die Sache hineingezogen zu werden.«

»Und warum kam sie zu Ihnen, obwohl die Polizei nicht davon erfahren sollte?«

»Warum wohl, Dottoressa …«, sagte er und fuchtelte mit der Hand, als wäre das selbstverständlich. »Ich war eben ich. Ich hatte mehrfach die Wogen in diesen Bordellen geglättet, wenn es um Prügeleien oder Gewaltdelikte ging. Wir hatten es sogar mit verschiedenen Morden an Mädchen zu tun. Natürlich passierten solche Dinge im *Valentino* nicht. Oder sagen wir, sie wurden besser vertuscht. Die Mädchen vertrauten mir. Und trotzdem ließ es mir keine Ruhe. Ihre Freundin konnte noch so schwören, dass es unmöglich sei, doch der Gedanke, dass Luna etwas mit dem Mord an Burrano zu tun hatte, konnte mir niemand ausreden. Ich bestand darauf und ermittelte auf eigene Faust. Dann fand man weitere Beweise gegen Di Stefano, und der Fall wurde geschlossen. Aber ich habe mich noch lange danach gefragt, was aus Maria Cutò wurde.«

»Sie glauben also, die Leiche in der Villa könnte die von Maria Cutò sein?«

»Ich glaube nur, dass die Möglichkeit besteht. Das muss natürlich alles erst überprüft werden.«

Vanina streckte sich auf ihrem Bürostuhl aus, der seit Macchias Besuch an Stabilität verloren hatte. Sie klammerte sich am Schreibtischrand fest, um ihr Gleichgewicht wieder zu erlangen.

»Und wie soll das überprüft werden? Wenn ich es richtig verstehe, hatte diese Cutò keine nahen Verwandten. Vergessen wir eventuelle DNA-Proben, die sind fast unmöglich zu finden, aber vielleicht kann sie jemand anhand der Kleidung oder einer Besonderheit identifizieren. Sie haben selbst gesagt, dass es niemanden interessierte, was mit ihr passiert war. Wie hieß ihre Freundin?«

»An ihren Berufsnamen kann ich mich noch erinnern, er lautete Jasmine, aber ihr wirklicher Name … Ich zermartere mir schon den ganzen Morgen das Gehirn. Ich weiß noch, dass sie neben dem *Valentino* wohnte. Dort hatte sie zwei Zimmer gemietet. Aber inzwischen …«

»Ist auch sie gestorben?«

»Das weiß ich nicht. Doch selbst wenn sie noch lebt, wird sie nicht mehr dort wohnen.«

Währenddessen saß Spanò die ganze Zeit schweigend da und machte sich Notizen. »Boss.«

Beide drehten sich zu ihm um.

Er wandte sich an Vanina. »Die Häuser in San Berillo sind fast alle verlassen. Manche sind eingestürzt, andere wurden unbefugt besetzt. Es ist ein heruntergekommenes Viertel.«

»Und diese *Casa Valentino* lag in San Berillo?«

»So hieß das Viertel«, erklärte Patanè. »Bevor man es abriss und den Corso Sicilia baute, war es größer. Dort lebten Familien, und es gab Handwerksbetriebe. Die *Casa Valentino* befand sich aber nicht in den engen, verwinkelten Gassen, an die du gerade denkst, Carmelo, und in denen heute Huren und Transvestiten herumlungern. Das Bordell lag in der Via Carcaci. Wenn du magst, begleite ich dich dorthin«, bot er sich hoffnungsvoll an.

Vanina hatte den Eindruck, dass sie den alten Mann nicht mehr so leicht loswurde, zumal Spanò ihm offenbar förmlich an den Lippen hing. Doch das störte sie kein bisschen, im Gegenteil.

»Na, dann lasst uns doch mal eine Runde in der Via Carcaci drehen«, sagte sie, stand auf und klaubte Telefon und Zigaretten vom Tisch.

Auch Patanè erhob sich langsam und wackelig vom Stuhl, ging vor Spanò her und folgte ihr aus dem Büro. Er hatte keine Ahnung, was jetzt an der Stelle stand, an der sich vorher das *Valentino* befunden hatte. Vermutlich gab es dort jetzt Wohnungen oder eine Kneipe, doch der Gedanke, in das Freudenhaus aus seiner Jugend in Begleitung einer Frau zurückzukehren, machte ihn leicht verlegen. So war er eben, dagegen konnte er nichts tun. Die Lust, sich in die Ermittlungen einzuklinken, die er für eine Fortsetzung seiner eigenen hielt, spornte ihn jedoch an. Wenn auch nur die geringste Hoffnung bestand, dass seine Mitarbeit anerkannt wurde, dann musste er Vicequestore Guarrasi auf seine Seite bringen. Irgendetwas sagte ihm außerdem, dass es kaum von Vorteil war, seiner Ratlosigkeit Ausdruck zu verleihen.

Auf ihrem Weg über die Treppe nach unten stießen sie auf Fragapane, der gerade von der Banca d'Italia zurückkam.

»Und?«, fragte Vanina.

»Die Geldscheine gehören zur Serie Repubbliche Marinare, die alle zwischen 1948 und 1963 ausgegeben wurden. Das hatten wir mit Lo Faro schon im Internet recherchiert. Die Banknoten, die wir gefunden haben, stammen aus dem Jahr 1959.« Der Sovrintendente kam näher und redete nun leiser, während er den alten Mann, der ihm zuhörte und belustigt lächelte, kaum ansah. Dann wandte er sich ruckartig um und rief: »Commissario!«

Sie umarmten sich. Nachdem klar war, um wen es sich handelte, fuhr Fragapane, mit seinem Bericht fort.

»Der Bankangestellte hat eine Überlegung angestellt, die mich nachdenklich stimmt. Er sagte, dass die Zehntausend-Lire-Banknoten damals wie eine Art Inhaberpapier gewesen seien. Nur wenige handelten mit so großen Banknoten. Und nur sehr selten waren es Frauen. In der Kassette befand sich eine Million Lire in Zehntausend-Lire-Banknoten. Das war für die damalige Zeit ein stolzes Sümmchen. Wie gelang es da, die dort hineinzustopfen?«

»Wenn man an Lire denkt, wären das … ungefähr zwanzig Millionen. Heute zehntausend Euro. Aber wo hast du die gefunden, Salvatore?«, mischte sich Patanè nun ein.

Spanò und Vanina sahen ihn beide an. Der V-Mann, der die Geschichte den Zeitungen verkauft hatte, hatte diese Einzelheit ganz offensichtlich nicht erwähnt. Der Ispettore vermied es, als Erster darauf zu antworten. Er bezweifelte, dass seine Vorgesetzte externe Einmischung in den Fall duldete.

»Im Lastenaufzug neben der Leiche«, antwortete Vanina.

Nachdenklich runzelte der Commissario die Stirn.

»Also, Dottoressa«, fuhr Fragapane fort, »ich frage mich, wer eine Frau umbringt und sie dann mit einer Million Lire begräbt.«

Jetzt war auch er daraufgekommen.

»Das war die erste Frage, die ich mir gestellt habe. Die Schatulle, die keiner jemals abholte, ist unser einziges nützliches Indiz. Rufen Sie Ihren Freund bei der Spurensicherung an und fragen Sie ihn, ob nach all der Zeit an der Oberfläche der Kassette doch noch Fingerabdrücke zu finden sind.«

Vaninas Handy klingelte.

Marta war dran. »Boss, wo bist du?«

»Auf der Treppe.«

»Der Sohn von Signora Vinciguerra, der verschwundenen Frau, kommt gerade.«

»Das hatte ich völlig vergessen. Der Sohn, sagst du. Wie alt war der überhaupt, als die Mutter verschwand?«

»Schwer zu sagen, so zwischen sieben und acht Jahren.«

»Und woran soll der sich erinnern? Na gut, kümmere du dich darum und zeig ihm die Fotos! Vielleicht erkennt er irgendwas darauf, einen Gegenstand, ein Kleidungsstück … Ich bin mit Spanò unterwegs, aber gleich wieder zurück.«

Zur Unterstützung schickte sie Ispettore Fragapane mit und stieg in den Dienstwagen, den Spanò in der Zwischenzeit vom Parkplatz geholt hatte.

Nachdem sie sich bei Patanè erkundigt hatte, ob er Lungenprobleme habe, was er verneinte, nutzte sie die Gelegenheit, dass Marta nicht dabei war, und zündete sich eine Zigarette an. Sie verließen den Platz und fuhren die Via Sangiuliano entlang. Den unbefugten Parkhelfer auf der Piazza Manganelli schien ihre Ankunft nicht zu stören. Im Gegenteil, um zu zeigen, dass er nichts mit der Logistik von Parkplätzen zu tun hatte, entfernte er sich ein paar Meter.

Sie gingen zu Fuß bis zur Via Carcaci hinauf. Patanè blieb vor einem alten, jedoch nicht baufälligen zweistöckigen Haus stehen, das sicher nicht bewohnt, aber auch nicht völlig verlassen war. Neben einer Tür, an der die Farbe abblätterte und vor der eine Kette herabhing, war eine größere Öffnung auszumachen, die zugemauert, aber durch den Putz darüber schlecht getarnt war. Auf der anderen Seite gab es eine einfache Tür, die erst vor Kurzem gestrichen worden war. Spanò versuchte zu lesen, was auf dem Klingelschild stand, aber ohne Brille konnte er die sonnenverblichene Schrift nicht entziffern.

Vanina machte sich über ihn lustig und schob ihn zur Seite. »Das ist nichts für Sie, Spanò! Mit Fantasie und gutem Sehvermögen geht das besser. Frasca … Frasta … oder Fresta steht da«, las sie vor.

»Was haben Sie gesagt? Fresta?«, fragte Patanè, der plötzlich aufhorchte.

»So in etwa.«

Der alte Mann kratzte sich am Kinn, hielt die Augen halb geschlossen und legte den Kopf in den Nacken. Spanò erinnerte sich wieder an diese Eigenart des alten Commissario und musste ungewollt lächeln.

»Sagt Ihnen der Name Fresta etwas?«, drängte Vanina.

Doch statt darauf zu antworten, zog der Commissario ein

vorsintflutliches Klapphandy aus der Tasche, drückte mit entnervender Langsamkeit auf die Tasten und wartete ab.

»Rino? Hör mal … ich rufe dich vom Handy an, ja … Du hast doch ein gutes Gedächtnis und weißt vielleicht noch, wie Jasmine hieß, die Nu… äh … die Prostituierte, die im *Valentino* gearbeitet hat. Denk mal darüber nach! Könnte es Fresta gewesen sein? Bist du sicher? … Ich weiß, ich erinnere mich, deshalb habe ich dich ja angerufen. Danke, Rinuzzo, alles klar, ich komme morgen bei dir vorbei.«

Mit einem Lächeln beendete er das Telefonat und entblößte dabei makellose Zähne oder ein tadellos gefertigtes Gebiss. »Treffer!«

Vanina wurde zunehmend ungeduldig. »Vielleicht klären Sie uns auch auf.«

»Alfonsina Fresta. Das ist sie.«

»Oder *war* sie«, kommentierte Vanina und blickte zu dem kleinen Balkon hinauf, der dem Zustand der Pflanzen nach bewohnt schien. »Sind wir uns da sicher?«

»Sie meinen, was das Erinnerungsvermögen des Maresciallo Iero betrifft? Für den lege ich meine Hand ins Feuer.«

Klar, zu Patanès Zeiten gab es bei der Polizei noch Wachtmeister oder Marescialli.

Spanò nickte und lächelte. Er drückte zweimal auf die Klingel, doch niemand rührte sich. Dann klopfte er fest an die Tür, ohne Erfolg.

»Ispettore, notieren Sie diese Adresse! Wir prüfen, wer hier wohnt.«

Patanè starrte weiter auf den Balkon und wirkte enttäuscht. Jetzt, da er alles gesagt und ihnen eine Spur aufgezeigt hatte, konnte es sein, dass Vanina seine Beteiligung nicht mehr für angemessen hielt. Doch hätten sie Jasmine gefunden, dann …

Vanina näherte sich der anderen, etwas kleineren Tür, die früher einmal der Eingang zum Bordell gewesen sein musste. Am Türschild stand natürlich nichts, im Gegenteil, es gab nicht einmal eine Gegensprechanlage, sondern nur einen Türklopfer an einer rostigen Halterung. Was er darstellen sollte, war nicht mehr zu erkennen. Vielleicht einen Tierkopf? Vanina zog so lange daran, bis er an die Tür pochte.

Vanina dachte nach, ließ sich aber nicht vom Commissario beeinflussen, der seine ganze Hoffnung in diese Ermittlung gesteckt und den Fall doch nicht gelöst hatte, der ihn offenbar noch Jahre später stark beschäftigte. Sie wusste nur zu gut, was es hieß, einen Fall zu schließen, bei dem man nicht wirklich durchgeblickt hatte. Sie wusste genau, wie sehr das einen Ermittler aus der Bahn werfen konnte. Allerdings hatte sie bisher Glück gehabt. Die wenigen ungeklärten Fälle, die ihr bisher untergekommen waren, gingen in die Zeit zurück, als sie noch in der Abteilung für organisiertes Verbrechen gearbeitet hatte. Wäre damals eine zweideutige Information oder eine falsche Spur zu keinem überzeugenden Ergebnis gekommen, hätte ihr das keine allzu großen Gewissensbisse verursacht. In einem solchen Fall hieß es einfach nur, je mehr Beteiligte sie hinter Gitter brachte, umso besser. Irgendetwas hatten sich die betreffenden Personen immer zuschulden kommen lassen. Im Gegenteil, meistens war zu bedauern, dass man nicht noch mehr von ihnen hinter Gitter bringen konnte. Wäre ihr danach ein Fall voller Fragezeichen untergekommen, bei dem das Risiko bestand, aufgrund eines Irrtums einen Unschuldigen zu verurteilen, dann hätte auch sie dieser Gedanke ein Leben lang verfolgt. Da war sie sicher. Sie musste den Hinweis auf die Prostituierte auf jeden Fall weiter verfolgen, durfte die anderen Spuren aber auch nicht vernachlässigen.

»Dottoressa, ich glaube, wir können gehen«, schloss Spanò.

Vanina nickte. Während sie zum Auto gingen, fiel ihr ein alter Mann auf, der ihnen auf dem Gehsteig entgegenschlurfte und zwei ekelhaft grüne Plastiktüten mit sich schleppte, wie man sie auf dem Markt bekam. Sie bemerkte, dass er stehen blieb und sie ansah. Das hätte sie nicht weiter erstaunen sollen, schließlich waren sie und Spanò bekannte Gesichter. Denn selbst wenn in dem Viertel jetzt Pizzerien und Bars aus dem Boden schossen, so blieben sie für die Bewohner doch zwei Bullen in einem heißen Quartier. Der Alte allerdings schien eher verwirrt als misstrauisch zu sein.

»Commissario Patanè?«

Der Commissario drehte sich um und legte die Hände auf den Rücken. Er starrte den Mann an, der seine Plastiktüten auf dem Boden abgestellt hatte und die Straße überquerte, um sich ihnen zu nähern.

»Commissario … sind Sie es?«

»Ich bin es, aber entschuldigen Sie, kennen wir uns?«

»Ich bin's, Giosuè … erinnern Sie sich noch? Suchen Sie mich?«

Der Commissario kniff die Augen zusammen und dachte angestrengt nach, offenbar ohne Erfolg.

»Dieser Herr hat bei mir geklopft«, erklärte er genauer und deutete auf Spanò.

Vanina kam näher. »Der Herr hier ist Ispettore Spanò vom Einsatzkommando. Ich bin Vicequestore Giovanna Guarrasi. Und mit wem habe ich das Vergnügen?«

»Giosuè Fiscella. Aber … was ist, was habe ich angestellt?«, fragte Fiscella und wirkte plötzlich verängstigt.

»Nichts, keine Sorge! Kennen Sie eine gewisse Alfonsina Fresta? Sie muss früher in diesem Haus gewohnt haben.«

»Sie ist meine Frau. Aber … warum?«

Patanè hatte bis zu diesem Augenblick schweigend daneben gestanden. »Bist du etwa Giosuè, der Laufbursche?«, fragte er plötzlich.

»Na, Sie erinnern sich ja doch!«

»Du warst noch so jung! Dottoressa Guarrasi, Giosuè war in der *Casa Valentino* Mädchen für alles. Du hast also die Jasm… also die Alfonsina geheiratet?«

»Denken Sie sich nichts dabei, Commissario! Sie dürfen sie gern Jasmine nennen, es macht mir nichts aus.«

Vanina übernahm wieder die Führung. »Signor Fiscella, wir brauchen einige Informationen und müssten mit Ihrer Frau sprechen.«

»Aber natürlich, Signora.«

»Dottoressa«, korrigierte sie ihn und warf ihm einen vernichtenden Blick zu. Nichts machte sie so wütend, wie wenn jemand sie im Dienst mit Signora ansprach. Einmal war sie sogar in die absurde Lage geraten, dass einer ihrer Polizeihauptmeister als *Commissario* und sie als *Signorina* angesprochen wurden.

Der Mann ging vor ihnen her zum Haus und schloss die Tür auf.

»Alfonsina, ich bin's!«, rief er nach oben.

Sie betraten einen dunklen Flur, in dem es moderig roch und von dem aus eine Treppe nach oben führte. Spanò hatte Mitleid mit dem alten Giosuè, nahm ihm die Tüten ab und achtete verstohlen darauf, dass auch Commissario Patanè nicht allzu viel Mühe mit dem Treppensteigen hatte.

»Die Arme sitzt im Rollstuhl. Aber der Kopf funktioniert noch einwandfrei«, erklärte Giosuè und stieg keuchend die Treppe hinauf. Dann bat er alle, in einem engen Vorzimmer zu warten.

Vanina spähte durch die einzige Tür in ein helles Wohnzimmer, aus dem das Flüstern des Mannes drang. Kurz darauf erschien zusammengesunken in einem Rollstuhl und mit einer abgewetzten Decke auf den Beinen eine Frau, deren Alter nur schwer zu schätzen war. Sie war klein und musterte mit lebhaftem, fast besessen wirkendem Blick den Commissario Patanè, der sie seinerseits anstarrte. Er schien verwirrt, doch bei näherer Betrachtung erkannte Vanina, dass er lediglich beeindruckt war.

»Buongiorno, Dottoressa Guarrasi«, begrüßte die Frau Vanina und streckte ihr eine Hand entgegen.

»Buongiorno, Signora Fresta.«

Giosuè führte sie ins Wohnzimmer. Es war einfach eingerichtet, aber sehr gepflegt.

»Wir sind hier, weil wir ein paar Informationen zu Ihrer Freundin Maria Cutò benötigen. Soweit uns bekannt ist, verschwand sie vor siebenundfünfzig Jahren ganz plötzlich, und niemand hat je wieder von ihr gehört. Ist das richtig?«

»Ja, das stimmt. Commissario Patanè kennt die ganze Geschichte.« Im Gegensatz zu ihrem Mann sprach Alfonsina Fresta ein fast akzentfreies Italienisch.

»Und seitdem haben Sie sie nicht mehr gesehen und auch nichts mehr von ihr gehört?«

»Nein, nie wieder.«

»Haben Sie nie daran gedacht, dass ihr etwas zugestoßen sein könnte?«

»Das habe ich, aber sie hätte doch genauso gut noch am Leben sein können. Genau habe ich das nie erfahren, Dottoressa. Und weil die Hoffnung ja bekanntlich zuletzt stirbt … Aber wieso fragen Sie mich das nach all den Jahren? Falls sie noch lebt, ist sie jetzt vielleicht genauso zugerichtet wie ich.« Sie sah zu Patanè hinüber, der schweigend in einer Ecke saß.

»Können Sie sich noch erinnern, in welchem Verhältnis Maria Cutò und Gaetano Burrano zueinander standen?«

Fast unmerklich zuckte die Frau zusammen, doch Vanina entging das nicht. Ihr Mann hingegen schien lediglich ein wenig verwirrt.

»Warum wollen Sie das wissen, Dottoressa?«

»Vorgestern Nacht wurde in der Villa, in der Burrano ermordet wurde, die Leiche einer Frau gefunden. Die Leiche stammt aller Wahrscheinlichkeit nach aus der Zeit, in der auch Burrano ermordet wurde.«

Plötzlich erblasste die alte Frau, und der Blick aus ihren kleinen schwarzen Augen wirkte noch besessener. »Nein, nein, nein, nein …«, wiederholte sie immer wieder und schüttelte den Kopf. »Nicht Luna …«

Giosuè machte ein ernstes Gesicht und rückte auf die Kante seines Stuhls vor.

»Könnte sie es sein? Luna?«, fragte er.

»Fest steht bisher nur, dass es sich um eine Frau handelt, die schon lange tot ist. Was ihre Identität betrifft, können wir nichts Genaues sagen. Darum brauchen wir die Hilfe von Signora Fresta.«

»Heißt das … dass wir sie sehen müssen?«, fragte Giosuè leise und schluckte.

»Das ist nicht nötig, außerdem würde es nicht viel bringen«, sagte Vanina und vermied es, ins Detail zu gehen. »Aber es wäre gut, wenn Signora Fresta einen Blick auf die Kleidungsstücke werfen könnte, die bei ihr gefunden wurden.«

»Nein, nein, nein … nicht Luna.«

Patanè stand auf und trat an den Rollstuhl.

»Hör zu, Jasm… Alfonsina, es könnte durchaus sein, dass sie es nicht ist. Aber nur du kannst uns das sagen.«

»Müssen wir dafür zur Polizei kommen? Meine Frau hier rauszubringen ist sehr aufwendig«, gab Giosuè besorgt zu bedenken.

»Machen Sie sich keine Sorgen, das wird nicht nötig sein. Ispettore Spanò bringt Ihnen Fotos, dann kann Signora Fresta sagen, ob sie etwas darauf erkennt.«

»Nein, nein, nein …«, setzte die Litanei wieder ein.

»Entschuldigen Sie, Dottoressa, aber Alfonsina ist etwas seltsam. Manchmal ist es so, als bliebe sie hängen. Das war aber immer schon so.«

Vanina stand auf und wollte gehen. Wie erwartet rüttelte das Alfonsina wach, die nun verstummte. Das Schweigen im Raum wog schwer und hatte etwas Bedrückendes. Aus den Augenwinkeln beobachtete Vanina, wie Spanò sich dem Fenster näherte und hinaussah.

»Ist das ein Innenhof?«, fragte der Ispettore ausdruckslos.

»Ja, das war früher Alfonsinas Gemüsegarten. Aber mittlerweile …«

»Und was ist mit diesen geschlossenen, halb verrotteten Fenstern dort? Wozu gehören die?«

»Zum Haus«, antwortete der Mann, als wäre das selbstverständlich.

»Zu welchem Haus?«

»Zu Lunas Haus.«

Vanina drehte sich ruckartig um. »Lunas Haus?«

Alfonsina rollte auf ihrem Rollstuhl heran und sah sich aufmerksam um. »Dieses Haus hatte sich Luna gekauft.«

Vanina spürte, dass in Alfonsinas Antwort eine gewisse Unsicherheit mitschwang. Es war nur ein Gefühl, doch irgendetwas im Blick der alten Frau überzeugte sie nicht. Die ganze Geschichte war irgendwie undurchsichtig. Selbst wenn sie vielleicht nichts mit der Leiche in der Villa Burrano zu tun hatte, lohnte es sich, der Sache auf den Grund zu gehen.

»Und wann hat sie sich das Haus gekauft?«, mischte sich Commissario Patanè ein und wirkte leicht pikiert, dass ihm dieses Detail entgangen war. Oder erinnerte er sich nur nicht mehr daran? Dieser Gedanke irritierte ihn noch mehr.

»Gleich nach der Schließung des Bordells.«

»Signora Fresta, lassen Sie uns ein wenig Klarheit in die Sache bringen. Vor siebenundfünfzig Jahren verschwand Ihre Freundin Maria Cutò, ist das richtig?«, fragte Vanina. Es nervte sie inzwischen, dass die Frau ständig nur Luna genannt wurde. Sie hatte einen Vor- und einen Nachnamen, da störten gewisse Sentimentalitäten nur.

Alfonsina nickte.

»Stimmt es, dass Sie mit Commissario Patanè darüber gesprochen haben, ihr Verschwinden aber nie zur Anzeige bringen wollten?«

Die alte Frau nickte erneut.

»Wenn ich das richtig verstehe, hatte der Commissario keine Ahnung, dass das ehemalige Freudenhaus der Cutò gehörte. Warum haben Sie ihm das nicht gesagt?«

»Was hatte das denn damit zu tun?«

»Herrgott, Jasmine! Was soll das heißen?«, unterbrach sie der Commissario.

Die Frau senkte kurz den Blick, sah dann aber wieder auf und wirkte völlig erschöpft, allerdings nur für einen kurzen Moment. Dann hob sie den Kopf und schien noch aufgeregter zu sein als vorher.

»Immer mit der Ruhe, Commissario! Als Luna verschwand,

haben Sie damals mit Maresciallo Iero das ganze Haus durchsucht. Haben Sie das vergessen? Was ändert es, dass es ihr gehörte?«

Vanina fiel auf, dass Patanè rot angelaufen war. Hoffentlich trifft ihn nicht der Schlag, dachte sie. Wutausbrüche in seinem Alter konnten gefährlich sein. »Vergessen wir, was damals war! Wie steht es jetzt um das Haus?«, fragte sie.

Alfonsina richtete sich auf. »Wie soll es schon darum stehen, Dottoressa? Es steht einfach da.«

»Heißt das, seit damals hat niemand das Haus betreten?«

»Nur Giosuè und ich sind ab und zu hingegangen, um nach dem Rechten zu sehen. Aber wir haben nichts angefasst«, beteuerte sie, als ginge es hauptsächlich darum.

»Sie haben sich also eine Ewigkeit um ein Haus gekümmert, dessen Eigentümerin unter Umständen nicht mehr lebt?«

»Dann hätte Luna es zumindest so vorgefunden, wie sie es verlassen hatte. Und falls sie doch nicht zurückgekehrt wäre … na, da … dann, was soll's? Wenigstens wäre das Haus nicht in falsche Hände geraten.«

Nachdenklich schüttelte Commissario Patanè den Kopf. Auch Vanina dämmerte etwas.

Spanòs Handyton klingelte und durchschnitt die seltsame Atmosphäre, die in diesem Moment hier herrschte »Salvatore, was gibt's?«, fragte er, hörte aufmerksam zu und sah dabei Vanina an. »Verstehe«, sagte er und nickte. Dann reichte er ihr das Handy weiter. »Fragapane ist dran.«

Vanina entfernte sich einige Schritte. »Fragapane, was gibt's?«

»Die Spurensicherung konnte an der Bürste, die wir gestern übergeben haben, analysierbare Spuren isolieren.«

»Gott sei Dank. Ist der Sohn der Vinciguerra inzwischen gekommen?«

»Ja, nach einem kurzen Gespräch mit Bonazzoli hat er sich die Fotos angesehen. Aber jetzt wartet er auf Sie.«

»Auf mich? Warum das? Hat Marta ihm nicht alles ausführlich erklärt?«

»Doch, aber Sie wissen selbst, wie Marta Bonazzoli ist. Der arme Kerl ist vermutlich nur noch verunsichert. Er quasselt, schweift ab, sie unterbricht ihn und stellt gezielte Fragen. Stattdessen müsste sie ihm Gelegenheit zum Abreagieren geben, dann käme vielleicht etwas mehr dabei heraus.«

Mehr zu Maria Cutò?, fragte sich Vanina. Im Übrigen hatte sie selbst bisher ja auch kaum etwas Konkretes erfahren. Nur dass die Frau Besitzerin eines ehemaligen Bordells gewesen war.

»Dann soll er warten«, entschied sie.

Sie gab dem Ispettore das Handy zurück, der sich gerade freundschaftlich mit Fiscella unterhielt, und kehrte zu Alfonsina zurück. »Signora Fresta, Sie haben meine erste Frage noch nicht beantwortet. Wie standen Maria Cutò und Gaetano Burrano zueinander?«

»Dottoressa, der Cavaliere war ein besonderer Kunde. Mehr weiß ich auch nicht.«

Ihr Mann warf ihr einen merkwürdigen Blick zu, sagte aber nichts.

Vanina wurde klar, dass die Frau log, doch erst einmal ging sie auf das Spielchen ein. »Lange?«

»Als Luna noch als gewöhnliche Prostituierte arbeitete, war er ihr treuester Kunde. Später war er einer der wenigen.«

»Und nach der Schließung?«

»Woher soll ich das wissen? Nach der Schließung lebte jeder sein eigenes Leben.«

Sie log weiter, doch so wie Vanina sie ansah, musste ihr klar sein, dass ihr nicht geglaubt wurde.

»Mir gegenüber hast du immer erwähnt, dass sie später Liebhaber hatte«, mischte sich Patanè ein.

»Dann war es wohl so. Seit damals sind siebenundfünfzig Jahre vergangen. Mein Erinnerungsvermögen ist auch nicht mehr das beste.«

»Signor Fiscella, würden Sie uns freundlicherweise in das Haus begleiten?«, fragte Vanina.

»Natürlich.«

Der Mann zog einen Schlüsselbund aus einer Schublade. Alfonsina sah ihnen mit versteinerter Miene zu und hob nur gleichgültig die Hand.

»Gehen Sie nur, gehen Sie, Dottoressa! Giosuè kennt jedes Zimmer in dem Haus.«

Sie traten durch eine Tür und erreichten eine Treppe, die nur Licht aus einer vergitterten Öffnung erhielt. Sie stiegen die letzten Stufen nach oben und erreichten eine etwas größere Tür. Giosuè öffnete sie mit einem Schlüssel und knipste zum Erstaunen aller das Licht an. Während er die Fenster aufriss, erzählte er von den Zeiten, als es Vorschrift war, dass Fensterläden eines Etablissements wie das *Valentino* geschlossen blieben.

Hinter dem Eingang erstreckte sich ein Flur, der in einen kleinen Salon führte, in dem Sofas, Sessel und in der Mitte eine kreisrunde Sitzgarnitur um eine hässliche Venusstatue standen. In einer Ecke befand sich ein kleiner Empfangstresen, dahinter ein Stühlchen. Die Wände waren mit Stoff verkleidet, dem die feuchten Mauern zugesetzt hatten, und auch die Wandleuchten waren von zweifelhaftem Geschmack. Rot in allen Nuancen war die vorherrschende Farbe.

»Hier sieht es ja immer noch so aus wie im früheren *Valentino* …«, murmelte Patanè beeindruckt.

Sie stiegen ein Stockwerk nach oben. Von einem langen Flur gingen jeweils sechs Zimmer ab, die alle ähnlich wie der untere Salon eingerichtet waren, nur dass sie alle über Waschbecken und Bidets verfügten. Abgesehen von den Staubschichten, der Feuchtigkeit und den Spinnennetzen waren die Zimmer noch in recht gutem Zustand. Im letzten und größten Zimmer gab es sogar ein Himmelbett und eine Badewanne, die so groß war, dass sie ein Drittel des Raums ausfüllte.

Commissario Patanè schien gegen ein flaues Gefühl anzukämpfen, als er sah, dass alles noch wie damals war.

»Das war Lunas Zimmer«, erklärte Giosuè.

»Dachte ich mir«, kommentierte Vanina. Sie steckte die Hände in die Taschen, eine Angewohnheit, die sie sich im Lauf der Zeit zugelegt hatte, um dem Drang zu widerstehen, mit nackten Fingern im Leben der Menschen herumzuwühlen, die sich in ihrem Netz verfangen hatten. Dabei ging sie im Zimmer auf und ab. Auf den ersten Blick fiel ihr nichts auf. Nichts Besonderes, nichts Persönliches, nichts glich dem Inhalt jener Tasche, die bei dem Leichnam gefunden worden war.

Spanò trat zu ihr. »Dottoressa, ich glaube, wir verschwenden hier nur unsere Zeit.«

»Ja, wahrscheinlich«, murmelte sie, obwohl sie nicht ganz überzeugt war. Sie zog den Ärmel ihrer Jacke über die Hand und benutzte ihn als Handschuh, man konnte schließlich nie wissen. Dann öffnete sie die Schubladen. Sie waren bis oben mit Korsetts und Miedern gefüllt, die aber nicht zu der Unterwäsche passten, die die Leiche getragen hatte. In einer Schublade lagen Federboas, Netzstrümpfe und Morgenröcke aus durchsichtigem Voile. Jede der Damen hatte offenbar ihre ganz persönliche Ausstattung gehabt. Nur die unterste Schublade war halb leer, einige Gegenstände lagen darin, darunter auch ein Kamm. Sie notierte sich geistig, dass bei Bedarf mehr Haare zur Untersuchung zur Verfügung stünden. Doch dann fiel ihr Blick auf etwas Seltsames. Sie holte ihr Handy heraus und fotografierte es.

Im unteren Stockwerk lagen weitere Schlafzimmer, gleiche Einrichtung, gleiche Ausführung. Eine Küche, daneben ein kleiner Raum, in dem Kartons und Holzkisten standen. Auf dem Boden lag eine halb geöffnete Samttasche, aus der Metallmünzen herausgefallen waren. Vanina konnte der Versuchung nicht widerstehen, sich zu bücken und eine der Münzen aufzuheben. Im Halbdunkel sah sie nicht, worum es sich handelte, doch gelang es ihr, sie unbemerkt in die Tasche zu stecken. Gut zu erkennen hingegen war ein Holzschild auf einer Schachtel, erhellt von dem schwachen Licht, das durch die Tür hereinfiel. Darauf waren der Haustarif sowie die Versicherung hygienischer Verhältnisse und Vertraulichkeit vermerkt, ebenso wie eine Empfehlung an die Gäste, Leistungen sofort zu begleichen, um *Missverständnissen vorzubeugen*. Darüber hing ein weiteres Schild voller Schnörkel und Verzierungen, auf dem der Name des Bordells stand: *Casa Valentino* und darunter *Bei Madame Luna*.

Als sie zurückkehrten, saß Alfonsina reglos in derselben Haltung, in der sie sie zurückgelassen hatten, und sah zum Fenster hinüber. Sie musterte Vanina mit vieldeutigem Blick, was vermuten ließ, dass sie sich bald schon wiedersehen würden.

Der Sohn von Vera Vinciguerra hieß Andrea Di Bella. Er war fünfundsechzig Jahre alt und Universitätsprofessor für Geisteswissenschaften. Er war in Begleitung seiner Frau erschienen, die schweigend und mit sittsam gefalteten Händen im Schoß dem Ganzen beiwohnte. Di Bella hatte ein Dutzend Fotos seiner Mutter dabei, die auf Vaninas Schreibtisch ausgebreitet waren. Daneben lag ein altes Heft, das Fragapane im Archiv aufgestöbert hatte.

»Entschuldigen Sie, dass ich nur mit Ihnen reden möchte, Dottoressa Guarrasi. Ich wollte der Polizeihauptmeisterin gegenüber nicht unhöflich sein, aber nach all den Jahren hätte ich nicht gedacht, noch einmal in eine solche Situation zu geraten. Gott weiß, wie oft wir glaubten, meine Mutter gefunden zu haben. Als kleiner Junge habe ich sie mir lieber tot vorgestellt. Erst als ich größer wurde, habe ich meine Meinung geändert. Dann habe ich sie mir lieber lebendig vorgestellt und mir ausgemalt, dass sie nur ihr Gedächtnis verloren hätte. Ich konnte den Gedanken nicht ertragen, dass sie freiwillig gegangen war, wie Ihre Kollegen behaupteten. Dottoressa, wissen Sie, das ist in etwa so, wie wenn jemand sehr krank ist und bereits mit vielen Ärzten gesprochen hat. Irgendwann will man mit dem Oberarzt reden. Deshalb wollte ich mit Ihnen sprechen.«

Vanina unterdrückte ein spöttisches Lächeln. Di Bella war ein Spießer, der alles gern so darstellte, wie es für ihn am besten erschien. So jemand ging ihr allein schon durch seine Redeweise unglaublich auf die Nerven. Er brauchte einen aufmerksamen Zuhörer, der auch unwichtigen Details Beachtung schenkte und sie für erwähnenswert hielt. Erst dann konnte man ihm direkte Fragen stellen. Und für solche ausgefuchsten Methoden war Marta die Falsche. Ganz zu schweigen davon, dass Leute wie Di Bella höhere Beamte immer für kompetenter hielten. Einen Augenblick lang war sie versucht, ihm mitzuteilen, dass sie gar nicht der Oberarzt sei, für den er sie hielt, und den Ärger an Macchia weiterzuleiten. Doch dann opferte sie sich doch lieber selbst zugunsten eines eventuell neuen Indizes auf. Sie wechselte einen Blick mit Marta, die hinter ihrem Schreibtisch an der Wand lehnte, und setzte sich auf ihren Stuhl.

Sie zeigte ihm erneut das Foto der Leiche.

»Um Gottes willen!«, stieß der Mann hervor und wich zurück.

»Erinnern Sie sich noch, ob Ihre Mutter einen Pelzmantel besaß?«

»Ich glaube schon … Als kleiner Junge habe ich mich gern darin verkrochen. Ich habe mich sicher gefühlt. Unbewusst habe ich vermutlich schon geahnt, dass etwas passieren würde …«

»Könnten Sie das Etikett wiedererkennen?«

»Nein, Dottoressa. Das habe ich auch schon Ihrer Kollegin gesagt, das Etikett habe ich mir nicht angesehen.«

»Benutzte Ihr Vater zufällig die Brillantine Linetti?«

Der Mann musterte sie verwundert. »Wer benutzte die nicht! Ich habe sie als junger Mann auch verwendet.«

»Und Ihre Mutter?«

»Nein. Die Brillantine war kein Produkt für Frauen«, sagte er und lächelte nachsichtig, was Vanina nur noch mehr auf die Palme brachte.

»Ihre Mutter hatte einen Liebhaber.«

Der Mann zuckte zusammen. »Also … nicht dass ich wüsste …«

»Das war keine Frage, so steht es in der Akte. Im Übrigen waren Sie damals ein Kind, und mir ist durchaus bewusst, dass Sie gewisse Zusammenhänge nicht durchschauen konnten. Hat Ihr Vater jemals diesbezüglich etwas zu Ihnen gesagt?«

Der Mann richtete sich auf dem Stuhl auf. »Wozu soll es

gut sein, das alles noch einmal aufzuwärmen? Ja, einmal hat er
es vielleicht erwähnt. Aber ich möchte nicht, dass hier ein Bild
von meiner Mutter entsteht …«

»Professore Di Bella, uns interessiert lediglich die Identität
dieser Leiche. Sollte sich herausstellen, dass es sich um Ihre
Mutter handelt, wäre mir an Ihrer Stelle nur daran gelegen,
ihren Mörder zu fassen und zu erfahren, warum er die Tat beging. Schieben Sie Ihre Spießigkeit also für einen Moment
beiseite und sagen Sie mir, woran Sie sich noch erinnern, falls
Sie sich an etwas erinnern!«

Der Mann senkte den Kopf und wandte sich fragend an
seine Frau, die weiterhin mit den Händen im Schoß dasaß,
nun aber nicht mehr so unbeteiligt wirkte wie zuvor.

Vaninas Handy klingelte. Sie sah auf das Display und erkannte den Namen ihrer Mutter. Rasch drückte sie zweimal
die seitliche Taste und lehnte den Anruf ab. Doch wie erwartet
klingelte es nach zehn Sekunden erneut. Sie stellte es auf Vi-
bration und schickte die vorformulierte Nachricht. *Ich kann
nicht drangehen.*

Di Bella räusperte sich, als wolle er zu einer langen Ausführung ansetzen. »Einmal, da war er allerdings schon ziemlich
alt, sagte er, seiner Meinung nach habe der Teufel meine Mutter geholt. Ich fragte ihn, was er damit meine. Er antwortete,
dass nur der Teufel eine Frau wie sie auf die schiefe Bahn bringen könne. Da habe ich verstanden, dass er damit einen Liebhaber meinte. Aber ich wiederhole, damals war er schon alt
und redete nicht mehr vernünftig.«

Vanina legte das Fläschchen Kölnischwasser und den
Schmuck vor ihn hin. Sie starrte einen Moment auf das Stück
Papier mit den Zahlen und dem undefinierbaren Zeichen, be-
vor sie es ihm zeigte.

»Hatten Sie zu Hause Briefpapier oder Karten mit ähnlichen Zeichen?«, fragte sie ihn.

Er winkte ab. »Nur das Kölnischwasser könnte ... dasselbe gewesen sein«, murmelte er zögernd.

Vanina rief Lo Faro herbei und ließ sich das Telefonbüchlein bringen. Dann zeigte sie es dem Mann.

»Sagen Ihnen die Telefonnummern irgendetwas? Oder die Namen?«

»Nein, nein, Dottoressa, nichts! Wie soll das möglich sein ... Es sind so viele Jahre vergangen.«

Damit hatte er natürlich recht. Solange es darum ging, Erinnerungen heraufzubeschwören oder Zeugen aus der Zeit vor fünfzehn oder zwanzig Jahren zu finden, war die Sache bedeutend einfacher. Auch die archivierten Ermittlungen erfolgten anhand ähnlicher Methoden wie derzeit. Aber im Jahr 1959 war das ganz anders. Damals waren die Vorgehensweisen nicht so strikt, und die Ergebnisse hingen allein vom ermittlerischen Können des Fahnders ab. Und nicht alle waren so wie Kommissar Maigret.

»Na schön, Professore Di Bella«, sagte sie, sammelte die Fotos wieder ein und reichte sie Marta. »Stimmen Sie einem DNA-Test zu?«

Der Professor strahlte über das ganze Gesicht. »Ehrlich gesagt dachte ich vor ein paar Minuten noch, Sie würden mich das nie fragen. Ich wollte es Ihnen schon selbst vorschlagen.«

Diesen Schaden richtete das Fernsehen an ... Vanina verkniff sich einen Kommentar. »Marta, kümmere du dich darum!«

Sie schickte die beiden mit Marta Bonazzoli weg, die zweifellos den Vorgang und den ganzen Vorgang korrekt ausführen würde.

Der mit Patanè verbrachte Vormittag hatte sie ziemlich ratlos zurückgelassen. Der Commissario hatte Spanò anvertraut, dass ihn die Begehung von Maria Cutòs Haus ziemlich schockiert habe. Vanina wusste, dass er das vor ihr niemals zugegeben hätte, aber er hatte damals wohl viel Zeit im *Valentino* verbracht, und das mehr als Mann denn als Polizist. Sie war überzeugt, dass man ihm auch so, rein nach dem Gefühl, die eine oder andere Einzelheit zu der Toten verraten konnte. Dabei ließe sich möglicherweise herausbekommen, ob es sich tatsächlich um die bekannteste Hure im Catania der Nachkriegszeit handelte.

Vanina legte die Beweisstücke beiseite und konzentrierte sich noch einmal auf den Zettel mit dem Zeichen. Dann zog sie die Münze hervor, die sie in der Vorratskammer im Haus von Maria Cutò gefunden hatte. Sie war schwer und bestand aus einem Material, das wie Messing aussah. Außerdem hatte sie ein Loch in der Mitte, um das der Schriftzug *Casa Valentino* eingraviert war, der mit einem Frauenkopf begann und auch wieder endete.

Vanina fuhr den Computer hoch und begann mit der Recherche zum Thema *Bordelle Fünfzigerjahre.* Einige Einträge mit Fotos tauchten auf, die meisten aus Zeiten des Faschismus. Sie fand heraus, wie die staatlichen Bordelle betrieben wurden, in welche Kategorien sie unterteilt waren und welchen Regeln sie unterlagen. Zudem stellte sie fest, dass die Mädchen meistens in einem zweiwöchigen Zyklus arbeiteten und manchmal sogar in verschiedenen Städten von einem Haus derselben Kategorie zum nächsten wechselten. Sie ging jedes Ergebnis einzeln durch, bis sie auf eine Seite stieß, die dem alten Viertel San Berillo gewidmet war, in dem früher fast alle Bordelle in Catania gelegen hatten. Sie sah die schmalen Gässchen, von denen Patanè erzählt hatte, und sogar die alten Bilder, als das

Viertel dem Erdboden gleichgemacht wurde, um es neu zu bebauen.

Sie musste nur in Google die Bilder durchgehen und fand ein Dutzend Schilder wie jenes, das sie im Haus der Cutò gesehen hatte, von denen manche sogar noch eindeutiger und nicht so elegant waren. Gerade als sie den Computer wieder ausschalten wollte, entdeckte sie eine Münze, die so aussah wie jene, die sie in der Tasche hatte. Es musste sich um eine Wertmarke handeln, mit der man die Dienstleistung bezahlen konnte.

Spanò klopfte an der halb geschlossenen Tür und trat ein. »Boss?«

Vanina sah vom Bildschirm auf und bat ihn zu sich.

Neugierig linste der Ispettore auf den Bildschirm. »Was ist das?«

»Für das sind Sie wohl auch noch zu jung, wie? Das ist eine Wertmarke, Spanò.«

Er trat noch näher an den Computer heran, aber nicht zu dicht, damit er seine Lesebrille nicht aufsetzen musste, an die er sich partout nicht gewöhnen konnte. Dann sah er sich auf Vaninas Schreibtisch um und entdeckte ein ähnliches Objekt. »Wo haben Sie die her?«

»Aus dem Haus der Cutò. Die Münze lag auf dem Boden der Vorratskammer. Es gab noch viele weitere.«

Spanò ließ sich vor ihr nieder. »Dottoressa, glauben Sie wirklich, die Tote könnte diese Prostituierte sein?«

»Eins weiß ich mit Sicherheit … Alfonsina hat uns nicht die volle Wahrheit erzählt. Und ich bin mir fast sicher, dass selbst Patanè keinen Durchblick hat.«

»Da bin ich mir auch ziemlich sicher. Der Commissario hat ja versucht, uns dies auf jede erdenkliche Art zu verstehen zu geben. Wie sollen wir also weiter vorgehen?«

»Heute Nachmittag suchen Sie mit Fragapane noch einmal die Fiscellas auf und nehmen alle Fotos sowie die Sachen mit, die bei der Leiche lagen. Sie zeigen Giosuè jedes einzelne Teil, fangen bei den nebensächlichen an und steigern sich, bis Sie zu den gruseligsten Einzelheiten kommen. Achten Sie dabei auf seine Reaktion und vor allem auf die seiner Frau! Bringen Sie alles zu Protokoll, was man Ihnen sagt!«

»Glauben Sie, dass sie Angst bekommen, wenn sie die Leiche sehen, und dann reden werden?«

»Ich wette eher, dass sie schweigen.«

»Und warum?«

»Weil sie Maria Cutò offiziell so lange wie möglich am Leben erhalten wollen.«

Spanò dachte eine Weile nach. »Sagen Sie bloß, Sie haben die beiden im Verdacht!«

»Dass sie sie umgebracht haben? Nie im Leben! Aber ich glaube, dass Alfonsina keine Anzeige erstattete, aus Angst, die Polizei könnte herausbekommen, dass Maria tot ist. Das schon.«

»Ich verstehe, aber warum?«

»Denken Sie doch mal nach, Spanò! Wo wohnen die Fiscellas?«

»In einem Zwischengeschoss neben dem Haus der Cutò.«

»Das ist ein Zwischengeschoss, von dem aus man direkt zur Treppe ihres Hauses gelangt. Wem gehören Ihrer Meinung nach die drei Zimmer?«

»Der Cutò.«

»Wenn die Cutò aber tot wäre …«

»Na klar! Wenn die Cutò tot wäre und keine Angehörigen oder Erben hätte, dann fiele das Haus wer weiß wem in die Hände.«

»Und die beiden gleich mit.«

Sie sahen sich wortlos an und dachten jeder für sich darüber nach.

»Das heißt, dass wir heute wahrscheinlich nichts mehr herausfinden werden«, folgerte der Ispettore.

»Etwas werden wir herausfinden, glauben Sie mir.«

Spanò ging nicht näher darauf ein. Wenn Vanina in kurzen Sätzen redete, dann hatte sie sich bereits einen Überblick verschafft, sich aber noch nicht äußern wollen.

Vanina schob sich mit dem Stuhl vom Schreibtisch weg, der immer wackeliger zu werden schien. »Ich muss den Stuhl unbedingt reparieren lassen, sonst lande ich irgendwann auf dem Boden«, überlegte sie laut und stand auf. »Oder schlimmer noch, Dottore Macchia landet auf dem Boden, denn der schaukelt so gern darauf«, schloss sie.

Spanò lachte, kam näher, drückte gegen die Lehne und untersuchte sie. Er musste ihr recht geben, sie war nicht mehr in Ordnung.

»Spanò, vergewissern Sie sich, ob das Haus und die Zimmer tatsächlich der Cutò gehören, bevor Sie die Fiscellas aufsuchen. Richten Sie Lo Faro aus, er soll das recherchieren. Und kontrollieren Sie, ob Giosuè Fiscella und Alfonsina Fresta irgendwelche Vorstrafen haben. Obwohl ich das nicht glaube.«

»Zu Befehl. Und was machen Sie jetzt?«

»Ich? Ich gehe essen, es ist schon nach zwei.«

Da sie fast die ganze Zeit gesessen hatte, hatte sie Lust zu gehen und beschloss, das Büro zu Fuß zu verlassen. Sie folgte der Via Teatro Massimo und machte sich dann Richtung Teatro Bellini auf, das sich mit seiner braunen Fassade majestätisch vor ihr erhob. Nach Aussage von Burrano war Carlo Sada derselbe

Architekt, den das damalige Oberhaupt seiner Familie auf die Suche nach Inspiration für das berühmte Türmchen nach Afrika geschickt hatte. Sie passierte das Tor und wandte sich in Richtung Via di Sangiuliano. Dann zog sie ihr Handy aus der Tasche und entdeckte, dass es immer noch stumm geschaltet war. Sie hatte vier Anrufe verpasst, drei von ihrer Mutter.

In großem Bogen umrundete sie noch einmal das Haus von Maria Cutò und ging dann zur *Trattoria da Nino*, die ganz in der Nähe lag. Währenddessen überlegte sie, welcher Teil des Gebäudes wohl zu der zugemauerten Öffnung gehörte. Hätte ihr Instinkt ihr nicht geraten, Spanò am Nachmittag noch einmal hinzuschicken, hätte sie sich das *Valentino* gern selbst noch einmal angesehen. Aber Vicequestore Guarrasi wusste nur zu gut, dass es manchmal besser war, beobachtend im Hintergrund zu bleiben und nicht selbst Akteur zu sein. Mit diesem Gedanken und knurrendem Magen beschleunigte sie ihre Schritte.

Nino wies auf ihren Stammtisch und ließ ihr umgehend Brot und ein Schälchen Oliven bringen, während er sich um weitere dreißig Gäste kümmerte. Spanò hatte ihr die Trattoria irgendwann einmal empfohlen. Hier wurde Hausmannskost serviert, und die ganze Truppe ging gern hier essen. Sogar Ispettore Bonazzoli mochte die Küche, die auch rein vegane Gerichte wie beispielsweise Macco di Fave servierte, eine Cremesuppe aus getrockneten Bohnen. Spanò und Nino pflegten sich zur Begrüßung zu umarmen und duzten sich, Marta küsste der Wirt die Hand. Beim Anblick von Vicequestore Guarrasi hingegen deutete er eine leichte Verbeugung an. Vielleicht lag das an ihrer Stellung, vielleicht aber auch an ihrem reservierten Verhalten, das nicht zu Vertraulichkeiten einlud. Einschüchternde Zurückhaltung, wie ihre Mutter es nannte.

Vanina nutzte den Moment, als sie auf das Essen wartete, und rief sie zurück. »Vanina, Liebes.«

»Hallo, Mamma!«

»Das letzte Mal bist du so schnell verschwunden und hast dich dann nicht mehr gemeldet. Findest du das sonderlich freundlich?«

»Ich habe dir eine Nachricht geschrieben, als ich angekommen war.«

»Und das nennst du dich melden?«

»Ich musste auf der Stelle los.«

Am anderen Ende der Leitung hörte sie einen Seufzer und sah ihre Mutter förmlich vor sich, wie sie am Mittagstisch saß, auf dem noch die Teller standen. Sie hielt eine Zigarette in der Hand, und neben ihr stand eine Tasse Kaffee. Makelloser Teint, Hochsteckfrisur, Perlenkette um den Hals.

»Aber deshalb habe ich dich nicht angerufen, sondern weil ich dir sagen wollte, dass Federico morgen zu einem Kongress nach Catania kommt. Er würde sich sehr freuen, dich zu sehen. Könntest du wenigstens zehn Minuten für ihn erübrigen?«

Federico Calderaro, der zweite Mann ihrer Mutter. Er war ein berühmter Herzchirurg und Universitätsprofessor und hatte die alleinerziehende Marianna Partanna Guarrasi vom Witwenstatus eines im Dienst gefallenen Ispettore der Polizei befreit, sie zu einer eleganten Frau gemacht und in die feine Gesellschaft von Palermo eingeführt.

Vanina verdrehte die Augen. Das hatte ihr gerade noch gefehlt. »Ach ja ... und wo?«

»Weiß ich nicht, er ruft dich bestimmt an. Bitte sei nett zu ihm! Du weißt, er mag dich.«

Das stimmte, Federico mochte sie. Sie hingegen konnte ihn nicht leiden. »Mamma, ich muss los.«

»Ja, aber versprich mir, dass …«

»Dass ich mich mit Federico treffe? Ja, ist gut.«

Burrano hatte in der Zwischenzeit das Lokal betreten und sah sich nach einem freien Platz um. Als er Vicequestore Guarrasi entdeckte, blieb er stehen und wartete, bis sie das Telefonat beendet hatte.

»Du könntest ihn doch zu dir nach Hause einladen. Es tat ihm sehr leid, dass er letztes Mal bei Papas Gedenkfeier nicht dabei sein konnte. Aber du weißt ja, wie das ist. Er ist ständig auf Kongressen unterwegs. Außerdem … könnte er dann vielleicht ein bisschen mit dir reden.«

Sie wusste nicht, worauf ihre Mutter anspielte, und überhörte es einfach. Diese nicht geforderten Entschuldigungen hatten sie verärgert. »Natürlich. Wenn er bereit ist, noch spätabends mit mir in mein Dorf am Fuß des Ätna zu kommen. Vorher schaffe auch ich es nämlich nicht nach Hause.«

»In Ordnung, Vanina. Dann behandle ihn wenigstens gut!«

»Habe ich ihn jemals schlecht behandelt?«

»Meistens hast du ihn einfach ignoriert, wenn du das meinst. Vergiss es und lass uns das nicht wieder aufwärmen!«

»Genau, ich muss jetzt außerdem wirklich Schluss machen.«

»Pass auf dich auf!«, ermahnte ihre Mutter sie noch.

Das war eigentlich fürsorglich gemeint und typisch für eine Mutter. Nur der fade Beigeschmack wirkte irgendwie bedrückend auf sie und klang unterschwellig wie eine Anschuldigung. *Du hättest es vermeiden können, jeden Tag dein Leben zu riskieren. Du hättest einen ruhigeren Beruf wählen können. Ich hatte dir etwas besorgt, womit du ein Leben wie eine Prinzessin hättest führen können.*

»Buongiorno, Dottoressa Guarrasi«, grüßte sie Burrano, sobald sie aufgelegt hatte.

»Buongiorno, Dottore Burrano.«

»Ich wollte Sie heute früh anrufen, dachte mir dann aber, dass es vielleicht kein guter Zeitpunkt ist …«

»Wollten Sie mir etwas mitteilen?«

»Meine Tante hat mich heute Morgen um acht Uhr aus dem Bett geholt und sich über den Artikel aufgeregt, der in der *Gazzetta Siciliana* erschienen ist. Sie war fast schon sauer auf mich, dabei hatten Sie mir doch zugesichert, dass …«

»Ich habe Ihnen gar nichts zugesichert, Dottore Burrano. Die Journalisten machen nur ihre Arbeit und haben unzählige Informanten. Es steht nicht in meiner Macht, sie alle zu blockieren.«

»Entschuldigen Sie, Dottoressa. Wissen Sie, meine Tante hat schon ein gewisses Alter, für sie ist das gerade kein leichter Moment. Dieser Artikel hat unglaubliche Wellen geschlagen, Sie haben ja keine Ahnung. Sie wurde sogar gebeten, Interviews zu geben.«

»Das kann ich mir gut vorstellen.«

Aber für ihre Ermittlungen kam dieser Artikel gerade recht. Solches Glück hatte man manchmal.

»Und Sie … sind allein hier«, stellte Burrano fest und sah sich um.

»Richtig.«

»Ich auch.«

Jetzt fehlte ihr nur noch, dass er ihr ein gemeinsames Mittagessen anbot.

»Nino hat heute keinen Platz mehr frei. Stört es Sie, wenn ich mich zu Ihnen setze?«, fragte er mit der Lässigkeit eines Menschen, der in Pariser Bistros zu gehen pflegte, in denen man sich mit irgendwelchen fremden Leuten an den Tisch setzte.

Vanina verkniff sich ein Lachen. Burrano war ein Schlitz-ohr. So wie er das formulierte, klang es nicht einmal wie eine Frage. Ihm den einzigen freien Platz im Lokal abzuschlagen wäre fast schon unhöflich gewesen. Mit einer herablassenden Geste lud sie ihn an ihren Tisch.

Nino erschien sogleich und nahm die Bestellung auf.

»Und, Dottoressa, wie laufen die Ermittlungen? Haben Sie die Identität der Frau inzwischen festgestellt? Je früher die ganze Geschichte ein Ende hat, desto früher kehrt wieder Ruhe ein«, fing Burrano an, sobald Nino wieder verschwunden war.

»Wir arbeiten daran, Dottore Burrano. Ich weiß nicht, wie lange es dauern wird, aber ich versichere Ihnen, dass ich stets um schnelle Lösungen bemüht bin«, antwortete sie ein wenig kürzer angebunden als beabsichtigt.

»Entschuldigen Sie, ich wollte Sie nicht verärgern.«

Vanina mäßigte ihren Tonfall. »Sehen Sie, Dottore Burrano, wir haben es mit objektiven Hürden zu tun. Die Leiche stammt aus einer Zeit, die wir nicht näher bestimmen können, und sie hatte keinerlei Papiere bei sich.«

»Ganz sicher stammt sie aus der Zeit, in der mein Onkel noch lebte«, gab Burrano zu bedenken.

»Kann schon sein.«

»Wenn ich bedenke, wie viele Frauen er hatte, könnte es jede gewesen sein.«

Vanina kommentierte die Bemerkung nicht. Offenbar waren die Burranos aber sehr darauf erpicht, immer wieder zu unterstreichen, welch ein Frauenheld der Cavaliere gewesen war. Zu auffällig vielleicht. Alfio konnte allerdings aufgrund seines Alters nicht viel darüber wissen.

»Hat Ihre Tante Ihnen das erzählt?«, riet sie.

»Mein Vater hat ab und zu darüber gesprochen. Möge er in Frieden ruhen. Meine Tante hat heute zum ersten Mal einige Details dazu erwähnt. Sie hat einen schlimmen Charakter, Dottoressa. Sie ist zwar meine einzige Verwandte, ich kann Ihnen aber versichern, dass man nicht einfach mit ihr auskommt. Sie ist eine alte … Nun ja, sagen wir … sie ist jähzornig.«

Eine alte Tarantel, dachte sich Vanina. Burrano hatte gerade noch rechtzeitig den Satz abgebrochen, aber genau das sagen wollen. Und diese Einschätzung entsprach in etwa dem Eindruck, den auch sie gewonnen hatte.

Vor der sizilianischen Caponata mit Auberginen und einem gemischten Teller mit Buletten und Rouladen, die beide unglaublich köstlich fanden, wechselte Burrano das Thema. In zehn Minuten spulte er seine ganze Lebensgeschichte herunter. Er erzählte von seiner Arbeit als Winzer, seinem Sohn, der bei seiner Mutter in Mailand lebte, mit der er nie verheiratet gewesen war, von der Villa, die auseinanderfiel und die seine Tante Teresa nicht restaurieren wollte.

Das Bild, das Vanina sich von ihm machte, war verwirrend. Er war ein Lebemann, der das bequeme Leben genoss, aber angenehm im Umgang.

»Etwas Süßes?«, schlug Nino vor und stand plötzlich wieder am Tisch, nachdem er sich zwischen den anderen Gästen hindurchgeschlängelt hatte. Vanina konnte gerade noch ein Stück Quarktorte mit Pistazien verspeisen, als das Gesicht von Ispettore Spanò auf dem Display ihres Handys erschien. Sie stand auf und begab sich zum Ausgang, bevor sie das Gespräch annahm. Auch Burrano erhob sich. Aus den Augenwinkeln beobachtete sie, wie er zur Kasse ging, die Rechnung bezahlte und ein paar Worte mit Nino wechselte.

»Boss, entschuldigen Sie, störe ich Sie beim Essen?«

»Ich bin gerade fertig. Was gibt's?«

»Bei der Recherche zu der Immobilie, die früher das *Casa Valentino* beherbergte, ist etwas Seltsames herausgekommen.«

»Und das heißt?«

»Dass sie auf zwei Besitzer lautet.«

»Auf wen?«

»Auf eine gewisse Cutò Maria und Cutò Rita.«

Vanina runzelte die Stirn. Dann trat sie auf die Straße hinaus. »Und wer ist jetzt diese Rita?«, murmelte sie, klemmte sich eine Zigarette zwischen die Lippen und versuchte, sie mit der freien Hand anzuzünden. Burrano eilte ihr zu Hilfe und hielt ihr ein Feuerzeug hin.

»Das ist ja gerade das Seltsame, die gibt es nicht.«

»Was soll das heißen … die gibt es nicht, Spanò?«

»Jedenfalls weiß niemand, wo sie abgeblieben ist.«

»Sie auch? Was soll das nun wieder?«

»Was jetzt, Boss? Kommen Sie noch mal ins Büro?«

»Natürlich.«

Burrano stand in respektvoller Entfernung und rauchte eine Zigarre. Vanina verabschiedete sich von ihm und bedankte sich für das Mittagessen, das sie lieber selbst bezahlt hätte, aber das sagte sie ihm natürlich nicht.

8

»Na, da haben wir sie ja! Cutò Rita, geboren in Catania, am
26. November … Wahnsinn! 1956«, rief Ispettore Spanò.

Marta Bonazzoli zog das Blatt Papier näher heran, das Fragapane hatte ausdrucken lassen, und las es noch einmal. Kein
Zweifel. Als Maria Cutò verschwand, war Rita ungefähr drei
Jahre alt. Da bedurfte es keines besonderen Scharfsinns, um zu
verstehen, wer das sein konnte.

»Es wird immer mysteriöser. Verrennen wir uns hier nicht in
eine Geschichte, die gar nichts mit unserer Leiche zu tun hat,
nur um Patanè mit einzubeziehen?«, fragte Fragapane. Er war
dem alten Commissario treu ergeben und hätte dessen ermittlerische Fähigkeiten niemals infrage gestellt. Doch Tatsache
war, dass Patanè dreiundachtzig Jahre alt und sein Erinnerungsvermögen vielleicht nicht so zuverlässig war.

Spanò blieb ernst und wirkte nachdenklich. Er war anderer
Meinung und wusste, dass Vicequestore Guarrasi vermutlich
so dachte wie er. Die neuen Erkenntnisse machten zwar alles
nur noch komplizierter, das schon, aber sie fügten der Geschichte ein Puzzlestück hinzu, wodurch die Aufmerksamkeit
noch mehr auf Maria Cutò gerichtet wurde. Den Grund dafür
hätte er selbst nicht so genau nennen können.

»Warum rufen wir den Commissario nicht einfach an und
fragen, ob er diesen Namen schon einmal gehört hat?«, schlug
Marta Bonazzoli vor.

Spanò und Fragapane blickten beide gleichzeitig auf ihre Uhr. Es war halb vier. Dann sahen sie sich an und schüttelten die Köpfe. Um diese Zeit hielt Patanè ganz sicher seinen Mittagsschlaf. Marta Bonazzoli hatte offenbar immer noch nicht verinnerlicht, dass man auf Sizilien und in ganz Süditalien nicht so unhöflich war, die Leute am frühen Nachmittag anzurufen.

Vanina öffnete die Tür einen Spaltbreit und streckte den Kopf ins Büro. »Alle zu mir!«, ordnete sie an.

Die drei sammelten ihre Unterlagen zusammen und folgten ihr. Sie setzte sich vorsichtig auf ihren wackeligen Stuhl und wunderte sich, dass er plötzlich stabiler wirkte.

»Was ist denn hier passiert? Sagen Sie bloß, jemand ist vorbeigekommen und hat ihn repariert!«

»Nein, Dottoressa, das war ich. Ich habe nur den kleinen Hebel darunter etwas fester gezogen«, antwortete Spanò in breitestem sizilianischem Dialekt. Marta Bonazzoli musterte ihn verwundert, sie tat sich mit manchen Ausdrücken immer noch schwer.

»Fassen wir zusammen«, sagte Vanina und rief alle wieder zur Ordnung.

Spanò erklärte, was sie herausgefunden hatten.

Vanina runzelte die Stirn, als sie hörte, wie alt die geheimnisvolle Cutò Nummer zwei zum Zeitpunkt des Verschwindens von Nummer eins gewesen war. Irgendetwas an den enigmatischen Äußerungen von Alfonsina stimmte nicht.

»Sie gehen zu Signora Fiscella und machen das, was wir beschlossen haben. Dann halten Sie ihr dieses Dokument unter die Nase. Ich wüsste gern, wie sie darauf reagiert. Dann zeigen Sie ihr die Fotos und alles andere.«

Nunnari klopfte an die halb offene Tür und kam herein, das Gesicht mit grauem Staub bedeckt.

»Regnet es wieder Asche?«, fragte Vanina.

»In Catania nicht. Der Wind hat sich gedreht.«

»Und woher kommen Sie?«

»Aus Zafferana Etnea. Dort oben regnet es weiter Asche. Gestern sind offenbar auch größere Teile runtergekommen.«

»Was wollten Sie denn in Zafferana Etnea?«

»Masino Di Stefano wohnt dort. In irgendeiner engen Gasse. Um die zu finden, bin ich mehrfach durch das Dorf gefahren. Am Ende habe ich den Wagen stehen gelassen und bin zu Fuß losgezogen. An der Adresse, auf die ich in meiner Recherche heute Morgen gestoßen bin, befindet sich eine Bar. Ich bin reingegangen, habe eine heiße Schokolade und ein paar Sciatorikekse bestellt und mich mit dem Barista unterhalten.«

»Und uns hast du nichts mitgebracht?«, fragte Vanina, vertraute aber darauf, dass Nunnari die Gelegenheit genutzt und einige der berühmten weichen Kekse im Bitterschokoladenmantel dabeihatte, die ursprünglich, wie der Name Sciatore – Skifahrer – schon sagte, zur Kräftigung der Skifahrer an den Ätnahängen gedacht war.

»Natürlich«, antwortete Nunnari, klopfte auf seinen Rucksack der Marke Invicta, den er vermutlich noch aus Gymnasialzeiten hatte und auf den er besonders stolz war. Vintage, wie er sagte.

Sie bedeutete ihm, er möge fortfahren.

»Und wie das eben so ist, ein Wort führte zum anderen, und schließlich habe ich alles über die unmittelbare Nachbarschaft erfahren. Und auch das war zu etwas gut. Offenbar lebt Masino Di Stefano nicht nur, sondern erfreut sich auch bester Gesundheit und geht jeden Morgen sogar fünf Kilometer mit seinem Hund spazieren. Er ist verwitwet, wohnt dort seit zehn

Jahren, und jeder weiß, dass er im Gefängnis saß. Warum, kann allerdings niemand sagen. Man erzählt sich, dass er ein friedlicher Zeitgenosse ist, der sich lieber um seine eigenen Angelegenheiten kümmert und sich mit keinem anfreundet.«

Vanina überlegte. »Beordern Sie ihn her!«

»Entschuldigen Sie, Dottoressa, sollten wir nicht besser die Ergebnisse der Spurensicherung abwarten?«, mischte sich Spanò ein.

»Vielleicht liefert die Spurensicherung uns auch erst in zehn Tagen erste Ergebnisse, dieser Mann aber ist der Einzige, der eine brauchbare Aussage machen kann. Und zudem ist er ein möglicher Verdächtiger. Morgen will ich ihn hier haben. Wenn er es schafft und selbst kommen kann, dann gut. Ansonsten holen Sie ihn ab, Nunnari. Und nehmen Sie Lo Faro mit!«

»Jawohl, Boss«, antwortete Nunnari.

Spanòs unschlüssiger Gesichtsausdruck schien sie zu fragen, was diese Programmänderung sollte, doch Vanina machte keinerlei Anstalten, es ihm zu erklären. Sie wusste es nicht einmal selbst. Es schien, als hätte der Südwind, der die Stadt vom Ascheregen des Vulkans befreit hatte, nun auch den Dunst gelichtet, der sich um die Ermittlungen gelegt hatte.

Sie heftete den Blick auf die Mordakte Burrano, die seit dem vorigen Tag auf ihrem Schreibtisch lag und darauf wartete, dass sie sich endlich damit befasste. Sie hatte sich Fragapanes Zusammenfassung angehört und vorerst die Erinnerungen von Spanòs Vater für bare Münze genommen. Bisher aber hatte sie kein einziges Mal die Nase in die Unterlagen gesteckt, um sich ein eigenes Bild zu machen. Das lag nicht daran, dass ihr die Zeit dazu fehlte. Sie wusste, dass es nicht mehr lange dauern würde, bis sich ein scheinbar unwichtiges Detail als wichtig verwies und den Drang in ihr auslöste, die Unterlagen zu öffnen und vielleicht eine ganze Nacht lang darüber zu brüten. So lange würde es nämlich dauern, das wusste sie schon. Irgendetwas an diesem seit über fünfzig Jahren geschlossenen Fall überzeugte sie nicht, und das nicht nur wegen der möglichen Verbindung zu der Leiche der Frau. Irgendetwas stimmte hier nicht, und die Zeugenaussage von Commissario Patanè hatte ihren Verdacht nur noch erhärtet.

Vassalli hatte sie am Morgen angerufen, bevor der Commissario erschienen war. Aus dem kurzen Austausch hatte sich für sie ergeben, dass der Staatsanwalt die Ermittlungen für irrelevant gehalten hätte, wäre es nicht um die Familie Burrano gegangen. Also versuchte sie, ihre Neugierde bezüglich der Akte zu zügeln, die sich in ihren Händen in eine tickende Zeitbombe verwandeln konnte.

Trotz seines offensichtlichen Phlegmas hätte der Staatsanwalt dennoch früher oder später Ergebnisse von ihr gefordert, und es war nicht ihre Art, mit leeren Händen bei ihm zu erscheinen. Vor allem jetzt, da die Sache öffentlich geworden war.

Sovrintendente Nunnari zog aus seinem Rucksack einen Präsentierteller mit Sciatorikeksen und stellte sie Vanina auf den Tisch. Alle bedienten sich, nur Marta Bonazzoli nicht.

»Ich verstehe nicht, wie sich jemand das Leben so vergällen kann«, murmelte Spanò, hüllte einen Keks in eine Serviette und reichte sie seinem Boss.

Marta zuckte beleidigt die Achseln und fühlte sich wie immer an den Pranger gestellt. »Ich vergälle mir das Leben überhaupt nicht! Es ginge doch allen besser, wenn sie das endlich einsähen.«

Vanina rief den Ispettore wieder zur Räson und entzog ihn so einer Diskussion mit Bonazzoli, die zu nichts geführt hätte.

»Schluss jetzt, die Pause ist vorbei! Sobald die Zeit passt, nehmen Sie, Spanò, und Sie, Fragapane, alle nötigen Unterlagen und suchen die Fiscellas auf. Ispettore, wissen Sie zufällig, wo Patanè wohnt?«

»Natürlich, Dottoressa. Am Anfang der Via Umberto. Wieso?« Sie antwortete nicht.

Die Mordakte Burrano hätte Stunden eingehender Beschäftigung erfordert, die bisher niemand erübrigt hatte.

Vanina zog die Fotos vom Tatort aus dem Ordner. Auf den vergilbten Aufnahmen waren etliche Einzelheiten zu erkennen. Ein Mann, der vornübergekippt auf dem Schreibtisch lag, ein blutiges Loch im Nacken, auf dem Boden verstreute Papiere. Sie suchte nach einem Foto, auf dem Burranos gesamtes Büro im Originalzustand abgelichtet wäre und nicht so, wie sie es nach fünfzig Jahren und einem zweiten Ortstermin vorgefunden hatte. Sie entdeckte ein Foto mit einer Nahaufnahme des Schreibtischs. Darauf schienen dieselben Gegenstände und Bücher abgebildet zu sein, die sie auch gesehen hatte. Wie konnte es sein, dass niemand sie mitgenommen, durchgearbeitet oder katalogisiert hatte? Natürlich waren es gewöhnliche Bücher, die nicht allzu viel zu den Ermittlungen beitragen konnten. Dennoch fragte sie sich, ob sich darunter vielleicht irgendetwas befand, das damals übersehen worden war und irgendwie auf Maria Cutò zurückführte. Oder auf Vera Vinciguerra, überlegte sie. Auch wenn ihr diese Möglichkeit immer weniger wahrscheinlich erschien. Ihr fiel auf, dass auf dem Schreibtisch vor Gaetano Burranos Kopf etwas stand, das wie der Aschenbecher aussah, den auch sie gesehen hatte. Doch als sie sich mit der Lupe näherte, bemerkte sie, dass er mit Kippen angefüllt war. Dieses Detail prägte sie sich ein. Bestimmt hatte die Spurensicherung die Stummel damals untersucht, doch mit den seinerzeit zur Verfügung stehenden Mitteln konnte man höchstens die Zigarettenmarke und eventuell noch Lippenstiftspuren nachweisen. Daneben stand eine Tasse Kaffee. Das war es auch schon. Vanina blätterte in den alten Berichten der Spurensicherung und überflog die einzelnen Seiten. Dann ließ sie es wieder. Ihr fiel etwas Besseres ein.

Spanò und Fragapane verließen kurz nach fünf das Präsidium.

Die Uhrzeit war genau richtig, um auch Patanè einen Besuch abzustatten, den die Störung sicher mit Freude erfüllte. Vanina sammelte die Akte wieder ein und schob sie in einen Stoffbeutel aus einer Bücherei, der die Aufschrift trug: *Lesen kann Unabhängigkeit verursachen*. Es war ihr Lieblingsbeutel. Sie steckte auch ein Foto der Leiche aus der Villa Burrano ein, das sie kurz vorher Spanò abgenommen hatte. Sie verließ ihr Büro und wollte Marta Bonazzoli abholen, die gerade nach vorn gebeugt telefonierte, als wolle sie vermeiden, dass jemand mithörte, obwohl die Plätze von Nunnari und Lo Faro leer waren. Sobald sie Vanina hereinkommen sah, legte sie auf.

»Du hättest ruhig weitertelefonieren können«, sagte Vanina und bedeutete ihrer Kollegin, sie möge aufstehen. »Komm, fahren wir zu Patanès Haus!«

»Zu diesem legendären Commissario Patanè? Spanò und Fragapane haben den ganzen Nachmittag lang von ihm erzählt«, sagte Marta, sprang auf und zog ihre Jacke von der Stuhllehne.

Vanina beobachtete sie aus den Augenwinkeln. Marta schien noch dünner geworden zu sein. Kein Wunder, schließlich lebte sie nur von Tee und Gemüse! Trotzdem war ihr Zustand wohl nicht bloß ein Problem der Ernährung. Nur weil man kein tierisches Eiweiß aß, musste man noch längst nicht hungern. Sollte sie selbst zum Beispiel eines Tages vom Wahn gepackt werden und plötzlich zum Veganismus übertreten – eine Möglichkeit, die sie gar nicht erst in Betracht zog –, hätte sie problemlos nur von Pasta und Bitterschokolade leben können. Und natürlich von Bettinas mit wildem Mangold gefüllten Scàcce. Alles Lebensmittel, die für einen hohen Blutzuckerspiegel sorgten und bestimmt keine Gewichtsreduzierung bewirkten. Es musste etwas anderes sein. Ihr Gefühl sagte ihr, das Ispettore Bonazzoli nicht sonderlich glücklich war. Aber soweit Vanina sie kannte, würde das Warum ein ungelöstes Geheimnis bleiben, das sie unter dem Namen *Marta* archivierte, genau wie die Frage, warum Marta vom Präsidium in Brescia ausgerechnet zum Einsatzkommando nach Catania gekommen war.

Die Frauenstimme in der Gegensprechanlage verstummte verdutzt.

»Wer?«, fragte sie, nachdem Vanina ihren Nachnamen, vor allem aber ihren Rang deutlich buchstabiert hatte.

»Ich bin Vicequestore Giovanna Guarrasi und würde gern mit Commissario Patanè sprechen.«

Der mittlere Teil des Eingangstors sprang auf und gab den Weg in einen dunklen Hauseingang frei. Neben einer in grauem Licht schimmernden Treppe mit schmiedeeisernem Geländer lag ein moderner Aufzug, der ganz offensichtlich erst später eingebaut worden war. Entschlossenen Schrittes ging Vanina darauf zu.

»Die Tussi hat nicht mal gesagt, in welches Stockwerk wir müssen«, warf Marta ein, die schon bei der Treppe war und sich Stockwerk für Stockwerk hocharbeiten wollte.

»Du hast recht. Und nachdem du so durchtrainiert bist, nimmst du die Treppe und rufst runter, welches Stockwerk es ist.«

»Zweiter Stock!«, ertönte die Stimme des Commissario höchstpersönlich.

Ispettore Bonazzoli lief die Treppe hinauf. Und Vanina ließ sich mitreißen. Schließlich waren es doch nur zwei Stockwerke. Klar, in einem Altbau mit steilen Stufen, aber trotzdem. Patanè erwartete sie an der Tür, lachte strahlend und entblößte dabei seine echten oder auch falschen Zähne.

»Dottoressa! Ich hätte nicht gedacht, Sie schon so früh wiederzusehen. Und wer ist dieses hübsche Mädchen bei Ihnen?«

»Ispettore Marta Bonazzoli«, stellte Marta sich vor.

Eine Frau um die siebzig von stattlicher Schönheit mit Küchenschürze und orthopädischen Schlappen blieb stehen und starrte die beiden Neuankömmlinge an.

»Angelina, darf ich vorstellen, Vicequestore Guarrasi und Ispettore Bonazzola.«

»Bonazzoli«, korrigierte ihn Marta und schielte zu Vanina hinüber, die sich ein Kichern nicht verkneifen konnte.

»Bonazzoli, entschuldigen Sie! Darf ich vorstellen, das ist meine Gattin Angelina.«

»Giovanna Guarrasi«, sagte Vanina und streckte der Frau eine Hand entgegen.

»Ah! Sie leiten jetzt also die Mordkommission?«, kommentierte die Frau und sah dabei zu ihrem Mann hinüber, der unbeeindruckt daneben stand.

»Ja«, bestätigte Vanina und fragte sich, ob in der Frage Erstaunen oder Bedauern mitschwang.

Der Commissario führte sie in ein Wohnzimmer, das nicht besonders groß war, aber voller antiker Möbel, auf denen überall Nippes stand. Doch statt sie zum Sofa zu führen, auf das seine Frau deutete, knipste er eine Stehlampe über einem runden Tischchen an und rückte zwei Stühle heran.

»Ich nehme an, Sie wollen nicht nur mit mir reden, sondern mir auch etwas zeigen, wenn Sie schon mal den Weg bis hierher auf sich genommen haben. Stimmt's?«

Vanina nickte und schmunzelte. Der Mann gefiel ihr zunehmend.

Selbstzufrieden schob Patanè ein beigefarbenes Spitzendeckchen und eine Vase mit Plastikblumen beiseite. Beides überreichte er Angelina und schickte sie zum Kaffeekochen in die Küche.

Vanina setzte sich neben ihn und kam ohne Umschweife auf den Punkt. »Commissario, wissen Sie zufällig, ob Maria Cutò eine Tochter hatte?«

Nachdenklich kratzte sich der Mann am Kinn. »Eine Tochter, sagen Sie? Na ja … ich glaube eher nicht … Möglich wäre es aber. Wissen Sie, Dottoressa, unter den armen Unglückskindern gab es auch viele unverheiratete Mütter. Oft kamen sie ja in solche Etablissements, um Geld zu verdienen und ihre Kinder durchzubringen. Luna war schlau, sie wusste genau, was Sache war, darum wurde sie trotz ihres jungen Alters schon früh zur Mätresse. Falls sie tatsächlich eine Tochter hatte, hätte sie das sicher nicht an die große Glocke gehängt. Warum fragen Sie?«

»Das Haus läuft auf zwei Namen, auf Maria und diese Rita Cutò … Marta, wann wurde die noch mal geboren?«

»1956«, antwortete Ispettore Bonazzoli.

»Aha …«, kommentierte der Commissario und löste den Blick langsam von Marta.

»War die Cutò 1956 schon Mätresse?«, fragte Vanina.

»Ich glaube schon, aber sicher bin ich mir nicht. Ich könnte allerdings Maresciallo Iero fragen. Der war damals beim Sittendezernat und erinnert sich wahrscheinlich besser an diese Einzelheiten. Es ist gar nicht so einfach, an bestimmte Fakten heranzukommen. Mit dem Merlin-Gesetz, demzufolge 1958 die offiziellen Bordelle schließen mussten, wurden Unterlagen, Karteikarten oder Aufzeichnungen über den Wechsel der Mädchen von einem zum anderen Etablissement vernichtet. Entschuldigen Sie, was soll aus dieser Rita geworden sein?«

»Ich fürchte das, was aus ihrer Mutter geworden ist.«

»Sie ist also auch verschwunden«, überlegte Patanè laut.

»Commissario, welche Aufgaben übernahm Giosuè Fiscella im *Valentino*?«, fragte Vanina nachdenklich.

»Giosuè? Er war Mädchen für alles. So hießen die Jungs, die in einem Bordell arbeiteten. Er machte Besorgungen, reparierte Leitungen oder übernahm schwere körperliche Arbeiten. Und er war Rausschmeißer bei unerwünschter Kundschaft. Er war damals ziemlich muskulös und ein ehrlicher Kerl, Dottoressa. Mit ihm müssen Sie keine Zeit verschwenden.«

Marta hörte schweigend zu. Wenn sie mit der Guarrasi unterwegs war, musste sie bei Verhören anwesend sein und Gedankengängen folgen, die sich ihr nur schwer erschlossen. Diesmal kam aber erschwerend etwas anderes hinzu, wodurch sie sich noch ausgeschlossener fühlte. Der alte Commissario und Vicequestore Guarrasi schienen einander bestens zu verstehen, als arbeiteten sie schon seit Jahren zusammen.

Sie klappte die Akte Burrano auf, die sie bisher noch nicht in den Händen gehabt hatte, und warf einen Blick auf das erste Foto, das ihr unterkam. Es war das Bild des Tatorts, das aus einem Blickpunkt aufgenommen worden war, den sie nicht ganz nachvollziehen konnte. Sie folgte dem Gespräch nicht weiter und konzentrierte sich auf das Foto. Dann holte sie ihr Handy heraus und rief die Fotos der Spurensicherung auf, die sie auf Vaninas Anraten hin abfotografiert hatte und immer bei sich trug. Sie war so darin vertieft, dass sie nicht mitbekam, als Vanina und der Commissario ihr Gespräch unterbrachen.

»Bonazzoli?«, rief Vanina sie zur Ordnung.

Marta hob den Kopf und bemerkte, dass Commissario Patanè sie neugierig beobachtete.

»Hast du etwas Interessantes gefunden?«, fragte Vanina erstaunt.

»Könnte sein«, antwortete Marta, drehte das Foto um und hielt es neben das Foto auf dem Display ihres Samsung-Handys. »Siehst du die Statue da?«

»Das ist doch dieselbe, die vor der Tür des Lastenaufzugs im ersten Stock der Villa Burrano stand«, stellte Vanina überrascht fest. Nur das Zimmer war nicht dasselbe. Wenn sie sich recht erinnerte, war das sogar ein ganz anderer Bereich des Hauses. Sie öffnete auf ihrem iPhone ein Foto, das sie einen Tag nach dem Fund der Leiche anlässlich der Besichtigung von Burranos Büroräumen gemacht hatte. Da hatte nirgends eine Statue gestanden.

Patanè setzte eine Brille auf, um sich das Foto näher anzusehen. »Das ist doch die Büste des alten Burrano. Sie hatte am Tatort gestanden, das weiß ich noch genau. Was hat sie denn da zu suchen?«

»Wir haben sie so vorgefunden. Hinter ihr versteckte sich die Tür zum Speisenaufzug, in dem wir die Frauenleiche fanden.«

Der Commissario runzelte die Stirn und kratzte sich nachdenklich am Kinn.

Vanina nahm ihr Handy und suchte in ihren Kontakten nach einer Telefonnummer. »Dottore Burrano?«

»Dottoressa Guarrasi! Wie schön, so schnell wieder von Ihnen zu hören.«

»Ich brauche eine Auskunft von Ihnen. Stand die Statue, die Sie verschoben haben, als Sie den Speisenaufzug entdeckten, immer schon an jener Stelle?«

»Keine Ahnung. Ich glaube schon … Oder besser gesagt bin ich mir ziemlich sicher, wenn ich darüber nachdenke.«

»Im Haus gibt es sonst keine ähnlichen Büsten, von denen eine vielleicht zuerst im Büro stand und später umgestellt wurde?«

»Nein, nein, Dottoressa. Es handelt sich um ein Unikat. Ich glaube sogar, dass sie von einem berühmten Bildhauer gefertigt wurde, davon gibt es keine Duplikate.«

»Gut, vielen Dank.«

»Damit wir uns richtig verstehen«, sagte Patanè, sobald sie aufgelegt hatte. »Die Frauenleiche wurde in einem Speisenaufzug gefunden, dessen Tür hinter der Büste des Stammesvaters Burrano versteckt war. Zum Zeitpunkt des Mordes an Burrano hatte diese sich am Tatort befunden. Ist das richtig?«

»Um genau zu sein, stand sie vor einer der beiden Türen des Aufzugs, der Aufzug selbst befand sich im Erdgeschoss.«

»Und Sie können sich nicht erklären, warum die Statue dort hingestellt wurde.«

»Ich kann mir das deshalb nicht erklären, weil seit damals anscheinend niemand mehr die Villa betreten hat. Es wurde nichts angefasst, wir haben sogar noch die benutzten Tassen und einen gedeckten Tisch vorgefunden. Wenn also jemand die Büste verstellt hat, dann wollte er die Tür noch besser verstecken.«

Der Commissario dachte nach. Irgendetwas stimmte da in der Tat nicht.

Vanina nahm die Akte zur Hand und schob sie ihm hin. Sie kramte in den Unterlagen, bis sie das Foto fand, das sie interessierte und zu dem sie ihn befragen wollte.

»Die Spurensicherung hat damals doch bestimmt die Zigarettenstummel aus dem Aschenbecher analysiert, habe ich recht?«

»Natürlich.«

»Und dabei wurde nichts Auffälliges gefunden, etwa eine Kippe mit Lippenstiftspuren oder so?«

Patanè ging die Unterlagen durch und zog zielsicher den ersten Bericht der Spurensicherung heraus. Er las ihn schnell und konzentriert durch, während Vanina sich ihm näherte, um mitzulesen.

Fasziniert beobachtete Marta die Energie, die von dem betagten Commissario ausging. Genau in diesem Moment tauchte Angelina auf, bewaffnet mit Kaffee und Mandelkeksen. Der Blick, mit dem sie die Fremde bedachte, die an den Lippen ihres Mannes zu hängen schien, sowie die andere Kleine, die ihn wie einen Waffenbruder behandelte, war nicht gerade wohlwollend. Sie stellte sich neben ihren Mann und wich ihm nicht mehr von der Seite.

»Zwei unterschiedliche Zigarettenmarken«, antwortete der Commissario. »Die eine rauchte Di Stefano, die andere Burrano. So steht es hier.«

Vanina wusste das, noch bevor sie ihn gefragt hatte, aber vielleicht erinnerte er sich nach all den Jahren beim Lesen des Berichts ja vielleicht an ein Detail, das nicht dort stand. »Erinnern Sie sich vielleicht, ob auch Zigarettenstummel anderer Hersteller gefunden wurden … von der Marke Mentola zum Beispiel?«

Der Commissario nahm seine Brille ab und musterte sie belustigt. »Dottoressa Guarrasi, danke für Ihr Vertrauen in mein Gedächtnis, aber nach siebenundfünfzig Jahren kann ich mich bei aller Liebe an ein solches Detail nicht mehr erinnern. Wenn es nicht hier steht, gehe ich davon aus, dass es nicht gefunden wurde.« Er sah noch einmal in den Unterlagen nach, schüttelte den Kopf und bekräftigte, dass nichts vorlag.

»Du meine Güte, was für ein Anblick!«, rief er und reichte Vanina die Akte zurück. »Ein paar Berichte habe ich persönlich geschrieben. Aber wer weiß, was das zu bedeuten hat, dass ich die Akte nach so langen Jahren wieder in Händen halte.«

Er wusste genau, was das zu bedeuten hatte. Damit wollte er sagen, dass dieser Fall siebenundfünfzig Jahre lang nur auf ihn gewartet hatte. Und nachdem sie bis zu ihm nach Hause gekommen war, um ihn persönlich aufzusuchen, hatte Giovanna Guarrasi das bestimmt auch begriffen.

Vanina legte die Akte beiseite. »Da wäre noch eine letzte Sache, die ich Ihnen gern zeigen würde, Commissario.«

Patanè setzte seine Brille wieder auf. Aus den Augenwinkeln beobachtete er Angelina, die hinter ihm stand und ihm auch weiterhin nicht von der Seite wich. »Angelina, Liebes, wir reden hier über einen Mordfall. Geh doch und lies ein Buch oder schau etwas fern. Das hier ist nichts für dich.«

Seine Frau gab sich keine Mühe, ihren Missmut zu verstecken. Für sie war es unannehmbar, ihren Gino in den Klauen von zwei jungen hübschen Damen zu lassen, auch wenn sie Polizistinnen waren. Schweren Herzens nahm sie Tassen und Tablett und zog von dannen.

Auch Gino tat es leid, sie fortzuschicken, aber was sollte er tun? Sein Gefühl sagte ihm, dass es wichtig war, sich unvoreingenommen anzusehen, was Giovanna Guarrasi ihm noch zeigen wollte. Und die Anwesenheit seiner Frau hätte dies vereitelt.

Vanina zog das Foto der mumifizierten Leiche aus der Villa Burrano hervor. Ihr fiel auf, dass er ihr das Foto sofort aus der Hand nahm und es, ohne mit der Wimper zu zucken, konzentriert betrachtete.

Sie wusste, dass er das erwartet hatte.

Patanè atmete hörbar durch. »Die Mentola-Zigaretten haben Sie bei der Leiche gefunden, nicht wahr?«

»In ihrem Täschchen, um genau zu sein.«

»Verstehe. Hm … so wie die Leiche aussieht, könnte es jede beliebige Frau sein. Alle Frauen, die damals Geld hatten, kleideten sich so.«

»Und hatte Maria Cutò Geld?«

»Ob sie Geld hatte? Sie haben ja keine Ahnung, welchen Prostitutionsring Luna da betrieb. Durch ihre Hände floss viel Geld. Sie kleidete sich immer elegant. Natürlich war ihr Stil ein wenig protzig, aber auch nicht übertrieben. Für ihre Verhältnisse zog sie sich sogar ziemlich gut an. Aber um wieder auf die Leiche zurückzukommen. Wenn Sie mich fragen, ob ich daran irgendetwas erkenne, muss ich Ihnen leider antworten, dass ich da nicht weiterhelfen kann. Wenn Sie allerdings wissen wollen, ob ich anhand der Kleidung sagen kann, ob es sich um Maria Cutò gehandelt haben könnte, dann würde ich behaupten, das könnte durchaus so sein. Genauso gut könnte es aber auch eine der vielen Freundinnen sein, die Gaetano Burrano das Leben versüßten. Und glauben Sie mir, Dottoressa, er war ein Hurenbock erster Güte.«

»Ich weiß.« Marta räusperte sich verlegen. »Entschuldigen Sie, Commissario, war es normal, dass eine Prostituierte sich so elegant kleidete?«, fragte sie. »Eine gewöhnliche Dirne vielleicht nicht, aber Luna war ja nicht irgendwer.«

»Sie verschwand zu jener Zeit, kleidete sich vornehm, hatte ein besonderes Verhältnis zu Burrano … Sind das nicht etwas zu viele Zufälle?«

»Durchaus«, war der einzige Kommentar, den Patanè dazu abgab.

Vanina äußerte sich lieber nicht. Für sie gab es keine Zufälle. Die Wahrscheinlichkeit, dass es sich bei der Leiche um Maria Cutò handelte, stieg ganz eindeutig, obwohl es dafür bisher keine Beweise gab.

Martas Handy klingelte und zerschnitt die Stille. »Ispettore, was kann ich für Sie tun?«, fragte sie, und Vanina horchte auf.

Sogleich reichte ihr Marta das Handy weiter. »Spanò, sind Sie fertig?«

»Ja, Dottoressa, wir wären dann so weit fertig. Es ist genau so gekommen, wie Sie vorhergesehen haben. Die beiden haben auf den Fotos natürlich nichts erkannt, aber als wir wieder gingen, wirkte Giosuè ziemlich blass. Und Alfonsina schien wie betäubt.«

Vanina nickte, während Patanè sich immer weiter über den Tisch beugte, als wolle auch er das Telefonat mithören.

»Und was haben sie über das Haus gesagt, das auf zwei Namen läuft?«

»Nichts, sie haben getan, als fielen sie aus allen Wolken. Aber ich wette, dass sie etwas wussten.«

»Gut, wir treffen uns gleich nachher im Präsidium.«

»Alfonsina und Giosuè haben vorgegeben, Luna nicht identifizieren zu können, stimmt's?«, riet Patanè.

»Das war vorhersehbar.«

»Und selbst wenn sie es gewesen wäre, hätten die beiden es niemals zugegeben. Sie lassen sie einfach nicht sterben.«

»Nein. Außer seit heute Nachmittag …« Doch dann unterbrach sie sich. Es war auch nur so ein Gedanke, der vielleicht aus der Luft gegriffen war, auch wenn Patanè genau zu wissen schien, worauf sie hinauswollte.

»Das werden wir sehen«, schloss nun tatsächlich der Commissario, während Vanina und Marta die auf dem Tisch verteilten Sachen zusammensuchten und zur Tür gingen.

Auch Signora Angelina erschien an der Haustür. Sie pflanzte sich mitten im Zimmer auf und schien nur darauf zu warten, dass sich die Tür hinter den Besucherinnen schloss, um dann kämpferisch die Hände in die Hüften zu stemmen. »Das war also die Vicequestore, mit der du den ganzen Vormittag verbracht hast? Selbst mit achtzig lässt die Katze wohl das Mausen nicht, was, Gino?«

Erstaunt musterte Gino seine Frau. Dann brach er in schallendes Gelächter aus, von dem am Ende auch sie angesteckt wurde.

Es war noch nicht einmal sieben Uhr, als Vanina ihre Haustür aufschloss. So etwas kam so gut wie nie vor.

Inna, ihre Putzhilfe aus Moldawien, die ihr Bettina alle zwei Tage auslieh, hatte ihr auf dem Esstisch eine Einkaufsliste für Putzmittel hinterlassen, die sie besorgen sollte. Damit sie es nicht vergaß, schrieb sie postwendend dazu, dass sie sich bitte wie immer selbst darum kümmern solle. Dann legte sie fünfzig Euro dazu und deponierte den Zettel wieder an derselben Stelle.

Danach stellte sie das Abendessen, das sie soeben bei Sebastiano gekauft hatte, auf die Arbeitsfläche in der Küche und zog sich umgehend Schuhe und Hose aus. Sie fläzte sich aufs Sofa und schaltete den Fernseher an. Es kam ihr merkwürdig vor, um diese Uhrzeit schon zu Hause zu sein. Heute konnte sie zu einer anständigen Uhrzeit zu Abend essen, einen Film anschauen und vielleicht sogar ein neues Buch anfangen. Fast zu viel für einen einzigen Abend. Aber sie fühlte sich besser. Die alljährlich wiederkehrende Krise um den 18. September war auch dieses Mal vorübergegangen.

Sie zappte sich schnell durch die Kanäle, bis sie auf den Sender mit den Regionalnachrichten stieß, die sie sonst zeitversetzt im Streaming auf dem Computer ansah. Da es jetzt aber live war, konnte sie die Nachrichten, die sie nicht interessierten, nicht einfach überspringen. Im ersten Beitrag ging es um Regionalpolitik. Vanina nutzte die Zeit und ging in die Küche, um sich einen Aperol Spritz zu mixen, ein paar geröstete Mandeln dazuzulegen und sich eine Zigarette anzuzünden. Sie kontrollierte ihr Handy und las die WhatsApp-Nachrichten, die sie im Lauf des Nachmittags erhalten hatte. Dann schickte sie einen Gruß an eine Gruppe ehemaliger Studienkollegen, an der sie nie aktiv teilnehmen konnte, was sie sehr bedauerte. Schließlich antwortete sie Giuli und lauschte mit einem Ohr dem Nachrichtensprecher, der die zweite Reportage anmoderierte.

»In der vergangenen Nacht wurde ein gestohlenes Fahrzeug mit freigelegten Zündkabeln vor der Wohnung des palermitanischen Staatsanwalts Paolo Malfitano abgestellt. Seit Jahren geht er systematisch gegen das organisierte Verbrechen vor. Hierbei handelt es sich wohl um die eklatanteste Warnung, die der Staatsanwalt seit der Eröffnung wichtiger Prozesse erhalten hat, in denen er eine führende Rolle bekleidet. Die von der Staatsanwaltschaft in Palermo angeordnete Überwachung seines Umfelds aufgrund einer aktuellen Operation hat sogar ergeben, dass sich eine gewisse Menge an Sprengstoff …«

Fassungslos blickte Vanina auf, nahm die Fernbedienung und stellte den Fernseher lauter. Sie deponierte ihr Glas auf dem Tischchen neben dem Sofa und drückte die Zigarette im Aschenbecher aus. Dabei bemerkte sie, dass ihre Hände unkontrolliert zitterten und Übelkeit in ihr aufstieg. Sie atmete tief durch und versuchte, dem Brechreiz entgegenzuwirken.

»Paolo Malfitano wurde nicht zum ersten Mal Zielscheibe von gravierenden Einschüchterungsversuchen. Wir erinnern uns an das Attentat vom vierzehnten August 2011, als ein Beamter des Personenschutzes sein Leben verlor und der Staatsanwalt selbst verletzt wurde. Ein Attentat, das nur durch den zufälligen Einsatz der damals leitenden Kommissarin Giovanna …«

Vanina schaffte es gerade noch rechtzeitig ins Bad und erbrach den Aperol Spritz in das Handwaschbecken. Dann fing sie sich wieder, atmete tief durch und wischte die Tränen weg, die ihr die Sicht vernebelten. Im Spiegel sah sie ihr verstörtes Gesicht und die mit Schminke schwarz umrandeten Augen. Sie kehrte ins Wohnzimmer zurück, tastete sich zum Sofa, suchte nach ihrem iPhone und wählte eine Nummer in ihren Kontakten.

»Giacomo«, brachte sie würgend hervor, ihre Stimme klang nicht einmal wie ihre eigene.

»Vanina.«

»Entschuldige, wenn ich dich störe, aber ich wusste nicht, wen ich anrufen soll.«

»Du störst mich nicht. Im Gegenteil, nach den Nachrichten habe ich mit deinem Anruf gerechnet.«

»Ich habe die Nachrichten gesehen. Wie geht es … ihm?«

»Es geht ihm gut. Jedenfalls scheint es so. Du kennst ihn ja. Er wiegelt gern ab und behauptet, dass sie mal wieder übertreiben. Ich hoffe, er irrt sich nicht.«

Vanina dachte über diese alles andere als gewagte Einschätzung nach. Hätte seine sprichwörtliche Vernunft nicht so plötzlich das Weite gesucht, hätte sie vermutlich genauso gedacht.

»Ich bin mir sicher, dass du die Zusammenhänge besser kennst als ich, ihn vermutlich auch«, erklärte Giacomo. »Aber ich erinnere mich noch gut daran, als sie ihn getroffen haben. Sehr gut sogar. Und ich weiß auch noch, wie es ausgegangen wäre, wenn du nicht plötzlich aufgetaucht wärst. Hast du mitbekommen, dass der Journalist dich erwähnte?«

»Nein, das habe ich nicht mehr gehört.« Wie auch? Sie hatte sich übergeben.

»Ab sofort hat man seinen Begleitschutz verstärkt.«

»Natürlich.« Als hätte es genutzt, die Anzahl der Zielscheiben zu erhöhen, um das Schlimmste zu verhindern.

»Und was ist mit dir? Geht es dir gut?«

»Ja, mir geht es gut, danke.« Bis vor einer halben Stunde war es ihr auch noch gut gegangen. Giacomo versuchte, etwas zu plaudern, doch es war ganz offensichtlich, dass er Mühe hatte. So wie sie Mühe hatte, ihm zu antworten.

»Tut mir leid, wenn ich dich gestört habe«, wiederholte sie noch einmal, bevor sie sich von ihm verabschiedete.

»Ich freue mich, von dir gehört zu haben. Nur weil ich Paolos Bruder bin, heißt das ja nicht, dass wir keine Freunde mehr sein können, oder?«

Als Gentleman war er auf den wahren Grund ihres verstörten Anrufs nicht eingegangen. War nicht sie es gewesen, die sich zurückgezogen hatte?

»Danke, Giacomo.«

»Vanina«, sagte er und zögerte einen Moment lang. »Soll ich ihm ausrichten, dass du angerufen hast?«

»Nein, besser nicht.«

»Wirklich nicht?«

»Es genügt mir zu wissen, dass es ihm gut geht. Und, Giacomo … noch etwas. Versprich mir, dass ich es nicht erst aus den Nachrichten erfahre, wenn ihm etwas zustoßen sollte!«

Giacomo versprach es ihr.

Vanina warf das iPhone in die Sofaecke, griff nach dem Päckchen und zündete sich eine Zigarette an. Für unbestimmte Zeit, mit dem Kopf an die Rückenlehne gelegt, blieb sie so sitzen. Sie hörte, dass Bettina zurückkam, und bemerkte, dass es zehn Uhr war. Sie schleppte sich in die Küche und stellte die Tüte mit dem Einkauf in den Kühlschrank. Die Lust zu kochen war ihr inzwischen vergangen. Sie setzte einen kleinen Topf mit Milch auf, die in den schlimmsten Augenblicken immer ihre Rettung war. Kurz darauf trank sie in kleinen Schlucken und tauchte eine Handvoll Kekse hinein. Dann holte sie wieder ihr Handy und schickte ihrer Mutter einen Gutenachtgruß, bevor sie es ausschaltete und sich daran erinnerte, dass Federico sich für den nächsten Tag angesagt hatte.

Inzwischen war sie sich gar nicht mehr so sicher, ob ihr das wirklich so sehr missfiel. Die heftige Reaktion von vorhin hatte sie am Boden zerstört, doch das Schlimmste waren die Zweifel, dass alles, was sie im Lauf der Jahre getan hatte, sinnlos gewesen war.

9

»Dottoressa, sagen Sie bloß, Sie haben das geahnt! Alfonsina Fresta ist am Telefon und will mit Ihnen sprechen«, verkündete Spanò aufgeregt, als er Vaninas Büro betrat.

Vanina schmunzelte und unterdrückte das Verlangen, sich selbst auf die Schulter zu klopfen und dabei in die Hände zu klatschen. Wieder einmal hatte sie ins Schwarze getroffen. Sie nahm das Gespräch an.

»Dottoressa Guarrasi?«

Vanina tat erstaunt.

»Signora Fresta. Buongiorno.«

»Würde es Ihnen etwas ausmachen, zu mir zu kommen?«

Vanina legte eine künstliche Pause ein. Jetzt war sie an der Reihe, Alfonsina auf die Folter zu spannen. »Ist Ihnen noch etwas eingefallen? Ich schicke gleich Ispettore Spanò bei Ihnen vorbei.«

»Nein, nein … Ich muss persönlich mit Ihnen sprechen, Dottoressa. Es ist wichtig.«

Genau das hatte sie sich erhofft. »Ich komme so schnell wie möglich vorbei.«

»Danke, Dottoressa Guarrasi.«

Vanina hörte eine gewisse Unsicherheit in der Stimme der Anruferin. Alfonsina verabschiedete sich und legte auf.

Spanò stand regungslos und höchst gespannt vor Vaninas Schreibtisch.

»Fahren wir jetzt noch einmal zu den Fiscellas?«, fragte er.

»Nein, nur ich fahre hin. Signora Fresta möchte mit mir allein reden.«

»Was will Sie Ihnen wohl sagen?«

»Die Wahrheit.«

Der Ispettore nickte. »Sie wussten das schon, stimmt's?«, erkundigte er sich und lächelte verschwörerisch. Er kannte Vicequestore Guarrasi inzwischen so gut, dass er sogar ihre Schachzüge voraussah. Das war auch der Grund, weshalb er ein so guter Partner war. Er persönlich hätte die Fiscellas am vergangenen Nachmittag härter drangenommen, damit sie die Wahrheit ausspuckten, denn sie verschwiegen ganz offensichtlich etwas. Aber wenn Vanina ihm auftrug, eine gewisse Grenze nicht zu überschreiten, dann hieß das, dass sie etwas im Sinn hatte. Und Alfonsinas aktueller Anruf war der Beweis dafür.

Vanina zog eine Schublade auf, aus der sie die Marke zog, die sie im *Valentino* aufgesammelt hatte, sowie das Plastiktütchen mit dem Papierschnipsel, und breitete alles vor ihm aus. »Schauen Sie sich mal den Aufdruck auf diesem Fetzen an, den wir in der Tasche der Leiche gefunden haben!«

Auf der Suche nach seiner Brille klopfte Spanò seine Brusttasche ab. Dann setzte er sich und untersuchte die beiden Gegenstände an. »Es könnte sich um dasselbe Wappen handeln«, murmelte er und lächelte scheinheilig. Damit räumte er offenkundig ein, dass Vanina ein Ass im Ärmel hatte.

»Und das ist noch nicht alles. Erinnern Sie sich noch daran, wie ich die Schublade im Haus der Cutò aufgezogen habe? Schauen Sie mal, was ich da drinnen gefunden habe!«, sagte sie, zog ihr iPhone aus der Tasche, suchte nach dem Foto und vergrößerte die grüne Schachtel, die sie abfotografiert hatte.

»Brillantine Linetti«, stellte Spanò fest.

Vanina nickte zufrieden.

Der Ispettore stützte sich mit den Händen auf den Schreibtisch. »Ich glaube, wir hätten uns den DNA-Test beim Sohn der Vinciguerra sparen können.«

Auf dem Flur waren Schritte und Stimmen zu hören, allen voran die des Leiters der Ermittlungseinheit. Vicequestore Guarrasi stand auf, verließ ihr Büro und ging ihm entgegen. Sie erkannte Lo Faro, der stocksteif vor dem Büro stand und mit sich rang, um sich nicht wieder einmal einzuschleimen. Ihre Zurechtweisung zeigte offensichtlich Wirkung.

Macchia streckte eine Hand aus und begrüßte sie, sprach aber weiter mit Commissario Capo Giustolisi von der Abteilung für organisiertes Verbrechen. Dann bedeutete er ihnen, ihm in sein Büro zu folgen. Dort hielten sich bereits ein Ispettore sowie ein Assistent des Rauschgiftdezernats auf.

Vanina musste ihre Abneigung gegen die Themen überwinden, deren Besprechung ihr da drinnen bevorstand. Aufgrund der schlaflosen Nacht hatte sie weiche Knie, und nur äußerst ungern begab sie sich jetzt in die Abgründe, in sie jahrelang selbst hinabgestiegen und vor denen sie geflohen war.

Sie lehnte sich an die Wand, wartete ab und bereute es bereits, ihr Büro verlassen zu haben, während die Kollegen über Drogenhandel, Familienfehden und Clanzugehörigkeiten diskutierten. Sie erwähnten sogar Familie Zinna, was Macchia veranlasste, ihr einen vielsagenden Blick zuzuwerfen. Doch die Rolle, die jene Familie im Fall Burrano eingenommen hatte, war so marginal und lag zeitlich so weit zurück, dass es beinahe schon wieder uninteressant war.

»Wenn du Informationen zur Familie Zinna brauchst, frag den Ispettore. Er kennt den Stammbaum bis in die vierte Generation zurück«, riet ihr der Commissario Capo, bevor er sich verabschiedete.

Sie bedankte sich, erklärte ihm aber, dass die betreffenden Vorfälle schon zu weit zurücklägen.

Sie hatte sich gerade vor Macchias Schreibtisch gesetzt, als Giustolisi noch einmal zurückkam.

»Übrigens, Tito, hast du schon mitbekommen, was in Palermo passiert ist?«, fragte er.

Der Leiter der Ermittlungsgruppe nickte bedächtig und zog an der Zigarette, die er sich gerade angezündet hatte. Dann musterte er Vicequestore Guarrasi mit nachdenklichem Blick. Sie erblasste, zuckte aber nicht mit der Wimper. Ihr Mund fühlte sich plötzlich trocken an, und sie befürchtete einen Moment lang, sich wie gestern Abend übergeben zu müssen. Glücklicherweise beschränkte sich der Kollege darauf, den technischen Aspekt der Sache zu kommentieren und darauf hinzuweisen, dass Richter Malfitano offenbar an einer heißen Sache dran war. Weiter ging er nicht.

»Wechseln wir das Thema!«, schlug Macchia vor, sobald der Commissario Capo die Tür hinter sich geschlossen hatte.

Vanina nickte dankbar. Irgendetwas musste Tito über sie und Paolo also wissen.

»Was gibt es Neues zu unserem Lumpenmädchen aus den Sechzigerjahren?«, fragte er und hatte sich offenbar darauf versteift, die Ermittlungsgruppe so zu nennen.

Sie berichtete ihm über die jüngsten Entwicklungen und weckte seine Neugier bezüglich Commissario Patanè.

»Wenn er das nächste Mal vorbeikommt, will ich ihn auch kennenlernen«, verkündete er.

Vanina berichtete ihm auch über Di Bella, gab ihm aber gleichzeitig zu verstehen, dass sie den Test inzwischen nur noch durchführten, um endgültig auszuschließen, dass es sich um seine Mutter handelte.

»Fassen wir also zusammen«, sagte Macchia. »Du glaubst, dass die Leiche diese ehemalige Mätresse ist, von der Commissario Patanè dir erzählt hat, die zur gleichen Zeit verschwand, als Burrano ermordet wurde und offensichtlich auch seine Geliebte war. Ist das richtig?«

»Das ist richtig.«

»Und du bist der Überzeugung, dass die Zeugenaussage der beiden Eheleute entscheidend für die Klärung sein wird. Hast du aber nicht selbst gesagt, dass sie ein Interesse daran haben, sie am Leben zu erhalten, um das Haus nicht verlassen zu müssen …«

»Schon, aber sie sind auch nicht auf den Kopf gefallen und wissen, dass ihre Lage schlimmer wird, wenn wir irgendwann selbst daraufkommen.« Dann erzählte sie ihm auch von der Marke und dem Wappen auf dem Zettel.

»Briefpapier für ein Bordell? Das erscheint mir ziemlich gewagt, Vaní«, meinte er skeptisch.

Und streng genommen hatte er recht damit. Sie fügte das Detail mit der Brillantine hinzu.

»Wir befinden uns hier in einer Parallelwelt«, kommentierte der Boss erheitert.

Ispettore Marta Bonazzoli klopfte zaghaft an die Tür und trat ein.

»Ispettore!«, empfing Macchia sie und lächelte.

Marta blieb steif und verlegen an der Tür stehen.

Vanina hatte sich schon öfter gefragt, warum ein so aufgewecktes Mädchen wie Marta auf Tito derart befangen reagierte. Vielleicht lag das ja an seinem stämmigen Körperbau, dem Bart oder der Stimme. Vielleicht auch seiner Stellung.

»Entschuldige bitte, Vanina, Commissario Patanè ist am Telefon. Er meint, es sei dringend.«

Macchia richtete sich neugierig auf seinem Stuhl auf. »Stellen Sie das Gespräch hierher durch!«, ordnete er an.

Marta verschwand, und gleich darauf klingelte das Telefon.

»Dottoressa, entschuldigen Sie die Störung, ich habe soeben einen Anruf von Giosuè Fiscella erhalten. Ich soll Ihnen ausrichten, dass Alfonsina Sie gern bei sich sehen möchte, um Ihnen etwas Wichtiges mitzuteilen. Fiscellas Frau würde es außerdem begrüßen, wenn auch ich dabei wäre. Wenn ich das also richtig verstanden habe, sollte ich mich mit Ihnen absprechen, wann Sie das Ehepaar aufsuchen wollen.«

Damit hatte Vanina nicht gerechnet. Aber es war verständlich. Für Alfonsina war Patanè ein Freund, der sie sehr gut kannte, und das nicht nur als Kommissar, wie ihr inzwischen klar geworden war.

»Ist gut, Commissario. Wir treffen uns dort …«, sagte sie und sah auf die Uhr. Zuerst musste sie in Erfahrung bringen, um wie viel Uhr Masino Di Stefano herbestellt worden war, bei dessen Vernehmung sie unbedingt dabei sein musste. Ideal wäre es gewesen, vorher mit Alfonsina zu sprechen, um über weitere Einzelheiten zu verfügen. Sie schickte den Commissario in die Warteschleife und verließ den Raum, um Nunnari anzurufen. Der Sovrintendente bestätigte, dass er Di Stefano am Nachmittag abholen würde.

»Wir treffen uns in einer Stunde bei den Fiscellas«, informierte Vanina den Commissario und griff wieder nach dem Telefonhörer.

Macchia schaukelte auf seinem Stuhl hin und her und wartete ab. Sie brachte ihn kurz auf den neuesten Stand, holte sich seinen Segen und verabschiedete sich.

Commissario Patanè war schon vor Ort und wartete mit einer Zigarette in der Hand vor der Tür der Fiscellas auf Vanina.

»Commissario, was machen Sie denn da? Rauchen Sie etwa?«

»Warum, rauchen Sie denn nicht?«

»Schon, aber ich bin erst neununddreißig«, antwortete sie leicht spöttisch.

»Wussten Sie, dass Sie viel jünger aussehen? Wie dem auch sei, wenn schon, so müsste es genau umgekehrt sein. Es ist viel schlimmer, wenn Sie rauchen, als wenn ich rauche. Ich habe mein Leben bereits gelebt, und selbst im besten Fall habe ich nicht mehr viel Zeit vor mir. Da macht eine Zigarette mehr oder weniger keinen Unterschied mehr. Bei Ihnen ist das anders. Es ist nicht gerade schlau, sich in Ihrem Alter die Lunge zu verteeren, wohl wissend, welchen Schaden das anrichtet.«

Vanina nahm die väterliche Standpauke mit einem Lächeln hin. »Wenn morgen jemand auf mich schießt und ich sterbe, muss ich wenigstens nicht bedauern, für ein paar Lebensjahre mehr auf meine wenigen Laster verzichtet zu haben.«

Mit zwei auslandenden Schritten ging sie zum Eingang und drückte auf die Klingel an der Gegensprechanlage. Eine Taube, die auf einem Fenstersims gesessen hatte, fühlte sich gestört, erhob sich in die Lüfte und wirbelte dabei zehn Zentimeter schwarzen Aschestaub auf, der auf sie herabregnete.

»Wussten Sie, dass auch vor siebenundfünfzig Jahren, als Burrano ermordet wurde, der Vulkan ausgebrochen war? Die Natur ist seltsam«, murmelte Patanè nachdenklich.

Giosuè Fiscella empfing sie wie immer im Wohnzimmer, in dem Alfonsina im Rollstuhl schon auf sie wartete. Giosuè bot ihnen einen Platz auf dem Sofa an, das vor seiner Frau stand, die beide Hände ausgestreckt hatte, um alle gleichzeitig zu begrüßen.

»Dottoressa Guarrasi, Sie haben sich bestimmt gefragt, warum ich Sie noch einmal sprechen möchte und wollte, dass auch Commissario Patanè dabei ist.«

»Waren meine Beamten denn gestern nicht deutlich genug?«, fragte Vanina.

»Ganz im Gegenteil! Sie waren sogar gnadenlos, Dottoressa. Diese Fotos, die fürchterlichen Bilder …«

»Signora Fresta, wenn Sie mich nur hergebeten haben, um sich über die Vorgehensweise meiner Männer zu beschweren, dann gehe ich gleich wieder. Außerdem verstehe ich nicht ganz, warum Sie auch Commissario Patanè herbestellt haben.«

»Warten Sie, Dottoressa … und werden Sie nicht gleich ärgerlich! Giosuè und ich waren gestern sehr erschüttert, nachdem wir uns von den Beamten verabschiedet haben. Die Fotos haben uns so aufgewühlt, dass wir nachts kein Auge zugetan haben. Wissen Sie, ich habe all die Jahre immer geglaubt, dass Luna irgendwann zurückkehrt. Vielleicht wollte ich mir das auch nur einreden, oder ich bin tatsächlich übergeschnappt, wie die Leute behaupten. Jedenfalls habe ich immer gedacht, dass sie schon einen Grund haben wird, warum sie sich nicht meldet. Und am Anfang hätte das ja auch durchaus einen Sinn ergeben, nicht wahr, Commissario? Ich hatte ihm damals noch gesagt, dass Luna vermutlich abgehauen war, um nicht in die Sache mit Burrano hineingezogen zu werden. Bei einem Mord sucht die Polizei immer nach einem Schuldigen. Und welche Möglichkeit hätte wohl eine ehemalige Prostituierte gehabt, nicht in die Sache hineingezogen zu werden? Ich dachte zuerst, sie ist untergetaucht und steht eines Tages frisch wie der Morgentau mit der Kleinen an der Hand wieder vor der Tür, sobald sich die Wogen geglättet hätten.«

Vanina und Patanè sahen sich an.

»Ja, ich weiß, Dottoressa, gestern habe ich dem Ispettore noch gesagt, dass ich nicht weiß, wer Rita Cutò ist. Er hat mich einfach kalt erwischt. Ich wusste nicht, dass das Haus auch auf sie überschrieben ist. Rita Cutò ist Marias Tochter.« Sie schwieg und senkte den Blick, als stünde sie kurz davor, etwas Schwerwiegendes zu eröffnen. »Und die Tochter von Gaetano Burrano.«

Vicequestore Guarrasi und Commissario Patanè zuckten zusammen.

»Alfonsina, was faselst du denn da?«, fragte Patanè ungläubig.

»Nein, Commissario, ich fasele gar nichts.«

»Und warum hast du mir damals nichts davon erzählt?«

»Was hätte ich Ihnen denn sagen sollen? Burrano war ermordet worden, Maria war verschwunden, und ich hatte keine Ahnung, wo ich nach Rita suchen sollte. Können Sie sich vorstellen, was das aufgewirbelt hätte? Nur ich wusste ja davon. Wie, glauben Sie, hat Luna das Geld verdient, um Mätresse zu werden und dann das Haus zu kaufen? Mit Marken oder was? Da hätte sie zehn Leben gebraucht, Commissario, selbst wenn sie die Begehrteste von allen gewesen wäre. Das alles hat Burrano ihr geschenkt. Zuerst hat er das Bordell gekauft, damit sie aufhören konnte, mit anderen Männern zu schlafen, dann bekam sie Schmuck und Kleider von ihm. Auch das Internat der Kleinen hat er bezahlt. Und später dann ihr Haus. Gaetano Burrano war ganz verrückt nach Luna. Und auch sie mochte ihn sehr.«

Vanina fiel auf, dass die Ausführungen inzwischen zu einer romanhaften Erzählung geworden waren und Patanè sich ganz darauf einließ.

»Signora Fresta, konnten Sie auf den Fotos, die Ihnen meine

Beamten gestern zeigten, etwas erkennen, das Maria Cutò gehört haben könnte?«, fragte sie darum ganz direkt.

»Alles, Dottoressa.«

»Und was genau?«

»Den Pelzmantel, das Tuch, das Kleid, den Schmuck, die Mentholzigaretten, den Papierschnipsel mit dem Wappen des *Valentino* drauf. Das ist sie.«

Also hatte sie doch den richtigen Riecher gehabt. Das Luxusbordell hatte sogar eigenes Briefpapier besessen.

»Warum haben Sie meinen Beamten gegenüber behauptet, nichts auf den Fotos zu erkennen? Sie wissen doch, dass man wegen Falschaussage belangt werden kann.«

»Ich weiß gar nichts, Dottoressa Guarrasi. Ich bin ungebildet, genau wie Giosuè. Wenn Sie mich einigermaßen korrekt auf Italienisch sprechen hören, dann nur, weil im *Valentino* keine gewöhnlichen Mädchen arbeiten durften. Und da man im Unglück, Prostituierte zu sein, die Arbeit in einem Luxusbordell fast als einen Glücksfall betrachten musste, habe ich korrektes Italienisch und ein wenig Französisch gelernt, nur damit ich dortbleiben konnte. Darum nannte man mich auch Jasmine. Warum ich nicht gleich gesagt habe, dass ich Luna wiedererkannt habe? Weil man mit achtzig, an den Rollstuhl gefesselt, mit nicht mehr als achthundert Euro Rente im Monat tot ist, wenn einem auch noch das Dach über dem Kopf genommen wird. Dieses Haus hatte Luna mir kostenlos zur Verfügung gestellt. Ich durfte hierbleiben, solange ich wollte. Aber wenn Luna tot wäre …«

»Und was ist jetzt anders? Wieso haben Sie sich entschlossen, auf einmal auszupacken?«, fragte Vanina.

»Giosuè hat mich gestern Abend zum Nachdenken gebracht, allerdings war es da schon zu spät, um Sie anzurufen.

Mir ist klar geworden, dass es nicht mehr nur um das Verschwinden von Maria, sondern um ihren Tod geht. Maria wurde in Burranos Haus ermordet, genau zu der Zeit, als vermutlich im gleichen Haus auch er umgebracht wurde. Darum dachte ich mir, dass das kein Zufall sein kann und ich gewisse Dinge weiß, die … Ihnen vielleicht helfen, die Wahrheit herauszufinden und den Mistkerl zu schnappen, der sie ermordet hat. Ich kann nur alles erzählen und die Geheimnisse offenlegen, die ich seit siebenundfünfzig Jahren mit mir herumschleppe. Auch auf die Gefahr hin, das Haus und vielleicht sogar mein Leben zu verlieren. Mittlerweile bin ich sowieso zu nichts mehr zu gebrauchen. Deshalb habe ich gestern meine Meinung geändert. Zudem finde ich es nur recht und billig, dass auch der Commissario dabei ist, er hat es verdient«, sagte sie und lächelte Patanè an.

»Alfonsina, ich muss Sie warnen. Alles, was Sie mir erzählen, muss ich zu Protokoll geben. Sie müssen es also wiederholen«, sagte Vanina nun deutlich nachsichtiger.

»Ich weiß. Aber das, was ich Ihnen bisher gesagt habe, ist noch gar nichts, Dottoressa«, antwortete die Frau.

Vanina konnte ihr Erstaunen kaum verbergen. »Warum? Was haben Sie mir denn noch zu sagen?«

»Dinge, die alles ändern werden, glauben Sie mir.«

»Dann erzählen Sie!«

»Als die Bordelle geschlossen wurden, ging jedes Mädchen seiner Wege. Für viele war es lediglich ein Wechsel vom Bordell auf die Straße. Ich muss Ihnen wohl nicht erst sagen, dass das kein lohnenswerter Wechsel war. Andere hingegen konnten sich ihre Rechte zurückerkämpfen und ihr Leben ändern, einige wie ich sogar heiraten und einer anständigen Arbeit nachgehen. Ich beispielsweise habe mein halbes Leben als

Schneiderin gearbeitet. Wie ich erfuhr, verschwanden einige Frauen sogar im Kloster. Maria hingegen hatte keine Probleme. Sie hatte Geld, ein Haus, einen Mann, der sie aushielt und sogar Vater ihrer Tochter war. Und Maria war großzügig. Sie bot mir umgehend diese Zimmer an, sobald ich ihr sagte, dass ich Giosuè heiraten würde. Ihr werdet für mich als Hausmeister arbeiten, wenn ich nicht da bin, hat sie immer gesagt. Mehr wollte sie von uns nicht. Giosuè und ich konnten das gar nicht glauben.«

»Haben Sie Signor Burrano persönlich gekannt?«, fragte Vanina.

»Nur vom Sehen. Als Prostituierte hatte ich nie … mit ihm zu tun, und später habe ich versucht, mich um meine eigenen Angelegenheiten zu kümmern. Er war ein gut aussehender Mann. Ein wenig hochmütig vielleicht, so wie alle Reichen und Mächtigen. Luna sagte immer, er kommandiere für sein Leben gern andere herum. Ihr machte das nichts aus.«

»Und das Mädchen?«

Bei dem Gedanken lächelte Alfonsina zärtlich. »Die Kleine war wunderhübsch. Ich war die Einzige, die sie kannte. Sie war auf einem Internat. Maria erzählte mir, dass Burrano trotz seiner verzwickten persönlichen Lage das Kind liebte. Sie war seine einzige Tochter.«

Vor Vanina, die sich nur selten von gefühlsbetonten Erzählungen hinreißen ließ, öffneten sich vielfältige ermittlerische Szenarien. »Was passierte 1959?«, fragte sie und versuchte, die Erzählung wieder auf die Fakten zurückzuführen. Sie wusste, dass Alfonsina dies schon zur Sprache gebracht hätte, aber erst nach wie vielen Ausführungen …

»Maria verbrachte inzwischen jede Nacht mit Burrano. Manchmal kam er hierher, viel öfter aber suchte sie ihn in dieser Villa auf, wo man … sie jetzt gefunden hat. Irgendwann sprach sie von großen Veränderungen. Gaetano wollte abreisen, für einige Zeit in eine andere Stadt ziehen, und er wollte die Kleine mitnehmen. Ich weiß noch, dass er von Neapel sprach. Nach und nach nahm das Projekt immer mehr Form an, sodass sie schließlich Rita abholten und sie dort in einen Hort brachten. Das war kurz nach Weihnachten, Maria reiste allein mit der Kleinen los. Nach ein paar Tagen kehrte sie zurück und bereitete den Umzug vor. Wenn ich mich recht erinnere, sagte sie mir, dass sie und Burrano dort gemeinsam geschäftliche Unternehmungen beginnen wollten.«

Vanina spitzte die Ohren. »Was für Geschäfte?«

»Das weiß ich nicht. Darüber redete Maria nur wenig. Als sie noch das Bordell führte, sagte sie immer zu mir, je weniger ich wisse, desto besser für mich. Sie hatte inzwischen die Seite gewechselt, war Unternehmerin …«

Für einen Moment schien sie den Faden verloren zu haben. Ausgerechnet jetzt, als es interessant wurde. Patanè schwieg und hörte mit ernster Miene zu.

Schließlich fuhr Alfonsina mit dem Erzählen fort. »Es war der erste Tag vom Sant'Agata-Fest, das weiß ich noch genau, der dritte Februar. Da teilte mir Maria mit, dass alles für die Abreise bereit sei und Giosuè und ich uns um das Haus kümmern sollten. Sie ließ uns für die alltäglichen Dinge sogar viel Geld da und sagte, dass sie uns vertraue. Weißt du noch, Giosuè?«

Ihr Mann nickte.

»Sie riet mir, mich bei jedem Problem mit dem Haus an Di Stefano zu wenden. Er sei die Vertrauensperson. Wenn ich mir aber überlege, dass ausgerechnet dieser Di Stefano Burrano umgebracht hat!«

Vertrauensperson, speicherte Vanina ab.

»Und was ist dann passiert?«, fragte sie Alfonsina.

»Dann begaben sie sich nach Sciara. Maria sagte mir noch, dass sie noch am selben Abend des Sant'Agata-Festes zurückkommen, sich von mir verabschieden und dann von hier aus losfahren würde. Ich habe sie nie wieder gesehen.«

Je länger Vanina den Schilderungen der Frau zuhörte, desto intensiver überdachte sie die Fragen, die sie später Masino Di Stefano stellen wollte. Fragen, auf die sie selbst keine Antwort hatte, die inzwischen aber allzu zahlreich waren.

Alfonsina wirkte erschöpft; ihr Teint hatte plötzlich eine erdige Färbung angenommen, und sie keuchte. Giosuè erschien sogleich mit einer Tablette und einem Glas Wasser. Die Frau nahm sie mit geschlossenen Augen ein und atmete tief durch.

»Alfonsina, wenn du mir das alles nur schon vor siebenundfünfzig Jahren erzählt hättest …«, wies Commissario Patanè sie zurecht und erhob sich neben Vicequestore Guarrasi.

Sie antwortete ihm nicht.

»Dottoressa Guarrasi, bitte versprechen Sie mir, dass Sie den Mistkerl fassen, der meine Freundin umgebracht hat.«

Vanina versprach es ihr.

»Alfonsina«, sprach sie die alte Frau noch einmal an.

»Ja, Dottoressa?«

»Was befindet sich hinter der zugemauerten Öffnung neben der kleinen Tür?«

»Eine Garage«, antwortete Alfonsina, als wäre das völlig klar.

»Ah, gut. Vermutlich ist sie leer.«

»Nein, da steht doch noch das Auto. Ich sagte Ihnen doch, dass Giosuè und ich nichts angefasst haben.«

»Marias Auto?«

»Nein, Maria konnte nicht Auto fahren. Burranos Auto.«

Vanina war sprachlos. Wie angewurzelt blieb sie mitten im Zimmer stehen und brauchte einen Augenblick, um die Neuigkeit zu verarbeiten.

Patanè schien ebenfalls sprachlos zu sein und warf Giosuè einen fragenden Blick zu, der nur zustimmend nickte.

»Führen Sie mich bitte in die Garage, Signor Fiscella!«, ordnete Vanina resigniert an. Es war doch völlig unlogisch, dass man so ein Detail verschwieg. Und ein Vorsatz in diesem Vergessen war auch nicht ersichtlich.

Giosuè begleitete sie erneut in das Haus der Cutò. Er öffnete eine Seitentür und schlüpfte in den engen Flur, der zu einer schmalen Treppe führte. Dort knipste er eine klägliche Vierzig-Watt-Birne an, die von der Decke baumelte.

»Warum haben Sie den Strom hier nicht abgestellt?«, fragte Vanina. Das war ihr schon am Tag zuvor aufgefallen.

»Weil unser Strom mit dem Strom in diesem Haus zusammenhängt. Ich habe deshalb immer alle Rechnungen von Luna bezahlt, denn sonst hätten wir einen neuen Vertrag abschließen müssen, und dann hätte man von uns vielleicht Unterlagen des Hauses gefordert … Schwierigkeiten. Und außerdem hatte Luna darauf bestanden, dass ich mich um alles kümmerte, wenn sie nicht da war. Vielleicht hat sie mir deshalb das Geld dagelassen.«

Am Fuß der Treppe, im Halbdunkel, zog er einen weiteren Schlüssel heraus und öffnete eine Eisentür, die in einen Raum führte, in dem es so stickig und feucht war, dass es Vanina den Atem verschlug.

Patanè fing an zu husten.

»Commissario, fühlen Sie sich schlecht?«, fragte Vanina beunruhigt.

»Nein, nein. Das ist nur der Staub.« Er hob den Kopf. »Giosuè, wo zum Teufel sind …«, begann er, beendete den Satz aber nicht.

Vanina folgte Patanès verblüfftem Blick, der sich auf ein Auto richtete, das unter einem Staubberg begraben in einer Garage mit gemauerter Einfahrt stand. Als Erstes prüften sie das Modell, einen Lancia Flaminia. Langsam näherten sie sich dem Fahrzeug. Mit einem Finger wischte Patanè den Staub weg, um die Farbe zu erkennen, die im schwachen Licht der Glühbirne an der Decke für Vanina wie ein Blau oder Schwarz erschien.

»Commissario! Ist das nicht der Flaminia, den Di Stefano gestohlen haben soll?«

Patanè nickte und wandte sich fragend an Giosuè, der seelenruhig in einer Ecke stand und sich der Bedeutung des Wagens nicht bewusst war.

»Luna hatte mich gebeten, niemand hereinzulassen, und das habe ich getan. Und als sie nicht mehr zurückkam, habe ich zur Sicherheit Nacht für Nacht die Einfahrt immer weiter zugemauert«, erklärte er.

Das klang zwar völlig absurd, aber Alfonsina und Giosuè hatten offenbar ihr ganzes Leben in einer Parallelwelt gelebt. Die Unbekümmertheit, mit der Giosuè gestand, dass er einfach nur die Befehle seiner ehemaligen Chefin befolgt hatte, ohne sich je nach dem Warum zu fragen, war der Beweis dafür.

Patanè näherte sich dem Türgriff des Autos und wollte ihn öffnen, doch Vanina hielt ihn zurück.

»Nie mit bloßen Händen, Commissario!«, erinnerte sie ihn und zog aus ihrer Tasche ein Paar Latexhandschuhe, die sie immer bei sich trug. »Ich einen und Sie einen.«

Patanè deutete ein Lächeln an. Er zog einen Handschuh über und öffnete die Fahrertür. »Du hast sie offen gelassen, Giosuè«, stellte er fest.

»Ich habe sie offen vorgefunden, Commissario. Signor Burrano hatte mir keine Schlüssel für das Auto gegeben. Deshalb habe ich auch die Einfahrt zugemauert. Wer weiß, wie oft das Auto sonst schon gestohlen worden wäre. Sie erinnern sich doch noch, was das bis vor ein paar Jahren hier für eine Gegend war, Commissario.«

Vanina konzentrierte sich auf den Rücksitz des Wagens. Sie öffnet die hintere Tür und warf einen Blick auf das Gepäck, das sich dort türmte. Drei Reisetaschen unterschiedlicher Größe aus Leder, zwei Schachteln, die mit Schleifen umwunden waren. Sie berührte nichts und bat Patanè, es ihr gleichzutun.

Vanina war sich sicher, dass dieses Auto einen bedeutsamen Schatz an Indizien zutage fördern würde, und die wollte sie auf gar keinen Fall verunreinigen.

10

Spanò stieß am üblichen Ecktisch zu Vicequestore Guarrasi.

»Wo ist Commissario Patanè?«, fragte er.

»Zu Hause und genießt die Küche seiner Frau. Er war total am Ende.«

Spanò nahm neben Vanina Platz und bemerkte, dass sie schon bei der Nachspeise war.

»Die Kollegen der Spurensicherung haben in einer Brieftasche im Handschuhfach des Autos Maria Cutòs Personalausweis und Burranos Führerschein gefunden.«

Manenti war erst vor Kurzem mit seinem Team hingefahren, der Ortstermin würde vermutlich eine ganze Weile dauern. Zuerst musste das Auto aus der Garage geholt werden. Um das zu ermöglichen, musste man allerdings die Mauer einreißen, die Fiscella hochgezogen hatte. Zwischen der hinteren Sitzbank und dem Kofferraum des Lancia waren praktisch alle Gepäckstücke eingepfercht, die Burrano und Maria Cutò nach Neapel mitnehmen wollten. Es würde Stunden dauern, das Beweismaterial zu sichern. Noch dazu war es wegen der vielen Beamten, die in der Garage umherschwirrten, entsetzlich stickig.

Es brachte also nichts, dortzubleiben und der Spurensicherung im Nacken zu sitzen. Vanina konnte genauso gut einen Happen essen gehen.

Commissario Patanè war erschüttert und hatte mit Vicequestore Guarrasi praktisch umgehend die Garage verlassen.

»Ich wusste es!«, hatte er immer wieder gesagt. »Wissen Sie, was das bedeutet, Dottoressa? Hätte ich doch bloß weiter ermittelt … Ist es denn normal, dass alle Beweise, einfach alle zu ein und derselben Person führten? Sagen Sie es mir! Ist das normal? Seien wir doch mal ehrlich, Burrano war nicht gerade ein unbeschriebenes Blatt. Viele Manipulationen in Catania und im Umland gingen auf sein Konto. Und der Verwalter hat ihm immer geholfen. Di Stefano war gewiss kein Anfänger, doch vor allem Familie Zinna nicht. Überlegen Sie mal, die Zinnas, Dottoressa! Sie wissen, von wem wir da reden?«

Vanina wusste das ganz genau. Und es passte ihr ganz und gar nicht, dass ihr diese Namen schon wieder in die Quere kamen.

»Ich hätte damals so vorgehen sollen, wie ich es für richtig hielt. Die Befehle meiner Vorgesetzten und ihre Anordnungen hätten mir sprichwörtlich am Arsch vorbeigehen sollen. Von wegen Indizien, lächerlich!«, hatte Patanè gesagt und mit der flachen Hand auf das Dach seines Panda geschlagen. Dann hatte er sich ein wenig peinlich berührt entschuldigt, dass sein Temperament so mit ihm durchgegangen war.

Er hatte sie gebeten, ihm die Akte zum Mordfall Burrano noch einmal vorzulegen, damit er sie diesmal ganz lesen konnte. Vanina hatte ihn daraufhin sogar eingeladen, bei Masino Di Stefanos Befragung anwesend zu sein. Vielleicht hatte sie es sich nur eingebildet, aber sie hatte ihn mit aufheulendem Motor davonfahren hören. Vanina gab ihm auf ganzer Linie recht und wollte ihm die Freude nicht nehmen, an den Ermittlungen teilzunehmen, bei denen sich sein Beitrag als entscheidend erweisen würde. Eine Ermittlung, die zur Wiederaufnahme eines noch viel heikleren Falls führen konnte. Und dabei war die Unterstützung des alten Commissario unerlässlich.

Durch das Kommen und Gehen der Polizei hatte sich vor dem Haus der Cutò inzwischen eine neugierige Menschentraube gebildet, die sich fragte, was da los sei. Wurde jemand verhaftet? War eingebrochen oder jemand ermordet worden? Die Gaffer blieben in sicherer Entfernung, gaben sich unbeteiligt und beäugten misstrauisch das Geschehen, aus Angst, irgendwie mit hineingezogen zu werden. Sobald die Polizei auftauchte, konnte man schließlich nie ganz sicher sein. Vanina wollte sich gar nicht erst vorstellen, was passieren würde, wenn die Mauer erst einmal eingerissen war und Burranos Auto herausgeholt wurde. Sie hatte bereits einige bekannte Gesichter der Lokalpresse sowie einen Fotografen entdeckt, der wie ein Geier in geduckter Haltung auf seinem Motorroller saß und nur darauf wartete, sie abzulichten. Sie wusste, dass sie bereits fotografiert worden war, was ihr gelinde gesagt gehörig auf die Nerven ging. Daher hatte sie Zuflucht bei *Da Nino* gesucht. Sein Restaurant lag gleich um die Ecke, aber weit genug vom Geschehen entfernt, um ihr ein wenig Ruhe zu schenken.

Zumindest hatte die Leiche jetzt einen Vor- und Nachnamen, und es gab eine Verbindung zum ermordeten Burrano, die weit darüber hinausging, was sie in den vergangenen Tagen nur vermutet hatte.

Spanò holte auf und schlang in fünf Minuten eine dreifache Portion *Pasta chi masculini* hinunter, ein typisch catanesisches Nudelgericht. Vanina wartete auf ihn, dann tranken sie schnell einen Espresso und kehrten zu den anderen zurück.

Vor dem Haus der Cutò ging es inzwischen noch chaotischer zu. Da stand Manenti in Hemdsärmeln und kläffte Befehle nach links und rechts, überzeugt, sich damit vor den Gaffern wichtigzumachen. Auf Vaninas Anweisung hin war zur Verstärkung eine Einheit am Anfang der Straße aufgestellt worden, die verhinderte, dass Autos in die Straße einbogen. Einige Beamte trugen Schutzanzüge und Spitzhacken und rissen die Ziegelmauer ein.

»Vicequestore Guarrasi! Ich habe mich schon gefragt, wo Sie bleiben und warum Sie nicht den fiesen Job überwachen, den Sie uns da eingebrockt haben. In dieser beschissenen Garage kriegt man ja kaum Luft und kann jederzeit umkippen.«

»Manenti, mehr haben Sie in der ganzen Zeit nicht geschafft? Geben Sie mir mal die Spitzhacke! Ich schlage die Mauer ein, dann müssen Sie wenigstens nicht weiter leiden.«

»Was wollen Sie damit sagen? Meine Männer arbeiten seit einer Stunde unermüdlich daran.«

»Na klar. Sie erledigen tatsächlich die Drecksarbeit, und damit meine ich *sie,* die Männer.«

Einer der beiden vermummten Beamten holte zum Schlag gegen die Mauer aus, die unter dem Ansturm der Spitzhacken nach und nach in sich zusammenbrach. Manenti trat gerade so weit heran, dass seine achselhohe Hose im Stil der Achtziger, seine Timberlandstiefel und das karierte Hemd mit ausladendem Kragen nur angestaubt wurden. Auf dem Gehsteig gegenüber der Garage, auf dem auch Vanina stand und sich einen besseren Überblick verschaffte, hatte sich eine Menschentraube gebildet.

»Signori, bitte gehen Sie weiter!«, sagte sie und schob freundlich einige Passanten weiter, die sich mit Smartphones bewaffnet hatten. Doch damit erreichte sie nur wenig. »Bitte gehen Sie weiter! Hier gibt es nichts zu sehen.«

Die Leute nickten, rührten sich aber nicht von der Stelle. Vanina riss langsam der Geduldsfaden.

»Na schön. Fragapane, Bonazzoli, bitte nehmen Sie die Personalien der Leute auf. Vielleicht ist unter ihnen ja jemand, der die Besitzer des Hauses kennt«, bluffte sie verärgert. Schlagartig löste sich die Menge auf.

Ispettore Bonazzoli kam auf sie zu.

»Soll ich wirklich die Personalien aufnehmen?«, fragte sie verblüfft.

»Nein. Alles klar bei den Fiscellas?«

»Ja, ja. Sie haben mir genau das erzählt, was sie auch dir erzählt haben. Was für eine Geschichte!«

Die Aussage von Alfonsina Fresta hatte Marta Bonazzolis romantische Ader geweckt. »Zwischen Burrano und Luna muss es die große Liebe gewesen sein, wenn er sogar mit ihr die Stadt verlassen wollte«, überlegte sie.

»Egal, wie innig das Verhältnis der beiden war, aber sicher ist jedenfalls, dass sie sogar im Tod vereint waren«, antwortete Vanina.

Ein skrupelloser Geschäftsmann und eine ehemalige Prostituierte. Vielleicht stieß Vanina hier ja an ihre Grenzen, aber sie konnte in dieser Beziehung nichts Romantisches entdecken.

»Er wird sie jedenfalls kaum umgebracht haben«, schloss sie und sprach nun etwas leiser. Dann schwieg sie nachdenklich, sodass weder Marta noch Spanò sie zu stören wagten. Das war einer jener Augenblicke, in denen Vanina nicht viel von sich gab, was keine Frage von mangelndem Vertrauen oder einer Geringschätzung der Kollegen war. Es bedeutete vielmehr, dass sie keine klare Strategie hatte, sondern nach ihrem Gefühl ging.

An der Tür des ehemaligen *Valentino* tauchte plötzlich Fragapane auf. Er wirkte verquollen und wurde von einem Beamten begleitet.

»Fragapane, jetzt atmen Sie erst einmal durch! Sagen Sie

bloß, Sie haben sich die ganze Zeit in der Garage aufgehalten?«

»Dottoressa«, keuchte Fragapane, »können Sie einen Moment mit raufkommen? Capo Pappalardo, ein Freund von mir bei der Spurensicherung, möchte Ihnen etwas zeigen.«

Vanina folgte dem Kollegen die Treppe hinauf.

»Boss, Sie können sich nicht vorstellen, was wir in diesem Auto gefunden haben! Koffer für ein ganzes Regiment. Spielsachen und Kleinkinderzeug, mit dem man einen Spielplatz ausstatten könnte.«

Capo Pappalardo war um einiges jünger als Fragapane und auch kleiner als die Norm. Sein Gesicht wirkte durch die stickige Luft in der Garage ebenfalls leicht verquollen. Er wartete mit einem offenen Lederkoffer in der Hand unter der Venusstatue auf Vanina.

»Salvatore meint, dass Ihnen die Unterlagen aus dieser Tasche vielleicht bei einer Befragung helfen können.«

Vanina holte einen Ordner aus dem Köfferchen, in dem vier mit Schreibmaschine beschriebene Seiten lagen, die von einer Büroklammer zusammengehalten wurden. Danach langte sie nach einem offenen Umschlag, der an den Notar Arturo Renna adressiert war. Absender: Gaetano Burrano. Gerade wollte sie den Brief herausziehen, als ihr Blick auf das erste Dokument fiel, nach dem sie zuvor gegriffen hatte. Überrascht legte sie den Brief beiseite und nahm die betreffende Seite in die Hand. Sie las sie zweimal von oben bis unten durch und musste schmunzeln. Dann fotografierte sie die Seite. Sie warf auch noch einen kurzen Blick auf die anderen Blätter, die der brisanten Neuigkeit auf der ersten Seite allerdings nichts hinzufügten. Der Brief verkomplizierte die verzwickte Situation nur noch.

Vanina musste lachen. »Braucht ihr die Mappe, oder kann ich sie mit ins Büro nehmen?«

»Ich habe sie überprüft, und wenn Dottore Manenti nichts dagegen hat …«

Dottore Manenti sollte nur wagen, etwas dagegen zu haben! Sie bedankte sich bei Pappalardo und kehrte zu Spanò und Bonazzoli zurück, die auf der Straße warteten.

»Ich gehe ins Büro und warte dort auf Masino Di Stefano. Marta, du bleibst hier und behältst mit Fragapane die Garage im Auge. Sorge dafür, dass er oft genug an die frische Luft kommt, etwas isst und einen Kaffee trinkt, bevor er noch umkippt. Spanò, Sie kommen mit mir mit, ich habe einige Neuigkeiten.«

Der Ispettore Capo folgte den Anweisungen. Obwohl das Büro ganz in der Nähe lag, war er Stunden zuvor mit dem Dienstwagen hergefahren, in den Vanina nun stieg, um ein Telefonat zu führen.

»Dann bis später, Commissario«, sagte sie.

Spanò wurde klar, dass sie mit Patanè telefonierte, und wunderte sich angesichts der Uhrzeit.

»Commissario Patanè kommt auch gleich«, teilte Vanina ihm mit.

Der Ispettore sah sie fragend an und warf dann einen Blick auf die grünlich verfärbte Akte, die sie in der Hand hielt.

»Wissen Sie, was diese Mappe enthält, Ispettore? Einen Vertrag zwischen Burrano und Gaspare Zinna zur Errichtung des Aquädukts.«

Spanò legte eine Vollbremsung hin und löste ein Hupkonzert hinter sich aus. »Wie bitte?«

»Das ist noch nicht alles. Dazu gibt es ein Schreiben an einen gewissen Notar namens Arturo Renna, das allerdings nie abgeschickt worden ist. Es enthält ein handschriftlich verfasstes Testament, das auf den ersten Februar 1959 datiert ist.«

»Bevor er umgebracht wurde, hat er noch ein Testament verfasst?«

»Ich glaube kaum, dass er mit dem Tod gerechnet hat, Spanò. Offensichtlich wollte er es abschicken, sobald er in Neapel war.«

»Wenn es handschriftlich verfasst wurde, müsste es noch gültig sein. Was meinen Sie?«

»Darin teilt er sein Vermögen zu gleichen Teilen zwischen seiner Frau und Maria Cutò auf. Aber mit der Verpflichtung – und jetzt hören Sie gut zu, Ispettore –, bei ihrem Tod alles Rita Cutò zu vererben. Was natürlich nicht passierte, weil das Testament ja im Lancia unter Verschluss blieb und nicht gefunden wurde.«

»Das heißt, Di Stefano hatte vielleicht wirklich nichts mit dem Mord zu tun?«

»Das würde mich nicht wundern.«

Sie fuhren auf den Parkplatz, verließen den Wagen, überquerten die Straße und traten durch die Hochsicherheitstür, hinter der sich das Präsidium verbarg.

»Hatten Sie vorher schon den Verdacht, dass er unschuldig sein könnte?«

»Überlegen Sie mal, Spanò! Burrano beschäftigt jahrelang ein Mitglied der Familie Zinna als Verwalter und beschließt dann eines Morgens, dass er den Clan nicht mehr im Weg haben will. Kann das sein?«

»Warum sagen Sie, er wollte sie nicht mehr? Hatte er vorher Geschäfte mit den Zinnas gemacht?«

»Vielleicht nicht offiziell. Vielleicht war Di Stefano ja das ehrliche Gesicht der Familie, wenn Sie verstehen, was ich meine. Burrano trickste, kaufte Bordelle … Wer, glauben Sie, hatte wohl die staatliche Prostitution in Catania in der Hand, Ispettore?«

»Entschuldigen Sie, Dottoressa, was haben Sie vor? Wollen Sie den Fall Burrano wiederaufnehmen?«, fragte Spanò vorsichtig.

Doch Vaninas zweideutiges Schweigen reichte ihm schon als Antwort.

»Das wird nicht leicht … Boss. Haben Sie eine Ahnung, welchen Staub das aufwirbeln wird? Wir landen im Fernsehen.«

Vanina lächelte. Sie hatte richtig Lust, diesen Wirbel noch zu befeuern …

Vaninas Handy vibrierte, als sie gerade auf der dritten Seite der besagten Akte angelangt war, auf die sie sich in ihrem Büro sofort gestürzt hatte.

»Federico!«, rief sie. Ihn hatte sie völlig verdrängt.

»Vanina, mein Schatz, entschuldige, dass ich dich nicht vorher angerufen habe! Ich konnte mich gerade erst freimachen. Wie geht es dir?«

Sie lächelte und dachte, dass sie den Anruf vermutlich nicht gehört hätte, wäre er früher gekommen.

Federico hatte seine Verpflichtungen auf dem Kongress hinter sich und konnte es kaum erwarten, sie zu umarmen. Schöner Schlamassel, dachte sich Vanina. Sie hatte keine Lust, sich von ihrer Mutter vorwerfen zu lassen, dass sie ihren Stiefvater immer schlecht behandelte. Andererseits wollte sie Federico auch nicht das Gefühl geben, dass sie ihm aus dem Weg ging.

Bis Di Stefano mit Nunnari kam, verging noch eine Stunde, danach hätte sie noch weniger Zeit gehabt. Sie wusste nicht, wann sie fertig werden und ob sie überhaupt fertig werden würde. Vanina überlegte, dass es mit dem Taxi vom Messezentrum Le Ciminiere, in dem der Kongress stattfand, nicht einmal zehn Minuten zu ihrem Büro waren, und bestellte ihn zu sich.

Dann griff sie nach der alten Akte zum Fall Burrano und blätterte darin mit frisch gewecktem Interesse. Es war an der Zeit, sich mit den Ermittlungen von 1959 vertraut zu machen und jedes Detail genau zu überprüfen. Di Stefanos Aussagen, die damals als falsch eingestuft worden waren, deckten sich nun nach dem Fund des neuen Beweismaterials und den darin enthaltenen Hinweisen in gewisser Weise. Hier war Patanès Hilfe unerlässlich.

Der Commissario erschien einige Minuten vor Federicos Ankunft. Sein Schritt wirkte schneller als sonst, und seine Augen glänzten vor Aufregung. Vanina überreichte ihm die grüne Mappe, die sie im Kofferraum des Lancia gefunden hatten. So vorsichtig, als handele es sich um ein Relikt, nahm er sie entgegen. Dann übergab Vanina ihm auch die Akte Burrano.

Federico wartete vor dem Sicherheitstor auf Vanina. Er trug ein dunkelblaues Sakko, dazu eine graue Hose und hatte seinen Mantel über den Arm gelegt. Sein Haar war fast völlig weiß, aber immer noch voll. Er schien niemals zu altern. Sie hatte ihn seit Monaten nicht mehr gesehen.

»Hallo! Da ist sie ja, meine Lieblingspolizistin!« Er umarmte sie stürmisch und mit dem gewohnten Überschwang, den sie so gern erwidert hätte.

Sie setzten sich in eine nahe gelegene Bar in der Via Vittorio Emanuele.

»Tut mir leid, dass ich neulich nicht da sein konnte, aber du weißt ja, der September, da bin ich immer auf irgendwelchen

Kongressen. Ich kam gerade aus Berlin zurück«, nahm Federico voller Bedauern die Unterhaltung auf.

»Mach dir keine Gedanken, ich wusste ja, dass du unterwegs warst«, sagte sie, bemühte sich um ein Lächeln und hoffte, dass es nicht gekünstelt wirkte.

Er bedachte sie wie immer mit seinem verständnisvollen Blick, demselben, der ihr jeden Tag unzählige Male Aufmerksamkeit schenkte und über dreiundzwanzig Jahre hinweg auf ihre völlige Gleichgültigkeit gestoßen war. Federico Calderaro hatte auf jede erdenkliche Art versucht, ihr ein Vater zu sein. Jetzt war Vanina erwachsen und konnte das verstehen. Doch mit fünfzehn hatte sie das nicht gekonnt. Armer Federico! Es war von Anfang an ein verlorener Kampf. Ein Kampf mit ungleichen Waffen gegen den Schmerz, der in einem Mädchen wütete, das seinen leiblichen Vater über alles geliebt hatte und der vor ihren Augen ermordet worden war.

Plötzlich erinnerte sie sich wieder an eine Andeutung ihrer Mutter, derzufolge Federico etwas mit ihr besprechen wollte. Um das Eis zu brechen, sprach sie es an und hoffte, dass es sich um nichts handelte, das sie höchstpersönlich erledigen musste.

»Deine Mutter hat die Angewohnheit, zu viel zu reden«, sagte Federico scherzhaft und versuchte, die Unterhaltung auf ein neutrales Gebiet zu verschieben. Er erzählte von Costanza, ihrer Schwester, die sie aus der zweiten Ehe ihrer Mutter dazubekommen hatte. Sie war sechzehn Jahre jünger als Vanina und unterschied sich von ihr wie der Tag von der Nacht. Sie stand kurz vor der Hochzeit mit dem besten Medizinstudenten ihres Vaters. Federico vergaß allerdings, dass er damit bei Vanina auf Granit biss und nur dafür sorgte, dass sie noch hartnäckiger nachhakte. Unter ihren drängenden Fragen gab Federico schließlich auf. Er verriet ihr, dass er mit seinen achtundsechzig Jahren und nach achtundvierzig erfolgreichen Jahren als Arzt aufgrund einer Serie ungerechtfertigter Anzeigen und Schmerzensgeldforderungen vonseiten einiger Patienten in eine berufliche Krise geraten war. Voller Bitterkeit erzählte er ihr von Anwälten, die ihm vor Krankenhäusern auflauerten, weil sie irrwitzigerweise davon ausgingen, die Medizin sei eine exakte Wissenschaft. Auch die Folgen, die sich daraus ergeben konnten, ließ er nicht unerwähnt.

Er wirkte sichtlich resigniert und schien bereits aufgegeben zu haben. Der renommierte Professor Calderaro, dessen Fähigkeiten Patienten aus halb Süditalien anzogen, der Chirurgie eher als Berufung denn als Beruf betrachtete, wollte nichts mehr riskieren. Zum ersten Mal bedauerte Vanina, sich von ihm verabschieden zu müssen. Sie versprach ihm, ihn noch am selben Abend zu sich nach Hause einzuladen.

Mit ordentlich gefalteten Händen saß Tommaso Di Stefano vor Vaninas Schreibtisch. Seine schwarzen Augen standen eng zusammen, dazwischen ragte eine unverhältnismäßig große Nase hervor. Er verzerrte die Lippen zu einem schiefen Grinsen. Jede einzelne Falte in seinem Gesicht spiegelte seine siebenundachtzig Jahre wider, von denen er sechsunddreißig in Vollpension im Gefängnis an der Piazza Lanza verbracht hatte. Er sieht aus wie Ebenezer Scrooge vor seiner Erlösung, dachte Vanina.

Commissario Patanè hatte sich auf einen Stuhl gesetzt, den Spanò neben sie gestellt hatte, und schwieg. Di Stefano musterte ihn mit resignierter Feindseligkeit, als wolle er sagen: *Mal abwarten, was er jetzt schon wieder von mir will.*

Vanina setzte sich hinter ihren Schreibtisch. Sie hatte darauf bestanden, die Befragung nicht im dafür vorgesehenen

Verhörzimmer, sondern in ihrem Büro durchzuführen, so als handle es sich um eine ganz gewöhnliche Unterhaltung. Di Stefano war lediglich vorgeladen worden, weil er die Umstände kannte, und das sollte damit unterstrichen werden.

»Buonasera, Signor Di Stefano. Ich bin Vicequestore Guarrasi.«

Der Mann hob den Kopf und musterte sie misstrauisch. »Buonasera, Vicequestore«, antwortete er und zog eine Grimasse. »Erfahre ich jetzt endlich, warum man mich herbestellt hat?«

»Hat man Ihnen das nicht gesagt?«, fragte Vanina scheinbar erstaunt. Di Stefano verneinte, schüttelte bedächtig den Kopf und wandte sich an Nunnari.

Nunnari sah sich verwirrt um. Hatte sie nicht angeordnet, sich undeutlich auszudrücken?

»Sie wissen sicher, was vor zwei Tagen in der Villa Burrano passiert ist«, begann Vanina.

»Entschuldigen Sie, Vicequestore Guarrasi, aber je weniger ich über diese Villa weiß, desto besser. Was ist denn vor zwei Tagen passiert?«

Er wirkte tatsächlich überrascht.

»Lesen Sie denn keine Zeitung, Signor Di Stefano?«

»Nein. Es geht mir besser so, außerdem sind die Nachrichten sowieso nichts wert …«

»Sie wissen also nicht, dass man dort vergangene Nacht eine etwa fünfzig Jahre alte Leiche gefunden hat?«

Di Stefano schwieg und schien entsetzt. »Eine Leiche …?«

»Eine Frauenleiche, mit großer Wahrscheinlichkeit handelt es sich um Maria Cutò.«

Der Mann schloss für einen Moment die Augen, als wolle er dem zustimmen. Dann öffnete er sie wieder mit betrübter

Miene. Schließlich schüttelte er den Kopf. »Sie hat ein böses Ende genommen, die arme, wunderschöne Luna ...« Dann blickte er plötzlich auf. »Moment mal, ihr denkt doch nicht etwa, dass ich sie ermordet habe?«, fragte er und drehte sich nach allen Seiten um. Zuerst zu Spanò, dann zu Nunnari und schließlich zu Commissario Patanè.

Beschwichtigend hob Vanina die Hand. »Deshalb haben wir Sie heute nicht hergebeten. Heute Morgen wurde ein blauer Lancia mit dem Kennzeichen CT12383 gefunden, der auf den Namen Gaetano Burrano zugelassen war«, teilte ihm Vanina mit.

Di Stefano starrte sie regungslos an. Dann wurde sein abfälliges Lächeln nur noch breiter, bis er in ein falsches, fast hysterisches Lachen ausbrach. »Fünfzig Jahre, um ein gestohlenes Fahrzeug zu finden!«, rief er.

Spanò sprang auf, denn das spöttische Lachen ging ihm auf die Nerven. »Di Stefano, reißen Sie sich zusammen!«

Vanina gab ihm ein Zeichen, die Sache zu übergehen. »Möchten Sie denn gar nicht wissen, wo?«, fragte sie ruhig.

»Ändert das was? Ich habe sowieso schon mein ganzes Leben im Knast verbracht.«

»Damals haben Sie ausgesagt, Sie wüssten nichts über den Verbleib des Autos, selbst als meine Kollegen davon ausgingen, dass Sie es verkauft hatten, um Ihre Spielschulden zu begleichen.«

Der Mann sah Patanè an. »Glauben Sie, Dottoressa Guarrasi, ich wäre so blöd gewesen, ausgerechnet Burranos Auto zu klauen?«

Commissario Patanè saß da und ließ sich nichts anmerken. Die Provokation war an ihn adressiert.

»Daraus schließe ich, dass Signor Burrano Ihnen nicht

mitteilte, wo er den Wagen untergestellt hatte«, fuhr Vanina fort.

»Das ist wohl offensichtlich, sonst hätte ich es ja gesagt. Dann hätte ich mir wenigstens eine Anklage sparen können, wenn Sie mich fragen.«

»Es sei denn, das hätte Ihre Lage noch mehr verschlechtert.«

Der Commissario starrte sie an und schien zu wissen, worauf sie hinauswollte. Die anderen Anwesenden hingegen wirkten nur noch verwirrter.

»Wie meinen Sie das?«, fragte Di Stefano misstrauisch.

»Sehen Sie, Signor Di Stefano, etwas an der Sache ist seltsam. Der Lancia von Signor Burrano stand über fünfzig Jahre lang in einer Garage, die eine aufmerksame Person zugemauert hatte, um zu verhindern, dass jemand den Wagen tatsächlich klaute. Wissen Sie, in welcher Garage er stand? In der von Maria Cutò. Unter dem ehemaligen Bordell *Valentino*. Sie wissen schon.«

Di Stefanos Erstaunen wirkte echt.

»Wenn Sie den Kollegen gesagt hätten, dass der Wagen dort stand, hätten Sie sie auf die Spur eines weiteren Mordes geführt, bei dem wieder einmal nur Sie unter Verdacht gestanden hätten.«

Der alte Mann riss die Augen auf. »Ein weiterer Mord?«, fragte er.

»An Maria Cutò.«

»Was reden Sie denn da? Ich wusste nicht mal, dass sie tot war«, stieß er hervor und rutschte nervös auf dem Stuhl hin und her. »Wusste ich's doch, dass ihr mich wieder drankriegen wollt. Das ist Vortäuschung falscher Tatsachen, Dottoressa. Ich möchte mit meinem Anwalt sprechen.«

»Ich werfe Ihnen gar nichts vor, Signor Di Stefano. Ich stelle lediglich Überlegungen an. Und ich habe Sie nicht als Verdächtigen einbestellt.«

»Ich hatte keine Ahnung, dass das Auto von Tanino bei Luna stand. Warum hätte er es mir auch sagen sollen? Ich habe mich lediglich um seine Finanzen gekümmert, wusste aber sofort, dass Maria verschwunden war, als er ermordet wurde. Aber was hätte ich tun sollen? Sie mit hineinziehen, um mich zu verteidigen? Sie hätte es sowieso nicht sein können.«

»Wie sind Sie sich da so sicher?«

»Weil er der Vater ihrer Tochter war und sie möglicherweise früher oder später als solche anerkennen wollte. Außerdem war er für sie eine Goldgrube. Nein, der wahre Mörder versteckt sich irgendwo, Dottoressa. Und mit den Bull… mit der Polizei über Maria zu reden hätte nur einen Skandal verursacht und unnötig Staub aufgewirbelt. Schwarzen Staub, der die Luft verpestet. Genau wie der des Ätna.«

»Neben der Leiche von Maria Cutò wurde eine Kassette mit einer Million Lire gefunden. War das Burranos Geld?«

Der Alte verlor sich in Gedanken. »Schwierig, denke ich.«

Vanina tat überrascht und holte eine Zigarette hervor.

Patanè öffnete die Mordakte Burrano und blätterte darin herum. Als er den Punkt erreichte, den er sich vorgemerkt hatte, breitete er die Akte vor Di Stefano aus und wies darauf. Vanina schielte ebenfalls darauf, bevor sie Di Stefano wieder ansah.

»Was ist schwierig?«, fragte sie in neutralem Ton.

»Tanino hat nie Schließfächer benutzt. Das Geld befand sich in einem Aktenkoffer mit Zahlenschloss, und vielleicht hatte er ihn zudem mit einer Handschelle am Handgelenk befestigt. Auf diese Reise wollte er drei Millionen mitnehmen, nicht nur eine. Das weiß ich, weil ich das Geld höchstpersönlich bei der Bank abgeholt habe. Ich habe Commissario Torrisi gesagt, dass der Geldkoffer verschwunden war, doch er legte das nur als weiteren Beweis gegen mich aus«, erklärte Di Stefano mit einem gequälten Lächeln. »Er meinte, ich hätte mich nur selbst belastet. So dumm war ich offensichtlich.«

Auf dem Blatt, auf das Patanè deutete, standen die drei Millionen als Beweis gegen Di Stefano.

»Darf ich fragen, wo Sie Maria Cutò gefunden haben?«, fragte der Alte plötzlich.

»In einem Speisenaufzug.«

Entsetzt zuckte der Alte zusammen. »Der Speisenaufzug im Türmchen?«

»Warum, gibt es denn noch andere?«

»Ich glaube nicht. Aber der war nicht in Betrieb. Er funktionierte nicht richtig, blieb immer wieder stehen und ließ sich außerdem nur schwer bedienen. Tanino benutzte ihn ab und zu als Versteck, aber nicht, um Wertgegenstände dort aufzubewahren. Dafür ließ er sich zu leicht öffnen.«

»Vor allen Türen hatte etwas gestanden. In der Küche eine Anrichte, im Stockwerk darüber eine Statue. Spanò, zeigen Sie mal die Fotos!«, wies Vanina ihren Kollegen an.

Der Ispettore holte die Fotos der Statue hervor, auf denen der ursprüngliche Standort und der danach zu sehen war.

Der Alte setzte eine Brille auf, die wohl dreißig Jahre mit ihm im Knast verbracht hatte, und zeigte auch sofort eine Reaktion. »Das ist ja allerhand! Wer hat die denn verstellt? Und … Entschuldigung, können Sie das mit der Anrichte noch einmal wiederholen?«

Vanina ließ sich die Fotos reichen und schob sie zu ihm hinüber.

»Der Speisenaufzug war also in der Küche?«, fragte der Mann.

»Warum? Hätte er da nicht sein sollen?«

Di Stefano schüttelte den Kopf. »Nein, nein, nein.«

»Etwas stimmt hier nicht. Finden Sie nicht auch?«

»Nein, Vicequestore, nichts stimmt hier. Andererseits stimmte schon vor siebenundfünfzig Jahre etwas nicht, als Tanino … Oh, tut mir leid, ich vergaß, dass man den Schuldigen damals sofort fand«, sagte er und lächelte wieder abfällig.

»Was meinen Sie, Commissario Patanè? Stimmte denn für Sie 1959 alles?« Patanè hatte die ganze Zeit über geschwiegen. Er wusste nicht, wie er sich verhalten sollte. Vicequestore Guarrasi war geschickt in der Befragung. Nach und nach erreichte sie ihr Ziel. Doch es war erschreckend, wie offensichtlich Di Stefanos Unschuld zutage trat. Die spitzen Bemerkungen und seine herablassenden Blicke erinnerten ihn daran, dass er den Verdächtigen damals einfach seinen Vorgesetzten ausgeliefert hatte. Er selbst wusste nur zu gut, dass er von Di Stefanos Schuld nie völlig überzeugt gewesen war und genau deshalb von den Ermittlungen ausgeschlossen worden war. Dieser Gedanke war ihm schon mehrmals gekommen.

»Was stimmt hier für Sie nicht, Signor Di Stefano?«, wiederholte Vanina ihre Frage.

»Erstens der Speisenaufzug. An den kann ich mich genau erinnern. Er befand sich im ersten Stock, davor hatte aber nie etwas gestanden. Der Standort der Büste des Vaters war immer das Arbeitszimmer, auch zu der Zeit, als Tanino ermordet wurde. Und die Anrichte stand ganz woanders.«

»Wer konnte den Lastenaufzug bedienen?«

Der Alte zuckte mit den Schultern. »Keine Ahnung. Tanino, nehme ich an. Die Installation war alt, noch aus der Zeit seines Vaters. Nicht einmal die Hausangestellten wussten, wie er funktionierte. Er hatte einen seltsamen Motor.« Er atmete tief durch, um wieder richtig Luft zu bekommen.

Vanina lehnte sich auf ihrem Stuhl zurück und schob sich vom Schreibtisch weg.

»Das reicht für heute.«

Di Stefano schoss von seinem Stuhl auf, als hätte er auf Nadeln gesessen.

Vanina ging auf ihn zu. »Noch eine letzte Frage, Signor Di Stefano«, sagte sie plötzlich wie aus der Pistole geschossen. »War das Aquädukt, das auf seinem Land gebaut wurde, das erste Geschäft zwischen Gaetano Burrano und der Familie Zinna?«

Der alte Mann hob den Blick und richtete sich auf, bis er fast auf Augenhöhe mit ihr war. »Vicequestore Guarrasi, es steht Ihnen frei, mir zu glauben oder nicht, so wie mir vor Ihnen Ihre Kollegen nicht geglaubt haben«, sagte er und nickte in Patanès Richtung. »Ich habe Tanino Burrano nicht umgebracht und die Zinna auch nicht.«

»Signor Di Stefano, ich habe Ihnen eine konkrete Frage gestellt.«

»Nein. Dieses Geschäft war nicht das erste und wäre auch nicht das letzte gewesen.«

Sie waren wieder allein und saßen sich von Angesicht zu Angesicht gegenüber, Vanina und Patanè.

»Dottoressa, sind wir derselben Meinung?«, fing der Commissario an und packte das dritte Stück Schokolade innerhalb einer Stunde aus.

Vanina stand auf und trat zum Balkon. Sie öffnete eine Tür und zündete sich eine Zigarette an. »Ich weiß ja nicht, wie Sie das sehen, aber ich kann Ihnen genau sagen, worüber ich gerade nachgedacht habe. Dass für jeden Tag, den Di Stefano in Piazza Lanza hinter Gittern gesessen hat, ein echter Verbrecher begnadigt wurde, um die Gefängnisse zu leeren«, sagte sie und starrte auf das gegenüberliegende Fenster. Es war vergittert. Früher, bevor das Gebäude zur Polizeikaserne umfunktioniert worden war, hatte sich hinter den Mauern des ehemaligen Bourbonenpalasts das alte Gefängnis von Catania befunden.

Patanè lächelte verbittert. »Und glauben Sie, das genügt, um den Prozess noch einmal aufzurollen?«

»Zumindest reicht es, um die Ermittlungen in eine neue Richtung zu lenken. Ich bin fest davon überzeugt, dass Maria Cutò von der Person ermordet wurde, die auch Burrano umbrachte. Wenn Sie mich fragen, ist Di Stefano ebenso schuldig wie meine Großmutter …«

»Und wie sollen wir das beweisen?«, fragte Patanè und benutzte inzwischen die Mehrzahl.

»Wir sollten uns zunächst einmal Gedanken darüber machen, welche neuen Erkenntnisse wir gewonnen haben, Commissario. Das Auto, der Vertrag über das Aquädukt, das Testament. Das Aquädukt existiert, so viel ist sicher, irgendwer hat es also errichten lassen. Das Wasser der Burranos hat bestimmt Interesse geweckt, und ich wette mit Ihnen, dass Familie Zinna Feinde hatte, vermutlich solche, die aus demselben Holz geschnitzt waren wie sie, wenn Sie verstehen, was ich meine.«

»Ich weiß genau, was Sie meinen, Dottoressa Guarrasi. Feinde der Familie Zinna, die mithalten konnten, und da gab es nur wenige. Familie Cannistro und die Tummarellas waren sicher die Einflussreichsten. Ich schlage allerdings vor, dass wir mit Ersterer gar nicht erst unsere Zeit verschwenden.«

»Das würde ich auch sagen«, pflichtete Vanina ihm bei. »Familie Cannistro existiert kaum mehr. Genauer gesagt wurde sie mit einer Kalaschnikow Mitte der Achtzigerjahre praktisch ausgerottet. Das ist Geschichte.«

Sie rief Spanò wieder zu sich.

»Wir sollten versuchen, so viel wie möglich über den Bau des Aquädukts herauszufinden, das über Burranos Besitz führte, Konstrukteure, Baufirmen, offizielle und inoffizielle Berichte. Vor allem inoffizielle. Erledigen Sie das allein und sorgen Sie dafür, dass kein Wirbel um die Sache entsteht. Das würde uns momentan nur schaden.«

»Lassen Sie mich nur machen, Boss«, versicherte ihr der Ispettore, nickte und ging zur Tür.

»Der Kollege ist ein wahrer Goldjunge«, sagte Patanè mit väterlich geschwelgter Brust.

Vanina lächelte. Er war sicher Gold wert, aber ob er ein Junge war?

Das Telefongespräch mit Vassalli hatte sich über eine halbe Stunde hingezogen. Als Vanina endlich auflegte, war es bereits halb acht Uhr abends. Patanè war schon vor einer ganzen Weile nach Hause gegangen, als eine Nachricht von Federico auf ihrem iPhone aufleuchtete. Bis auf Spanò, der sich gleich nach Di Stefanos Befragung an die Arbeit gemacht hatte, hatten alle anderen ihren Dienst beendet. Marta war als Letzte gegangen, hatte Vanina vorher aber die Post-it-Zettel mit den Telefonnummern gebracht, um die Vanina sie gebeten hatte. Gleich darauf war Tito Macchia mit der gewohnten Gefolgschaft im Schlepptau an ihrer offenen Bürotür vorbeigegangen. Auf ihrem Schreibtischstuhl zurückgelehnt und mit Vassallis Litanei noch im Ohr, hatte Vanina ihm resigniert zugewinkt, was der Big Boss mit einem belustigten und mitleidigen Gruß beantwortet hatte.

Die Mordakte Burrano zog sie mehr denn je in Bann. Sie schob sie in ihre Stofftasche und nahm sie mit, denn wenn sie sich schon die Nacht damit um die Ohren schlug, wollte sie das wenigsten auf ihrem Sofa und nach dem Treffen mit ihrem Stiefvater tun, das ihr noch bevorstand.

Nun gab es nur noch eine letzte Sache, die sie erledigen musste, bevor auch sie die Zelte abbrach. Sie zog den Post-it-Zettel von ihrem Computerbildschirm ab, den Marta sorgfältig beschriftet hatte, und wählte die unterstrichene Nummer darauf. Lang lebe eine hohe Lebenserwartung, kicherte sie in sich hinein, als sie die Bemerkungen von Ispettore Bonazzoli dazu las.

»Spreche ich mit Notar Nicola Renna? Hier ist Vicequestore Giovanna Guarrasi von der mobilen Kriminalpolizeieinheit. Ich rufe Sie an, weil ich mit Ihrem Vater sprechen müsste …«

Es war nur eine leise Ahnung. Ein Gefühl. Doch dem musste sie höchstpersönlich auf den Grund gehen.

Federico Calderaro war begeistert von dem Gästehaus, in dem Vanina wohnte und das an den Zitrusfrüchtehain grenzte. Ganz zu schweigen von der Hängematte. Wie oft hatte er selbst schon überlegt, sich eine zu kaufen und sie im Haus in Scopello aufzuhängen. Wie schön es doch sein musste, nach einem langen Arbeitstag am Abend nach Hause zu kommen, sich hineinzulegen und an nichts mehr zu denken. Aber wie das Leben so spielte, war die Zeit immer zu knapp, und man schob es ewig vor sich her. Und die Jahre vergingen, ja, meine Liebe, ein Jahr nach dem anderen verging, als wären es Tage oder Minuten … und plötzlich war man alt und hatte es nicht einmal bemerkt. Aber ab jetzt war Schluss damit, und Professor Calderaro wollte in den Besitz seiner Zeit zurückkehren.

Er redete, trank Bier und rauchte die Gauloises, die Vanina ihm hinschob. »Aber verpetz mich nicht bei deiner Mutter, ja?«, bat er.

Und dann redete er weiter. Er redete so viel, dass die Metapher der hängenden Schallplatte fast schon einer Untertreibung glich. Vanina erkannte ihn kaum wieder. Sie wusste nicht, ob dies auf der Wirkung des Alkohols beruhte, den er getrunken hatte, bevor sie ihn abholte. Vor einer halben Stunde hatte er im *Hotel Excelsior* nach dem Kongress einen Negroni als Absacker hinuntergekippt. Vielleicht war aber auch der Stress schuld, dem er in letzter Zeit ausgesetzt war, wie er ihr gestand. Er wirkte irgendwie gezwungen heiter, und das war für ihn ganz klar kein Normalzustand.

Bettina war wie immer Rettung in der Not. »Nachdem unsere Vicequestore eine Diät macht – wieso, weiß sie allein –, habe ich nur Gemüse vorbereitet, Professore.« Auberginen in süßsaurer Soße, gefüllte Zucchini und überbackene Paprika. Unkalkulierbare Kalorienbomben. Hätte Bettina gewusst, dass die Vicequestore Gäste erwartete, hätte sie etwas Gehaltvolleres gekocht. Dass sie nicht viel von den Kochkünsten ihrer Mieterin hielt, hätte sie nicht einmal unter Androhung von Folter zugegeben. Und damit hatte sie recht. Vanina schätzte gute Küche, hatte aber keine Ahnung vom Kochen. Sie hatte die Sache ganz einfach geregelt und war am Abend bei Sebastiano vorbeigefahren und hatte Rouladen gekauft. Natürlich war jetzt keine Rede mehr von Diät, dafür wurde ein mehr als würdiges Abendessen daraus, das Federico zu genießen schien. Vor allem im Vergleich zu dem Galaabend, dem er mit dieser Ausrede entkommen war. Es hatte keinen Zweck, denn solche gesellschaftlichen Ereignisse langweilten ihn, wenn Marianna nicht mit dabei war.

Ihre Mutter hätte sich gefreut. Nach vielen Jahren schenkte ihm Vanina erstmals die Aufmerksamkeit, die er verdiente. Vielleicht war es aber gerade die Abwesenheit der Mutter, die zu diesem positiven Umstand führte. Jedenfalls stand fest, dass der Professor vielleicht schon viel früher Vaninas guter Freund hätte werden können, wenn ihre Mutter sie nicht immer so zu ihm gedrängt und ihn als perfekten Ersatzvater verkauft hätte. Aber vielleicht ließ sich ja noch etwas retten.

Vanina räumte gerade die Reste der Mahlzeit weg, bevor sie ihren Stiefvater ins Hotel zurückbrachte, als eine Nahaufnahme von Paolo Malfitano in zweiundvierzig Zoll den ganzen Bildschirm ihres Fernsehers ausfüllte, den sie soeben angeschaltet hatte. Federico musterte sie verstohlen.

Es kostete Vanina mehr Kraft, einen ruhigen, aufmerksamen und unergründlichen Gesichtsausdruck zur Schau zu stellen, als sie ein Kilometer bergauf mit einem zwanzig Kilo schweren Rucksack auf den Schultern gekostet hätte. Federico war ein Ehemann, der seiner Frau Marianna alles erzählte, und hätte sie eine Reaktion wie die am Vorabend gezeigt, hätte das eine Flut von Anschuldigungen nach sich gezogen, und zwar nach dem Motto: *Das hätte ich dir sagen können.* Darin war ihre Mutter eine Meisterin. Und genau das musste sie um jeden Preis verhindern.

Mit der Natürlichkeit einer vorher einstudierten Geste öffnete sie einen Unterschrank und holte zwei kleine Gläser heraus. Dann suchte sie nach irgendeinem Likör, der vielleicht darin vergessen worden war. Sie fand nur eine Flasche Traubenmost, den eine Bekannte von Bettina herstellte. Ihr hatte der noch nie geschmeckt, er hatte aber einen Alkoholgehalt, der zur Gelegenheit passte. Sie jubelte ihn Federico unter und verkaufte ihn als lokale Spezialität, die er unbedingt probieren müsse. Mit dieser Ausrede füllte sie die Gläschen bis zum Rand.

Kurz nach Ende des Interviews, das nicht einmal fünf Minuten dauerte, setzten sie sich ins Auto. Mehr Zeit hätte Paolo einem Journalisten niemals gewährt. Im Gegenteil, es war schon ein Wunder, dass er überhaupt diesen vier Fragen zugestimmt hatte, kommentierte Vanina in Gedanken. Und das war alles, was sie Federico gegenüber sagte. Ihn schien das nicht wirklich zu befriedigen.

Er hingegen hatte ihr etwas zu sagen, das war deutlich erkennbar. Aber ebenso eindeutig wusste er nicht, wo er anfangen sollte. »Armer Paolo«, begann er, als sie schon an der Ampel auf der Piazza Verga standen und er auf den Justizpalast starrte, als inspiriere dieser ihn zu einer Eingebung.

Auf der anderen Seite des Platzes ragte das *Hotel Excelsior* vor ihnen auf. Davor stiegen Männer in grauen Anzügen und Frauen in Kostümen aus einem großen Reisebus. Überlebende des Galadinners.

Ein paar Worte, die zu irgendetwas führen sollten. Sondierungsworte. »Darf ich weiterreden, oder möchtest du das nicht?«

Vanina schwieg.

»Man muss schon mutig sein, um allen Widrigkeiten zum Trotz dem eigenen Weg zu folgen«, fuhr Federico fort.

Ja, das stimmte wohl. Und auch ein wenig Leichtsinn. Oder Gerechtigkeitssinn, was manchmal auf dasselbe herauskommt, dachte Vanina.

»Da fehlen jetzt nur noch die Einschüchterungsversuche. Armes Kind!«, warf der Professor ihr hin und begab sich nach und nach tiefer in das Thema.

»Warum? Gibt es denn bessere oder schlechtere Momente für eine Todesdrohung?«, fragte sie aufgesetzt ironisch und wartete ab, was er ihr zu sagen hatte.

»Nein, natürlich nicht. Aber wenn jemand eine Familie hat, die ihm beisteht, kommt er damit besser zurecht.«

Er wollte weiter ausholen, doch Vanina verstand allmählich. Und die Sache gefiel ihr ganz und gar nicht. »Tut mir leid, wenn ich dir widerspreche, Federico, aber über ein gewisses Maß an Qual hinaus kann selbst eine Familie nicht viel ausrichten.«

»Aber wenn zu den Sorgen über die eigene Unversehrtheit auch noch Familienkummer kommt, weil die soeben erst gegründete Familie schon wieder zerbricht …«

»Federico, ich glaube, wir tun uns leichter, wenn du mir einfach sagst, worum es geht. Oder was meine Mutter mir über dich sagen will.«

Der Professor zögerte und fühlte sich sichtlich unbehaglich angesichts der plötzlich vorherrschenden Kälte. »Lass deine Mutter in Ruhe! Sie hat nichts damit zu tun«, protestierte er. Wehe, jemand fasst seine Marianna an! »Ich habe vorhin daran gedacht, weil ich ihn im Fernsehen gesehen habe. Wusstest du, dass Paolos Frau nach nicht einmal drei Jahren Ehe mit dem gemeinsamen Kind, einem kleinen Mädchen, ausgezogen ist?«

Nein, das wusste sie nicht. Wer hätte es ihr auch erzählen sollen? Niemand ihrer wenigen Freunde, die sie in Palermo noch hatte, hätte das Thema anzuschneiden gewagt. Sie wusste es nicht und wollte es auch nicht wissen. Doch Federico war jetzt richtig in Fahrt.

»Sie behauptet, er habe sie betrogen. Nicht zu glauben! Bei seinem chaotischen Leben und den Gefahren, die an jeder Ecke auf ihn lauern, und so, wie er mit seiner Arbeit verheiratet ist … Da betrügt er noch seine Frau? Das bezweifle ich. Costanza hat es uns vor ein paar Wochen erzählt. Du weißt ja, dass sie und Nicoletta Malfitano befreundet sind.«

Natürlich wusste sie, dass sie Freundinnen waren. Diese Freundschaft war ihr ja zugutegekommen, denn die schöne junge Frau, die unsterblich in Paolo verliebt war, hatte damals nur darauf gewartet, ihn im richtigen Augenblick zu trösten. Dieser Umstand hatte Vanina die Trennung erleichtert. Sie musste nur ein wenig Gewalt gegen sich anwenden, ihn mit ihrem plötzlichen Verlassen zu verletzen, alle zu belügen, sogar sich selbst, und einfach abzuhauen. Weit weg. So wäre alles in die richtige Richtung gelaufen.

Doch es gibt Situationen im Leben eines jeden, deren Tragweite erst im Nachhinein erkennbar wird. Oft sind die Dinge nicht so, wie sie erscheinen, diese Grundregel durfte man nie vergessen. Und gewisse Entscheidungen können sich als regelrechte Dummheiten entpuppen, auch wenn man sie einmal für unausweichlich oder sogar rettend erachtet hatte. Auch das war eine Grundregel, aber damals war sie Vanina ganz offensichtlich entgangen.

11

Notar Nicola Renna hatte die Kanzlei seines Vaters Arturo übernommen, der inzwischen einundneunzig Jahre alt war. Er war groß und schlaksig, hatte dichtes graues Haar und trug wie Oliviero Toscani eine rote Brille. Er empfing sie mit einer Niestirade. »Ich habe eine starke Allergie«, erklärte er, schniefte und entschuldigte sich. Er habe sogar seinen Geruchssinn verloren, erklärte er.

Das geräumige Büro des Notars war ein modernes Meisterwerk, das dem MOMA in New York alle Ehre gemacht hätte. Eine Version davon war der angrenzende Büroraum, den irgendein Topinnenarchitekt gestylt hatte. In diesem empfing der Senior Arturo Renna Vanina und Spanò. Vanina fiel der merkwürdige Kontrast auf. Die Büroeinrichtung des alten Notars war ein harmonisches Zusammenspiel antiker Möbel, Ledersessel, Wandteppiche und zweier überbordender Bücherregale, die dem Raum Wärme und Wohnlichkeit verliehen und mit keinem Innenarchitekten des dritten Jahrtausends Bekanntschaft geschlossen hatten.

Als Menschen machten Vater und Sohn hingegen genau den gegenteiligen Eindruck. So zuvorkommend der junge Renna war, so überheblich wirkte der Vater. Er war kräftig gebaut, mittelgroß und hatte ein energisches Kinn. Er wirkte wie ein schlechter Abklatsch von Marlon Brando im Film *Der Pate*. Hätte Marta auf dem Post-it-Zettel nicht das Alter notiert, hätte Vanina den alten Renna für zehn Jahre jünger geschätzt.

Dass der alte Notar außer über eine gute Gesundheit auch über ein perfekt funktionierendes Gehirn verfügte, hatte Spanò bereits bei einem Telefonat mit seinem Vater erfahren. Die etwa fünfzehn Minuten lange Erzählung hatte ihn zwar verwirrt, ihm aber nützliche Hinweise geliefert. Ja, Notar Renna war noch gesund und munter. Und ja, er hatte Gaetano Burrano gut gekannt.

Nachdem er einen Handkuss angedeutet und Vanina wie ein Körperscanner von Kopf bis Fuß gemustert hatte, richtete Arturo Renna seine Aufmerksamkeit auf Spanò und stellte ihm die Frage, die er eigentlich der Chefin der Brigade hätte stellen sollen. »Und, was verschafft mir das Vergnügen, Vicequestore?«

Der Ispettore schielte zu Vanina hinüber, die den Alten ironisch lächelnd ansah. Solche Fehltritte ließ die Vicequestore nur sehr selten durchgehen, und wenn doch, dann nur, weil sie dem arglosen Gegenüber wohlgesinnt war. Doch hier war dies nicht der Fall.

Nicola Renna räusperte sich peinlich berührt und schnaufte. »Papa, er ist nicht der …«

»Notar Renna, ich habe ein paar Fragen an Sie«, schaltete sich Vanina unbeirrt ein, und der Mann sah sie erstaunt an.

Der Ispettore atmete erleichtert auf. So wie das Ganze angefangen hatte, hätte er sich nicht gewundert, wenn die Guarrasi ohne Umschweife zur Sache gekommen wäre, und dann hätte sie niemand mehr aufhalten können. Doch ihr bewusst gemäßigter Ton, aus dem der Ispettore nur ab und zu ein leises Zischen vernahm, ließ vermuten, dass sie nicht hergekommen waren, um ein paar Kleinigkeiten zu erfahren, sondern um

Klarheit zu schaffen. Welche, wusste er selbst noch nicht so genau.

Vanina hatte die halbe Nacht über der Mordakte Burrano gesessen. Am nächsten Morgen war sie mit ihrem noch vollen Cappuccinobecher grußlos im Büro erschienen und hatte gleich zwei Telefonate erledigt. Das erste mit Masino Di Stefano, das zweite mit Alfonsina Fresta. Offenbar hatte sie dabei Informationen erhalten, die ihr für das bevorstehende Gespräch von Nutzen waren.

»Man hat es nicht täglich mit einem getöteten Mandanten zu tun«, antwortete der Notar.

Dann sagte er, dass die damalige Sachlage aus seiner Sicht ganz eindeutig gewesen sei. Keine Kinder, Aufteilung der Güter durch den Vater zwischen Gaetano und seinem Bruder. Alleinerbin Gaetano Burranos Frau.

»Warum ermitteln Sie überhaupt erneut zu einem Fall, der seit Langem gelöst ist?«, fragte er. Wenn sich die Vicequestore der Polizei ein halbes Jahrhundert später die Mühe machte, dann musste die Sache ernst sein.

Vanina umging die Frage mit einer Gegenfrage. »Wussten Sie von dem Verhältnis zwischen Gaetano Burrano und einer Frau namens Maria Cutò?«

Der Alte grinste. »Wer hatte damals kein Verhältnis mit Maria Cutò?«

»Sie wussten also nicht, dass Gaetano Burrano und Maria Cutò ein Liebespaar waren?«

»Gewöhnlich spreche ich über gewisse Dinge nicht in Anwesenheit einer Dame, aber da Sie hier die Polizistin sind … wissen Sie ja vermutlich, welchem Beruf Signora Cutò nachging. Wenn Tanino Burrano ihr Liebhaber war, dann war ich … gut, gehen wir nicht ins Detail.«

Et voilà, da zeigte er sich, der sizilianische Macho! Vanina sah ihn förmlich vor sich, wie er aufgeblasen die Stufen des *Valentino* hinaufstieg.

»Umso besser, das heißt also, dass Sie uns behilflich sein können. Da Sie offensichtlich ein so gern gesehener Gast waren, gehe ich davon aus, dass Sie auch Cutòs Notar waren. Oder haben Sie Ihren Beruf von den Schlafzimmern des *Valentino* strikt getrennt?«

Spanò kam es vor, als habe sich Vaninas Zischen verschärft.

Der Notar schwieg. Vaninas unverblümte Worte und ihre Stimmlage verunsicherten ihn. Renna junior räusperte sich ein paarmal und warf seinem Vater einen verunsicherten Blick zu. Doch der Alte achtete nicht darauf.

»Vielleicht. Ich erinnere mich nicht mehr genau daran«, antwortete er. »Darf ich fragen, warum die Mordkommission sich so sehr für eine ehemalige Prostituierte interessiert, die man in Catania seit … ich weiß nicht, vielleicht fünfzig Jahren nicht mehr gesehen hat?«

»Weil sie vor ein paar Tagen in der Villa Burrano gefunden wurde. Tot. Oder besser gesagt … mumifiziert. Ja, Sie haben recht, Signor Renna, seit fünfzig Jahren. Ich wage sogar zu behaupten, dass es siebenundfünfzig Jahre her ist.«

Das hatte gesessen, und diesmal schien der Notar schockiert zu sein. Er sah sie schweigend an, doch die Bestürzung war ihm ins Gesicht geschrieben.

»Natürlich, die Leiche im Lastenaufzug! Heute stand ein Artikel darüber in der *Repubblica*!«, rief Nicola Renna.

Er verschwand in seinem Hightechbüro, während Vanina Spanò einen fragenden Blick zuwarf. Der Ispettore breitete entschuldigend die Arme aus. In seiner Stammbar lag *La Re-*

pubblica nicht aus, das gehörte nicht zum Service des Lokals. Dort musste die *Gazetta Siciliana* reichen.

Renna junior kehrte mit einer aufgeklappten Tageszeitung in der Hand zurück. Vanina und Spanò sahen sich wieder an.

Plötzlich schien sich Renna senior im Klaren zu sein, dass hier von Mord die Rede war und er einer der wenigen Überlebenden war, die das Opfer noch gekannt hatten. Auf einmal schien er sich wieder zu erinnern, dass die Cutò etwas bei ihm unterzeichnet hatte. Doch dafür musste jemand ins Archiv des Notars gehen und nachsehen. Spanò machte sich Notizen. Auf die Frage, ob Maria Cutò Burranos Geliebte gewesen sei, antwortete er jetzt, dass er dies für möglich halte. Schließlich habe Tanino viele erotische Beziehungen unterhalten. Nach der Schließung der Bordelle habe man von Madame Luna aber nichts mehr gehört. Sie sei inzwischen Mätresse geworden und keine Frau, die auf die Straße ging oder sich zweideutigen Situationen aussetzte, wie andere es taten. »Zum Ruhme des Merlin-Gesetzes«, fügte er mit breitem Grinsen hinzu.

»Erinnern Sie sich noch, ob Burrano jemals einen Letzten Willen erwähnte? War von einem Testament die Rede oder davon, dass er ein Testament verfassen wollte?«, fragte Vanina.

»Das weiß ich nicht mehr. Ich glaube aber nicht. Er war viel zu jung. Und noch einmal: Er starb, ohne ein Testament zu hinterlassen.«

»Eine letzte Frage, Signor Renna«, sagte Vanina, stand auf und schien sich verabschieden zu wollen.

Spanò spitzte die Ohren, denn jetzt kam der Moment, in dem Vanina typischerweise die Frage aller Fragen stellte, die sie während des gesamten Gesprächs zurückgehalten hatte.

»War Burrano ein langjähriger Freund, oder war Ihr Verhältnis rein beruflicher Natur?«

Der Alte verschränkte die Arme hinter dem Rücken und stolzierte umher.

»Weder das eine noch das andere. Meine Familie war gut mit Familie Regalbuto befreundet. Teresas Familie.«

»Ach darum«, meinte Vanina nickend, als käme die Neuigkeit völlig unerwartet für sie. »Das heißt, Sie haben die Signora unterstützt, als das Projekt des Aquädukts zum Abschluss kam.«

Der Alte starrte sie an und wirkte einen Moment lang verunsichert.

»Was hat das mit Madame Luna zu tun?«

»Na ja, vermutlich nichts. Pure Neugier, aber die ist oft eine unerschöpfliche Inspirationsquelle, Herr Notar. Wussten Sie das? Ich habe mehr Fälle gelöst, indem ich meiner Neugierde folgte, als wenn ich mich an die offiziellen Informationen gehalten hätte.« Sie beobachtete den Alten und wartete auf seine Antwort.

»Ja natürlich. Ich habe Teresa betreut. Sie war eine alleinstehende und unerfahrene Frau und wäre für skrupellose Leute ein leichtes Opfer gewesen. Und dieses Projekt hatte bereits ein Opfer zu viel gefordert, wie Sie wissen.«

»Ein Opfer des Projekts, natürlich. Gut, Signor Renna, ich hoffe, ich muss Sie nicht noch einmal belästigen«, sagte Vanina und verabschiedete sich mit dem strahlenden Lächeln, das sie nur Leuten vorbehielt, die sie vermutlich wiedersehen würde.

Sie hielt die Hand vor die Flamme ihres Feuerzeugs, schirmte die Windbö ab und zündete sich eine Zigarette an. Dabei kniff sie die Augen zusammen, um dem schwarzen Sand zu entgehen, der endlich nicht mehr herabzuregnen schien, der aber noch nicht von der Straße weggefegt worden war.

Die Via Umberto versank im üblichen Chaos des späten Vormittags. Autoschlangen, Mofas, die aus jeder Ecke hervorschossen, zaghafte Fußgänger, denn Zebrastreifen waren noch nie eine Garantie für Unversehrtheit gewesen. Je näher Vanina der Kreuzung mit der Via Etnea kam, desto mehr Menschen tummelten sich auf den Gehwegen. Krönung des Chaos war schließlich die Einfahrt in die Via Corridoni zum städtischen Markt *À Fera ò Luni*.

Spanòs Schweigen sagte mehr aus als eine direkte Frage.

»Kommen Sie schon, Ispettore, seien Sie ehrlich! Sagen Sie mir, was los ist!«

»Wollen Sie die Wahrheit hören? Abgesehen davon, dass der Alte eine Visage hat, die man ihm am liebsten polieren würde, habe ich von der ganzen Unterredung nichts kapiert. Und um weiterhin ehrlich zu sein, passiert das öfter, wenn ich mit Ihnen unterwegs bin. Da ich selbst aber ebenfalls Informationen sammele …«

»Und auch völlig zu Recht, Spanò. Kommen Sie, wir trinken einen Espresso und machen eine Bestandsaufnahme!«

Ohne Zögern gingen sie zur Straßenecke, bogen in die Via Etnea ein und stürzten sich auf den ersten freien Tisch. Aus dem Espresso wurden zwei Eiswasser aus Mandelmilch mit Kaffeegeschmack, dazu ein warmes Croissant, um das niemand herumkomme, wie Ispettore Spanò beteuerte, weil die kein anderer so gut zubereite.

»Hören Sie zu, Spanò, und passen Sie gut auf! Was ich Ihnen jetzt sage, entbehrt jeglicher konkreten Basis. Es ist reine Spekulation. Meine persönliche Spekulation. Gedanken, die mir heute Nacht gekommen sind, während ich noch einmal die Mordakte Burrano unter die Lupe genommen habe. Darin taucht Notar Renna mehrfach als Zeuge auf, vor allem in Verbindung mit dem berühmten Aquädukt. Dass Burrano mit Di Stefano gebrochen und keinerlei Absicht gehabt haben soll, mit seiner Familie Geschäfte zu machen, stützte sich vor allem auf die Aussagen von drei Personen, von Teresa Regalbuto, also Burranos Witwe, Vincenzo Burrano, aller Wahrscheinlichkeit nach Alfio Burranos Vater, und Arturo Renna. Doch das steht dem entgegen, was Alfonsina Fresta erzählt hat. Lediglich Di Stefanos Aussage deckt sich in vielen Punkten mit der ihren. Das bedeutet also, dass sich Di Stefano und Signora Fresta einig sind, was mir allerdings ziemlich unwahrscheinlich erscheint, denn dann wäre zumindest das Auto sofort aufgetaucht. Vielleicht haben aber auch die anderen drei gelogen. Und dass Notar Renna sehr gut mit Signora Burrano befreundet ist, wurde mir heute Morgen auch von Di Stefano bestätigt.«

Gespannt lauschte der Ispettore der Vicequestore. In einer Hand hielt er den Kaffeelöffel, in der anderen die Brioche.

»Entschuldigen Sie, warum hätten Witwe, Bruder und Freund lügen sollen?«

»Ja, warum wohl, Spanò? Um den Mörder zu decken, zum Beispiel.«

»Aber nein, Dottoressa … Warum hätte außerdem jemand Burrano ermorden sollen? Der finanzierte doch alle drei. Und daran hätte sich auch nichts geändert, selbst wenn er mit der Cutò weggezogen wäre.«

»Sie vergessen das Testament.«

»Das lag aber im Auto, steckte in einem schönen Umschlag, niemand wusste davon.«

Spanòs Überlegungen ergaben einen Sinn, vielleicht mehr als die Theorie, die in Vaninas Kopf Gestalt annahm. Zumal Alfonsina ihr bestätigt hatte, dass niemand jemals nach Burra-

nos Auto gefragt hatte. Und dennoch hatte sie bei Renna ein
merkwürdiges Gefühl.

»Was ist mit den Informationen bezüglich des Aquädukts,
um die ich Sie gebeten hatte?«

»Später werde ich sie alle haben, vielleicht sogar noch ein
paar mehr. Keine Sorge, Dottoressa!«, versicherte der Ispettore,
stürzte sich auf sein Mandelslush, während er in der einen
Hand noch immer ein Stück Brioche hielt, das er gleich ein-
tauchen würde.

Vanina lächelte amüsiert, das machte man hier so. Aber um
genau zu sein, hatte Giuli ihr erzählt, dass Vollblutcatanier
nicht die Brioche eintauchten, sondern ein Stück Brot. Die
sogenannte *Mafalda*, am besten noch lauwarm. Sobald sie die
weiche und zugleich knusprige, mit Zuckerkristallen bestreute
und nach Butter duftende Brioche mit Häubchen ohne künstliche Aromastoffe eingetaucht hatte, musste sie zugeben, dass
sie nur selten etwas vergleichbar Köstliches gegessen hatte. Um
ehrlich zu sein, nur ein einziges Mal, nämlich in Noto, in einem berühmten Caffè, in das Adriano Calì sie mitgenommen
hatte.

Während der Ispettore mit seinem letzten Stück Brioche
den Boden seines Glases auswischte, öffnete Vanina die On-
lineversion der Tageszeitung, die Nicola Renna ihnen vorge-
legt hatte. Auf beiden war die halb eingerissene Mauer vor der
Garage der Cutò abgebildet, darunter stand eine Reihe erfun-
dener Geschichten zu dem Fall. In der Mitte des Artikels fanden sich ein paar Verweise auf den Fall Burrano, mit denen
dieses *neue Geheimnis* auf jeden Fall in Zusammenhang stand.
Danach folgten Anspielungen, die auch die Familie Zinna betrafen, Worte wie *Ehrenmänner, mafiöse Hinrichtung* und so
weiter fielen. Die beiden Reporter schlossen den Artikel mit

der Information, dass die Leiche von der Mordkommission *die Chanteuse* genannt wurde.

»Bevor ich es vergesse, Ispettore … finden Sie bitte heraus, wer der Vollidiot ist, der mal wieder das Maul gegenüber den Journalisten nicht halten konnte und Details zu unseren Ermittlungen ausgeplaudert hat! Denn wenn Macchia nicht völlig übergeschnappt ist und beschlossen hat, seine Zeit mit der Presse zu verschwenden, was sehr unwahrscheinlich ist, dann muss diese Pfeife, die sich den Spitznamen *Chanteuse* ausgedacht hat, aus seinem näheren Umfeld stammen.«

Spanò nickte ergeben. »Sehr nah … ein Arschkriecher, würde ich sagen«, stellte er klar.

Vanina musste keine Sekunde lang nachdenken. »Schon wieder der. Hat er jetzt auch Freunde unter den Journalisten?«

»Freunde … ach was! Er hat eine Freundin. Allerdings bei der Zeitung in Palermo. Ob er jemanden in Catania kennt, weiß ich nicht. Ich glaube aber, dass die Leute nach dem ersten Artikel nichts mehr geschrieben haben. Und sie werden auch nichts schreiben, solange wir ihnen nicht die offizielle Version vorlegen und dabei niemandem auf die Füße getreten wird«, schloss er sarkastisch.

»Spanò, ich schwöre, wenn sich dieser Vollidiot nicht zusammenreißt, sorge ich dafür, dass er im Polizeiarchiv versauert, ganz egal, ob er Beziehungen hat oder nicht.«

Der pensionierte Commissario Biagio Patanè hatte eine unruhige Nacht hinter sich. Dass irgendetwas an der ganzen Sache faul war, wusste er seit über fünfzig Jahren, daran hatte er sich mittlerweile gewöhnt. Doch jetzt waren neue Einzelheiten dazugekommen. Etwas hatte ihn beeindruckt, wenn auch nicht so, dass es sich in ihm festgesetzt hätte. Und solange er diesem

Dilemma nicht auf den Grund gegangen war, würde er nicht wieder in den Schlaf finden.

Zu Angelinas Leidwesen hörte sie, wie er sich im Bett herumwälzte, und beobachtete ihn besorgt, so als würde sie Zeugin, wie er von einem auf den anderen Moment zusammenbrach. Er hatte tiefe Ringe unter den Augen, doch sein Blick war hellwach, und um endlich die erlösende Eingebung zu bekommen, hatte er sich um halb elf im Büro der Vicequestore Guarrasi eingefunden, kurz nachdem sie mit Spanò das Präsidium verlassen hatte.

Ispettore Marta Bonazzoli – die blonde, für seinen Geschmack ein wenig zu dürre Venus – hatte sich seiner angenommen. Sogar der Leiter der Mordkommission, ein bärtiger, stämmiger Kerl mit autoritärer Ausstrahlung, hatte sich aus seinem Büro bequemt, ihm zehn Minuten seiner Zeit gewidmet und dafür gesorgt, dass er seine Nase in die Unterlagen des Falls stecken konnte, den er den Fall *Chanteuse* nannte.

Als er das Blatt gefunden hatte, nach dem er gesucht hatte, hatte der Commissario eine Weile gebraucht, um seiner Schlaflosigkeit auf den Grund zu gehen. Erleichtert hatte er dann jedoch beschlossen, darüber nur mit Vicequestore Guarrasi zu sprechen. Er hatte zwei Schokoladentäfelchen ausgepackt und es sich bequem gemacht, um auf sie zu warten.

Und so fand Vanina ihn vor. Er hatte das Strafgesetzbuch aus dem Bücherregal genommen und sich darin vertieft.

»Es schadet nichts, wenn man es sich hin und wieder einmal zu Gemüte führt«, erklärte Patanè, als er ihren erstaunten Blick sah.

Marta berichtete Vanina detailgenau, worum Patanè mit Erlaubnis von Dottore Macchia gebeten und dass er Einsicht in die Akte genommen hatte.

»Warum ist das Mädchen nur so stur … Sie ist hübsch, das steht außer Frage, aber ziemlich unverschämt!«, kommentierte der Commissario, sobald Marta Bonazzoli den Raum verlassen hatte.

Vanina musste lachen.

Dann kam Patanè sogleich auf den Punkt. »Dottoressa, ich konnte heute Nacht nicht schlafen, weil mir die ganze Zeit etwas im Kopf herumspukte. Ich konnte aber nicht sagen, was es war. Also bin ich hergekommen, um noch einmal in Ihren Unterlagen zu kramen. Bevor ich es vergesse, richten Sie Ihrem Vorgesetzten meinen Dank aus! Er war so freundlich und erlaubte mir, das zu suchen, was mich interessiert. Zum Glück war er da, denn wäre es nach der Inspektorin gegangen, hätte ich nichts anfassen dürfen.«

Und zum Glück war Vanina selbst schon vorher ins Büro gekommen und hatte die alte Akte wieder an Ort und Stelle zurückgelegt. Der Gedanke, dass Macchia mit Commissario Patanè ihre Unterlagen durchwühlte, um das Gesuchte dann nicht zu finden, gefiel ihr ganz und gar nicht. Gewisse Freiheiten, die sie sich herausnahm, wie beispielsweise wichtige Unterlagen mit nach Hause zu nehmen, waren dem großen Boss alles anderes als genehm.

»Und, was meinen Sie damit? Haben Sie etwas gefunden, Commissario?«, drängte sie.

»Schauen Sie sich diesen Brief an, das Testament! Hier sind überall Tintenflecken und Ungenauigkeiten. An einigen Stellen sogar ein paar Streichungen. Sehen Sie, hier zum Beispiel«, sagte er und deutete darauf.

Vanina sah sich das Blatt etwas genauer an.

»Damals gab es noch keine Computer«, fuhr Patanè fort. »Damals wurden Briefe mit der Schreibmaschine oder per

Hand geschrieben und dann ins Reine übertragen. Immer. Verstehen Sie, Dottoressa Guarrasi? Besonders wenn es sich um ein so wichtiges Dokument handelte.«

»Sie glauben also, dass das, was wir gefunden haben, ein Entwurf und das Original bereits überreicht worden war?«, schloss Vanina.

»Die Tatsache, dass Burrano den Brief aus Neapel abschicken musste, hat mich von Anfang an stutzig gemacht. Aber Sie wissen ja, wie das ist … das sind nur so Hirngespinste …«

»Ich weiß genau, wovon Sie reden. Unklare Gefühle, die man nicht erklären kann. Aber oft treffen sie ins Schwarze, Commissario, nicht wahr?« Patanè nickte voller Überzeugung.

»Ich habe mit Notar Renna gesprochen.«

Der Commissario lächelte fast freudig. »Wusste ich doch, dass auch Sie gleich darauf gekommen wären!«, rief er und betrachtete sie voller Wohlwollen. Man hätte annehmen können, dass sie seine Schülerin und nicht Funktionärin der öffentlichen Sicherheit war, mit der er bis vor ein paar Tagen kein Wort gewechselt hatte. Obendrein mit einer solch brillanten beruflichen Laufbahn, dass man sich spontan fragte, warum sie ihre Zeit einem so absurden Fall widmete, statt sich auf die Jagd nach aktuellen Verbrechern zu machen. Und zwar den echten. Denen, mit denen sie jahrelang und kompromisslos die Gefängnisse gefüllt hatte. Patanè hatte ihre Ermittlungen in der Zeitung verfolgt und erinnerte sich noch an alle. Inklusive jenes Falls, bei dem die damalige Kommissarin Guarrasi mit einem Dutzend übelster Mafiosi auch den Auftraggeber des Mordes an ihrem Vater in Isolationshaft gesteckt hatte. Er hatte sie dafür bewundert. Und nun war er hier und redete mit ihr über einen Fall, der vor fast sechzig Jahren einmal seiner gewesen war.

»Ich habe Spanò eingesetzt. Er wollte mit einer Tante reden, die einmal Friseurin war.«

»Maricchia Spanò! Die lebt noch?«, fragte der Commissario und faltete die Hände zu einer feierlichen Geste zusammen.

»Wenn das die Tante ist, gehe ich mal davon aus.«

Patanè freute sich, das war nicht zu übersehen. Als alter Mensch auf jemanden zu treffen, der noch älter war und der Polizei Informationen liefern konnte, das war ein tröstlicher Gedanke.

»Wenn sie noch das gute Erinnerungsvermögen hat, für das sie einmal berühmt war, dann könnte uns Maricchia tatsächlich nützlich sein. Unter dem Vorwand, Friseurin zu sein, verschaffte sie sich Zugang zu den Häusern von halb Catania. Sie war eine Klatschtante erster Güte und schuf durch ihr Tingeln von Haus zu Haus und Ratsch und Tratsch mehr Verwirrung, als Sie sich vorstellen können, Dottoressa.«

Entschlossen sprang Patanè auf und wirkte wie ein Frischling beim ersten wichtigen Fall. »Wenn Sie mich jetzt entschuldigen wollen, ich möchte meinen Freund Maresciallo Iero um ein paar Informationen bitten. Habe ich Ihnen schon gesagt, dass er damals bei der Sittenpolizei gearbeitet hat?«

»Ja, haben Sie.« *Und zwar mehrfach,* wäre die richtige Antwort gewesen. Richtig, aber unhöflich, und Patanè verdiente ihren Hohn nicht.

»Herauszufinden, wer im *Valentino* damals die Fäden zog, könnte von Nutzen sein. Wenn Sie verstehen, was ich meine …«

»Natürlich. Luna war ja nur Geschäftsführerin. Hinter dem *Valentino* muss es wohl oder übel einen Besitzer gegeben haben. Nicht wahr?«

»Iero erinnert sich bestimmt daran«, bestätigte der Commissario, deutete einen Gruß an und entschwand durch die Tür.

Vanina sah ihm auf dem Flur nach. Maresciallo Iero, dachte sie, kehrte in ihr Büro zurück, trat an die Balkontür und holte eine Zigarette hervor. Spanò hatte gesagt, er sei älter als Patanè. Also musste er mindestens neunzig Jahre auf dem Buckel haben. Ein weiteres wertvolles Mitglied, das bereit war, sich der Gruppe der alten Männer anzuschließen und mitzuarbeiten. Oder zur Mitarbeit gezwungen war.

Wenn Carmelo Spanò das Haus von Tante Maricchia verließ, hatte er immer ein paar Kilo mehr auf den Hüften und schleppte wie ein Esel zudem alle möglichen Süßigkeiten mit sich.

Das Fräulein, das trotz ihres Alters keinerlei Anstalten machte, sich zur Ruhe zu setzen, hatte sich vor Jahren als Konditorin neu erfunden. Allerdings natürlich nicht von irgendwelchen Torten, sondern nur von uralten Rezepten und ausschließlich aus Sizilien, die sie auf ganz persönliche Art zubereitete. Und da gewisse traditionelle Süßspeisen seit einiger Zeit wieder in Mode waren, aber nur wenige sie zubereiten konnten, hatte sich Maricchia Spanòs Talent nach und nach in Catania herumgesprochen. Ihr Geschäft florierte und machte so viel Arbeit, dass jeder normale Mensch darunter zusammengebrochen wäre, aber nicht das über achtzigjährige Fräulein. Natürlich hatte sie inzwischen zwei Angestellte, die für sie arbeiteten, sowie eine Buchhalterin für die Rechnungen. Schließlich war Tante Maricchia bloß kurz zur Schule gegangen. Die Belegschaft bestand nur aus Frauen, alle waren sie jung und voller Tatendrang. Doch das letzte Wort hatte immer noch sie. Mit ihrem Dickschädel entschied sie bis zum letzten Zuckerkorn einer Cassattella alles ganz allein.

Eingedenk der Jahreszeit waren Carmelo und sein Kollege Fragapane an jenem Nachmittag mit der Mostata beglückt worden, einem Kuchen aus Most und einer schier unendlichen Menge Quittenmarmelade. Diese Zuckerbomben, auf welche die beiden Polizisten am liebsten verzichtet hätten, hatten Ispettore Spanò im Gegenzug jedoch Neuigkeiten, Gerüchte und Indiskretionen beschert. Deren Ursprung wollte er lieber nicht wissen, während er sich auf den Wahrheitsgehalt durchaus verlassen konnte. Tante Maricchia hatte Gaetano Burrano als einen Menschen bezeichnet, der ab und zu auch einmal zwielichtige Geschäfte machte. Seine Frau Teresa, gebürtige Regalbuto, sei hingegen eine rechte Femme fatale gewesen, sagte Maricchia mit tiefer Verachtung und untermauerte diese Behauptung anhand einiger Enthüllungen.

Dass Vicequestore Guarrasi bereits Wind davon bekommen hatte, stand außer Frage. Die Unterhaltung mit dem Notar, ihre Verbitterung, die sich mehr in ihrem Gesichtsausdruck als in ihren gemäßigten Worten ausdrückte … nun, die besagten, dass sie wohl eine Ahnung hatte. Fragapane hingegen verstand nur Bahnhof. Mit Sicherheit wusste er nur, dass dieser Fall von Tag zu Tag komplizierter wurde, was für ihn ganz und gar kein gutes Zeichen war.

»Wir haben erfahren, was wir wissen wollten, nicht wahr?«, fragte er zaghaft, als sie den Dienstwagen erreichten, der seit zwei Stunden in der Via Principe Nicola stand.

Ispettore Capo Spanò gab ihm mit der rechten Hand ein Zeichen, als wolle er sagen: *Und wie.* Erstaunlicherweise bat er Fragapane dann, den Dienstwagen zu fahren. Das hieß zwar, dass sie ein paar Minuten später ankamen, aber dann konnte er während der Fahrt wenigsten einige Worte mit Vicequestore Guarrasi wechseln. Wenn es stimmte, so wie es stimmte, dass Tante Maricchia sich niemals irrte, dann taten sie gut daran, den Faktor Zeit so gut wie möglich zu nutzen und zu vermeiden, dass zu viele Informationen über die Ermittlungen in Umlauf gerieten. Und das, obwohl er vor ein paar Tagen noch geglaubt hatte, Vanina stecke zu viel Eifer in diesen alten Fall. Nun machte er sich schon selbst Gedanken darüber, dass irgendwer ihnen zuvorkommen könnte. Inzwischen zeichnete sich allerdings eine umfassende Veränderung ab.

Dieser Fall strotzte nur so vor Ungerechtigkeiten. Und wenn Carmelo Spanò etwas nicht leiden konnte, war es Ungerechtigkeit. Er wählte die Nummer von Vicequestore Guarrasi, wartete ab und beäugte unterdessen seinen Kollegen Fragapane. Er wirkte beleidigt, dass man ihn nicht umfangreicher in die Ermittlungen mit einbezogen hatte, bog in die Via Principe Nicola ein und fuhr dann mit gefühlten zehn Stundenkilometern die Via Giacomo Leopardi entlang, womit er ein Hupkonzert auslöste.

»Sobald ich mit dem Boss gesprochen habe, erkläre ich dir alles«, versicherte Spanò. Doch als er das Telefonat beendet hatte, sah er am Gesichtsausdruck seines Kollegen, dass er ihm gar nichts mehr zu erklären brauchte.

Nunnari stürmte aus dem Büro, das er sich mit Bonazzoli und Lo Faro teilte, und riss dabei genau in dem Moment die Tür auf, als Vicequestore Guarrasi eintreten wollte.

»Nunnari, was zum Henker? Wir wären beinahe zusammengestoßen!«

»Tut mir leid, Boss! Ich wollte gerade zu Ihnen«, keuchte er, eher aus Scham, seinen Boss fast zu Boden gerissen zu haben –

so etwas kam in amerikanischen Filmen nie vor –, als vor Anstrengung, die fünf Meter im Laufschritt zurückzulegen, die ihn von ihrer Tür trennten.

»Lassen Sie mich raten! Sie haben den Mörder der mumifizierten Frauenleiche gefunden und wollten ihn gerade in irgendeinem Altenheim abholen? Oder vielleicht auf dem Friedhof Tre Cancelli, um ihm einen Strauß Chrysanthemen vorbeizubringen?«, scherzte sie.

Nunnari geriet ins Stottern. »Der Mörder der Frau ... Ach was, Dottoressa, soll das ein Witz sein? Nein, die von der Spurensicherung haben angerufen und mitgeteilt, dass die Sachen aus dem Kofferraum des Lancia alle archiviert und als Beweisstücke aufgenommen wurden. Jetzt können wir bei Bedarf darauf zurückgreifen. Der Bericht ist gerade eingetroffen.«

»Sehr gut. Sehen Sie sich das genau an! Schicken Sie Fragapane bei der Spurensicherung vorbei, damit er sich noch ein wenig ausführlicher mit seinem Freund unterhalten kann, der mir ziemlich aufgeweckt vorkommt. Vielleicht kann uns das noch nützlich werden. Wo steckt Fragapane überhaupt?«

»Mit Ispettore Spanò unterwegs.«

»Natürlich. Rufen Sie ihn an und sagen Sie ihm, er soll Spanò herbegleiten und dann gleich zur Spurensicherung weiterfahren, bevor er ins Büro zurückkommt. Marta?«

Ispettore Bonazzoli hob den Blick von ihrem Handy und wirkte abwesend. »Ja?«

»Und, ist es interessant?«

Sie wirkte noch abwesender.

»Ich meine den Chat«, erklärte Vanina.

»Welcher Chat? Ich habe auf die Nachricht eines Freundes geantwortet ... also einer Freundin.«

»Aha, Freundin. Schade. Trotzdem nenne ich das chatten. Liebe Marta, du solltest dich an die Arbeit machen. Du bist so hübsch, man kann ja kaum mit ansehen, dass du immer noch Single bist. Nicht wahr, Nunnari?«

Der Sovrintendente nickte kaum merklich, die Frage hatte ihn unerwartet erwischt. Marta Bonazzoli war seit einem Jahr, zwei Monaten und vier Tagen bei der Mordkommission in Catania. Und seit einem Jahr, zwei Monaten, vier Tagen, zwei Stunden und fünfundvierzig Minuten widmete ihr molliger Kollege Sovrintendente Nunnari ihr mehr als nur einen Gedanken am Tag. In der stillen Gewissheit, dass er sowieso keine Chance hatte.

»Ganz genau, Dottoressa«, mischte sich Lo Faro aus dem hinteren Teil des Raums ein, wo er an seinem Schreibtisch vor einem Berg ganz offensichtlich völlig unwichtiger Unterlagen saß.

Vanina drehte sich nicht einmal zu ihm um. Schon der Anblick des Volltrottels, der auf den Hinterbeinen seines Stuhls kippelte und dabei Kaugummi kaute, als wäre er in der Schule, hätte schon gereicht, um ihr die schlimmsten Schimpfwörter zu entlocken, die die italienische Sprache – oder besser gesagt der sizilianische Dialekt – auf Lager hatte.

»Vorsicht, was du jetzt antwortest, Marta! Denn wenn du in Gegenwart dieses Kerls zu viel redest, erscheint morgen womöglich ein Artikel über die blonde Polizistin aus der Abteilung Straftaten gegen Personen der Mordkommission in Catania in der Zeitung und beschäftigt sich mit der Frage, was die hübsche Norditalienerin Marta Bonazzoli in einer Stadt wie Catania wohl macht und was sie wohl dazu gebracht hat, nach Süditalien zu gehen. Fragen wir uns das nicht alle, Lo Faro?«

Zwei eiskalte Blicke richteten sich nun auf den verwirrten Lo Faro. Er stellte sein Kippeln ein, riss die Augen weit auf, hörte auf zu kauen und machte ein schuldbewusstes Gesicht.

»Warum … sagen Sie das?«, fragte er unsicher.

Vanina musterte ihn lange schweigend. »Denken Sie mal darüber nach, Lo Faro!«, sagte sie nach einer Weile. »Dann könnten Sie sich die Frage sicher selbst beantworten. Später, wenn Ispettore Bonazzoli und ich von einem Ortstermin zurück sind, über den ich Ihnen nichts verrate, und alle hier ernsthaft arbeitenden Kollegen nach Hause gegangen sind, dann reden wir darüber. Heute Abend.«

Marta stellte keine Fragen. Schweigend folgte sie Vanina die Treppe hinunter zum Ausgang.

»Wir gehen zu Fuß«, erklärte Vanina und marschierte in Richtung Via Vittorio Emanuele.

»Entschuldige, Boss, wohin gehen wir eigentlich?«, wagte Marta schließlich die Frage.

»Wir statten der alten Burrano einen Besuch ab.«

Marta sah auf die Uhr. »Um diese Uhrzeit?«, fragte sie erstaunt.

Seit einem Jahr wurde Vanina nicht müde, ihr immer wieder zu erklären, dass man in Sizilien vor einer gewissen Uhrzeit weder anrief noch Besuche abstattete. Und jetzt war es gerade mal halb fünf.

»Ja, um diese Uhrzeit.«

»Und wenn die Signora noch ruht?«

»Dann steht sie eben auf, Marta.«

Marta Bonazzoli widersprach nicht. Es musste einen Grund dafür geben. Doch diese Angewohnheit der Vicequestore Guarrasi, bei den Leuten vor der Tür zu stehen, hatte sie immer noch nicht verstanden. Signora Burrano zum Beispiel hatte zwar schon ein gewisses Alter, aber gehbehindert war sie sicher nicht. Ihr war nicht ganz klar, ob sie dies aus Respekt gewissen Personen gegenüber tat oder den Überraschungseffekt nutzen wollte. In diesem besonderen Fall neigte Marta eher zur zweiten These.

Nachdem der Vulkan vorübergehend Ruhe gab, erhob sich eine erste kühle Brise. Die Sonne hatte sich hinter Gewitterwolken versteckt, und der Himmel war grau verhangen. Ein kleiner Vorbote des bevorstehenden Herbstanfangs, der laut Wettervorhersage aber nicht lange andauern sollte.

Vanina knöpfte die Lederjacke zu und zog den Schal ein wenig enger um den Hals. Zwei der wenigen Teile ihrer neuen Herbstgarderobe. Wenige, aber gute Teile. Minimalistisch sozusagen, fast schon männlich, doch nicht übertrieben, Farbabstufungen von Schwarz bis Hellgrau mit lehmfarbenen Abstufungen, um das Ganze ein wenig aufzulockern. Keine Markenkleidung oder Stücke, die als solche erkennbar gewesen wären. Keine Klassiker, keine zu perfekten Farbkombinationen, ein paar Ausreißer an den richtigen Stellen, Used Look, aber nicht übertrieben. Etwas für Kenner. Kleidung, die richtig viel Geld kostete, ohne dass sie das den Leuten ins Gesicht schrie. Nur wer Bescheid wusste, erkannte die Qualität, und das waren die wenigsten. Dies war Vaninas einzige Schwäche, wenn man sie so bezeichnen konnte, und kostete sie jede Saison ein volles Gehalt.

Sie hoffte, dass die Wettervorhersagen sich einmal nicht irrten und das Hochdruckgebiet am Wochenende tatsächlich eintraf. Wenn alles gut ging, wenn der Fall nicht so kompliziert wurde, dass sie Überstunden einlegen musste, und wenn keine neuen Leichen hinzukamen, dann würde sie sich dieses

Wochenende zwei friedliche Tage mit Schwimmen im schönen Relais von Adriano e Luca gönnen.

Vanina und Marta bogen in die Via Etnea ein. Sie ließen die Piazza Duomo und den 'u Liotru mit seiner Säule und den deutlich zur Schau gestellten männlichen Attributen links liegen und setzten ihren Weg Richtung Piazza Università fort. Wären sie nicht aus grauem Stein errichtet worden, hätte man diese Gebäude als strahlend bezeichnen können. Einige waren renoviert und gesäubert worden, andere nicht, was ihrer Schönheit jedoch keinen Abbruch tat. Zugegeben, für einen Palermitaner war es nicht einfach, Gefallen an Catania zu finden. Doch es sich einzugestehen half Vanina, dem Gefühl der Flüchtigkeit oder zeitlichen Befristung entgegenzuwirken, das sie monatelang verfolgt hatte.

Mioara, das rumänische Mädchen, das bei Teresa Burrano arbeitete, empfing die beiden Polizistinnen mit erstauntem Blick. Ja, die Signora sei zu Hause. Nein, sie ruhe nicht, sondern sitze im kleinen Salon mit ihrer Freundin Signora Clelia zusammen. Sie verschwand, um den Besuch bei der Signora anzukündigen, und begleitete die Besucherinnen anschließend in den Salon.

Teresa Burrano sah von einem Schachbrett voller Türme, Springer, Pferde und sonstigen Figuren auf.

»Dottoressa Guarrasi, was verschafft mir die Ehre?«

»Wenn Sie sich recht erinnern, Signora Burrano, leite ich die Ermittlungen zu dem Mordfall, der sich in Ihrer Villa ereignet hat.«

»Diese Villa war nie mein Zuhause«, stellte die Signora klar und winkte Vicequestore Guarrasi und Ispettore Bonazzoli an den kleinen Tisch.

Signora Santadriano trat zurück und verließ das Zimmer.

Vanina wurde sogleich klar, dass die Frau auch in diesem Haus wohnen musste, und die Angelegenheit weckte ihre Neugierde, doch momentan hatte sie andere Sorgen.

Als die alte Dame Vor- und Nachnamen der Frauenleiche hörte, die in der Villa Burrano gefunden worden war, geriet sie nicht aus der Fassung. Von ihrem Mann sei dies und noch mehr zu erwarten gewesen, wie sie sagte. Was den Fund des Lancia betraf, so habe sie dies bereits aus der Zeitung erfahren.

»Wussten Sie, dass Ihr Mann mit betreffender Dame auf unbestimmte Zeit die Stadt verlassen wollte?«, fragte Vanina.

Die Alte schnitt eine Grimasse. »*Dame* ... auch das noch! Nein, das wusste ich nicht. Es erscheint mir allerdings ziemlich unwahrscheinlich, dass mein Mann wegen einer Hure die Familie verlassen wollte.«

»Die Familie, wie Sie sagen, bestand nur aus Ihnen, wenn ich mich nicht irre.«

»Aus mir, aus seinem Bruder und seiner Mutter, die im Sterben lag.«

»Der Kofferraum des Lancia war vollgestopft mit Gepäck. Wir haben darin auch die Papiere Ihres Mannes sowie die der Cutò gefunden. Das erhärtet die Annahme, dass sie sich gemeinsam auf Reisen begeben wollten.«

Ein leichtes Zucken huschte über Signora Burranos linkes Augenlid, ansonsten ließ sie sich nichts anmerken. »Wenn Sie sich da so sicher sind, verstehe ich nicht, warum Sie mich danach fragen. Ich kann nur sagen, wenn dem so ist, ist auch der Mörder womöglich derselbe. Glauben Sie nicht?«

»Genau das denken wir auch.«

»Dann ist er leicht zu finden. Er ist sogar noch am Leben, wussten Sie das? Und wohnt ...«

»In der Zafferana Etnea?«

»Ich vergesse immer wieder, dass Sie zu jenen Menschen gehören, die keine Zeit verlieren. Ihr Ruf eilt Ihnen im Übrigen voraus.«

»Wenn Sie meinen Ruf so gut kennen, müssten Sie ja wissen, dass ich mich niemals auf Annahmen anderer verlasse, außer ich habe sie persönlich überprüft. Und angesichts verschiedener neuer Elemente, die durch die Auffindung des Autos zutage traten, würde ich meine Hand nicht mehr ins Feuer legen, dass der Mörder Ihres Mannes auch derselbe ist, der die Strafe abgegessen hat.«

Signora Burrano zuckte mit keiner Wimper. »Was soll das heißen?«

»Das soll heißen, dass die Ermittlungen mühsam, vielleicht sogar langwierig sein könnten … wer weiß. Es könnte sogar sein, dass der alte Fall noch einmal aufgerollt werden muss. Sie wissen ja, wie das ist. Wir verfügen heute über Ermittlungsmethoden, die damals noch nicht einmal in Gottes Plan vorgesehen waren. Und glücklicherweise ist die Villa seitdem unbewohnt geblieben. Gegebenenfalls brauchen wir also Ihre volle Unterstützung, die Ihres Neffen und aller noch lebenden Zeugen.«

»Meines Neffen …«, schnaubte sie verächtlich. »Was möchten Sie denn gern wissen?«, fragte sie dann, streckte eine Hand zum Rand des Tischchens aus und griff nach einem Päckchen Philip Morris. Mühsam zog sie mit krummen Fingern eine Zigarette heraus und suchte nach irgendetwas in der Nähe. »Wo ist bloß mein goldenes Feuerzeug?«, jammerte sie, griff nach einem aus Plastik und schaffte es irgendwie, sich die Zigarette anzuzünden. Dann warf sie das Teil fast angewidert auf den Teppich.

Ein graues Telefon, das wohl seit den Siebzigerjahren auf dem Tischchen stand, klingelte, doch Signora Burrano schien nicht darauf zu achten.

»Erinnern Sie sich noch daran, ob Ihr Mann jemals geäußert hat, dass er mit Di Stefanos Familie Geschäfte machen wollte?«, fragte Vanina.

»Das musste er gar nicht. Wenn Sie Palermitanerin sind, dann wissen Sie besser als ich, wer die Zinnas sind. Glauben Sie, dass mein Mann mit denen Geschäfte gemacht hätte?«

»Kam Ihnen denn nie der Zweifel, dass Ihr Mann den berühmt-berüchtigten Vertrag zum Aquädukt vielleicht doch unterschreiben wollte oder ihn besser gesagt unterschrieben hat?«

»Das hat Di Stefano ausgesagt, aber ihm konnte man doch unmöglich glauben. Deshalb tauchte besagter Vertrag auch nie auf. Hätte mein Mann ein solches Dokument unterzeichnet, hätte er bestimmt eine Kopie davon an einem sicheren Ort verwahrt.«

»Mit Sicherheit in seinem Büro. Aber dort fand sich keine Spur davon.«

»Wenn Sie allerdings Ihre Zeit mit der Suche danach verschwenden wollen, dann tun Sie das.«

»Das ist gar nicht mehr nötig, Signora Burrano.«

Die überhebliche Art der alten Dame schien ins Wanken zu geraten. »Warum?«

»Weil wir ihn gefunden haben. Und wie Sie schon sagten, war er gut aufbewahrt.«

In diesem Moment tauchte Mioara wieder auf. »Signora Burrano, was ist los?«, rief das Mädchen und rannte auf die alte Dame zu, die plötzlich sichtlich erblasst war.

Signora Burrano schob das Mädchen beiseite und warf sie aus dem Zimmer. Mit zusammengekniffenen Augen wandte sie sich an Vanina. »Dottoressa Guarrasi, was behaupten Sie da? Dass mein Mann Geschäfte mit einer Mafiafamilie machte? Dass das Vermögen meiner Familie aus unsauberen Geschäften stammt? Dass …«

Vanina unterbrach den Redeschwall mit einer Handbewegung. »Signora Burrano, solche Delikte fallen schon eine ganze Weile nicht mehr in meinen Zuständigkeitsbereich. Ich möchte lediglich herausfinden, wer vor siebenundfünfzig Jahren Maria Cutò ermordet hat und ob jemand dreißig Jahre lang für eine Tat im Gefängnis saß, die er nicht begangen hatte. Und nachdem beide Verbrechen in Ihrem Haus verübt wurden, kann ich Ihnen den Ärger leider nicht ersparen, meine Fragen zu beantworten.«

»Dann rate ich Ihnen dringend, Signor Di Stefano zu befragen, statt Ihre Zeit mit mir zu verschwenden. Wenn mein Mann tatsächlich diesen Vertrag unterschrieben haben sollte, dann hat er das vermutlich unter Androhung getan. Und es später bereut. Die Verwandten dieses Herrn sind … Nun, das muss ich Ihnen nicht sagen, Sie wissen es besser als ich.«

Die Behauptung, Di Stefano sei schuldig, blieb unverändert im Raum stehen. Die alte Dame hatte Argumente, die jede gegenteilige Annahme demontierte. Der Verwalter hätte sich mit der Prostituierten absprechen können, um Gaetano zu umgarnen. Darum hätte er sie anschließend auch beseitigen müssen, weil sie eine unbequeme Zeugin gewesen sei. Vielleicht hatte ihr Ehemann sie sogar in einem Wutanfall selbst umgebracht und versteckt, weil diese Hure versucht hatte, ihm etwas anzuhängen, bevor er kurz darauf selbst ums Leben kam. Ja, anfangs habe sie gesagt, dass sie es für unmöglich halte, aber … wer konnte schon sagen, was sich in gewissen Situationen im Kopf eines Mannes abspiele? Und wer diesem Beruf nachgehe, müsse außerdem wissen, dass er von Anfang an gewissen Gefahren ausgesetzt sei.

»Signora Burrano, es tut mir leid, wenn ich Sie enttäuschen muss, aber die betreffende Person hat mit Ihrem Mann mehr als nur ein Interesse geteilt. Zunächst einmal hatten sie eine Tochter. Dann betrieben sie seit Jahren gemeinsame Geschäfte, die sie auf andere Städte ausdehnen wollten. Noch weiß ich nicht, in welchem Bereich, aber ich kann Ihnen versichern, dass ich es bald herausfinden werde. Vor allem steckte das handgeschriebene Testament, das wir im Lancia im Handschuhfach fanden, in derselben Mappe, in der sich auch der berüchtigte von Gaspare Zinna unterschriebene Vertrag für das Aquädukt befand.«

»Mein Mann starb, ohne ein Testament zu hinterlassen«, zischte die Signora. »Und er hatte keine Kinder. Passen Sie gut auf, was Sie da sagen, Dottoressa Guarrasi!«

Vanina stand auf. »Nein, passen Sie gut auf, Signora Regalbuto. Was ich Ihnen soeben sagte, geht schwarz auf weiß aus den Unterlagen Ihres Mannes hervor, die sich im Lancia befanden, den Sie als vermisst gemeldet hatten. Andernfalls hätte ich Ihnen das nicht mitgeteilt. Daneben lag auch der Personalausweis von Maria Cutò. Die Beweise wurden alle gesichert und den Akten beigefügt.«

»Dottoressa Guarrasi, es gibt kein Testament, Notar Renna kann Ihnen das bestätigen«, beharrte die Frau.

Das Handy von Vicequestore Guarrasi vibrierte. Es war Patanè. Vanina war unsicher, ob sie es ablehnen oder annehmen sollte, entschied sich dann aber für die erste Variante. Doch der Commissario gab nicht auf und versuchte es weiter. Patanès Telefon schien ein Relikt aus früheren Zeiten zu sein, und die Chance, dass er Nachrichten schreiben oder empfangen konnte, war sehr gering. Da seine Beharrlichkeit aber vermuten ließ, dass er Neuigkeiten hatte, blieb ihr nichts anderes übrig, als sich kurz zu entfernen und dranzugehen. Und sie bereute es nicht.

Die letzte Information, die Vanina Signora Burrano noch gab, die die ganze Zeit mit angehaltenem Atem auf sie gewartet hatte, war lapidar. Gaetano Burrano hatte ein Doppelleben geführt, das sie näher unter die Lupe nehmen wollte. Sie ließ die alte Dame sprachlos zurück.

Unter großer Anstrengung parkte Alfio Burrano seinen Range Rover, den er frisch aus der Waschanlage geholt hatte, einigermaßen ordentlich. Wenn der verdammte Vulkan nicht wieder Asche spuckte, dann blieb die weiße Karosserie vielleicht eine Zeit lang sauber.

Seit dem Abend, als die Leiche gefunden worden war, wollte ihm nichts mehr so recht gelingen. Sein Sohn redete kaum mit ihm … natürlich angestachelt von seiner nervenden Ex-Frau. Die Alte ließ ihre schlechte Laune über die aktuelle Situation an ihm aus und machte ihn dafür verantwortlich. Vor allem aber machte sie ihrem Unmut über gewisse Journalisten Luft, die haltlose Geschichten erfanden. Und dazu kam auch noch sie, seine Peinigerin der letzten vier Monate. Diejenige, deren Namen er am liebsten nicht einmal in Gegenwart von sich selbst aussprach, die er aber auch immer wieder treffen musste.

Tante Teresa hatte ihn wieder einmal zu sich zitiert. Mit ernstem und noch eisigerem Ton als sonst hatte sie ihm die Schuld an den Unannehmlichkeiten der letzten Tage in die Schuhe geschoben. Außerdem hatte sie ihn vor seiner neapolitanischen Freundin gedemütigt und ihm an den Kopf geworfen, dass er mit seinem verzweifelten Versuch, die Villa zu erhalten, gegen ihre Anweisung gehandelt und damit zur Auffindung der Leiche beigetragen habe. Wer die sei und wie sie in dieses Versteck gekommen war, wisse niemand. Das alles habe gerade noch gefehlt, um die Vergangenheit der Familie Burrano endgültig in den Schmutz zu ziehen. Doch ehrlich gesagt interessierte Alfio die Vergangenheit dieser Familie nicht, vor allem nicht die eines bestimmten Familienzweigs. Sein Onkel Gaetano war ein Arschloch gewesen und hatte die Schwäche seines Bruders ausgenutzt, um sich das Vermögen unter den Nagel zu reißen. Doch zum Glück hatte die göttliche Vorsehung dafür gesorgt, dass am Ende alles ihm zufallen würde. Dafür musste er die alte Schachtel allerdings ertragen.

Vicequestore Guarrasi lief ihm praktisch vor dem Eingangstor in die Arme. Sie hielt eine Zigarette in der Hand, ging zügig und sprach konzentriert mit der drahtigen Polizistin, der er bereits am Tag des Leichenfunds begegnet war.

Sein Anwaltsfreund bekam seitdem diese Blondine nicht mehr aus dem Kopf, auf ihn hingegen wirkte sie rein gar nicht. Er hatte sie ein Fotomodell genannt. Da sagte ihm die Vicequestore schon mehr zu, die unter den männlichen Klamotten den Körper eines Alphaweibchens verbarg. Er beschleunigte den Schritt und holte sie ein.

Vanina hatte mit Marta soeben den Gehsteig der Via Etnea erreicht, als sich Alfio Burrano, gehüllt in eine Aftershavewolke, plötzlich vor ihr aufpflanzte. Er sah noch um einiges besser aus als der Kerl aus der Hollywoodwerbung von Givenchy Gentleman. Also war er zweifellos äußerst gut aussehend, aber in diesem Augenblick auch ziemlich fehl am Platz.

Und dann bot er ihnen alles Mögliche an, einen Kaffee, Slushy, Eis, sogar die Begleitung ins Büro mit seinem PS-starken Wagen. Und dabei lächelte er stets von einem Ohr zum anderen, sah dabei aber nur Vicequestore Guarrasi an. Natürlich völlig ohne Erfolg. Er erkundigte sich, ob es Neuigkeiten zur Geschichte des in der Garage in der Via Caraci aufgefundenen Wagens gebe, von dem er in der Zeitung gelesen habe. Vanina informierte ihn über die Fakten, die sie soeben auch seiner Tante Teresa mitgeteilt hatte.

»Das heißt also, die Sache wird noch komplizierter«, schloss Burrano nachdenklich.

Es war klar, dass die Ermittlungen für ihn eher kein Problem waren, sondern dass er dadurch nur seinen Frieden einbüßte. Der Gedanke, dass aufgrund dieser Komplikationen der Fall seines Onkels Gaetano noch einmal aufgerollt werden musste, verärgerte Alfio Burrano kein bisschen. Im Gegenteil, er wirkte sogar ausgesprochen neugierig.

»Wie kann ich Ihnen behilflich sein? Brauchen Sie Unterlagen oder weitere Informationen zur Villa? Sie können mich ruhig fragen, dann entlasten wir vielleicht auch meine Tante. Und dann schlafen wir beide auch wieder ruhiger. Ich könnte mich zum Beispiel auf die Suche …«

»Signor Burrano, wenn ich irgendwelche Informationen brauche, rufe ich Sie an, in Ordnung. Leider können wir Ihre Tante momentan nicht schonen, denn sie ist eine der wenigen, die sich noch an die Ereignisse von damals erinnert.«

Auf der Piazza Stesicoro vor den Ausgrabungen des römischen Amphitheaters blieb Vanina stehen und verabschiedete sich freundlich, aber bestimmt von Alfio Burrano.

»Mein Gott, ist dieser Mann nervig!«, kommentierte Marta leise, sobald er kehrtgemacht hatte.

»Aufdringlich, würde Spanò in catanesischem Dialekt sagen«, antwortete Vanina, die sich Mühe gab, sich Worte im catanesischen Dialekt anzueignen, indem sie sie auf ihrem iPhone unter der Rubrik *catanesisches Zeug* notierte. Ihr palermitanischer Dialekt war palermitanisch und sollte palermitanisch bleiben, doch die örtliche Terminologie wollte sie kennen, wenn auch nur zu Informationszwecken.

Marta Bonazzoli ging nun wieder neben ihr her. Plötzlich steckte sie eine Hand in die Tasche und zog ein kleines Bündel hervor. »Da! Mach damit, was du willst.«

Vanina warf einen verblüfften Blick auf das bunte Plastikfeuerzeug, das aus dem Taschentuch hervorlugte.

»Dürfte ich dich jetzt auch um einen Gefallen bitten?«, fragte Marta. »Ich würde langsam gern mal irgendetwas kapieren, statt ohne logischen Faden immer nur Puzzleteile zusammensetzen zu müssen.«

Während einer Ermittlung kam irgendwann immer der Moment, in dem Marta Bonazzoli den Kopf hob und um Aufklärung bat, denn Vicequestore Guarrasi neigte dazu, diese nur mit Spanò zu teilen und die anderen zu Fußsoldaten zu degradieren.

Dieser Wunsch war legitim, und Marta hatte es verdient. Vanina vergaß das viel zu oft, doch ihre Kollegin hatte mehr als einmal bewiesen, dass sich hinter ihrer Schüchternheit – an der sie ehrlich gesagt langsam zweifelte – ein erstaunlicher Instinkt verbarg. Und an diesem Nachmittag hatte sie ihn wieder einmal unter Beweis gestellt.

Sie hatten sich im Büro vom Oberboss versammelt. Vanina saß vor ihm, Marta hockte steif auf der Kante ihres Stuhls neben Vanina, Spanò hatte sich hinter ihnen aufgebaut. Macchia hatte die Truppe auf der Treppe abgefangen, denn auch er kam gerade freudig erregt über die kolossale Antidrogenrazzia zurück, die das Rauschgiftdezernat in dieser Nacht zusammen mit den Kollegen der Abteilung für organisiertes Verbrechen durchgeführt hatte. Es hatte sechs Festnahmen und die Beschlagnahmung von erheblichen Mengen verschiedener Substanzen gegeben.

Vanina hatte gerade noch Zeit gehabt, Patanès Informationen mit denen zusammenzufügen, die sie sich selbst in der vergangenen Nacht zusammengesucht und mit den Erkenntnissen der Termine des heutigen Tages zusammengefügt hatte. Sie hatte sich jedoch nicht mehr mit Spanò über die jüngsten Entwicklungen austauschen oder Martas Einschätzung dazu hören können.

Macchia versank auf seinem überdimensionalen Bürostuhl, hielt eine Zigarre zwischen den Lippen und hatte die Stirn in nachdenkliche Falten gelegt. Schweigend wartete er darauf, dass Vicequestore Guarrasi alle bisher gewonnenen Einzelheiten zu diesem gelinde gesagt seltsamen Fall ausrollte.

»Maria Cutò und Gaetano Burrano waren seit geraumer Zeit ein Paar. Und dabei meine ich kein pseudoromantisches Verhältnis oder die gemeinsame Tochter. Burrano besaß drei Bordelle, das *Valentino*, das er mit der Cutò führte, und zwei weitere unterer Kategorie. Die beiden letzteren bedienten sich eines Netzwerks aus Seelenfängern und Zuhältern, die alle Mitglieder der Familie Zinna waren.«

»Und woher wissen wir das?«, fragte Macchia.

»Commissario Patanè hat es von Maresciallo Iero erfahren, der über Jahre bei der Sittenpolizei gearbeitet hat.«

»Einer seiner Männer? Und wie alt ist der jetzt?«

»Keine Ahnung. So um die neunzig.«

»Vanì, dir ist klar, dass du dich da auf das Erinnerungsvermögen eines Neunzigjährigen verlässt?«

»Abgesehen davon, dass bei alten Leuten das Kurzzeitgedächtnis und nicht das Langzeitgedächtnis nachlässt – welche Möglichkeiten hätte ich sonst?«

Macchia dachte einen Moment lang darüber nach. »Im Grunde keine. Fahr fort!«

»Alles klappte wie am Schnürchen, bis das Merlin-Gesetz in Kraft trat und die Pläne durchkreuzte. Das *Valentino* in seinem Besitz wird auf die Cutò umgeschrieben. Von den anderen Bordellen hört man nichts mehr. Im Jahr 1959 hat sich das Verhältnis zwischen den beiden weiter gefestigt, und Rita Cutò bleibt die einzige Tochter, die Burrano jemals haben wird. Vielleicht aufgrund des Scharfsinns ihrer Mutter, vielleicht auch aus Zuneigung – wer weiß das schon? – bleibt Burrano dem Kind verbunden und will für seine Zukunft sorgen. Die beiden beschließen also, in eine andere Stadt zu ziehen und fortan in Neapel Geschäfte zu machen. Wie, wo und mit wem, wissen wir natürlich nicht, wir wissen aber, dass Burrano sogar gewillt war, Catania auf unbestimmte Zeit zu verlassen. Davor musste er sich allerdings noch vergewissern, dass sein größtes Geschäft, nämlich das der Wasserleitung, wie geplant zustande kam. Er unterschrieb den Vertrag mit Gaspare Zinna, demselben Mann, mit dem er vermutlich über Jahre im Prostitutionsgeschäft tätig war, und beschloss, alles in die Hände seines Vertrauensmannes zu legen – Masino Di Stefano. Er bewahrte eine Kopie des unterschriebenen Vertrags in einer Mappe auf, in die er auch das handgeschriebene Testament in einen offenen, unfrankierten Umschlag steckte, adressiert an Notar Arturo Renna. Darin setzte er sowohl seine Frau als auch die Cutò als Erben ein, und beim Tod der beiden Frauen wäre das gesamte Vermögen an Rita übergegangen. Am Abend vor seiner Abreise wurde er ermordet. Maria Cutò verschwand, heute

wissen wir, was aus ihr geworden ist. Und wer saß sechsunddreißig Jahre lang für den Mord an Burrano hinter Gittern?
Masino Di Stefano, der Einzige, dem dieser Mord keinen Vorteil verschaffte.«

»Entschuldige, aber warum waren weder Zinna noch Di Stefano im Besitz einer Vertragskopie?«

»Wahrscheinlich war das, was wir gefunden haben, Burranos
Kopie. Die andere Ausfertigung, die der Verwalter erhalten
sollte, verschwand und wurde nicht mehr gefunden. Das hätte
zudem die Vermutung untermauert, dass Di Stefano log, und
war zugleich ein weiterer Beweis gegen ihn.«

»Jemand ließ also den Vertrag verschwinden«, mutmaßte
Spanò.

»Und nicht nur das«, ergänzte Vanina und zog die Aufmerksamkeit des Big Boss wieder auf sich, der nun die Stirn in Falten legte. »Patanè hat mich darauf gebracht. Als wir das Testament fanden, gingen wir davon aus, dass es sich um einen Brief
handelte, den Burrano nicht mehr abschicken konnte. Bei näherer Betrachtung stellten wir dann aber fest, dass er voller
Streichungen ist. Zu viele für ein so wichtiges Dokument. Er
wirkt eher wie ein Briefentwurf, dessen endgültige Kopie mit
großer Wahrscheinlichkeit bereits an Notar Renna verschickt
worden war, von dem aber jede Spur fehlt. So starb Burrano
vermeintlich ohne Testament, sein ganzes Vermögen ging an
seine Frau, und das Projekt des Aquädukts fand neue Wege.«

Forschend musterte der Boss Vanina und kaute auf seiner
Zigarre herum. »Welche?«, fragte er.

»Die der Idros Srl, und rate mal, wer hier Geschäftsführer
war?«

»Vanì, was soll das Ratespiel?«

»Arturo Renna.«

Macchia nahm die Zigarre aus dem Mund und schwieg. Der Krimi der *Chanteuse* verließ langsam, aber sicher das Paralleluniversum und war auf dem Weg in die reale Welt.

»Sind wir da sicher? Oder ist das wieder so eine Zeugenaussage aus der Geriatrie?«

Spanò schaltete sich ein und hob wie ein Schüler beim Besuch des Schulleiters die Hand. »Das sind zuverlässige Informationen, Dottore. Ich habe alle Unterlagen in meinem Büro. Bis Ende der Achtzigerjahre war Renna Geschäftsführer der Idros. Danach übernahm sein Schwiegersohn die Geschäfte.«

»Weiterer wichtiger Punkt – die besondere Freundschaft zwischen Notar Renna und Teresa Burrano. Eine Geschichte, über die man in Catania hinter vorgehaltener Hand tuschelte«, fügte Vanina hinzu.

»Und auch die stammt aus gesicherter Quelle?«, fragte Macchia.

»Bombensicher, Dottore«, mischte sich Spanò ein. »Meine Tante Maricchia ist zuverlässiger als jedes Archiv.«

»Also, deiner Meinung nach hat Signora Burrano etwas mit dem Mord an ihrem Gatten und daher auch mit dem an der Cutò zu tun«, fasste Macchia zusammen. »Während Notar Renna das Testament verschwinden ließ, um sie zu unterstützen. Man müsste also auch den alten Fall wieder aufrollen.«

»Denkbar wäre das.«

»Und weiß Vassalli schon davon?«

»Noch nicht.«

Macchia lehnte sich auf seinem Stuhl zurück, steckte sich die Zigarre wieder in den Mund und grinste hämisch.

»Ich bin höchst gespannt, was er dir darauf antwortet.«

12

Ende September, egal, ob kalt oder warm, kehrt Aci Trezza in den Wintermodus zurück. Keine Sonnenterrassen mehr, keine Stege, keine Strände, die Anlegestellen im Touristenhafen werden abmontiert.

Der typische Einwohner von Catania, sagte Adriano immer, sperrt sein Haus am Meer bereits Ende August bei Ferienende ab und siedelt in die Berge über. Die Berge, die seit Tagen ohne Unterlass Feuer spuckten. Doch meistens war Anfang September das Meer am schönsten. In diesem Ort, vor den schwarzen Felsen, hatte Vanina fast den ganzen Sommer verbracht. Um genauer zu sein, jene Sommertage, in denen niemand im Gebiet Catania ermordet worden war.

Es war das erste Mal seit dem Fund der Leiche in der Villa Burrano, dass Vanina sich eine längere Mittagspause gönnte. Doch das war kein gutes Zeichen. Vassalli zögerte schon seit ein paar Tagen alles hinaus. Er hatte ihr zugehört, ein paarmal genickt und ihr Anliegen zur Kenntnis genommen, Signora Burranos Telefone abzuhören und ein neues Verfahren über Masino Di Stefano zu eröffnen. Schließlich hatte er geantwortet, er müsse darüber nachdenken. Es ging darum, aufgrund von Indizien, die auch nicht viel hergaben, über eine unbescholtene Person zu ermitteln und die Wiederaufnahme eines Falls zu beantragen, der vor über fünfzig Jahren gelöst worden war. Der Beschuldigte von damals hatte seine Strafe abgesessen.

Die Tage waren verstrichen. Die Wettervorhersagen hatten sich völlig geirrt, und das Wochenende in Noto war wegen schlechten Wetters auch diesmal ins Wasser gefallen.

Die einzige gute Nachricht kam von der Spurensicherung. Die DNA von der Bürste und dem Kamm, die in der Villa Burrano gefunden worden waren, und die der Gegenstände aus der Schublade im *Valentino* entsprachen der DNA der mumifizierten Leiche. Das bestätigte zweifelsfrei, dass das Opfer Maria Cutò war. Zum ersten Mal hatte Manenti sie in den letzten elf Monaten überrascht. Vor einigen Tagen hatte sie ihn gezwungen, etliche Gegenstände, die auf Burranos Schreibtisch gestanden hatten, genauer unter die Lupe zu nehmen, und er förderte sogar ein paar undeutliche Fingerabdrücke zutage. Schade nur, dass die Angelegenheit anscheinend zum völligen Stillstand gekommen war, seit Vanina dem Staatsanwalt den Fall in seinen Einzelheiten dargelegt hatte. Das war sicher nicht von Vorteil.

Maria Giulia De Rosa kam von hinten auf Vanina zu, während sie unter der Pergola auf dem Steg saß und gedankenverloren auf die Insel Lachea schaute.

»Glaubst du, dass Visconti die Hafenszene in *Die Erde bebt* hier oder in einem anderen Hafen gedreht hat?«, fragte Vanina sie.

Die Anwältin musterte sie fragend. »Äh … welche … Szene?«

»*Die Erde bebt*, Viscontis Film zu dem Roman *Die Malavoglia* von Verga, der hier in Aci Trezza mit Laiendarstellern gedreht wurde … Komm schon, du willst mir doch nicht erzählen, dass du ihn als eingefleischte Cataneserin nicht kennst!«

»Und wann soll dieser Film gedreht worden sein?«

»1948, Giuli. Vergiss es … na ja, genau genau genommen kommt man nicht so leicht darauf.«

»Vanì ich verstehe die Sammlung, ich verstehe das mit den Autorenfilmen. Aber es ist doch nicht normal, dass du dir in deinem Alter Filme ansiehst, die 1948 gedreht wurden.«

Vanina zog eine resignierte Grimasse. Zum Glück gab es noch Leute wie Adriano.

»Jedenfalls bin ich davon überzeugt, dass es 1948 diesen Dreck noch nicht gab«, sagte Giuli und wechselte das Thema.

Verwirrt linste Vanina nach unten.

»Ich meine ja nur … Hast du dir mal das Wasser angesehen?«, fragte Giuli empört.

Vanina beugte sich vor und betrachtete das Meerwasser im Hafen.

Durch eine Öffnung unter dem Steg gurgelte eine braune Suppe zweifelhafter Herkunft und ergoss sich ungehindert ins Meer. Erst jetzt fiel ihr auf, wie grässlich es stank.

»Was ist das für Dreck?«

»Kanalisation, Schätzchen.«

»Du machst hoffentlich Witze.«

»Warum? Wusstest du nicht, dass die Abwässer dieser Küste ins Meer fließen?«

»Und da hast du mir vor weniger als einem Monat ohne Vorwarnung erlaubt, dein Schlauchboot anzufassen?«

»Immer mit der Ruhe, Vicequestore Guarrasi! Als du hier warst, gab es diesen Abfluss noch nicht. Oder besser gesagt, es gab ihn zwar, aber da floss noch keine Brühe hindurch. Direkt unter uns befindet sich ein riesiges Sammelbecken, das die gesamten Abwässer von Aci Trezza auffängt. Eigentlich ist das ein simpler Mechanismus, der von einer Pumpe reguliert wird, die einen Teil der Gülle durch ein Rohrsystem auf die andere Dorfseite leitet.«

»Wo sie dann ins Meer fließt?«, fragte Vanina.

»Natürlich. Was stellst du denn für Fragen?«, spottete Giuli. »Zumindest aber ergießt sie sich nicht in ein geschlossenes Becken zwischen die Boote. Wenn diese alte Pumpe kaputtgeht, füllt sich das Sammelbecken, läuft über und ergießt sich unter dem Steg ins Meer.«

»Sollte das hier nicht geschütztes Meeresgebiet sein? Man bekam doch früher umgehend eine Strafe aufgebrummt, wenn man auch nur vor Anker ging, weil man die Tierwelt störte.«

»Ich kenne da so eine Tierwelt, die man mal gehörig stören sollte. Es handelt sich um kiemenlose Zweibeiner.«

»Warum wird die Pumpe nicht repariert?«

»Wird sie, aber bis dahin vergehen meistens mindestens vier bis fünf Tage.«

»Meistens? War sie denn schon öfter kaputt?«

»Sie geht fast jedes Jahr kaputt. Du hattest noch Glück, dass es nicht passierte, als du hier warst. Einmal geschah es im August. Du kannst dir denken, wie lange es zur Hochsaison dauerte, bis die Pumpe repariert wurde. Natürlich fühlte sich niemand verantwortlich. Und niemand hat sich bewegt, um mir zu helfen. Alle hatten resigniert und auf den Bau des berühmten Abwassersystems gehofft, von dem seit Jahren die Rede ist. Meistens müssen es dann die armen Seeleute richten, die an den Anlegeplätzen arbeiten, immer wenn dieser Dreck sich hier verbreitet. Du kannst dir nicht vorstellen, wie viel Staub ich schon aufgewirbelt habe. Telefonate, Küstenwache, sogar Umweltschutzbehörden habe ich angerufen.«

Giuli konnte äußerst hartnäckig sein. Darin waren sie und Vicequestore Guarrasi sich sehr ähnlich. Von ihrem Schlauchboot namens *Clubman 26* mit seinen zwei Viertaktmotoren mit jeweils zweihundertfünfzig PS ganz zu schweigen, das ihr am meisten bedeutete. Eine Bestie von fast zehn Metern, mit der sie die ganze Ostküste inklusive Äolischen Inseln entlangfahren durfte.

»Entschuldige, dass ich dich hergebeten habe, aber ich muss noch die Rechnung für den Anlegeplatz bezahlen. Wenn du magst, können wir noch etwas zusammen essen«, schlug Giuli vor und lief schnurstracks auf eine am Meer gelegene Trattoria zu, in der sie Stammgast war. Dort wusste man, dass sie keine Petersilie auf der Pasta mochte, auf Pfeffer und Chili allergisch war, Thunfisch praktisch roh aß und immer auf dem Sprung war. Immer!

Vor allem aber waren die Eigentümer alte Klienten ihres Vaters.

»Ich habe alles für New York geplant. Sobald du mir grünes Licht gibst, bestätige ich die Reise«, eröffnete die Anwältin Vanina, sobald sie sich gesetzt hatten.

Vermutlich war es kein sonderlich brillanter Einfall gewesen, Giuli von ihrem Wunsch zu erzählen, wieder einmal nach New York zu reisen. Sie hatte den Vorschlag irgendwann spontan in den Raum geworfen, und da Giuli bekanntermaßen jede Gelegenheit beim Schopf packte, um über den Ozean zu jetten, hatte sie sich daran festgebissen.

»Ende November. Einen Tag nach Thanksgiving, dann hängt schon die Weihnachtsdekoration«, fügte Maria Giulia hinzu und stürzte sich freudestrahlend auf das Brotkörbchen.

Vanina sah sie schon vor sich, wie sie mit dem Stadtplan in der Hand à la Sarah Jessica Parker beziehungsweise Audrey Hepburn vor der Auslage von Tiffany zu sämtlichen New Yorker Modetempeln zog. Vanina und Giuli waren sich eigentlich gar nicht ähnlich, aber in keiner anderen Gesellschaft konnte Vanina sich so entspannen.

»Schick mir das Programm, ich sage dir dann Bescheid«, meinte Vanina vorsichtig.

New York gehörte für sie zu jenen auserwählten Orten, an die sie sich gern flüchtete, wenn sie die Welt hinter sich lassen wollte. Zuletzt hatte sie das getan, bevor sie nach Mailand umgezogen war. Sie hatte ihre kompletten Ersparnisse zusammengekratzt, war einen ganzen Monat lang dortgeblieben und hatte ihre Wunden geleckt, die gerade wieder aufgerissen waren.

»Wir können auch einen anderen Zeitraum wählen, wenn dir Thanksgiving nicht passt. Sag du, wann es für dich am ruhigsten ist.«

»Du meinst, wenn ich mir sicher bin, dass fünf Tage lang niemand ermordet wird?«

»Schon gut, Vanina, ich habe verstanden. Du bist nicht in der Verfassung. Hauptsache, du bereust es später nicht. Ich kann warten, Last Minute ist für mich auch kein Problem. Schade nur, weil ich auf Booking.com so ein Superangebot gefunden habe. Ein schickes Hotel.«

Vanina hatte Mühe, die Begriffe *schick* und *Schnäppchen* in Einklang zu bringen. So wie sie Giuli kannte, handelte es sich bei dem Schnäppchen mindestens um ein von Philippe Starck entworfenes Fünfsternehotel, das die Anwältin nur durch pures Glück für dreihundertneunundneunzig statt fünfhundert Dollar pro Nacht aufgetrieben hatte. Eine Gelegenheit, die man sich nicht entgehen lassen sollte! Vanina wäre das nicht einmal in ihren kühnsten Träumen eingefallen.

»Ich denke ernsthaft darüber nach«, versicherte Vanina.

Sie bestellten zwei Teller Linguine mit Languste, einen davon natürlich ohne Petersilie und Chili.

»Gestern Abend habe ich an dich gedacht«, sagte Giuli nun ernst, nachdem sie den ersten Bissen gegessen hatte.

Vanina stieg vom letzten Stock des Empire State Building herunter, auf das sie sich in Gedanken geflüchtet hatte. »Und, was ist daran so komisch?«, scherzte sie, war aber alarmiert.

»Du Dummchen! Ich habe Nachrichten geschaut. Du wurdest erwähnt«, sagte Giuli. Vanina richtete sich auf.

»Giuli, ich möchte lieber nicht darüber reden.«

»Das kann ich mir vorstellen. Und wie du siehst, habe ich dich auch nicht gleich angerufen. Aber dann habe ich einen Tag lang darüber nachgedacht. Ich war immer der Überzeugung, dich zu kennen und praktisch alles über dich zu wissen. Dann musste ich aber feststellen, dass mir wichtige Details entgangen waren. Mir tat das leid, weißt du.«

»Ich erinnere mich nicht gern an diese Dinge.«

»Du hast Richter Malfitano gerettet, meine Liebe. Das ist keine Kleinigkeit. Darauf solltest du stolz sein.«

»Giuli, glaub mir, so einfach ist das nicht«, fiel Vanina ihrer Freundin ins Wort und stürzte sich auf die Linguine, bis sich ihr der Magen zuschnürte.

Giuli ließ sie fertig essen. »Er ist es, stimmt's?«, fing sie wieder an, während sie auf die Rechnung warteten.

»Wer?«

»Den du in Palermo zurückgelassen und über den du mir nie etwas erzählt hast.«

»Ja, Giuli, das ist er«, seufzte Vanina erschöpft. »Bist du nun zufrieden?«

»Und du hast ihm sogar das Leben gerettet.«

»Ja, ich habe ihm das Leben gerettet.« Damals hatte sie eine Waffe in der Hand gehalten. Sie war nicht hilflos gewesen. Damals konnte sie alle töten.

»Und dann hast du ihn verlassen.«

Vanina antwortete nicht.

Giuli respektierte ihr Schweigen, bis sie nach einer Weile das Thema wechselte. »Ich habe erfahren, dass du die Bekanntschaft von Alfio Burrano gemacht hast.«

Sie redeten ein wenig über die Ermittlungen und Vassalli, der sich zu den letzten Neuigkeiten bisher in Schweigen hüllte. Giuli gehörte zu jenen Personen, denen man vertrauen konnte, außerdem kannte sie die halbe Stadt.

»Signora Burrano geht ganz Catania auf die Nerven. Niemand traut sich aber, sie zu schneiden oder aus der Gemeinschaft zu drängen«, kommentierte Giuli.

»Warum?«

»Weil sie mächtig ist, Schätzchen, und weil sie mächtige Freunde hat. Sogar der arme Tropf Alfio, keine besonders helle Leuchte, ist an sie gefesselt.«

Im Grunde erfuhr Vanina nichts Neues, nur ein Detail summte ihr weiter lästig im Ohr. Teresa Burrano war nicht nur reich und zudem ein Miststück, sie war auch mächtig. Und sie war gefürchtet. Und irgendetwas sagte Vanina, dass sie das nicht erst im Alter geworden war.

Spanò kam ihr auf der Treppe entgegen. »Gott sei Dank sind Sie da, Boss!«

»Was gibt's, Spanò? Sagen Sie bloß, Dottore Vassalli hat sich in Bewegung gesetzt!«, scherzte Vanina, als sie Spanòs besorgtes Gesicht sah.

»Nein, Dottoressa. Dottore Macchia will Sie sofort in seinem Büro sehen. Er sagt, es sei wichtig.«

Vicequestore Guarrasi eilte die Treppe hinauf. »Haben Sie eine Ahnung, worüber er mit mir reden will?«

Aus Respekt hätte Spanò niemals zugegeben, dass Macchias Büro keine Geheimnisse für ihn hatte. Die Nachrichten, die ihn interessierten, erreichten ihn mittels einer SMS, mit oder ohne Segnung des Big Boss, lange bevor eine offizielle Mitteilung darüber hinausging.

»Na ja … also einen Verdacht hätte ich«, flüsterte der Ispettore.

Vanina blieb auf halber Treppe stehen. »Das heißt?«

»Ein Anruf für Sie aus Palermo. Von einem gewissen Rechtsanwalt Massito. Kennen Sie den?«

Vanina dachte nach und versuchte sich zu erinnern. Massito. Irgendwie kam ihr der Name bekannt vor.

Spanò trat auf sie zu und flüsterte nun fast unhörbar. »Ich glaube, das ist der Anwalt von irgendeinem Oberboss.«

Vanina bedachte ihren Kollegen mit ernstem Blick und stieg die Treppe weiter hinauf. Die Information gefiel ihr ganz und gar nicht. Mit Oberbossen aus Palermo hatte sie seit Jahren nichts mehr zu tun, und sie hatte auch nicht die Absicht, wieder Kontakt mit ihnen aufzunehmen. Zudem handelte es sich offenbar um ein sensibles Thema, wenn Tito Macchia lieber auf sie wartete, statt sie anzurufen. Je weiter sie nach oben gelangte, desto größer wurde ihre Anspannung, aus der erst Ärger und dann Wut wurden. Wer zum Teufel war dieser Massito?

»Ugo Maria Massito, Strafrechtler und Rechtsanwalt am Revisionsgericht«, erläuterte Tito und hielt das Blatt von sich weg, um seine Brille nicht aufsetzen zu müssen. »Verteidiger des gesamten Abschaums in Palermo und Umgebung, aber das steht hier natürlich nicht«, fügte er hinzu.

Macchia hatte alle anderen aus dem Büro geschickt, ein Zeichen, dass die Angelegenheit nicht das Team oder die Ermittlungen betraf, sondern sie persönlich, Vicequestore Giovanna Guarrasi. Sie hielt den Atem an und hörte ihm gespannt zu.

»Offenbar möchte ein Mandant dieses Rechtsanwalts Massito mit dir sprechen«, sagte Macchia kurz. Dann blickte er wieder auf den Zettel, doch diesmal hatte er seine Brille aufgesetzt. »Rosario Calascibetta, auch Tunis genannt. Neuerdings Informant der Justizbehörden, seit acht Jahren in Ucciardone inhaftiert. Du müsstest ihn eigentlich kennen.«

Vanina schwieg überrascht. Tunis. Ihr drehte sich der Magen um, wenn sie nur an sein Gesicht dachte. Ein Mafioso alter Schule, ein Vertrauter übelster Sorte, der nie Klartext redete, sondern über Metaphern und erfundene Charaktere kommunizierte. Einer, mit dem sie schon vor Jahren definitiv abgeschlossen hatte. Und jetzt sollte er ein Informant geworden sein? Was wollte er von ihr?

»Natürlich kenne ich ihn. Er ist ein Ehrenmann. Weißt du, warum man ihn Tunis nennt? Weil er in den Achtzigerjahren ein hohes Tier im Heroinhandel war und ganze Wagenladungen aus Tunis in Palermo unter die Leute brachte.«

Tito setzte die Brille wieder ab. »Vanì, mal Klartext. Ich weiß, dass es um dein Privatleben geht, aber ich muss wissen, in welchem Verhältnis du zu Paolo Malfitano stehst.« Vanina zuckte leicht zusammen, was Macchia natürlich auffiel. »Damit will ich Folgendes sagen: Ist dir klar, dass dich das gefährden könnte? Hat er dich ins Vertrauen gezogen?«

»Jetzt hör mir mal gut zu, Tito!«, sagte sie und räusperte sich. »Ich habe lange genug bei der Antimafiaeinheit gearbeitet und weiß, dass es keine vertraulichen Informationen gibt, wenn Leute wie Tunis dahinterstecken. Ich beantworte also umgehend deine Frage. Erstens: Ich habe seit drei Jahren keinerlei Kontakt mehr zu Paolo. Zweitens: Ich habe natürlich keine Ahnung von seiner Arbeit. Drittens – aber das ist nur eine Vermutung meinerseits – glaube ich kaum, dass jemand wie Tunis ausgerechnet mich als Vermittlerin sucht, um an Paolo Malfitano heranzukommen.«

»Das heißt, dass er eigentlich keinen Grund hätte, das zu tun? Oder dass es zumindest keine gute Idee wäre? Vanina, drück dich bitte klarer aus!«, verlangte Tito und schien auf der Hut zu sein.

»Sagen wir so … Wenn Rosario Calascibetta, auch Tunis genannt, mit siebzig Jahren trotz mehrfacher Zusammenarbeit mit der Justiz noch in Ucciardone sitzt, dann hat er das mir zu verdanken.«

»Er könnte also sauer auf dich sein.«

»Die Möglichkeitsform lassen wir besser weg«, wandte sie ein und zog eine Zigarette heraus. Tito aber bedeutete ihr, sie wegzustecken, obwohl er selbst Raucher war. »Ich wundere mich, dass einer wie er überhaupt noch mit mir reden will«, schloss Vanina

»Wie dem auch sei, hier hast du Massitos Nummer«, sagte Macchia und überreichte ihr den Zettel. »Vielleicht drückt er sich dir gegenüber ja klarer aus. Falls du allerdings hinfahren solltest, nimmst du lieber jemanden mit. Spanò oder Fragapane, wen du willst.«

»Warum? Meinst du, er könnte im Verhörraum des Gefängnisses einen Anschlag planen?«, fragte Vanina und lächelte ironisch.

»Guarrasi, sieh zu, dass du deinen Sarkasmus unter Kontrolle bekommst, und lass mich wissen, was der Kerl von dir will!«

Macchia war zugänglich und tolerant, aber wenn er sie beim Nachnamen rief, war er eindeutig nervös. Vanina nahm den Zettel mit der Nummer und kehrte in ihr Büro zurück.

Spanòs ängstlicher Blick folgte ihr bis hinter den Schreibtisch. »Alles in Ordnung, Boss?«

»Alles in Ordnung, Spanò. Nehmen Sie es mir nicht übel,
aber ich müsste ein Telefonat führen … allein.«

Der Ispettore zog sich zurück, nicht ohne ihr vorher noch
einen neugierigen Blick zuzuwerfen. Doch abgesehen von einem beträchtlichen Ärger, den sie nicht leugnen konnte, empfand Vanina keinerlei Bestürzung mehr. Zu wissen, dass Tunis
etwas damit zu tun hatte, der schon seit Langem seine Rechnungen mit der Justiz und mit der Mafia beglichen hatte,
schloss fast gänzlich Paolos Beteiligung an der Sache aus. Fast.

Massito fasste sich kurz, keine Höhenflüge, keine Wort-
spiele. Sein Mandant verfügte über Informationen, die Vicequestore Guarrasi nützlich sein konnten, und er war gewillt, sie
mit ihr zu teilen. So schnell wie möglich. Klar wie ein Anruf-
beantworter. Und er ließ keine Bedenken zu. Wenn sie wissen
wolle, worum es ging, gebe es nur einen Weg, und der führe
nach Ucciardone.

13

Noch bevor Vanina den Anwalt anrief, hatte sie bereits beschlossen, nach Palermo zu fahren. Sie wollte so schnell wie möglich los und niemanden auf die Fahrt mitnehmen. Nicht weil sie misstrauisch war oder nicht im Team arbeiten konnte, wie ihr des Öfteren von ihren Vorgesetzten vorgeworfen wurde, sondern weil alles, was Palermo betraf, zu einem anderen Leben gehörte, mit dem Spanò und die anderen nichts zu tun hatten. Tito erwies ihr gegenüber manchmal Nachsicht und stellte sich schützend vor sie, aber auch nur – darauf hätte Vanina gewettet –, weil sie eine Frau war. Für Vanina war jedenfalls klar, dass sie auf dieser Fahrt keine Eskorte benötigte. Da sich im Fall der *Chanteuse* momentan nichts bewegte, konnte sie ihre Zeit genauso gut anderweitig verplempern.

Adriano Calìs Anruf erreichte sie an der Raststätte Sacchitello Nord, während sie gerade über die Bekömmlichkeit einer Coca-Cola light im Vergleich zu einer Cola Zero nachdachte, die zwar weniger Kalorien hatte, dafür aber mit Süßstoff versetzt war. Oder schlimmer noch, die echte Cola, die immer noch die beste war, vor allem die aus der Glasflasche.

»Wo bist du denn? Was ist das für ein Höllenlärm?«, fragte der Rechtsmediziner.

Vanina fiel auf, dass eine gackernde Schulklasse soeben die Raststätte gestürmt hatte und sich wie ein hungriges Wolfsrudel über die Brötchen in der Vitrine hermachte.

»In der Nähe von Etnea«, sagte sie, verließ die Bar und schlenderte zu ihrem Mini, den sie davor geparkt hatte.

»Sag bloß, du bist zu diesem Outlet gefahren, ohne mir Bescheid zu sagen«, schnaubte er wütend.

Angestrengt dachte Vanina nach, ob es vor Etnea tatsächlich ein Outlet Village gab, wie man diese Geschäfte früher nur aus Norditalien kannte. Und davor nur aus den USA. Ins Outlet! Auf solche Gedanken kam auch nur er.

»Ach was, Outlet, Adriano! Ich bin auf dem Weg nach Palermo.«

»Aha, das hätte ich mir ja auch denken können. Vergiss nicht, dass du versprochen hast, mit mir dorthin zu fahren.«

Daran erinnerte sie sich zwar nicht mehr, doch das verriet sie ihm nicht.

»Hast du mich deshalb angerufen?«, stichelte sie.

»Ich wusste nicht einmal, dass du unterwegs bist, sondern war bei dir im Büro, um dir eine DVD vorbeizubringen. Ich hatte gehofft, dass wir sie gemeinsam anschauen können. Entweder bei dir oder bei mir.«

»Ist Luca denn weg?«

»Nein, er arbeitet, damit er nächstes Wochenende mit nach Noto kommen kann. Das hast du doch hoffentlich nicht vergessen, oder?«

»Nein, nein, ich bin mir sogar ziemlich sicher, dass ich auch kommen kann.«

Es sei denn, ihr Vorhaben in Palermo entpuppte sich als stinkender Sumpf, den sie gar nicht aus der Nähe betrachten wollte. Doch das erschien ihr ehrlicherweise ziemlich unwahrscheinlich.

»Wann bist du wieder zurück?«

»Morgen Nachmittag, denke ich.«

»Nun gut, dann verrate ich jetzt nichts. Morgen Abend Heimkino und Pizza. Bei mir oder bei dir? Ich versichere dir, du wirst es nicht bereuen.«

»Deine Geheimnistuerei klingt nicht so toll, aber in Ordnung. Egal, wann ich fertig bin, wir sehen uns. Aber bei mir. Mit den Pizzen, die du bestellst, könnten wir Frisbee spielen. Bei mir in Santo Stefano sind wir wenigstens zwischen der Pizzeria neben dem Theater und der Bar bei mir um die Ecke viel besser dran.«

»Mein Gott, bist du kompliziert, Vicequestore! Du wirst schon sehen, am Ende wirst du mir noch dankbar sein.«

Mit diesem Versprechen verabschiedete er sich von ihr. Bei anderer Gelegenheit hätte seine Aussage die gewünschte Wirkung erzielt, doch in diesem Moment und mit Aussicht auf das Treffen am nächsten Tag verfehlte er sein Ziel.

Hinter der vormals eingestürzten Brücke Himera, die erst seit Kurzem wieder eröffnet, aber nur auf der intakten Seite befahrbar war, steckte sich Vanina die Stöpsel in die Ohren und drückte auf die Anruftaste ihres Handys.

»Boss!«, antwortete eine Stimme auf der anderen Seite der Leitung.

»Manzo, wie geht es Ihnen?«

»Wie soll's mir schon gehen? Ich stecke knietief in einem wahnsinnig nervigen Fall.«

Sovrintendente Manzo war ihre rechte Hand gewesen – und ihre linke, wie er selbst gern sagte –, zuerst im Kommissariat Brancaccio, später in der Abteilung für organisiertes Verbrechen in Palermo. Er war ihr stets ein treuer Gefährte gewesen. So treu, dass er sie immer noch *Boss* nannte, vermutlich sehr zum Leidwesen seines neuen Vorgesetzten.

»Hören Sie, Angelo, ich bin auf dem Weg nach Palermo und

möchte mich gern mit Ihnen treffen. Könnten Sie zehn Minuten entbehren … sagen wir so gegen sieben Uhr?«

»Natürlich kann ich das, Boss! Für Sie nehme ich mir auch dann Zeit, wenn ich gar keine habe.«

»Hören Sie auf mit dieser Süßholzraspelei und machen Sie keine Dummheiten! Wenn es nicht geht, geht es nicht. Was habe ich Ihnen in all den Jahren beigebracht?«

»Ich habe Zeit, Dottoressa, keine Sorge. Wo sollen wir uns treffen?«

»Würde es Ihnen passen, wenn wir uns in der Via Roma treffen? In der gewohnten Bar in der Nähe der Wohnung meiner Mutter …«

Manzo ließ sie nicht einmal ausreden. »Um sieben bin ich da. Bis später, Boss!«

Und dann kam der Autobahnabschnitt, den sie am liebsten mochte. Hier geriet sie immer in Versuchung, einen Umweg zu fahren, sich in den Madonien zu verlieren und von dort nach Castelbuono ins Dorf ihres Vaters zu fahren, einen Panettone alla Manna zu kaufen und das Schloss zu bewundern, in dem ein Teil des Films *Cinema Paradiso* gedreht worden war. Für sie einer der schönsten Filme in ihrer Sammlung. Aber dann machte sie es doch nie. Danach kam das Meer. Der Blick auf die Küste, wo hässliche Industriegebäude und klobige Küstenarchitektur das Panorama störten. Und jedes Mal wieder dachte sie, welche Schande das war. Von Capo Zafferano bis nach Palermo war es nicht mehr weit. Beim Blick auf den Monte Pellegrino schlug ihr Herz höher. Vanina Guarrasi liebte Palermo, wie sie keine andere Stadt je geliebt hatte. Obwohl sie davongelaufen war und alles tat, um nicht zurückzukehren. Obwohl das, was sie zurückgelassen hatte, eine große Last war, obwohl sie wusste, dass es nicht mehr ihr Ort war, so war Palermo dennoch ihre Stadt.

Vanina hoffte, dass die Einfahrt in die Stadt keine Überraschungen für sie bereithielt, wie etwa dichteren Verkehr als sonst oder eine neue Umleitung. Sie überlegte, ob sie am Hafen über die Via Giafar fahren oder sich in der Via Oreto bis zum Bahnhof durchkämpfen sollte, entschied sich dann aber für die erste Variante. Die sagte ihr mehr zu.

Als sie an der Cala ankam, leuchtete das Display ihres Handys auf. Eine Nachricht von Manzo. *Bin schon da.* Es war drei Minuten vor sieben Uhr.

Der Sovrintendente spielte an seinem Handy herum. Die leere Tasse vor ihm deutete darauf hin, dass er bereits seinen x-ten Espresso getrunken hatte.

»Manzo!«, rief Vanina.

Er sprang auf. »Boss!«, sagte er und drückte ihr herzlich die Hand.

Er schien fast gerührt. Vielleicht war er es auch. So wie sie übrigens, das wollte sie gar nicht abstreiten. Sie setzten sich an ein Tischchen und erzählten sich, was sie in den vergangenen vier Jahren erlebt hatten. Nun ja, nicht alles, aber zusammengefasst das Wichtigste.

»Hören Sie zu, Angelo, ich brauche ein paar Informationen.«

»Zu Ihren Diensten, Dottoressa.«

»Aber niemand darf erfahren, dass ich sie von Ihnen habe.«

Manzo wirkte enttäuscht. »Glauben Sie, dass Sie das extra erwähnen mussten?«

Er hatte recht.

»Rosario Calascibetta«, sagte Vanina.

»Wer, der alte Tunis?«, fragte Angelo überrascht. »Was wollen Sie denn wissen, Dottoressa? Seit Sie ihn nach Ucciardone verfrachtet haben, hat er dort seinen festen Wohnsitz. Er arbeitet so lala mit den Behörden zusammen, sitzt aber jetzt im

Trakt der Justizinformanten. Er hat inzwischen nichts mehr zu sagen, weder hinter Gittern noch draußen. Wenn Sie verstehen, was ich meine.«

Vanina dachte über den letzten Satz nach. Sie hatte sich dasselbe gedacht, darum war sie auch sicher, dass Paolos Ermittlungen nichts damit zu tun hatten. Das reichte schon aus, um sie teilweise zu beruhigen.

»Und ist Ihrer Meinung nach in letzter Zeit etwas passiert, wodurch irgendetwas in Bewegung geriet? Irgendwelche alten Kamellen, die wieder ans Licht gekommen sind. Irgendetwas, wozu wir vielleicht ermittelt haben …«

»Nicht dass ich wüsste«, antwortete der Sovrintendente. »Aber warum fragen Sie mich das alles, Boss? Sie wollen mir doch nicht etwa sagen, dass Sie wieder mit dem organisierten Verbrechen zu tun haben.«

»Gott bewahre! Damit habe ich mich lange genug herumgeplagt. Tunis hat heute Morgen darum gebeten, mich zu treffen, und ich möchte herausfinden, was er mir sagen will. Ich bin schon zu lange raus aus dem Geschäft und habe offen gesagt keine Ahnung.«

Schweigend dachte Manzo nach.

»Wer weiß, mit welchem Blödsinn der alte Gauner aufwarten will.«

»Wie meinen Sie das?«

»Der setzt doch alles daran, seine Tage im Knast zu verkürzen.«

»Soll ich mich also auf alles gefasst machen und vorsichtig sein, was er mir zu sagen hat?«, fragte Vanina nach einer kurzen Pause.

Manzo breitete die Arme aus. »Ehrlich gesagt habe ich keine Ahnung, was der alte Sack Ihnen mitteilen will.«

Er versicherte ihr aber, dass er ins Büro zurückkehren und Nachforschungen anstellen werde. Bei Neuigkeiten wolle er sich umgehend bei ihr melden.

»Danke, Angelo.«

»Ist mir stets ein Vergnügen, für Sie zu arbeiten, Boss.«

Sie war fast wieder bei ihrem Wagen angelangt, da eilte er noch einmal aufgeregt zu ihr zurück.

»Was gibt es denn?«, fragte sie lächelnd.

»Boss, soll ich Sie morgen ins Gefängnis begleiten? Ich könnte mir einen halben Tag freinehmen und …«

»Ausgeschlossen, Manzo! Aber danke, dass Sie die Nachforschungen übernehmen. Bei unserem nächsten Treffen erzähle ich Ihnen, wie es gelaufen ist.«

Sovrintendente Manzo wusste offenbar nicht, ob er das glauben sollte oder nicht, und verabschiedete sich noch einmal von ihr.

»Ich habe die Hoffnung nicht aufgegeben«, murmelte er.

»Welche Hoffnung?«

»Dass Sie früher oder später wieder nach Palermo zurückkommen. Das ist nur eine Frage der Zeit.«

Mit diesen hoffnungsvollen Worten verließ er sie. Vanina brachte es nicht übers Herz, ihn zu enttäuschen.

Der Abend im Hause Calderaro glich einer Hinrichtung. Hauptthema war Costanzas Hochzeit, an der Vanina notgedrungen teilgenommen hatte. Das Bett war unbequem, das Zimmer stickig und der Gedanke an das morgige Treffen öde.

Um zwei Uhr nachts hatte sie von Manzo eine telegrafische Nachricht erhalten. *Nichts Neues.*

Der Gefängnisaufseher, der sie aus dem Büro der Anstalt zum Büro der Staatsanwaltschaft von Ucciardone brachte, dachte offensichtlich, er tue ihr einen Gefallen, indem er alle eklatanten Fälle aufzählte, an denen sie beteiligt gewesen war und an die er sich noch erinnerte. Und als Höhepunkt fasste er noch einmal die »mutigste, unerschütterlichste und riskanteste Operation von allen« zusammen: die Schießerei, bei der sie einen »skrupellosen Mörder erschossen und so dem erlauchten Staatsanwalt das Leben gerettet hatte«.

Vanina hätte ihm am liebsten mit einem Klebeband den Mund versiegelt. Und nun stand sie hier, im Verhörraum des Gefängnisses im Bourbonenstil, und wartete darauf, dass ihr Rosario Calascibetta, auch Tunis genannt, vorgeführt wurde. Sie hatte das Gefühl, fünf Jahre in der Zeit zurückgereist zu sein. Das war kein schönes Gefühl.

Der von zwei Beamten eskortierte Mann, der vor ihr auftauchte, war klein und ging gebückter, als sie es in Erinnerung hatte. Das schiefe Lächeln, die leicht eingedrückte Nase und der ironische Blick der verschlagenen kleinen Augen hatten sich hingegen nicht verändert. Tony Sperandeo in der Rolle des Tano Badalamenti in dem Film *100 Schritte*, nur dass er etwa dreißig Jahre älter war.

»Vicequestore Guarrasi«, sagte der Mann, neigte den Kopf zum Gruß, ohne den Blick zu senken.

»Signor Calascibetta. Sie wollten mich sprechen.«

»Sie haben gut daran getan, keine Zeit zu verlieren. Bei Ermittlungen kommt es manchmal auf jeden Tag, ja sogar auf jede Stunde an, bevor die Wahrheit für immer verpufft, wie Sie wissen«, sagte er und fächerte zum Zeichen dafür alle zehn Finger in der Luft auf.

Schon nach zehn Minuten ging ihr der Greis mächtig auf die Nerven.

»Tunis, reden Sie Klartext, ich habe keine Zeit zu verlieren.

Wenn Sie mir etwas Wichtiges zu sagen haben, dann rücken Sie mit der Sprache heraus! Und erzählen Sie mir keinen Blödsinn, ich komme sowieso darauf.«

»Immer mit der Ruhe, Dottoressa Guarrasi! Glauben Sie, dass ich Sie extra von Catania bestellt habe, um Ihnen Blödsinn zu erzählen?«, sagte er und lächelte gerissen.

»Ich bin ganz Ohr.«

»Wissen Sie, was immer das Glück unserer Familien war? Vor allem früher, hier in Sizilien?«

Tunis benutzte nie das Wort *Mafia*, das wusste Vanina noch. Er verwendete andere Begriffe wie *Familie, Organisation, Gesellschaft*.

»Welches?«, fragte sie und bereitete sich resigniert darauf vor, den ganzen Akt zu verfolgen.

»Untreue. Unsere Morde, die euch wie Geschichten von Untreue vorkamen, gibt es viele. Und früher war es sogar noch einfacher. Da gab es noch das Gesetz, dass man nicht einmal ins Gefängnis musste, wenn man einen Mann umbrachte, weil er es mit deiner Frau getrieben hatte. Und ein Gehörnter fand sich immer.«

»Danke für den Geschichtsunterricht, Tunis, aber das ist ja nichts Neues. Warum sollten mich außerdem Geschichten von Untreue interessieren?«

»Wissen Sie, Dottoressa, in dieser stinkenden Zelle vergeht die Zeit nie. Also habe ich es mir zur Gewohnheit gemacht, Bücher zu lesen. Das letzte war von Sciascia. Er muss sehr intelligent gewesen sein.«

»Tunis, wenn wir hier noch weiter Zeit verschwenden, dann stehe ich auf und gehe. Und diese stinkende Zelle werden Sie trotz Ihrer Zusammenarbeit mit der Justiz erst in etwa fünfzehn Jahren und mit den Füßen voran verlassen.«

»Warum sind Sie gleich so sauer, Dottoressa? Ich habe mich inzwischen aus den großen Geschäften zurückgezogen, genau wie Sie auch. Ich stehe auf der einen Seite, Sie auf der anderen, trotzdem sind wir beide draußen. Aber ich fände es doch schade, etwas für mich zu behalten, das Sie vor einer schlimmen Situation bewahren könnte.«

Vanina atmete tief durch und zählte bis zehn, um nicht herauszuplatzen und den Mann zu beleidigen. »Wir waren bei der Untreue stehen geblieben«, sagte sie.

»Ich erzähle Ihnen jetzt etwas so Unglaubliches, das Sie es kaum für möglich halten werden. Es war einmal ein Mann, der unzählige Geliebte hatte und sein Leben verlor. Es waren verheiratete Frauen, ledige Frauen, reiche Frauen, ja, sogar Huren. Schnell fand man jemanden, der ihn umbringen wollte. Und wer, glauben Sie, war das? Mein Cousin. Er gehörte zu einer der bekanntesten Familien. Und zu einer der gefürchtetsten, um genau zu sein. Obwohl er überhaupt keinen Grund gehabt hätte, diesen Mann zu töten. Doch da war nichts zu machen, alle Beweise sprachen gegen ihn, obwohl er stets seine Unschuld beteuerte. Was glauben Sie, Dottoressa? Wer war hier wohl mächtiger? Die Familie des Gehörnten oder die Geschäftsinteressen?«

Vanina dachte nach. Was erzählt dieser Hurensohn denn da? Sie atmete tief durch und schoss mit einer Frage los. »Und die Geschäftsinteressen haben sich nicht durchgesetzt?«

»Wie denn, Dottoressa? Es gab keine Beweise zu ihren Gunsten. Vielleicht gingen die unterwegs verloren oder waren so gut versteckt, dass niemand sie fand.«

»Hatte sie jemand absichtlich versteckt?«

»Nun, vielleicht hatte der Tote seine Sachen so gut aufbewahrt, dass sie für viele Jahre nicht gefunden wurden. Und diesmal landete einer von uns unschuldig im Gefängnis.«

Es war klar, auf wen er anspielte. Natürlich auf Masino Di Stefano, der mit Rosario Calascibetta verwandt war. Seine Frau war die Schwester seines Vaters, aber das änderte nichts an den Tatsachen.

»Tunis, auf Ihrer Seite ist niemand vollkommen unschuldig. Und auch bei ihm gab es gute Gründe, damit er hinter Gittern landete«, sagte sie.

»Das ist etwas anderes. Mord ist Mord. Dabei hätte er nicht einmal eine Pistole halten können. Also …«

»Ich gehe davon aus, dass der mutmaßliche Mörder sein Opfer gut kannte.«

»Sie teilten sogar die gleichen Träume. Aber vielleicht lag ja genau darin der Schwindel.«

Vanina musterte den Mann voller Misstrauen. »Tunis, diese Geschichte haben Sie doch nicht etwa irgendwo gelesen, um mich damit an der Nase herumzuführen.«

»Dottoressa, glauben Sie mir! Ich erkläre Ihnen jetzt auch den Grund dafür. Die Familie meines Onkels und die des Toten hatten viele gemeinsame Interessen. Betreffender Herr war also auch nicht ganz sauber. Eines ist aber sicher: Er hätte niemals ein so großes Geschäft abgelehnt, vor allem nicht mit denen. Und genau das hat er auch nicht getan. Wissen Sie, was passierte? Mein Onkel konnte noch nicht einmal bis drei zählen, da hatte man ihn auch schon wegen vorsätzlichen Mordes, Totschlags und Körperverletzung mit Todesfolge verurteilt. Blitzschnell. Ende, aus, der Fall wurde geschlossen. Mein Onkel wanderte ins Gefängnis, und die gehörnte Familie riss sich alles unter den Nagel. Aber sehen Sie, Dottoressa, wenn jemand noch nie einen Mord begangen hat, können Sie wetten, dass er irgendwelche Fehler macht. Denn wenn zufällig oder auch nicht zufällig eine weitere Leiche hinzukommt, dann lässt man diese entweder vom Erdboden verschwinden, oder irgendwann kommt die Sache ans Licht. Und wenn eine Leiche jemanden trifft, der ihr richtig zuhört, plappert sie manchmal mehr als ein Lebender. Können Sie einer Leiche zuhören, Dottoressa Guarrasi? Ich glaube schon.«

Hätte jemand von außen dieses Gespräch verfolgt, hätte er die beiden womöglich für verrückt erklärt. Doch Vanina hatte jedes noch so kleine Detail des Gesprächs verstanden. Und sie hatte begriffen, dass Tunis' Erklärung die Karten ganz neu mischte.

»Hören Sie, Tunis! Ich habe keine Ahnung, weshalb Sie sich erst jetzt entschlossen haben, mir zu helfen. Ehrlich gesagt interessiert mich das auch nicht. Mir reicht's schon, wenn ich mich darauf verlassen kann, dass Sie die Wahrheit sagen. Vor allem aber, dass Sie mir diese Geschichte noch ein wenig ausführlicher erzählen sowie Vor- und Nachnamen nennen. Sonst bleibt es ein Märchen, und ich hätte mir die zweihundert Kilometer hierher sparen können.«

Doch diesmal schien Rosario Calascibetta tatsächlich kooperieren zu wollen. Sobald sie ihm verständlich gemacht hatte, dass seine Worte ausschlaggebend seien, legte der Mafioso Hintergründe, Einzelheiten und mutmaßliche Täter offen. Inklusive dazugehöriger Familien. Nun lag es an ihr, ihm zu glauben oder nicht.

Auf Vaninas Gesicht lag ein Ausdruck tiefster Zufriedenheit, als sie mit einer Zigarette in der Hand aus dem Gefängnis trat. Ihr Instinkt hatte sie wieder einmal nicht getäuscht, und das seltsame Gespräch hatte bestätigt, dass Vassalli Fakten brauchte, die ihre Vermutungen erhärteten, um diese tatsächlich als Indizien werten zu können.

Sie entfernte sich von dem noch offenen Eingangstor, durch

das ein kleiner Autokonvoi fuhr, und warf einen Blick zurück auf die alten Mauern aus rötlichen Ziegeln, die den riesigen, inzwischen baufälligen Käfig umgaben. Die Aufschrift *Carceri Giudiziarie Centrali* erinnerte sie daran, als einmal ein A mit lautem Karacho herunterfiel. Wann war das noch mal gewesen? Sie war damals schon eine ganze Weile in Mailand gewesen und hatte es in der Regionalausgabe der *Repubblica* über Palermo gelesen. Sie verließ den Gehsteig, überquerte die kleine Straße und näherte sich einer Bank, die an einem Mäuerchen im Schatten eines Feigenbaums stand. Sie zog ihr Handy aus der Tasche und suchte in ihren Kontakten nach der Durchwahl von Tito Macchia. Dann blickte sie auf und wollte auf die Anruftaste drücken, ließ es dann aber bleiben.

Paolo Malfitano stieg aus einem gepanzerten silberfarbenen BMW X5. Er starrte Vanina an, als müsse er sich erst vergewissern, ob sie wirklich vor ihm stand, während vier Beamte des Begleitschutzes aus ihren Autos sprangen und ihn auf dem Gehsteig umringten. Er ging einige Schritte auf den Gehsteig zu, der dem Gefängnis gegenüberlag. Mit dem Handy in der einen und der Zigarette in der anderen Hand stand dort vor einer Bank im Schatten des Feigenbaums die Person, mit der er am wenigsten gerechnet hatte.

»Ist das denn zu glauben? Vicequestore Guarrasi wieder im Dienst auf palermitanischem Boden?«

»Genauer gesagt auf Dienstreise«, antwortete Vanina und ging auf ihn zu.

»Trotzdem bin ich beeindruckt«, erwiderte Paolo und ergriff ihre Hand.

Sie hatten sich seit mehr als drei Jahren weder gesehen noch ein Wort miteinander gewechselt, und seitdem war viel Wasser den Bach hinabgeflossen. Mehr für ihn als für sie, denn schließlich hatte er ihren Beschluss hinnehmen müssen, den er nicht teilte und der ihn wie eine kalte Dusche erwischt hatte.

»Schickt man dich aus Catania auf Dienstreise nach Ucciardone?«, fragte er und kehrte von den Beamten eskortiert zum Auto zurück.

Vanina fiel auf, dass er immer noch leicht humpelte.

»Hast du schon mal gesehen, dass ich mich von irgendwem irgendwohin schicken lasse?«

»So wie ich dich kenne, nein. Aber du weißt selbst, wie das ist. Seitdem sind Jahre vergangen … Woher soll ich wissen, ob du in einem vorübergehenden Anfall von Wahnsinn die Befehle deiner Vorgesetzten befolgst?«

Der spöttische Ton half, die Lage ein wenig zu entschärfen und ohne allzu große Verlegenheit ein paar Worte zu wechseln. Sie mussten notgedrungen ins Auto steigen, das sich sofort in Bewegung setzte.

»He, wohin fahren wir?«, protestierte Vanina. »Ich habe meinen Mini vor dem Gefängnis abgestellt.«

»Mach dir keine Gedanken, ich bringe dich später wieder her. Was soll man machen? Die haben sich in den Kopf gesetzt, dass ich nie länger an ein und demselben Ort verbleiben soll. Und wenn ich mich nicht füge, sind alle gestresst, selbst wenn es keinen Grund dafür gibt.«

»Natürlich nicht. Was ist auch schon passiert? Nur ein paar Todesdrohungen, mehr nicht.«

Paolos Bedürfnis, Situationen zu verharmlosen, grenzte an Leichtsinn, aber das war ja nichts Neues.

»Blödsinn«, antwortete der Richter und schob ihre Einwendungen mit einer Handbewegung beiseite. »Mal ehrlich, Vanina, glaubst du wirklich, dass die Cosa Nostra einen Sprengstoffanschlag im Stil der Neunzigerjahre auf mich plant? Das ist doch alles nur Theater. Sie müssen von sich reden machen. Und dummerweise gelingt ihnen das auch.«

Vanina stimmte ihm schweigend zu. TNT und Massaker gehörten einer anderen Epoche und ganz anderen Umständen an als in dieser Zeit. Zwar war nichts unmöglich, vor allem nicht für diese Leute, aber ein solcher Sprung in die Vergangenheit erschien ihr ziemlich unwahrscheinlich.

»Das mag ja sein, aber die anderen Drohungen bleiben bestehen. Wenn ich bedenke, was du gerade tust, ganz zu schweigen davon, was dir in der Vergangenheit widerfahren ist, nähme ich das alles nicht auf die leichte Schulter.«

Paolo antwortete nicht, aber an seinem finsteren Blick war abzulesen, dass er darüber nachdachte. Dieser Blick. Ein paar graue Haare mehr, das Gesicht ein wenig schmaler, einige neue Falten, die ihm aber gut standen.

»Was ist?«, fragte er. »Hast du mein Gesicht vergessen? In letzter Zeit muss man doch nur den Fernseher anmachen, schon flimmert es über den Bildschirm. Soweit ich weiß, hast du ja auch die Beiträge im Fernsehen verfolgt.«

Man sollte niemals zu impulsiv reagieren. Es war sicherlich kein Geniestreich gewesen, Giacomo Malfitano anzurufen. »Du hast abgenommen«, merkte sie an.

Paolo lächelte leicht. »Was soll ich machen? Mein Leben ist in letzter Zeit nicht unbedingt gesundheitsfördernd.«

Ist es das jemals gewesen?, hätte sie ihn am liebsten gefragt, ließ es aber natürlich bleiben.

Sie entfernten sich immer weiter vom Borgo Vecchio und fuhren zum Gerichtsgebäude.

»Paolo, ich muss nach Catania zurück. Wohin fahren wir?«

»Entspann dich! Ich sagte dir doch, dass ich mich nicht zu

lange vor dem Gefängnis aufhalten durfte. Und nachdem ich dich nach fast vier Jahren heute zum ersten Mal wieder sehe, wollte ich die Gelegenheit nicht einfach so verstreichen lassen. Wann wird sich eine solche Gelegenheit schon mal wieder ergeben?«

Schweigend starrte Vanina aus dem Fenster. Abwesend blickte sie auf die Bäume und Auslagen der Via Libertà, die an ihnen vorbeizogen.

»Warum bist du eigentlich in Palermo? Sitzt du nicht gerade an diesem verzwickten Fall?«, fragte Paolo und lächelte nun wieder leicht spöttisch.

»Ich musste jemanden treffen.«

»In Ucciardone? Wen denn?«

»Wieso? Kennst du etwa alle Häftlinge, die in Ucciardone einsitzen?«

»Hast du denn alles über mich vergessen?« Er machte Witze, lächelte, aber sein Blick sprach eine andere Sprache.

»Rosario Calascibetta«, antwortete Vanina.

Paolo runzelte die Stirn. »Tunis«, murmelte er nachdenklich und fuhr sich mit Daumen und Zeigefinger der rechten Hand über den kurz geschorenen Bart.

»Ich habe nicht vor, zum organisierten Verbrechen zurückzukehren, wenn du das meinst«, erklärte sie vorsorglich.

»Daran hätte ich auch nicht im Traum gedacht. Deshalb bin ich ja so neugierig, welche Fragen du noch an einen Kerl wie Tunis hast.«

Vanina erzählte ihm die ganze Geschichte. So belustigt, als verfolge er ein Puppenspiel, hörte ihr Paolo zu. Dennoch stimmte er ihr zu. Um den Fall der Toten aus dem Speiseaufzug zu lösen, musste gleichzeitig auch der Mord an Burrano wieder ausgegraben werden. Wenn zwei plus zwei vier ergab, dann war der Mörder längst tot, was angesichts des Alters durchaus sein konnte. Falls er noch lebte und zurechnungsfähig war, hatte er die Hosen jetzt gestrichen voll. Um einen Verbrecher zu überführen, gab es keinen besseren Moment, als wenn er Angst bekam.

»Angst schwächt und macht unvorsichtig«, erklärte Paolo und drehte sich zu ihr um. »Jetzt setz doch endlich die Maske ab!«, fuhr er fort, während der Wagen Richtung Borgo Vecchio fuhr. Mit ihm an Bord, sehr zum Bedauern seiner Schutzengel.

»Wäre es nicht besser gewesen, wenn du in dein Büro zurückgekehrt wärst, wo die Eskorte uns offensichtlich hinbringen wollte?«, überlegte Vanina und überhörte die Anspielung.

»Nein«, sagte er kurz und deutlich. »Warum hast du meinen Bruder angerufen?«, fragte er nach einer Schweigeminute, senkte die Stimme und hob plötzlich die müden Lider.

Weil es stimmte, dass Angst entlarvte.

»Weil ich wissen wollte, wie es dir geht«, antwortete sie.

»Interessiert es dich denn, wie es mir geht?«

Mittlerweile waren fast vier Jahre vergangen, doch die Unterhaltung glitt in die Richtung, in der sie gelandet wäre, wenn sie eine Woche vor ihrer Trennung stattgefunden hätte.

Du bist gegangen, du hast mich verlassen. Ich musste deine Entscheidung hinnehmen. Hinter diesen stummen Worten verbargen sich alle Vorwürfe, die Vanina deutlich heraushörte.

»Du musstest mich mit deinem gepanzerten Fahrzeug nicht für …« Sie sah auf ihre Uhr. »… für vierzig Minuten durch Palermo schleifen, nur um mir einen schwachen Moment vorzuwerfen, in dem ich einfach gehandelt habe, ohne über die Konsequenzen nachzudenken. Ich hatte Giacomo gebeten, dir nichts davon zu erzählen.«

Sie fuhren an der Piazza Sturzo vorbei. Vor dem Portikus beugte Paolo sich zum Fahrer vor. »Aldo, bitte halten Sie hier und lassen Sie uns aussteigen!«

»Was machst du denn da?«, protestierte Vanina.

»Vanina, ich möchte mir ein Eis kaufen. Ich darf mir doch wohl noch ein Eis kaufen, wenn zum Teufel ich das möchte, oder?«, schrie er nun fast.

»Dottore …«, begann Aldo, unterbrach sich aber sofort wieder, als er im Rückspiegel Paolos Blick sah.

Vanina ahnte, dass dies nicht der richtige Moment war, ihm zu widersprechen. Er schien gleich zu explodieren. Und nicht aus Wut über sie, das war deutlich. Im Gegenteil, dieses Treffen hatte etwas Schicksalhaftes, denn Paolo konnte endlich die ganze Anspannung loswerden, die sich in ihm aufgestaut hatte. Selbst wenn er beschlossen hatte, das an ihr auszulassen. Sie kannte ihn gut genug und wusste, dass er sich nicht bei jedem so verhielt.

»Na, dann komm, lass uns ein Eis essen! Wenn jemand es wagen sollte, dir auf die Nerven zu gehen, ziehe ich einfach meine Parabellum«, scherzte sie, obwohl ihr das nicht leichtfiel. Auf jenen Tag anzuspielen fiel ihr noch immer schwer.

Die Männer der Eskorte ließen sie nicht aus den Augen, als sie aus dem Wagen stiegen und sich vom BMW entfernten, um in der Menge unterzutauchen und sich zur beliebtesten Eisdiele von Palermo begaben.

»Eine Vicequestore als Eskorte. Nur ich habe dieses Privileg genossen«, sagte Paolo, während sie sich vor dem Tresen in die Schlange stellten.

Im Stehen und von einer menschlichen Mauer aus gierigen Gästen geschützt, verzehrten sie in einer Ecke eine Brioche mit Eis.

»Vanì«, sagte Paolo plötzlich.

»Ja«, antwortete sie und überhörte den vertraulichen Spitznamen, mit dem er sie wieder bedachte.

»Sagst du mir, weshalb du mich verlassen hast?«

Um nicht mit dem Schrecken leben zu müssen, dich eines Tages aus dem Haus gehen und nicht mehr zurückkehren zu sehen. Weil ich nicht in der Hoffnung leben konnte, zufällig immer hinter dir zu stehen, wenn du dein Leben riskiertest, um es dann zu retten. Weil ich schon mit vierzehn erfuhr, was es heißt, einen geliebten Menschen zu verlieren. Ich habe lieber auf dich verzichtet, als diese Momente noch einmal durchleben zu müssen. Weil dich zu verlassen mich vermeintlich vor dem Albtraum schützte, dich für immer zu verlieren, so wie ich meinen Vater verloren habe. Darum habe ich dich verlassen, Paolo. Aber ich hatte nicht damit gerechnet, dass ein Abschied eine Verbindung nicht durchtrennen kann, wenn die Verbindung so stark wie unsere ist. Und Abschied schützt nicht vor Schmerz. Es ist ein unnötiges Opfer. Ich habe die Rechnung ohne den Wirt gemacht, Paolo.

»Es sind drei Jahre vergangen, Paolo«, antwortete sie. »Warum müssen wir unbedingt über die Vergangenheit reden? Wir haben unser Leben.«

»Drei Jahre und elf Monate. Und wir haben nicht unser Leben, weder du noch ich. Du nicht, weil du dir kein neues aufgebaut hast, und ich nicht, weil ich mich der Illusion hingegeben habe, mir ein Leben mit dem falschen Menschen aufzubauen. Vanì, ich habe wie ein Hund gelitten. Und da ich nicht weiß, ob mir noch viel Zeit bleibt …«

»Paolo!«, platzte Vanina heraus. »Hör sofort auf damit!«

Ihr war jegliche Lust an dem Eis vergangen, sie brachte keinen Bissen mehr hinunter. »Aber du hast in der Zwischenzeit sogar eine Tochter bekommen«, sagte sie und bemühte sich, unbekümmert zu klingen. »Woher willst du außerdem wissen, dass ich mir nicht doch ein Leben aufgebaut habe?«

»Das hast du nicht, Vanì. Weder in Mailand noch in Catania. Das weiß ich. Und was mich betrifft, stimmt es zwar, dass ich eine Tochter habe, aber das war das einzig Positive während meiner zwei Ehejahre. Basta.«

Er tat, als wisse sie nichts davon, und schwieg, dennoch hatte sie das Gefühl, dass Paolo alles daransetzte, ihr das zu sagen. Sie wollte aber nichts davon wissen. Sie durfte es nicht wissen. Denn eins war klar, es reichte ein kurzer Moment, und das dünne Eis, auf dem sie sich bewegten, brach ein. Eine Unaufmerksamkeit, und schon wäre es geschehen, und die Gefühle, die sie so lange unter Verschluss gehalten hatte, wären nicht mehr aufzuhalten. Und genau das durfte nicht passieren. Es wurde Zeit, nach Catania zurückzukehren.

Unter den Scheibenwischern des Mini, der in der Via Enrico Albanese parkte, lugte ein weißes Papierknöllchen eindeutiger Herkunft hervor. »Jetzt habe ich auch noch einen Strafzettel!«, knurrte sie.

Die Temperatur im Innern des Wagens lag bei gefühlten fünfzig Grad. »Wahnsinn, jetzt haben wir schon Ende September, und hier ist es immer noch so heiß, dass man gegrillt wird!«, sagte sie laut, schaltete die Klimaanlage ein und sprang aus dem Auto.

Ein alter Mann mit einem Mischlingshund an der Leine, der auf dem Gehsteig an ihr vorbeikam, blieb stehen und sah sie an, als hätte sie ihm eine Frage gestellt. »Also, dort vorn gibt es eine Bäckerei, da bekommen Sie gute sizilianische Pizza.«

Vanina musste lachen. Und dabei hatte er sogar ein Hörgerät auf! Sie bedankte sich bei ihm für diese Auskunft.

Der Mann holte sie wieder auf den Boden der Tatsachen zurück und erinnerte sie an die Alten, mit denen sie nun immer mehr zu tun haben würde, so lange, bis der Doppelmord in der Villa Burrano aufgeklärt war. Ja, denn das war die richtige Bezeichnung. Doppelmord an Burrano und Cutò. Von wegen *Chanteuse*.

Sobald sie den Stadtverkehr hinter sich gelassen und den Viale della Regione Sicilia erreicht hatte, zog sie ihr Handy aus der Tasche und tätigte endlich den Anruf an Macchia. Bereits nach dem zweiten Klingeln ging der Oberboss dran. Vanina fühlte sich ein wenig schuldig. Nicht zu glauben, aber er hatte sich tatsächlich Sorgen um sie gemacht. Und sie hatte sich noch Zeit gelassen und war in einem gepanzerten Wagen der Staatsanwaltschaft mit ihrem Ex-Freund durch Palermo gefahren. Dem Mann, den sie angeblich seit Jahren weder gesehen noch gesprochen hatte. Was bis tags zuvor auch gestimmt hatte. Jetzt allerdings nicht mehr.

Sie hätte versuchen können, alles beiseitezuschieben, aber um dieses Treffen zu verarbeiten, reichten die kommenden Monate nicht aus. Falls in diesen Monaten nicht noch etwas passierte. Aber was sagte sie denn da? Allein bei dem Gedanken schnürte sich ihr der Magen zusammen.

In Bagheria verschlechterte sich ihr Gemütszustand. Paolos Worte schwirrten seit zehn Minuten unaufhörlich in ihrem Kopf herum. *Und da ich nicht weiß, ob mir noch viel Zeit bleibt ...* Wie hatte er so etwas nur sagen können? Noch dazu mit der Gelassenheit eines Menschen, der seine letzten Urlaubstage zählt.

Sie flüchtete sich in verschiedene Anrufe. Ein längeres Gespräch mit Spanò, der in der Zwischenzeit auf eigene Faust über die alte Burrano ermittelt hatte. Mächtig und gefürchtet, wie er sagte und weshalb er die Gründe dafür herausfinden wollte.

Das zweite Telefonat mit Maria Giulia De Rosa war kurz und deutlich fröhlicher, denn sie beging ihren vierzigsten Geburtstag. »Ich feiere heute Abend in Stazzo bei meinen Eltern. Vergiss das nicht!«, schrie die Anwältin noch ins Telefon, bevor sie auflegte.

Doch Vanina hatte es vergessen. Und sie hatte sich nicht einmal die Mühe gemacht, sich nach einer Geschenkeliste zu erkundigen. Und sie hatte auch Adrianos Einladung zum Kinoabend angenommen, den sie ehrlich gesagt viel verlockender fand als dieses Fest mit Mojitos und Fingerfood. Doch nicht zu kommen konnte sie Giuli nicht antun.

Kurz darauf befreite sie der Rechtsmediziner aus der misslichen Lage, indem er ihr eine WhatsApp schrieb, die sie beim Tanken in Termini Imerese las. *Filmabend verschoben. Heute Abend Geburtstag von RA De Rosa.* Dahinter das Emoji einer Geburtstagstorte mit Kerzen. Danach schrieb er ihr das Geschäft auf, in dem die Geschenkeliste lag. *Soll ich das für dich übernehmen?*, fügte er noch hinzu. Sie hätte ihn am liebsten umarmt und geknuddelt. Das schrieb sie ihm. Und das hatte gereicht, um sie wieder in die Gegenwart zu befördern.

Doch schon an der nächsten Kreuzung, an der es links nach Messina und rechts nach Catania ging, schweiften ihre Gedanken wieder zu Paolo ab. Dabei dachte sie nicht an ihre Beziehung oder ihre Gefühle, auch wenn diese alles andere als archiviert waren. Vielmehr ließ sie ein lästiger, hartnäckiger Gedanke nicht los. Er betraf ihn, wie er gerade in seinem Büro saß und seine Unterlagen durchging, für die er sein Leben riskierte. Dass er an diesem Abend allein nach Hause kam. Sie sah ihn vor sich, auf dem grauen Sessel, der zu dem durchgesessenen alten Sofa gehörte, das sie überallhin mitnahm. Bei laufendem Fernseher, nur ab und zu ein kurzer Blick über den Brillenrand mit einem Berg voller Papier auf dem Schoß. Doch das war ein unwirkliches Bild. Vielleicht existierte der Sessel gar nicht mehr, vielleicht hatte er seine Tochter auf dem Schoß. Und vielleicht war er trotz allem nicht allein … so wie sie ihn zurückgelassen hatte.

Und da ich nicht weiß nicht, ob mir noch viel Zeit bleibt … Und dann? Was hatte er damit sagen wollen, bevor sie ihm ins Wort gefallen war? Dass er das Recht hatte, endlich zu erfahren, weshalb sie ihn verlassen hatte? Warum sie gegangen war? Nachdem sie ihm mit einer Kaliber 9 das Leben gerettet hatte, nachdem sie einundzwanzig Nächte im Krankenhaus über ihn gewacht und Himmel und Hölle in Bewegung gesetzt hatte, um den Hurensohn und einzigen Überlebenden der Schießerei hinter Gitter zu bringen? Ja, danach hatte sie ihn verlassen. Besser gesagt – sie war weggerannt, das traf es besser. Und was hatte das gebracht? Eine so erbarmungslose Antwort konnte sie sich nicht einmal selbst geben.

Die beiden Autobahnschilder rückten immer näher: Messina links, Catania rechts. Und dann nahm Vanina die falsche Ausfahrt. Vielleicht absichtlich, vielleicht aber auch, als das unangenehme Zucken im Auge sie ablenkte. Womöglich hatte sie sich bei allem Pessimismus eingebildet, dass sie das Gleichgewicht wiederherstellen konnte, wenn sie einem Wunsch nachgab. Und bei der ersten Ausfahrt verfuhr sie sich wieder, bis das Schild von Pollina-Castelbuono kam. Hier fuhr sie endlich ab.

14

Wenn sich Maria Giulia de Rosa die Ehre gab, dann in großem Stil. Der Cocktailtresen ähnelte dem eines Nachtklubs in Miami. Auf der Tanzfläche befanden sich mehr bunte Würfel als im Rubinatelier, und auf jedem tanzte jemand und schwitzte Erdbeercaipiroska aus. Es wirkte wie die Anfangsszene des Films *La Grande Bellezza – Die große Schönheit,* Version Catania.

Die Anwältin sprang im Garten von hier nach dort, vom grünen zum gelben Würfel und lief zwischen den Mischpulten hin und her. Eine Verwandlung, die Vanina gruselig gefunden hätte, wäre sie nicht eindeutig auf den Alkoholkonsum zurückzuführen gewesen.

Adriano und Luca kannten fast alle der zweihundert geladenen Gäste, Vanina höchsten ein Dutzend, und selbst die nicht besonders gut. Der Gerichtsmediziner und der Journalist waren zweifellos das hipste Paar der Party. Einer der beiden sah aus wie eine Schaufensterfigur von Gucci, während der andere leicht ungepflegt wirkte, obwohl sich alle nötigen Accessoires inklusive Bart und Eau de Toilette an den richtigen Stellen befanden. Das Risiko, dass sich Giuli ihm nach dem vierten Cosmopolitan-Cocktail ungeachtet seines Partners und seiner sexuellen Ausrichtung an den Hals werfen würde, war ziemlich hoch.

Vanina hielt sich vom Zirkus und den dröhnenden Lautsprechern fern, die förmlich zu explodieren drohten. Ende

September ein Fest unter freiem Himmel zu veranstalten war selbst auf Sizilien ein Wagnis. Die Luft war so feucht, dass man sie mit dem Messer hätte schneiden können, aber die Tanzfläche befand sich mitten im Garten unter einer Pergola, umrahmt von zahlreichen Sitzkissen. Adriano und Luca hatten sie förmlich beschlagnahmt und zur Zentrale ihrer Öffentlichkeitsarbeit auf der Grundlage von Rum Zacapa und kubanischen Zigarren auserkoren.

Vanina lümmelte auf einem Sitzsack, rauchte eine Gauloise und überlegte, ob sie sich den zweiten Cocktail des Abends genehmigen sollte. Das war zwar nicht ihre Art, aber sie hatte es nötig.

Der Spaziergang in Castelbuono mit Unterbrechung vor dem Haus der Großeltern väterlicherseits, das jetzt weiß Gott wem gehörte, war nur eine kurze Verschnaufpause gewesen, bevor die Niedergeschlagenheit sie eingeholt hatte. Und diese Party war eine glückliche Fügung. Sie zog den Reißverschluss ihrer schwarzen Lederjacke hoch, die sie zu jedem abendlichen Outfit trug. Dass sie das Pistolenhalfter nicht richtig verdeckte, war der einzige Makel des sündhaft teuren Stücks. Und da Vanina niemals unbewaffnet aus dem Haus ging, nicht einmal dann, wenn die Gelegenheit es nahelegte, musste sie sich jedes Mal für einen kleinen Revolver der Marke North American Kaliber 22 entscheiden, der in jede Tasche und sogar in die Hosentasche passte.

Sie ging in ihren Sandalen auf Zehenspitzen, verfluchte, sie angezogen zu haben, und trippelte zum Tresen. Dann ließ sie sich von Adriano Calì überreden, einen Old Fashioned zu bestellen. »Der eleganteste Cocktail, den es gibt«, behauptete er.

Sie lehnte sich an den Tresen und nahm einen Schluck. Er war wahnsinnig stark.

»Das hilft«, sagte der Arzt, als sie protestieren wollte. Er hatte wohl mehr mitbekommen, als sie vermutete.

Sie mischte sich unter die Menge und suchte Giuli. Sie entdeckte sie in der Mitte der Tanzfläche, völlig entfesselt, und wollte gerade wieder gehen, doch die Freundin hatte Vanina bereits entdeckt und kam auf sie zu.

»Hallo, Schätzchen! Komm tanzen!«

»Auf keinen Fall, Giuli!«

»Komm schon, sei nicht immer so zugeknöpft!«

»Giuli, Hände weg!«

»Hast du gesehen, wie viele Gäste gekommen sind?«, rief die Anwältin aufgeregt. Vanina entdeckte auch den Notar Renna junior in der Menge, der sie von Weitem grüßte und zum Rhythmus von Enrique Iglesias sein Glas schwang. Er wirkte wie ausgewechselt.

Personen, die sie kannten, die sie aber nicht erkannte, näherten sich ihr und begrüßten sie. Gegen ihren Willen musste sie Small Talk halten, noch dazu schreiend, mit Leuten, von denen sie kaum den Namen verstanden hatte. Giuli wurde wieder von den Feiernden mitgerissen, und Vanina konnte sich entfernen. Wie viele Hände hatte sie an diesem Abend geschüttelt? Hundert? Und wie viele hätte sie noch schütteln müssen?

Ihr Vater hatte immer gesagt, dass man in Palermo den Leuten mit geschlossenen Augen die Hand schütteln könne, weil man nie wisse, wem sie wirklich gehörten. Und vermutlich war das in Catania genauso.

Sie konnte höchstens noch eine halbe Stunde ausharren, dann hätte sie Spanò angerufen und das Feld geräumt.

»Dottoressa Guarrasi!«, rief jemand vom Rand der Tanzfläche aus.

Alfio Burrano tauchte aus der tosenden Menge auf und eilte mit ausgestreckter Hand auf sie zu. Sein Haar war wirr, das verschwitzte Hemd klebte ihm am Körper. Wäre er nicht so attraktiv gewesen, hätte man bei dem Anblick durchaus angewidert sein können. Doch in puncto Reize hatte Burrano so einiges zu bieten.

»Seltsam, Sie hier … so zu sehen!«, sagte er und schenkte ihr ein strahlendes, einstudiertes Zahnarztlächeln.

Vanina schüttelte ihm die zum Glück trockene Hand. Ein Punkt zu seinen Gunsten. »Was heißt *so*?«, fragte sie.

»Ach, ich weiß nicht … Absätze, Schminke …« Er unterbrach sich, als er sah, dass sie die Brauen hob. »Entschuldigen Sie meine Impertinenz, aber Sie sehen toll aus.«

Sie ließ ihn diesmal nicht abblitzen, obwohl er das offenbar erwartet hatte, und das ermunterte ihn zum Bleiben. Sie fragte ihn, was ihn hierherführe, auch wenn das eine rhetorische Frage war, denn natürlich war er mit Maria Giulia De Rosa befreundet. Aber wer war das nicht? Die Anwältin verschenkte ihre Freundschaft nach links und rechts mit dem Geschick einer Karrierediplomatin. Aber es gab auch die wahren Freunde, aber das war eine ganz andere Geschichte.

Burrano kehrte nicht auf die Tanzfläche zurück. Er eilte zur Pergola und nahm auf einem Sessel neben Vanina Platz. Er bediente sich aus der Flasche Zacapa von Luca, lehnte die Zigarre aber ab.

»Nur Antico Toscano«, erklärte er, zündete sich eine halbe Zigarre an, deren Aussehen und Aroma jener glich, die Tito Macchia immer zwischen den Zähnen hatte. Vanina beobachtete ihn belustigt und verschob Spanòs angeblichen Anruf halbstündlich nach hinten. Burrano war sympathisch und die Unterhaltung mit ihm von entwaffnender Oberflächlichkeit.

Zudem war er gut aussehend, was nicht zu unterschätzen war. Perfekt, um auf Spritztour zu gehen und wieder bessere Laune zu bekommen. Er redete, flirtete, verscheuchte jeden, der sich ihr nähern wollte, mit der Schnelligkeit eines satirischen Karikaturisten. Und er trank Zacapa, als wäre es Cola.

Nach zehn Minuten hatten sie sich bereits näher kennengelernt und waren zum Du übergegangen.

Ein großer blonder Mann, der wie ein Basketballer aus einem Wikingerstamm aussah, löste sich aus einer Gruppe und eilte auf sie zu. »Alfio! Ich habe mich schon gefragt, wo du geblieben bist. Wie immer in guter Gesellschaft.«

Er stellte sich Vanina vor. »Gigi Nicolosi. Der beste Freund dieser Figur hier.«

Alfio bestätigte dies mit einem Nicken, während sein Freund weiterredete. Er lächelte, aber anders als zuvor. Aus einem Grund, den Vanina nicht kannte, wirkte sein Lächeln bei Nicolosis Erzählungen über gemeinsam bestandene Abenteuer und die Kindheit ziemlich glaubhaft. Halb lächelnd, halb nachdenklich verharrte er, bis der Freund zu seiner Gruppe zurückkehrte.

Nicola Renna ging an ihnen vorbei, grüßte und lächelte Vanina an.

»Aufgepasst, man sieht es ihm vielleicht nicht an, aber er probiert es bei jeder«, warnte Alfio sie. »Ein paar Komplimente, dann lädt er dich in seine milliardenschwere Galerie moderner Kunst ein … und zack, schon schnappt die Falle zu!«

»Danke, dass du mich vorwarnst! Ich bin nämlich ziemlich unbedarft«, sagte sie und lächelte.

Alfio kicherte amüsiert. »Hör mal, Vicequestore, darf ich dich etwas fragen?«, begann er nach kurzem Schweigen.

»Solange es keine vertraulichen Fragen sind.«

»Bist du verheiratet, verlobt, hast du einen Freund … oder ist das vertraulich?«

»Sehr vertraulich«, entgegnete sie und lachte. »Aber nachdem es dich so brennend interessiert, mache ich mal eine Ausnahme und beantworte dir die Frage. Nein, ich bin weder verheiratet noch verlobt und habe auch keinen Freund.«

Diese Antwort klang für ihn wie ein Passierschein zu einer bisher versperrten Straße. Alfio wurde noch vertraulicher, rutschte mit seinem Sitzsack näher und veränderte die Stimme. Er machte Annäherungsversuche. Diskret. Äußerst subtil, denn immerhin ging es hier um Vanina Guarrasi, da machte man besser keine Fehler. Vanina hatte beschlossen, sich ein wenig zu amüsieren.

»Und wie geht es deiner Freundin? Ich sehe sie hier nirgends.«

»Wer? Valentina?«

»Warum, hast du noch andere?«

»Valentina ist nicht meine Freundin.«

»Schade. Sie ist ein hübsches Mädchen. An deiner Stelle würde ich darüber nachdenken. Und nach der schrecklichen Erfahrung, die sie mit dir durchgemacht hat …«

Burrano musterte sie fragend und schien nicht zu verstehen. »Welche Erfahrung?«

»Findest du die Entdeckung einer mumifizierten Leiche etwa eine angenehme Erfahrung?«

»Darauf hätte ich gern verzichtet, das versichere ich dir«, sagte er und runzelte die Stirn. »Seit die Leiche aufgetaucht ist, habe ich nichts als Ärger. Und nicht nur das …«

»Warum? Was ist denn sonst noch passiert?«

»Ach nichts! Die Alte kann seitdem offenbar nicht mehr schlafen und macht mich fertig. Sie wirft mir vor, dass die arme Mumie noch unbehelligt im Lastenaufzug läge, wenn ich die Nase nicht in den Teil der Villa gesteckt hätte, der mich nichts angeht. Über sechzig Jahre hat sie keinen Fuß mehr nach Sciara gesetzt und möchte sich jetzt wieder dorthin begeben. Dabei wurde die Villa versiegelt, und man darf sie nicht mehr betreten. Wie kann man nur so verrückt sein?«

Von wegen verrückt ... Möglicherweise gab es in der Villa noch andere Indizien. Mit etwas Glück vielleicht sogar Beweise.

»Es reicht, wenn man die Sache mit dem Staatsanwalt vereinbart, dann kann einer meiner Beamten sie hinbegleiten. Oder ich komme selbst mit. Dann fällt deiner Tante vielleicht wieder etwas ein.«

»Das habe ich ihr auch gesagt, aber sie hat mich zum Teufel gejagt. Nie würde sie Franco Vassalli um Erlaubnis bitten, ihre eigene Villa betreten zu dürfen. Heute schien sie außerdem besonders aufgebracht. Und wenn sie aufgebracht ist, wird sie gern handgreiflich. Vielleicht weil sie erfahren hat, dass im Lastenaufzug auch viel Geld versteckt war. So geizig und geldgierig, wie sie ist ...«

»Wer hat ihr denn erzählt, dass dort Geld gefunden wurde?«, fragte Vanina und runzelte die Stirn.

Alfio kniff die Augen zusammen und musterte sie spöttisch. »Wenn du glaubst, dass meine Tante sich mit den Informationen begnügt, die ihr ihr liefert, dann irrst du dich gewaltig. Sie hat ihre eigenen Quellen.«

Und offenkundig nutzte sie diese Quellen, und das war die wichtigste Information. »Deshalb muss sie jetzt angeblich unbedingt nach Sciara«, fuhr Vanina mit gleichgültiger Stimme fort.

»Genau. Und ihrer Meinung nach soll ich sie darin unterstützen … Ich erzähle dir lieber nicht, wie.« Er zog eine halbe Zigarre aus einem Etui und holte ein Feuerzeug hervor.

Vanina hingegen hatte den Eindruck, dass er es kaum erwarten konnte, ihr das zu erzählen. Ja, dass er das Gespräch sogar absichtlich in diese Richtung gelenkt hatte.

»Alfio, du darfst einer Vicequestore der Polizei nicht anvertrauen, dass du ihr eine Information lieber vorenthältst. Entweder du schweigst von Anfang an, oder du packst aus. Ich warne dich, denn wenn ich herausfinde, dass es etwas Wichtiges war und du es mir verschwiegen hast, dann wird es ziemlich unschön für dich.«

Alfio vergaß, seine Zigarre anzuzünden. »Um Gottes willen!«, rief er und hob die Hände. »Schulden bei einer Vicequestore der Polizei? Niemals! Vor allem nicht bei dir. Die Alte wollte, dass ich die Versiegelungen löse und sie dann wieder anbringe. Vielleicht hat sie nicht begriffen, dass das eine Straftat ist. Ich habe es ihr erklärt.«

»Und hat sie es verstanden?«

»Ich gehe mal davon aus.«

Burrano fand seinen unbeschwerten Ton wieder, den er verloren hatte, sobald die Ermittlungen zur Sprache gekommen waren. Mit allen ihm zur Verfügung stehenden Mitteln und einem zusätzlichen Glas Zacapa versuchte er, Vicequestore Giovanna Guarrasi wieder in den Vanina-Modus zurückzubringen, der ihm viel besser gefiel. Vanina ließ ihn gewähren. Giulis Andeutungen, ihr Augenzwinkern und ein zweiter Old Fashioned taten das Übrige.

»Also, Dottoressa Guarrasi, sehe ich das richtig?«, fragte Eliana Recupero, Staatsanwältin der Bezirkspolizeidirektion und Abteilung Antimafia, die innerhalb von zehn Minuten Vaninas Treffen mit Tunis im Gefängnis Ucciardone autorisiert hatte. Sie war um die fünfzig, schmal und hatte einen lebhaften Blick. »Calascibetta ließ Sie rufen, nachdem er aus der Zeitung erfahren hatte, dass ein Mord wieder ans Tageslicht gekommen ist, für den vor fünfzig Jahren ein Mitglied seiner Familie verurteilt wurde. Und erst jetzt hält er es für nötig, mit seinem Wissen zur Aufklärung des Falls beizutragen?«

»So hat er es ausgedrückt.«

»Und Sie glauben ihm?«

»Vielleicht nicht alles, aber im Großen und Ganzen schon, Dottoressa. Ich glaube, dass Tunis, also Calascibetta, sehr wohl wusste, dass der Mord an der erst kürzlich entdeckten Leiche von derselben Hand stammte, die auch Burrano ermordete. Und wahrscheinlich wusste er sogar, dass Di Stefano nicht unser Verdächtiger Nummer eins ist. Ich bezweifle aber, dass er davon aus der Zeitung wusste.«

»Von wem könnte er es sonst erfahren haben?«

»Von Di Stefano höchstpersönlich.«

Staatsanwältin Recupero musterte sie fragend.

Die Verbindung zwischen Tunis und Di Stefano und die angeblichen Verwandtschaftsverhältnisse hatte Spanò in weniger als einer halben Stunde recherchiert. Saveria Calascibetta, einzige Tochter des Informanten der Justiz, war mit Vincenzo Zinna verwandt, dem Neffen ersten Grades von Agatina, Ehefrau von Masino Di Stefano, und Gaspare, welcher den Vertrag über das Aquädukt unterschrieben hatte. Für Vanina lag der Fall ziemlich klar. Nach siebenundfünfzig Jahren präsentierte Familie Zinna dem wahren Mörder die Rechnung. Der nach allem, was Tunis ausgesagt und unterschrieben hatte, innerhalb der Familie Burrano zu suchen war. Der Familie der *Gehörnten.*

»Es ist also nicht nötig, Ihre Kollegen der Abteilung für organisiertes Verbrechen mit einzubeziehen«, schloss die Staatsanwältin.

»Davon gehe ich nicht aus, Dottoressa. Sehen Sie, Calascibetta hat in einer Sache absolut recht. Damals lief alles total falsch. Statt eines Gehörnten – oder einer Gehörnten – wird ein Mafioso zur Rechenschaft gezogen. Das organisierte Verbrechen hatte etwas mit den Geschäften von Gaetano Burrano zu tun und konnte vielleicht im Nachhinein Geschäfte mit seinen Nachfolgern machen, aber nicht mit dem Mord an ihm. Und erst recht nicht mit dem Mord an Maria Cutò.«

Staatsanwältin Recupero gab ihr recht.

Vassalli lauerte ihr mit seinen nervigen Fragen auf. Er hatte es gründlich vermieden, sich dem Büro von Eliana Recupero zu nähern, deren Meinung er fürchtete. Vanina hingegen schätzte und teilte deren flotte Art.

»Und wenn alles nur eine Falle ist?«, entgegnete der Staatsanwalt. »Wenn Familie Zinna die ganze Show nur abzieht, um ihren Cousin vor einer erneuten Verurteilung zu bewahren? Und wenn Burrano im letzten Moment seine Meinung zu diesem Vertrag doch noch geändert hat? Selbst wenn eine Kopie im Auto geblieben ist, die offizielle Version sich aber nicht findet? Das sind Fakten. Und wenn sie ihn aus Rache ermordet haben und die arme Hure zwischen die Fronten geriet, weil sie zu viel wusste? Di Stefano hat das Auto nicht geklaut, da sind wir uns einig. Aber um seine Spielschulden zu begleichen, hat er vielleicht doch das Geld geklaut, das er angeblich für Burrano bei der Bank abgehoben hat. Haben Sie daran gedacht, Dottoressa Guarrasi? Glauben Sie nicht, dass jetzt der richtige Zeitpunkt wäre, die Sache der Antimafia zu übergeben? Wenn die auch zu dem Schluss kommt, dass keine Verbindung besteht …«

Vanina sprang vom Stuhl auf. »Die DIA? Dottore Vassalli, ist Ihnen klar, was Sie da sagen?« Hätte sie gekonnt, wäre sie einfach gegangen, aber sie durfte ihre Ermittlungen durch keine Kurzschlusshandlung gefährden. »Finden Sie es nicht leicht übertrieben, die Kollegen der DIA in eine Geschichte hineinzuziehen, die sich vor über fünfzig Jahren zugetragen hat und die den ganzen Rummel nicht verdient? Glauben Sie mir, Dottore Vassalli, ich habe jahrelang mit der Antimafia-Abteilung zusammengearbeitet und versichere Ihnen, dass die keine Zeit zu verlieren haben«, sagte sie ruhig, doch entschlossen. Am liebsten hätte sie Vassalli aber angebrüllt.

Der zögerte, öffnete einen Ordner, schloss ihn wieder, verrückte einen Stift, legte ihn wieder zurück. Offensichtlich hielt er etwas zurück, wollte etwas nicht sagen oder jemanden nicht mit hineinziehen.

»In Ordnung, Dottoressa Guarrasi. Ich nehme die Aussage des Informanten zur Kenntnis. Um uns aber in die Richtung zu bewegen, die Sie vorschlagen, müssten wir mehr in der Hand haben. Etwas Konkretes, Dottoressa. Suchen Sie danach, und wenn Sie es finden, leiten wir ein Verfahren ein. Ansonsten bleibt Tommaso Di Stefano der einzig mögliche Verdächtige für mich.«

Eindeutiger hätte er es nicht formulieren können.

Wie eine Furie rauschte Vanina aus dem Präsidium. Am liebsten hätte sie dem Eisenrohr einen Tritt versetzt, das sich ihr auf dem Platz vor die Füße legte.

Vassalli, dieser Nichtsnutz – so wäre er in Palermo genannt worden –, hatte sie im Kampf gegen die Windmühlen im Stich gelassen. Verrückterweise gab ihr die Mafia zum ersten Mal in ihrer beruflichen Laufbahn recht. Das war kein Grund zur Freude.

Sie betrat die Bar an der Ecke und erstickte ihre Wut in einem Schokoladenkrapfen, einem frittierten Milchbrötchen mit Schokoladenfüllung, einer ihrer Lieblingsleckereien, typisch für Catania. An jenem Morgen waren ihre täglichen Rituale gehörig aus den Fugen geraten. Kein Milchkaffee nach dem Aufwachen, kein Gang zur Bar vor der Haustür, in der sie sich immer ein Croissant und einen Cappuccino zum Mitnehmen holte. Nur ein schneller Espresso aus der Nespresso-Maschine zu Hause, um nicht mit einem Gesicht wie ein Zombie in der Staatsanwaltschaft aufzukreuzen.

Sie hatte drei Stunden geschlafen. Vier, wenn sie die eine Stunde mitzählte, die sie auf dem grauen Sofa verbracht hatte, nachdem sie Alfio Burrano nach Hause geschickt hatte.

Sie musste zugeben, dass sie zuerst etwas anderes vorgehabt hatte, als sie ihn in ihr Gästehaus bat. Und so abwegig wäre das nach dem gemeinsam verbrachten Abend auf der Party auch nicht gewesen. Doch irgendetwas hatte sie dann beide gebremst. Was es war, konnte sie nicht sagen, jedenfalls war der Abend dahin. Einzige Nachwirkung waren latente Kopfschmerzen, eine Folge der eleganten Cocktails, die Adriano Calì ihr empfohlen hatte, sowie einer Anzahl von Zigaretten, mit der sie für gewöhnlich länger als zwei Tage auskam.

Die Schreibtische von Marta Bonazzoli und Nunnari erstickten unter einem Berg von Objekten in Plastiktütchen. Manenti, dieser Mistkerl, hatte sich an ihr gerächt, nachdem sie ihm mit den unmöglichsten Forderungen auf den Keks gegangen war. Und so hatte er ihr das gesamte Archiv der in dem Lancia gefundenen Gegenstände geschickt. Zerknirscht begutachtete Marta ein Plastiksäckchen. Vanina ging auf sie zu und sah, dass es eine Puppe enthielt. Einen hölzernen Pinocchio, der aus einem Spielzeugladen längst vergangener Zeiten zu stammen schien.

»Was ist deiner Meinung nach aus Rita Cutò geworden?«, fragte Marta mit glasigen Augen.

»Keine Ahnung«, seufzte Vanina. »Und bei dieser Geschwindigkeit werden wir das, so fürchte ich, nie erfahren.«

Fragapane und Spanò tauchten aus ihren Büros auf. Ihre Schreibtische waren ebenfalls mit Plastiktütchen überhäuft.

»Willkommen zurück, Boss!«, begrüßte sie der Vicesovrintendente. Der Ispettore beschränkte sich hingegen auf ein Kopfnicken. Vanina hatte bereits vor ihrer Ankunft im Präsidium mit ihm telefoniert und Neuigkeiten ausgetauscht, doch die Ergebnisse der Nachforschungen zu Teresa Burrano hatten bisher nicht viel ergeben.

»Ich habe mit Pappalardo gesprochen, meinem Freund bei der Spurensicherung«, begann Fragapane.

»Halt!«, unterbrach ihn Vanina. Sie drehte sich um und spähte in den hinteren Teil des Büros. »Lo Faro, holen Sie sich einen Kaffee!«

Der junge Mann hob den Blick vom Schreibtisch. »Also … ehrlich gesagt habe ich schon einen getrunken.«

»Dann holen Sie sich einen Snack! Es ist halb zwölf, genau die richtige Zeit dafür.«

»Danke, aber außerhalb der Mahlzeiten esse ich nie etwas.«

»Dann rauchen Sie eine Zigarette … Nein, warten Sie!«, rief sie und kam ihm zuvor. »Sagen Sie jetzt bloß nicht, dass Sie nicht rauchen, denn das ist mir scheißegal. Drehen Sie eine Runde, vertreten Sie sich die Füße, tun Sie, was Sie wollen, aber gehen Sie mir aus dem Weg!«

Wie ein geprügelter Hund schlich Lo Faro um den Schreibtisch und wandte sich zur Tür. Er wagte nicht, nach dem Warum zu fragen, denn das hatte Vanina ihm vor einigen Tagen an einem Abend ausführlich erklärt.

»Was wollten Sie sagen, Fragapane?«, fuhr Vanina fort.

»Das Feuerzeug habe ich meinem Freund Pappalardo gebracht und es untersuchen lassen, ohne ihm zu verraten, von wem ich es hatte. Genau wie Sie gesagt haben. Ich habe ihn darauf hingewiesen, dass darauf vermutlich auch die Fingerabdrücke der Kollegin zu finden sind, die das Feuerzeug mitgenommen hatte. Er hat mir versichert, sich beeilen zu wollen. Nur dass die Abdrücke auf dem Aschenbecher bloß noch undeutliche Spuren enthalten, Dottoressa. Es ist sicher unmöglich, sie miteinander zu vergleichen. Heute erfuhr ich allerdings, dass auf der Tasse DNA-Spuren nachzuweisen waren. Dazu wird Ihnen Dottore Manenti später am Telefon noch mehr sagen. Fingerabdrücke wurden allerdings nicht gefunden.«

Vanina musste erst einmal überlegen, wovon er sprach. »Ach ja. Die Tasse, die die Kollegen damals einfach stehen gelassen hatten. Gut gemacht. Wer weiß, vielleicht kann sie uns eines Tages noch nützlich werden. Wenn wir mit dem wenigen arbeiten müssen, das uns zur Verfügung steht.«

Dem folgte ein kurzes Schweigen. Alle sahen sich an, nur Spanò ließ sich nichts anmerken. Marta legte die Puppe beiseite und wandte sich an Vanina. »Heißt das, dass wir nicht weiter ermitteln dürfen?«, fragte sie ungläubig.

»Jedenfalls nicht zu Personen oder Fakten, die nicht direkt mit Maria Cutòs Tod zu tun haben.«

Alle dachten darüber nach.

»Entschuldigen Sie, Boss«, mischte sich Nunnari ein. »Vielleicht habe ich nicht alles mitbekommen, aber ich dachte, wir hätten bisher keine konkreten Verbindungen zum Tod der Cutò gefunden …«

Vanina antwortete darauf mit einem Achselzucken.

»So ein Mist!«, platzte Fragapane leise, aber unüberhörbar heraus.

»Genau. Und in diesem Fall dürfen wir das ruhig laut aussprechen«, schloss Vanina.

Sie ließ alle grübelnd über den Satz zurück, den sie soeben gesagt hatte, und flüchtete in ihr Büro. Sie öffnete das Fenster und zündete sich eine Zigarette an. Dass dies verboten war, störte sie nicht. Dann setzte sie sich auf ihren Stuhl, lehnte sich zurück, drehte sich langsam von rechts nach links und stützte sich mit den Füßen auf dem Podest ab.

Sie dachte über die Elemente nach, die ihr zur Verfügung standen. Die meisten davon waren Theorien, Konkretes gab es nur wenig bis gar nichts. Zu den Theorien fügte sie auch das hinzu, was sie am Abend zuvor von Alfio erfahren hatte. Ihr war klar, dass er die Alte hasste und Genugtuung verspürte, sie in den Augen einer Gesetzeshüterin zu diffamieren. Im Vergleich zu allem, was Vanina bereits wusste, waren seine Informationen eine Kleinigkeit, aber das konnte er natürlich nicht wissen. Und auch nicht ahnen, denn der Name der Dame war niemals zur Sprache gekommen, wenn es um die Verdächtigen im Mord an ihrem Ehemann gegangen war. Denn der Verdacht war immer nur auf eine Person gefallen. Und alle wollten, dass es auch so blieb. Zum Teufel mit ihnen! Sie war nicht der Kommissar von damals, wie hieß er doch gleich? Richtig, Torrisi. Und auch nicht der arme Patanè, der bei dieser Geschichte bestimmt schon oft Magenschmerzen bekommen hatte.

Plötzlich richtete sich Vanina auf, griff nach dem Telefon und wählte Patanès Nummer, die immer auf ihrem Schreibtisch lag. Dann wartete sie. Sie drückte ihre Zigarette in dem Becher mit dem Rest des Espresso aus, den sie vor einigen Tagen am Automaten gekauft und nur halb ausgetrunken hatte. Mehr wäre magenschädigend gewesen. Sie freute sich darüber, dass in ihrer Abwesenheit offenbar niemand ihr Büro betreten hatte, nicht einmal die Putzfrau.

Natürlich ging der Commissario nicht ans Handy. Also versuchte es Vanina am Festnetztelefon.

Nach sechsmaligem Klingeln nahm Signora Angelina ab und wirkte ziemlich abweisend. »Nein, Gino ist nicht zu Hause«, erklärte sie mit hörbarer Genugtuung.

»Kann ich ihn mittags erreichen?«

»Natürlich, schließlich ist mein Mann in Rente.« *Das haben Sie offensichtlich vergessen,* hätte sie wohl am liebsten hinzugefügt.

Spanò klopfte in dem Moment an ihre Tür, als Vanina gerade auflegte. Er setzte sich vor ihren Schreibtisch, und die Entrüstung war ihm ins Gesicht geschrieben. Er hatte Vassallis Reaktion bereits vorhergesehen.

»Neuigkeiten?«, fragte sie.

Der Ispettore strich sich über den Schnauzbart und seufzte. »Also … Teresa Regalbuto war niemals mittellos, nicht einmal als junges Mädchen. Sie stammte aus einer Unternehmerfamilie, die gut in die Gesellschaft Catanias integriert war. Wohlhabende Leute, überheblich, aber finanziell gesehen nicht wohlhabender als viele andere. Mit richtig viel Geld kam Teresa allerdings erstmals in Berührung, als sie Gaetano Burrano heiratete. Wie meine Tante Maricchia sagt, war die Ehe eigentlich nicht arrangiert. Für die Regalbutis waren die Burranos neureiche Flegel. Und Gaetano war ihrer Tochter nicht würdig, die offenbar viele Verehrer hatte. Aber Teresa hatte es sich in den Kopf gesetzt und alles dafür getan, dass sie Burrano am Ende heiraten konnte. Er war ein schrecklicher Ehemann, stellte seiner Frau aber viel Geld zur Verfügung. Die Signora war eine der prominentesten Damen in Catania. Ihr Salon war berühmt und galt als geschlossene Gesellschaft, wo man wichtige Freundschaften schloss.«

»Und der Mann sorgte für diese Wichtigkeit?«

»Genau darauf will ich hinaus. Burrano war reich, einflussreich und skrupellos. Aber etwas an der Sache war seltsam. Hätte seine Ehefrau nur von der Macht ihres Mannes profitiert, hätte sie nach seinem Tod diese wohl wieder verloren. Ihre gesellschaftlichen Treffen hätten nur noch die Damenwelt interessiert, und ihre Feste wären zu den üblichen mondänen Anlässen geworden. Doch bei Teresa war das ganz anders. Ihr Aufstieg zum Thron der mächtigsten Frau Catanias war unaufhaltsam. In den Achtzigerjahren, als in Catania viel Geld zirkulierte, parkte vor ihrem Haus stets ein Wagen mit Chauffeur und Antenne auf dem Dach. Wie zumindest meine Tante Maricchia behauptet, hatte sie ein Verhältnis mit einem einflussreichen Mann aus Rom. Sie wissen ja, wie das ist … Rom beflügelt die Fantasie der Leute, vor allem derjenigen, die noch nie dort waren.«

Vanina warf Spanò einen bewundernden Blick zu. »Verraten Sie mir, woher Sie diese Informationen haben!«

»Familie Spanò hat ihre Informanten.«

»Vertrauenswürdige?«

»Darauf können Sie wetten, Dottoressa.«

»Bravo, Spanò! Bisher ist das alles zwar nur Theorie, aber je mehr Theorien wir haben, umso besser.«

Spanò nickte erfreut. »Wenigstens das. Nun fehlt mir nur noch ein Informant aus früheren Tagen. Jemand, der für gewöhnlich über wichtige Dinge Bescheid wusste. Er hält sich gerade nicht in der Stadt auf, aber man hat mir versichert, dass er in ein paar Tagen nach Catania zurückkehrt.«

Weitere Tage. Als hätten sie alle Zeit der Welt. Und eigentlich hatten sie diese Zeit auch, wenn man das Alter der Leiche bedachte. Nun war nur zu hoffen, dass sich kein neuer Mord dazwischenschob und Vaninas Aufmerksamkeit verlangte.

Commissario Patanè rief sie auf dem Festnetz in ihrem Büro an. Eine halbe Stunde später, praktisch zur Mittagszeit, trudelte er ein. »Ich habe Sie gestern im Büro angerufen, aber Sie waren nicht da. Man hat mir die blonde Polizistin gegeben … wie heißt sie noch?«

»Marta Bonazzoli.«

»Richtig, genau die. Ich wollte Sie auf dem Handy anrufen. Hatte mir Ihre Nummer auf einem Zettel notiert, finde ihn aber nicht mehr. Ich habe alle Taschen durchwühlt. Nichts. Sie müssen sie mir noch einmal geben.«

Vanina reichte ihm eine Visitenkarte. »Darf ich Ihnen einen Rat geben? Verwahren Sie diese Karte lieber nicht in Ihren Taschen.«

»Natürlich …«, antwortete Patanè automatisch, doch dann hob er misstrauisch den Kopf. »Warum sagen Sie das?«

Vanina lächelte. »Ach nichts, Commissario! Das sollte ein Witz sein.«

Der Commissario verstand die Bemerkung trotzdem und lachte. »Sie haben recht! Aber was soll ich machen, Dottoressa Guarrasi? Meine Angelina war schon immer so.«

»Ihre Angelina ist herzallerliebst, und Sie kommen zu mir, statt zum Mittagessen nach Hause zu gehen. Ihre Frau hat also recht.«

»Kehren wir zu den wichtigen Themen zurück!«, schlug Patanè vor, zog aus der Tasche einen karierten Notizblock, wie man ihn für Einkaufszettel benutzte, mit zerfetztem Deckblatt und bekritzeltem Rücken. »Gestern Morgen habe ich mich mit Iero zusammengesetzt, und wir haben uns an die Ungereimtheiten von damals erinnert. Damals, als wir mit den Ermittlungen im Mordfall Burrano befasst waren. Sie wissen ja, wie das ist … Zwei halbe Erinnerungsvermögen ergeben ein ganzes. Der eine sieht, der andere hört, und einiges konnten wir doch noch ausgraben. Vor allem, weil ich mir die Akte noch einmal angesehen hatte. Ich habe mir minutiös alles aufgeschrieben, um nichts zu vergessen.«

»Schießen Sie los, Commissario!«

Patanè setzte seine Brille auf und begann. »Erstens der verschwundene Geldkoffer. Am Tatort fehlte davon natürlich jede Spur, wir hätten also diesbezüglich niemals etwas erfahren. Wenn Di Stefano ihn tatsächlich an sich genommen hatte, warum hätte er uns dann von seiner Existenz erzählen sollen? Zweitens erklärte der Hausangestellte, am Abend des Mordes, vor dem Schuss, Tumult bemerkt und Stimmen gehört zu haben. Iero erinnerte mich daran, dass uns das beeindruckt hatte. In der Akte muss das stehen, denn der Hausdiener war einer der Ersten, die vernommen wurden. Er sprach von mehreren Personen. Wäre nur Di Stefano anwesend gewesen, hätte er bestimmt keinen Tumult gehört. Heute wissen wir, dass an jenem Abend auch Luna anwesend gewesen sein muss. Dadurch wird die Sache noch komplizierter. Nach offizieller Version soll Di Stefano zuerst Luna ermordet und sie im Speisenaufzug versteckt haben, um dann Burrano zu erschießen, der in der Zwischenzeit geduldig an seinem Schreibtisch gesessen und auf seine Ermordung gewartet hatte. Am Ende soll er auch die Pistole entsorgt haben. Andersherum gesagt hat er zuerst auf Burrano geschossen, danach die Frau ermordet und im Speiseaufzug versteckt. Dann stimmen aber die Zeiten mit der Aussage des Hausdieners nicht überein. Der war nach eigener Aussage sofort herbeigeeilt und wollte nachsehen, was vor sich ging. Seiner Aussage nach sei er zeitgleich mit Di Stefano eingetroffen. Aber da ist noch etwas, Dottoressa … Der Hausdiener erwähnte nie etwas von einer Frau, die in der Villa mit Burrano zusammengewohnt haben soll. Das heißt, vielleicht stimmt es, dass Luna seit Tagen dort war, bevor sie verschwand. Dann bedeutet das auch, dass der Kerl entweder nicht die Wahrheit sagte und von der Familie zu einer Lüge angestiftet wurde, um keinen Skandal zu verursachen. Vielleicht lernte er sie tatsächlich nie kennen, und sie war an jenem Abend nur zufällig dort. Also nur an jenem einen Abend.«

Bei ihrem ersten Gespräch mit Teresa Burrano hatte Vanina das Thema Bedienstete tunlichst gemieden. Aber es war höchst unwahrscheinlich, dass jemand wie Burrano in einem Haus ohne Angestellte lebte. Patanè hatte also recht. Irgendjemand hatte etwas verschwiegen. Vanina holte die Akte Burrano heraus und blätterte sie durch. Patanè reckte den Hals und warf einen schiefen Blick darauf.

»Da müsste es stehen«, sagte er und deutete auf einen Punkt.

Und da stand die Zeugenaussage des Bediensteten. Eine zerknitterte halbe Seite, der sie ehrlich gesagt nur wenig Beachtung geschenkt hatte, weil auch hier letztendlich nur das Übliche stand. Einziger Unterschied war lediglich der Satz, Di Stefano sei gemeinsam mit ihm am Tatort erschienen. Nutzlos für die Ermittler, da ihrer Meinung nach Di Stefano in der Zwischenzeit losgezogen war, die Pistole entsorgt und das Geld versteckt hatte.

»Demetrio Cunsolo, geboren in Catania ... 1934«, las sie. »Ach, der könnte wie Sie noch am Leben sein!«

Patanè hob den Kopf, und die Frage schien einen wunden Punkt berührt zu haben. »Dottoressa, bitte vergessen Sie nicht, dass Sie mit jemandem des Jahrgangs 1933 sprechen. Und mein Kollege, der uns mit Informationen nur so überhäuft hat, ist sogar Jahrgang 1927.«

Vanina lächelte verlegen. »Tut mir leid, Commissario.«

Sie rief Marta Bonazzoli, doch an ihrer Stelle erschien Nunnari. »Wo ist Marta?«, fragte sie.

»Sie spricht am Telefon mit Kollegen der Spezialeinheit. Anscheinend wurde eine Frau auf dem Parkplatz vor dem *Hotel Nettuno* ermordet.«

Vanina blickte auf. »Was ist denn das für ein Mist?«, rief sie. Als hätte sie es geahnt.

»Nein, nein, Boss, man hat den Täter schon gefasst!«

»Was soll denn das schon wieder heißen?«

In diesem Moment gesellte sich Marta zu ihnen. Sie wirkte eher genervt als aufgeregt. »Vanina ... oh, entschuldige! Ich habe ganz vergessen, dir zu sagen, dass Commissario Patanè gestern anrief.«

»Kein Problem. Was hat es mit der ermordeten Frau auf sich?«

»Absurd!«, stöhnte Marta und schüttelte den Kopf. »Ein Kerl hat seine Frau mit einem Wagenheber ermordet, nachdem sie sich darüber gestritten hatten, wie die Koffer im Auto zu verstauen sind. Die Spezialeinheit hat sie noch vor Ort aufgefunden. Er war völlig verwirrt und hielt die Tatwaffe noch in der Hand.«

»So etwas ist mir noch nie untergekommen«, staunte Patanè.

Vanina entspannte sich wieder. »Also gut. Ich weiß zwar

nicht, warum man uns informiert hat, aber da wir schon einmal beteiligt sind, kümmerst du dich darum. Und nimm Lo Faro mit, dann lenken wir die Presse etwas ab.«

»In Ordnung, Boss, ich mache mich auf den Weg.«

»Und … Marta!«, rief sie.

»Was ist?«

»Hast du es Macchia schon gesagt?«

»Nein … ich habe es doch dir gesagt«, antwortete Marta.

»Ich arbeite gerade aber an etwas anderem. Tu mir doch den Gefallen, klopf bei ihm an und sag du es ihm!«

Einen Moment lang blieb Marta verwirrt stehen. »Ich?«

»Ja, Marta, du«, sagte Vanina und lächelte. »Keine Angst, er beißt nicht.«

Marta eilte zur gegenüberliegenden Tür.

»Sie ist anscheinend ziemlich schüchtern«, flüsterte Patanè.

Sehnsüchtig sah ihr Nunnari hinterher.

»Zurück zu uns«, fuhr Vanina fort. Sie reichte Nunnari den Zettel mit der Aussage von Burranos Hausangestelltem und schickte ihn los, damit er nach ihm suchte.

»Zu Befehl, Boss«, sagte der Beamte und legte die Hand an die Stirn, bevor er das Büro verließ.

»Sie haben eine tolle Mannschaft«, lobte Patanè sie.

»Der eine erschöpfter als der andere, Commissario«, kam Vanina ihm zuvor. »Aber sie leisten alle gute Arbeit, wissen Sie. Auch wenn das auf den ersten Blick nicht so erscheinen mag.«

»Außerdem haben Sie auch noch Carmelo Spanò«, unterstrich der Commissario.

»Der für drei zählt.«

Vanina hörte Macchias Stimme auf dem Flur. Dies bedeutete, dass er sein Büro verlassen hatte, das neben dem von Marta Bonazzoli lag. Innerhalb der nächsten zwei Minuten würde er bei ihr aufschlagen und um Aktualisierung und ein Treffen mit Vassalli in der Staatsanwaltschaft bitten.

»Commissario, ich möchte Sie um einen Gefallen bitten.«

»Worum geht es, Dottoressa?«

»Fühlen Sie sich in der Lage, heute Nachmittag mit mir die Villa Burrano unter die Lupe zu nehmen?«

Patanè saß mit angehaltenem Atem da, das hatte er nicht zu hoffen gewagt. »Natürlich, Dottoressa! Welche Frage … Ich wäre sehr geehrt.«

»Ich muss noch einmal in aller Ruhe dorthin zurückkehren und die Lage begutachten.«

Und genau in diesem Moment stürmte Tito Macchia in ihr Büro. »Commissario Patanè!«

Patanè wollte gerade aufstehen und das Büro verlassen, wurde aber sogleich von einer großen Hand auf den Stuhl zurückgedrückt. Macchia ließ sich neben ihm nieder.

Nun erzählte Vanina ihm lang und breit alles, was sie in der Staatsanwaltschaft *nicht* erreicht hatte, mit einem kleinen Exkurs über die Ernsthaftigkeit und Zuverlässigkeit von Eliana Recupero, mit der sie leider nicht zusammenarbeiten dürfe, wie sie beklagte.

»Dann geh doch zur Spezialabteilung organisiertes Verbrechen! Du wirst schon sehen, wie lange du es dort aushältst«, stichelte Macchia. Manchmal machte er sich einen Spaß daraus, sie aufzuziehen.

Sie durchbohrte ihn mit einem finsteren Blick und erzählte ihm dann, was es sonst noch Neues gab.

Der Commissario brauchte einen Augenblick, um sich an das Halbdunkel zu gewöhnen, genug Zeit für Vanina, um die Fenster zu öffnen.

Sie durchquerte das Esszimmer und begab sich zum Arbeitszimmer. Dort schaltete sie das Licht an und öffnete ebenfalls die Fensterläden. Aufgeregt blieb Patanè an der Tür stehen. Dieses Szenario hatte ihn so lange verfolgt, dass er das Gefühl hatte, diesen Raum bereits mehrmals betreten zu haben. Er erinnerte sich noch daran, als wäre es erst tags zuvor gewesen.

Auf der Suche nach der richtigen Eingebung wanderte Vanina im Zimmer umher. Sie öffnete eine zweite Tür auf der gegenüberliegenden Seite des Zimmers und fand heraus, dass sie auf den Treppenabsatz hinausging.

»In welchem Zimmer haben Sie den Speisenaufzug entdeckt?«, fragte Patanè.

Sie führte ihn in den kleinen Salon im ersten Stock. »Commissario?«, fragte sie ihn. »Im damaligen Bericht der Spurensicherung tauchten diese Zimmer gar nicht auf. Wurden sie nicht kontrolliert? Oder wurde dort nichts Wichtiges gefunden?«

»Sie waren versperrt. Die Schlüssel wurden erst später gefunden. Burrano trug sie bei sich. Iero hatte den Haupteingang mit einem Schulterstoß eingedrückt. Wir haben alle Schubladen in den Schränken geöffnet, aber nichts gefunden. Das waren Privatzimmer, die mit dem Tatort nichts zu tun hatten.«

»Glauben Sie immer noch, dass sie nichts damit zu tun hatten?«

Patanè schwieg und dachte nach. »Kann sein. Andererseits wurde Lunas Leiche in der Küche gefunden, oder etwa nicht? Also nicht hier. Deshalb musste sich der Lastenaufzug auch in der Küche befinden.«

»Das heißt also, dass der Mörder nur im Erdgeschoss zugange war?«

»Ich denke schon, ja.«

»Wer hat dann die Statue hergeschafft?«, forschte Vanina weiter nach und wies auf die Büste des alten Burrano.

Darauf hatte Patanè keine Antwort. Dann stiegen sie in die Küche hinunter. Ein rot-weißes Band sperrte den Bereich ab, in dem die Spurensicherung gearbeitet hatte.

»Wurden hier im Erdgeschoss noch Blutspuren gefunden? Hätten uns damals die modernen Methoden zur Verfügung gestanden, wäre mir viel Arbeit und Mühe erspart geblieben«, klagte Patanè.

»Sie meinen Luminol?«, fragte Vanina und lachte. »Nein, wir haben weder Blutspuren noch irgendwelche Körperflüssigkeiten gefunden. Aber angesichts der Zeit, die vergangen ist, scheint mir das auch nicht verwunderlich zu sein, Commissario. Man sagt zwar, dass Blut lange nachweisbar bleibt, vor allem Blutspuren, aber fünfzig Jahre sind eine sehr lange Zeit.«

»Gut, aber nehmen wir mal an, dass die Frau woanders umgebracht und dann hier versteckt wurde.«

»Selbst wenn dem so wäre, ändert das nichts.«

Patanè bekam einen Hustenanfall, der Staub in der Villa setzte ihm zu. Vanina öffnete eilig die einzige Fenstertür, vor der sich ein Eisengitter befand. Der Commissario klammerte sich daran und sog die frische Gartenluft ein. Die ein Meter dicke Wand, hinter der sich der Speisenaufzug befand, hörte genau hier auf. An der kürzeren Seite und auf Brusthöhe befand sich eine Holztür, die weiß gestrichen war.

»Dottoressa, haben Sie Handschuhe dabei?«, fragte Patanè.

Vanina zog ein Paar Latexhandschuhe aus ihrer Handtasche. Der Commissario streifte sie über und öffnete das Türchen, hinter dem sich ein Motorraum befand. Im unteren Teil war eine seltsame Maschine mit einer großen Kurbel installiert, darüber ein vorsintflutlicher Verteilerkasten mit einem Hebel in der Mitte, der nach unten gedrückt war.

»Dottoressa, vielleicht täusche ich mich, aber mit diesem Hebel wird wohl der Aufzug bedient«, sagte Patanè und machte mit dem Finger eine Bewegung nach oben und unten. Die Kurbel hingegen gehörte vermutlich zu einem älteren Betriebssystem. Damals gab es nur sehr wenige Hebel dieser Art. Dafür musste man eigens einen Meisterbetrieb beauftragen, der solche Systeme montierte. In Catania hatte es damals vermutlich nur zwei oder drei solcher Betriebe gegeben. Alfio hatte erzählt, dass sein Onkel überall in der Villa elektrischen Strom hatte verlegen lassen. Es leuchtete also nicht ein, dass er ausgerechnet den Speisenaufzug davon ausgeschlossen haben sollte.

Und ganz plötzlich hatte sie einen Einfall. »Commissario!«, schrie sie.

Patanè zuckte zusammen. »Um Gottes willen, Dottoressa!«, rief er und legte eine Hand auf die Brust. »Sie haben mich zu Tode erschreckt!«

»Fassen Sie den Hebel nicht an, auch nicht mit Handschuhen! Am besten schließen Sie die Tür gleich wieder.«

»Ich bin doch nicht übergeschnappt! Wenn ich hier irgendetwas berühre, fliegen wir noch in die Luft, so wie die Drähte aussehen.«

Doch Vanina folgte ihren eigenen Gedanken. »Nehmen wir mal an, die Frau wurde an einem anderen Ort ermordet«, überlegte sie.

»Und was habe ich gesagt?«

Doch Vanina hörte ihm nicht zu. »Lassen Sie uns nachdenken, Commissario! Wenn sich Burrano mit jemandem in seinem Arbeitszimmer aufhielt, mit wem auch immer, dann war die Cutò sicher nicht bei ihm. Wahrscheinlich befand sie sich hingegen im oberen Stockwerk.«

Patanè wackelte mit dem Zeigefinger der Hand hin und her, an der er immer noch den Handschuh trug. Er kniff die Augen zusammen, als wolle er seinen eigenen Gedankengängen folgen. »Sie wurde ermordet und anschließend im Speisenaufzug versteckt. Dann hat jemand die Tür verschlossen und ist ins Erdgeschoss hinuntergestiegen. Der Aufzug wurde betätigt und ins Erdgeschoss gebracht, danach wurde die Anrichte vor die Tür geschoben. Schließlich wurde die Büste nach oben gebracht«, erklärte er voller Elan.

Vanina wog seine Erläuterungen ab und schüttelte den Kopf. »Etwas ergibt keinen Sinn, Commissario.«

»Und was wäre das?«

»Am Abend des Mordes befand sich die Büste noch im Arbeitszimmer. Erinnern Sie sich? Das ist uns beiden aufgefallen.«

Patanè gab nicht auf. »Vielleicht wurde sie erst später hinaufgebracht.«

»Kann sein. Das muss aber jemand gewesen sein, der ohne Probleme Zugang zur Villa hatte. Und der wusste, wie man den Speisenaufzug bedient.«

»Dottoressa, machen wir uns nichts vor, wir denken sowieso das Gleiche. Hiermit bestätige ich Ihnen, dass die einzige Person, die ohne Schwierigkeiten Zugang zur Villa hatte, Teresa Burrano war.«

Vanina entfernte sich von der Balkontür und ging im Raum auf und ab. »Ihr Mann verlässt sie und ist mit einer anderen Frau auf dem Weg nach Neapel, mit der er sogar eine Tochter hat. Sein gesamtes Vermögen vertraut er seinem Verwalter an, einem halben Mafioso, mit dem er sogar ein ziemlich großes

Geschäft abwickelt. Ab dem Moment verwaltet Di Stefano alles, auch die beträchtliche Leibrente, die Burrano seiner Frau monatlich überweist. Außerdem hat er ein Testament aufgesetzt, in dem sie, also Teresa Regalbuto, mit einer Prostituierten auf die gleiche Stufe gestellt wird und noch dazu nach ihrem Tod alles deren Tochter hinterlassen soll.«

»Und wie erfuhr die Burrano davon?«

»Von Arturo Renna, ihrem großen Freund, wenn nicht sogar mehr als nur das. Nach Gaetanos Tod überredet sie ihn, die Unterlagen verschwinden zu lassen. Das eigenhändige Testament wurde also nicht erfasst, somit blieb keine Spur davon. Und damit erbte sie alles.«

»Und der Vertrag?«

»Für den gilt dasselbe. Ihr wird klar, dass sie zuerst den Vertrag verschwinden lassen muss, wenn sie Di Stefano etwas anhängen und sich auch das große Geschäft unter den Nagel reißen will. So wird alles viel einfacher. Ihre Aussage gegen die von Di Stefano, und zwar für alle Beteiligten. Auch für jene, die sie unterstützen, wie etwa der Schwager und der Notar. Selbst wenn Di Stefano von der Familie Zinna unterstützt wird, so hat sie die ganze Welt auf ihrer Seite. Alle Leute, die etwas zählen.«

»Und natürlich muss sie auch die arme Luna verschwinden lassen. Sie bringt sie um und versteckt sie im Speisenaufzug«, folgert Patanè.

Vanina nickte. »Nur etwas überzeugt mich noch nicht gänzlich.«

»Und das wäre?«

»Dass Teresa Burrano niemals Maria Cutò mit einer Kassette voller Geld begraben hätte.«

»Das passt nicht.«

315

»Nein, das passt ganz und gar nicht.«

»Darüber müssen wir sehr genau nachdenken.«

»Ja, darüber müssen wir uns ernsthaft Gedanken machen. Zumal wir keine Beweise haben. Außerdem wurde Teresa Regalbuto in den vergangenen fünfzig Jahren nur noch mächtiger. Wenn Sie verstehen, was ich meine, Commissario.«

»Ich weiß genau, was Sie meinen. Jetzt verstehe ich auch, warum man mir die Ermittlungen entzogen hat, sobald ich an der Schuld von Di Stefano zweifelte. Und ich verstehe auch, was Sie vorher Ihrem Vorgesetzten erklären wollten. Ich meine den Vorfall in der Staatsanwaltschaft heute Morgen. Deshalb haben Sie mich gebeten, dass ich Sie hierherbegleite. Sie müssen Beweise finden und glauben, dass ich Ihnen dabei helfen kann. Ich hoffe nur, dass ich dazu in der Lage bin, Dottoressa Guarrasi. Das hoffe ich für Sie und auch für mich.«

Vanina sah ihm in die Augen. Sie hatte das Gefühl, dass sie ihm hundertprozentig vertrauen konnte, und beschloss, ihm auch die letzten Details anzuvertrauen, die sie am Abend zuvor von Alfio erfahren hatte.

»Hier drinnen muss es irgendetwas geben. Vielleicht finden wir sogar die Pistole. Die Frage ist nur, wo wir danach suchen sollen«, sagte Patanè und verließ die Villa.

»Jedenfalls sind wir heute einen Schritt weitergekommen«, schloss Vanina und versiegelte das Haus wieder.

»Das heißt?«

»Der Hebel des Aufzugs besteht aus glattem Metall und hat einen Plastikdeckel. Wissen Sie, was das bedeutet, Commissario? Dass der Fingerabdruck der letzten Person, die ihn betätigte, vielleicht erhalten geblieben ist. Wenn wir Glück haben und es so gelaufen ist, wie wir vermuten, dann ist das der Fingerabdruck des Mörders. Und wir haben etwas, worauf sich die

Fingerabdrücke der Burrano befinden. Der Staatsanwalt weiß allerdings nichts davon. Ganz zu schweigen von der DNA-Spur, die wir an der Tasse gefunden haben.«

Patanè sah sie an und schien zuerst nicht zu verstehen, was sie ihm damit sagen wollte. Dann lächelte er breit.

»Mit diesen modernen Methoden hätte ich mir sehr viel Zeit sparen können.«

15

Adriano Calì kam niemals mit leeren Händen. Im wahrsten Sinn des Wortes, denn Aufmerksamkeiten – oder Präsente, wie er sie nannte – brachte er immer für zwei mit. Ein Geschenk für seine Polizistenfreundin, das andere für die herzallerliebste Dame, die sich wie eine stolze Großmutter um sie kümmerte. Und die auch er vergötterte. Diese Sympathie beruhte auf Gegenseitigkeit und wurde mit Orchideen, Blümchen, Chilipflänzchen und Töpfchen voller frischer Gartenkräuter gepflegt, die der Arzt so liebte.

Worüber Bettina schweigend hinwegsah, war der Umstand, dass es zwischen ihrem Schützling und dem Arzt nicht einmal durch Verkuppelung des heiligen Pius zu einer Liebesgeschichte gekommen war, obwohl der Heilige in ihrer Hierarchie an erster Stelle kam und ihr schon so manchen Wunsch erfüllt hatte. Vanina fand es immer schrecklich, sie zu enttäuschen.

Adriano betrat ihre Wohnung und wedelte mit einer DVD, die er in der linken Hand hielt, während er in der rechten eine Suppenterrine mit Caponata balancierte, welche die Nachbarin eigens für ihn zubereitet hatte. Dazu gab es Pferdefleischklößchen, die Vanina auf Anraten ihrer Nachbarin von dem Restaurant zubereiten ließ, das sich am Ortseingang befand. »Immer noch besser als Pizza vom Pizzaservice«, hatte Bettina kategorisch erklärt.

»Schau mal, *Leichen muss man feiern, wie sie fallen!*«, rief der Arzt zufrieden.

Vanina begutachtete die DVD, während der Freund die Suppenterrine in die Küche brachte und sich die Hände mit Geschirrspülmittel wusch, das seiner Meinung nach besser desinfizierte.

Aus dem Jahr 1979. Vorn auf dem Cover ein Foto von Marcello Mastroianni mit Mandoline, schwarzem Schnauzbart und Zigarette im Mundwinkel, in Nahaufnahme daneben Ornella Muti, Peppino De Filippo, Michel Piccoli und Renato Pozzetto. Sie hatte ihn zwar schon einmal gesehen, allerdings vergessen, ihn im Internet zu suchen.

»Danke!«

Sie verschlangen drei Pferdefleischklößchen pro Kopf und waren sich einig, dass die nirgends besser schmeckten, sowie einen Teller voll warmer Caponata. Zum Nachtisch aßen sie zuckersüße weiße Trauben, die ein alter Mann am Ende der Straße verkaufte. Von wegen Pizza.

Während sie die DVD in den Player schob und den Kanal wählte, vibrierte ihr Handy in der Tasche. Eine WhatsApp-Nachricht. Sie schielte auf das Display. *Eine Stunde mit dir kann einem einzigen Tag neuen Sinn verleihen. P.* Nummer in ihren Kontakten unbekannt, na klar, aber nicht in ihrer Erinnerung.

»Entschuldige mich, Adri!«, bat sie und verschwand rasch in Richtung Schlafzimmer. Der Spiegel, der über der Kommode an der Wand hing, spiegelte brutal ihre geröteten Augen, das war nicht gut. Zwei Minuten lang starrte sie auf die weiße Sprechblase, in der das *P* stand, und war drauf und dran, den Chat mit dem Finger zu löschen. Aber sie konnte nicht.

»Dein schöner Schlossbesitzer aus Sciara?«, fragte Adriano

und blinzelte sie lächelnd an, als sie mit dem iPhone in der Hand ins Wohnzimmer zurückkehrte.

»Na klar! Mit gezücktem Schwert.« Alfio Burrano war wirklich der Letzte, an den sie in diesem Moment gedacht hätte.

»Ach, erzähl mir doch nicht, dass zwischen euch gestern nichts gelaufen ist! Das glaube ich dir einfach nicht.«

»Genau, also sage ich lieber gar nichts.«

Ohne zu antworten, sah Adriano sie aber weiter fragend an, bis die nervige Filmmusik, die sich durch den ganzen Steifen zog, seine ganze Aufmerksamkeit beanspruchte. Er zog seine Brille aus der Tasche und machte es sich für den Kinoabend bequem.

»Hier! Genau! Was habe ich dir gesagt?«, rief er plötzlich und warf das Kissen weg, das er seit einer Stunde knetete. »Ist das nicht dieselbe Situation wie an dem Abend in der Villa deines Freundes?«

Vanina wollte gerade auf die Sache mit dem Freund eingehen, warf dann aber doch einen Blick auf den Bildschirm und zuckte zusammen. Ein genialer Einfall. Geradezu eine Erleuchtung.

»Natürlich«, murmelte sie, schnappte sich die Fernbedienung und spulte die Szene zurück. Eine leer stehende Villa. Ein Jude, während des Kriegs bei lebendigem Leib eingemauert. Sie achtete auf die Dialoge.

»Na klar!«, wiederholte sie lauter.

Adriano musterte sie beunruhigt. »Was ist los?«

»Sag mal, könnte die Frau in dem Lastenaufzug verhungert sein? Ich meine, könnte man sie lebendig eingeschlossen haben, woraufhin sie dann elendig starb?«

»Tod als Folge von Einschluss, meinst du? Ja, das wäre

durchaus möglich. Warum nicht? Beweisen kann ich das aber nicht …«

»Das macht nichts, Adri«, sagte sie lächelnd. »Das macht gar nichts.«

Der Film lief bis zu Ende weiter, doch Vanina folgte ihm nicht mehr. Adriano lieferte ihr alle Informationen, die er ihr liefern konnte.

»Im Speisenaufzug fand Luftaustausch statt, wenn auch nur minimal, sonst wäre die Leiche nicht mumifiziert. Wenn deine Annahme zutrifft, dann hat die arme Frau ein schreckliches Ende genommen. Sie hat noch tagelang gelebt, bevor sie starb. Also verdurstete.«

Das Fläschchen ohne Verschluss, das neben der Leiche gelegen hatte, tauchte nun wieder in ihren Gedanken auf und schob sich vor ihr inneres Auge. Brutal. Na klar, wenn man vor Durst stirbt und Eau de Cologne die einzige Flüssigkeit weit und breit ist, trinkt man auch die. Deshalb war die Geldkassette auch unberührt geblieben. Weil der Mörder nicht einmal wusste, dass sie sich dort befand. Das räumte auch die letzten Zweifel aus, die Patanè und sie noch gehabt hatten. Jetzt ergab alles einen Sinn.

Schade nur, dass der Commissario um diese Zeit schon in Morpheus' oder – besser gesagt – in Angelinas Armen lag. Und das war noch schlimmer.

»Meiner Meinung nach kann es sich durchaus folgendermaßen zugetragen haben: Am Abend des Fests der heiligen Agata rechnet Burrano natürlich nicht mit dem Besuch seiner Frau in Sciara. Und er darf sich nicht mit der Geliebten erwischen lassen. Also fordert er Maria Cutò auf, sich an einem Platz zu verstecken, den er für besonders sicher hält, nämlich im Lastenaufzug im oberen Stockwerk. Er sperrt sie ein und geht davon aus, dass es sowieso nicht lange dauern wird. Er weiß aber nicht, dass seine Frau gekommen ist, um beide zu töten. Während sich die Aufmerksamkeit des Hausangestellten und die von Di Stefano auf Burrano konzentriert, macht sich Burranos Ehefrau auf die Suche nach Maria Cutò, die in der Zwischenzeit den Schuss gehört hat und laut schreit. Teresa ahnt, dass sie die Geliebte gar nicht töten muss, weil sich diese von selbst gar nicht aus dem Lastenaufzug befreien kann. Und da es in der Villa bald nur so von Polizei wimmeln wird und man sie dann schreien hören könnte, fällt ihr ein, dass der Lastenaufzug auch bis ins Erdgeschoss führt. Sie schließt die Aufzugtür im ersten Stock ab, begibt sich über die Hintertreppe in die Küche und drückt den Hebel nach unten. Dann verbarrikadiert sie die Tür und schiebt die Anrichte davor. Am folgenden Tag stellt sie zur Sicherheit noch die Büste des Schwiegervaters auf, um die Aufzugtür zu verbergen. Und dann untersagt sie jedem den Zutritt zur Villa.«

Macchia wirkte beeindruckt. Es war schon öfter einmal vorgekommen, dass Vanina Guarrasi ihn mit ihrer außergewöhnlichen Intuition beeindruckt hatte, aber diesmal schlug sie alle Rekorde. Jedenfalls die der vergangenen elf Monate.

»Und, leuchtet das ein?«, fragte Vicequestore Guarrasi.

Tito nickte nachdenklich. »Natürlich leuchtet das ein. Aber wir müssen es beweisen.«

Das stimmte. In einer gerechten Welt, in der alles der Logik folgte, hätte Vicequestore Giovanna Guarrasi vielleicht von einer Staatsanwältin wie der Recupero längst freie Hand bekommen. Sie hätte ihr vermutlich gesagt, sie solle alles unternehmen und jedes zur Verfügung stehende Mittel nutzen, um den Mörder zu überführen. Auch wenn sich der Mord vor über fünfzig Jahren zugetragen habe, denn Mord bleibe Mord und verjähre nicht. Niemals.

Vanina teilte Vassalli mit, sie habe einen weiteren Ortstermin der Spurensicherung in der Villa Burrano angeordnet. Er nahm es zur Kenntnis.

Dort montierte Pappalardo in Anwesenheit einiger Beamten den Hebel am Schaltbrett des Lastenaufzugs ab und nahm ihn mit ins Labor, um zu untersuchen, ob möglicherweise Fingerabdrücke daran hafteten.

Fragapane, der auch beim Ortstermin dabei gewesen war, hatte ihn im Namen der Vicequestore ausdrücklich angewiesen, eventuelle Fingerabdrücke mit denen auf dem Feuerzeug zu vergleichen, das Marta Bonazzoli mitgenommen hatte. Das konnte ein Wendepunkt in den Ermittlungen sein, doch wie immer gab es Bearbeitungszeiten zu beachten.

In der Zwischenzeit hatte Nunnari Burranos Hausangestellten Demetrio Cunsolo ausfindig gemacht. Der lebte zwar noch, wohnte aber in einer Einrichtung für Todkranke, einer Privateinrichtung, die sich nur wenige leisten konnten. Nunnari hatte höchstpersönlich nachgefragt, ob er noch bei klarem Verstand und in der Lage sei, ein paar Fragen zu beantworten. Die Auskunft der Pflegekräfte war kurz und lapidar – Cunsolo hatte seit sechs Monaten kein Wort mehr gesprochen.

Er hatte einen Sohn, dessen Name und Kontaktdaten man ihm gegeben hatte. Er hieß Salvatore Cunsolo, war fünfundvierzig Jahre alt und von Beruf Steuerberater. Und jetzt saß Dottore Salvatore Cunsolo in der Abteilung Straftaten gegen Personen vor Vicequestore Giovanna Guarrasi, die ihn mit Fragen bombardierte, auf die er keine Antwort geben konnte. Weil er über die Vergangenheit seines Vaters praktisch nichts wusste. Er erklärte, seine Eltern seien nicht einmal verheiratet gewesen, und er sei bei seiner Mutter aufgewachsen. Doch sein Vater habe immer dafür gesorgt, dass es ihm an nichts fehlte, und ihm einen gewissen Wohlstand ermöglicht. Auch wenn er weiterhin allein am Ätna wohnte. Der Sohn wusste nur, dass der Vater für ein Privatunternehmen gearbeitet habe und eine Zeit lang als Chauffeur tätig gewesen sei. Dass Demetrio auch Hausdiener in der Villa Burrano gewesen war, davon schien er nichts zu wissen.

Masino Di Stefano bestätigte, dass Cunsolo nicht immer in Sciara gearbeitet hatte. Manchmal blieb Burrano lieber allein in der Villa, und zwar immer dann, wenn er Maria Cutò mitbrachte. Dann kehrte der Hausangestellte nach Catania zurück und arbeitete im Haus von Signora Burrano. Doch nach Aussage von Cunsolo hatte er auch andere Nebentätigkeiten übernommen.

Di Stefanos Verhalten gegenüber Vanina hatte sich verändert. Er schien begriffen zu haben, dass die angriffslustige Polizistin ihm die einzige Chance bot, seine Unschuld zu beweisen. Also tat er alles, um sie milde zu stimmen. Und Vanina versuchte natürlich, ihm so viele Informationen wie möglich über Teresa Burrano zu entlocken, ohne ihm dabei allzu direkte Fragen zu stellen. Was im Übrigen auch gar nicht nötig war, denn Di Stefano erzählte ihr sowieso alles freiwillig. Er berichtete ihr von dem Bankkonto, das die Frau nach einigen Ehejahren eröffnet hatte und auf das sie alles einzahlte, was sie nicht ausgab. Und das war viel. Er erwähnte die Eifersuchtsszenen, die sie ihrem Mann immer dann machte, wenn er übers Ziel hinausgeschossen war und zu heftig über seine Eskapaden getuschelt wurde. Allerdings war sie selbst kein unbeschriebenes Blatt. Burrano sei ihr gegenüber am Ende immer gereizter und daher immer unvorsichtiger geworden. Und mit *unvorsichtig* meinte Di Stefano *Gefahr*. Worte, denen Vassalli keine Beachtung zu schenken schien.

Es war Samstag und heiß wie im Sommer. So langsam, wie die Ermittlungen voranschritten, ging Vanina nicht davon aus, dass sich bis Montag noch irgendetwas bewegen würde. Also war endlich der Moment gekommen, mit Adriano und Luca nach Noto zu fahren.

Noch am Abend zuvor hatte sie eine WhatsApp von einem Kontakt erhalten, der in ihrem Telefonbuch stand. Eine Viertelstunde später klingelte Alfio Burrano an ihrer Tür. Er war durchs ganze Dorf gefahren, um eine Bar zu finden, doch um diese Zeit und noch dazu Ende September erwies sich das in Santo Stefano praktisch als unmöglich. Darum waren sie zum Meer gefahren. Sie hatten sich zwei Flaschen Bier gekauft – das einzige Getränk, das nach der Party an jenem Abend für beide ratsam schien – und sich auf eine Bank zwischen zwei Lavafelsen im kleinen Hafen von Pozzillo gesetzt. Kaum eine Menschenseele war unterwegs.

Alfio schien sichtlich verlegen wegen der Art und Weise, wie der Abend geendet hatte. Er entschuldigte sich und wusste nicht, was er weiter sagen sollte. Sie gefiel ihm, aber er hatte zu viel getrunken und gedacht, dass dies auch bei ihr der Fall gewesen sei. Er wusste, dass er einen Fehler begangen hatte. Vanina war klar, dass sie bei ihm aufgrund ihres Berufsstatus eine Sonderbehandlung genoss. Sonst hätte sich dieser Casanova vermutlich niemals herbemüht, nur um sich dafür zu entschuldigen, dass an jenem Abend zwischen ihnen nichts gelaufen war.

Sie hatten etwas geplaudert und verschiedene Themen gestreift, sich aber tunlichst von Ausführungen über die Ermittlungen ferngehalten, für die Alfio sich nicht im Geringsten interessierte. Er hatte nicht mehr in Sciara übernachtet und ihr gestanden, dass er seit Tagen nicht auf die Anrufe seiner Tante antwortete. Er gab sich unauffindbar. Alfio schien mitten in einer Midlife-Crisis zu stecken. Er ging auf die fünfzig zu und verschoss die letzten Patronen, die er noch im Lauf hatte. Noch dazu war er von einer zickigen alten Tante abhängig, die ihn ständig in die Mangel nahm und ihm keine Luft zum Atmen ließ.

Um die Tür für kommende gemeinsame Abende nicht endgültig zuzuschlagen und so vielleicht irgendwann doch noch zum Zug zu kommen, hauchte er ihr zum Abschied einen Kuss auf die Wange.

Obwohl Vanina überhaupt nicht müde war, fuhr sie danach wieder nach Hause, legte sich ins Bett und öffnete ihre WhatsApp-Nachrichten. Zum zwanzigsten Mal. *Eine Stunde mit dir kann einem einzigen Tag neuen Sinn verleihen. P*

Sie hatte die Nummer gesucht, um sie wieder einzuspeichern, es dann aber doch nicht getan. Und jetzt saß sie wieder am Steuer ihres Mini und bretterte mit hundertfünfzig Sachen auf der neuesten Autobahn Siziliens dahin. Tunnel im Halbdunkel, unebener Straßenbelag, überall sinnlose Fahrbahnverengungen. Und dann lag es vor ihr, das genialste Projekt dieser Insel, ein unbemanntes Mauthäuschen mitten auf der Fahrbahn, das glücklicherweise noch nie in Betrieb genommen worden war. Kein Sicherheitsstreifen, zwei Spuren für elektronischen Telepass und Passierschein. Kurz gesagt, die Hölle.

Noto gefiel ihr. Es war eins der wenigen Orte, an dem sie sich im Urlaub fühlte, ohne ein Flugzeug nehmen zu müssen. So wie in Taormina. Und beide Städte hatte sie tatsächlich erst entdeckt, seit sie in Catania wohnte.

Adriano und Luca hatten eine kleine Ferienwohnung in Noto renoviert, die sie für wenig Geld noch vor dem großen Touristenboom gekauft hatten. Sie lag mitten im Zentrum etwas oberhalb und in der Nähe einer Jugendherberge, die Vanina jedes Mal am Abend aufsuchte, nur um dort auf dem Balkon zu stehen und den Blick über die Stadt zu genießen.

Und das tat sie auch an diesem Abend. Nachdem sie alle üblichen Stationen hinter sich hatten – Abendessen im Restaurant mit den Steinbogen und der unverwechselbaren Köchin, Eis auf der Promenade im bekanntesten Café von Sizilien –, erreichte sie den kleinen Balkon und gönnte sich zehn Minuten absoluter Stille. Es war heiß, heiß genug, um den nächsten Tag am Strand zu verbringen, und zwar mit allem, was dazugehörte.

Klar war bereits, dass Ostwind herrschen würde, wie Luca verordnet hatte, was hieß, dass sie den Strand von Carratois anpeilen würden, den ersten, den man erreichte, sobald man die Isola delle Correnti an der südlichen Küste hinter sich gelassen hatte. Wild, hinter Dünen und Macchia versteckt. Hier hatte vor Jahren eine geschäftstüchtige Dame einen Betrieb eröffnet, an dem man den Sonnenuntergang genießen, unter Strohschirmen liegen und im Restaurant an Holztischen sitzen konnte. Ein wenig wie im Film *Puerto Escondido*, nur mit sizilianischer Kulisse.

Sie hatten sich gerade zum Mittagessen hingesetzt, und Adriano sprach seit einer halben Stunde über einen Artikel, in dem ein Kollege als forensischer Pathologe definiert wurde.

»Ich bin nicht auf die forensischen Pathologen sauer, nur dass wir uns da richtig verstehen. Aber der Kollege ist Rechtsmediziner und weidet genau wie alle anderen auch die Leichen aus, die ihr uns schickt. Die Berufsbezeichnung ist falsch.

Irgendjemand sollte mal darauf aufmerksam machen«, sagte er zum x-ten Mal, als er plötzlich die Augen zusammenkniff und zu den Sonnenschirmen hinüberspähte, die etwas abseits standen. Er beugte sich nach rechts und reckte den Hals.

»Vanina«, sagte er.

»Was ist denn?«

»Ist das dort hinten nicht Macchia?«

Breite Statur, dunkler, grau melierter Bart. Persol-Sonnenbrille wie Mastroianni, Zigarre im Mundwinkel, diesmal allerdings angezündet.

»Zweifelsfrei«, stimmte sie nickend zu. Sie sprang auf, um ihn zu begrüßen, dicht gefolgt vom Rechtsmediziner, doch dann blieben beide schon nach wenigen Schritten wie angewurzelt stehen.

»Boa ...«, setzte Adriano an. »Siehst du, was ich sehe?«

Blondes Haar, goldfarben gebräunte Haut, schlank. Marta Bonazzoli im Bikini. Sie schien gerade einer Werbung von Calzedonia entstiegen zu sein.

»Hör mal, es ist besser, wenn wir sie nicht begrüßen«, sagte Vanina und eilte zurück hinter den Strohparavent des Restaurants. Von hier aus konnten sie alles beobachten, ohne selbst gesehen zu werden. Denn diese Enthüllungen durften sie keinesfalls verpassen. Sie schienen wie auf Observation.

»Wie alt ist Marta eigentlich?«, flüsterte der Arzt, als könne man ihn hören.

»Dreißig.«

»Und er?«

»Achtundvierzig.«

»Boa«, wiederholte Adriano.

Martas Geheimnis war gelüftet. Klar, wenn man sie so sah, schien sie nur das schüchterne, zurückhaltende Mädchen zu sein, das in Anwesenheit vom Oberboss errötete oder sich verhaspelte. Sie umarmten sich, küssten sich, teilten sich die Sonnenliege, was mit Tito sicher kein leichtes Unterfangen war.

»Ich jedenfalls mag ihn«, fuhr Adriano fort. »Er ist zwar deutlich übergewichtig, aber trotzdem sexy.«

»Macchia und sexy?«, fragte Vanina zweifelnd. »Bist du dir da sicher?«

»Klar.« Er setzte die Sonnenbrille auf und sah sich den Mann noch einmal genauer an. »Ein wahnsinniger Machotyp«, schloss er.

»Lasst ihr es endlich mal sein, in der Privatsphäre anderer herumzuschnüffeln?«, mischte sich Luca ein.

»Hör sich das einer an! Ein Journalist, der mir was von Privatsphäre erzählen will«, antwortete Adriano und winkte beleidigt ab.

Sie setzten sich wieder an den Tisch und widmeten sich ihrer Bruschetta. Plötzlich vibrierte Vaninas Handy. Alarmiert ging sie dran. »Was gibt's, Spanò?«

»Boss, entschuldigen Sie, wenn ich Sie störe. Etwas Schlimmes ist passiert.«

»Was denn?«

»Teresa Burrano ist tot. Sie hat sich in die Schläfe geschossen«, sagte er und schwieg dann eine Weile. »Mit einer Beretta 7,65.«

Vanina schloss die Augen. »Die Waffe, mit der auch Burrano ermordet wurde?«

»Zu neunundneunzig Komma neun Prozent, Dottoressa. Als ihre Freundin vor einer halben Stunde nach Hause kam, fand sie sie. Fragapane und ich sind schon vor Ort. Er hatte Dienst und hat den Anruf im Revier entgegengenommen. Aber es wäre besser, wenn Sie …«

»Ich komme«, kam sie ihm zuvor. »Ich bin gerade in Porta-polo und brauche etwa eineinhalb Stunden zurück.«

»In Ordnung, Dottoressa. In der Zwischenzeit rufe ich den stellvertretenden Staatsanwalt und die Spurensicherung an. Und ich sage Marta Bonazzoli Bescheid. Übernehmen Sie den Oberboss? Sie wissen ja, er will immer über alles informiert werden.«

Ja, das übernahm sie. Natürlich, ein paar Schritte zwischen den Dünen hätten genügt, und sie hätte gleich zwei Fliegen mit einer Klappe geschlagen, aber warum sollte sie in der Pri-vatsphäre anderer herumschnüffeln?

Vanina warf einen Blick auf den Sonnenschirm rechts und begriff, dass Spanò keine Sekunde verloren hatte. Marta sprach am Handy, teilte sich den Kopfhörer mit Macchia, der sich nachdenklich mit der Hand über den Bart strich.

Daraufhin tätigte sie ihren Anruf, berichtete Macchia vor derselben Geräuschkulisse im Hintergrund und vermieste ihm den Tag.

Sie überließ Luca die Fahrt mit dem Mini und dachte nach. Einen Moment lang hoffte sie, dass als stellvertretender Staats-anwalt nicht Vassalli käme. Der Anruf, den Adriano fünf Mi-nuten nach Verlassen des Strands erhielt und in dem er aufge-fordert wurde, sich zum Tatort zu begeben, ließ jedoch keinen Raum für Illusionen.

Auf Höhe von Cassibile rauschte ein Motorrad BMW GS an ihnen vorbei und verschwand am Horizont. Unter dem Helm des Beifahrers flatterte eine blonde Mähne hervor. Keine fünfzig Minuten später fuhr der Wagen von Vicques-tore Guarrasi im Schritttempo durch die Fußgängerzone der Via Etnea, über der wieder eine Rußwolke hing. Vanina musste das Blaulicht herausholen und auf das Autodach klemmen, um den Beschimpfungen der Passanten zu entgehen, welche die Fußgängerzone bevölkerten.

Vor dem Haus der Burrano hatte sich eine Menschentraube gebildet, die andächtig den Wagen der Spurensicherung im Innenhof in Augenschein nahm. Die kleine Menschenmenge teilte sich und gab dem Mini den Weg frei, in dem Vanina und der Rechtsmediziner saßen. Dann, mit den Schirmen gegen den Ascheregen in der Hand, schloss sie sich wieder. Das schien der Fluch der Burrano zu sein, denn jedes Mal, wenn der Tod sie traf, bekundete der Vulkan seine Anteilnahme.

Im Salon des Hauses schien eine Frauenversammlung stattzufinden. Clelia Santadriano lag in Tränen aufgelöst auf dem Sofa, neben ihr Mioara, die verstört an die Wand starrte. Eine große, kräftige Frau schenkte Wasser aus und reichte es ihnen. Vor ihnen Marta Bonazzoli, die Taschentücher verteilte und die Fakten zu rekonstruieren versuchte.

Der Geruch von Verbranntem hing in der Luft, als hätte jemand mitten in der Wohnung einen Grill angeworfen. Mit der Aufmerksamkeit eines Regisseurs vor einer entscheidenden Filmszene bewachte Spanò das Nebenzimmer.

Vanina betrat ein kleines Büro mit einem riesigen Schreibtisch in der Mitte, um den einige Sessel standen, dahinter ein Bücherregal voller Lalique-Figuren, zwischen denen etliche antiquarische Bücher standen. Auf dem Boden lag ein echter Perserteppich, der nach der Anzahl der Knoten dem Schah alle Ehre gemacht hätte.

Zu Vaninas Freude hatte Manenti nur Sovrintendente Capo Pappalardo und zwei Fotografen geschickt, die vorsichtig um die Leiche herumschlichen und darauf warteten, dass Dottore

Calì die Leiche endlich wegschaffen ließ. Sie hatten inzwischen Hülsen und Patronen gefunden.

Teresa Burrano, Gaetano Burranos Witwe, lag mit dem Oberkörper auf dem Schreibtisch. Ihre rechte Schläfe war durchbohrt, der Kopf war nach links gedreht und lag in einer Blutlache, der rechte Arm hing seitlich hinab. Auf dem Teppich neben einem Sessel entdeckte Vanina eine alte Beretta M35.

Ein seidengefütterter, schmutziger und verstaubter Aktenkoffer stand wie ein Relikt aus vergangenen Zeiten auf einer ledernen Schreibtischunterlage. Das Surreale daran, was aber Bände sprach, war der Umstand, dass die Handschellen noch daran hingen. Sie waren zwar verrostet, aber noch intakt.

Im Innern befand sich eine alte Patronenschachtel, Kaliber 7,65. Auf dem Schreibtisch stand ein halb leerer blutbespritzter Ordner aus Karton, ein weiterer daneben war geschlossen und wirkte unversehrt. Verschiedene Schriftstücke stapelten sich als unordentliche Papierberge ringsum. Ein kleiner Aschenbecher mit drei Kippen der Marke Philip Morris stand auf dem Schreibtisch, eine Zigarette hatte sichtlich bis zum Ende geglüht.

Vanina überließ Adriano die Leiche und ging auf Spanò zu. »Wer hat sie gefunden?«

»Signora Santadriano, als sie zum Mittagessen nach Hause kam.«

Vanina begab sich ins Wohnzimmer.

»Dottoressa«, sagte Spanò. »Haben Sie den Aktenkoffer gesehen?«

»Ja, habe ich.«

»Das könnte …«

»… der von Gaetano Burrano sein.«

Signora Santadriano hatte sich inzwischen beruhigt und saß mit den Händen im Schoß gefaltet da. Ab und zu schluchzte sie heftig auf.

Vanina nahm Martas Platz ein und wandte sich an Teresa Burranos Freundin. »Fühlen Sie sich in der Lage, einige Fragen zu beantworten?«

Die Frau nickte und zog die Nase hoch.

»Um wie viel Uhr haben Sie heute Morgen das Haus verlassen?«

»Um halb zehn. In einer Villa in Mascialuca gab es eine Pflanzenschau. Teresa sollte auch mitkommen, aber im letzten Moment blieb sie dann doch lieber zu Hause.«

»Kam Ihnen das irgendwie seltsam vor?«

»Na ja … nein. Eher nicht. Teresa ist … war ziemlich unberechenbar. Sie hatte immer Telefonate zu erledigen und erhielt ebenso viele Anrufe und Besuche. In den drei Monaten, seit ich hier bin, habe ich die halbe Stadt kennengelernt.«

»Sie sind um einiges jünger als die Signora. Kannten Sie sich schon lange?«

»Nein. Seit ein paar Jahren.«

»Und waren Sie gut miteinander befreundet?«

»Ja«, hauchte Clelia.

»Aus reiner Neugier … wie kam es eigentlich zu Ihrer Freundschaft mit Signora Burrano?«

»So … per Zufall …«

»Und jetzt wohnen Sie hier?«

»Nein, ich war den ganzen Sommer ihr Gast und bin dann noch ein wenig länger geblieben. Ich lebe auch allein … Aber warum fragen Sie mich das alles?«

»Nun ja, Signora Santadriano, Ihre Freundin hat sich soeben das Leben genommen und sich einen Kopfschuss verpasst. Sie werden mir zustimmen, dass das nicht unbedingt eine natürliche Todesursache ist.«

Die Frau schüttelte wieder den Kopf und schloss die noch feuchten Augen. »Ich kann es immer noch nicht fassen«, schluchzte sie.

Vanina wurde klar, dass sie zu direkt gewesen war. Mit Martas Hilfe, die bei der Rettung verlorener Seelen viel mehr Fingerspitzengefühl bewies, wartete sie ab, bis die Freundin sich wieder beruhigt hatte.

»Haben Sie nichts Auffälliges bemerkt? An ihrem Verhalten vielleicht, Anzeichen einer Depression?«

Die Frau zögerte eine Weile. »Nachdem der mumifizierte Leichnam dieser Frau aufgetaucht war, wirkte sie sehr nervös. Sie machte sich ständig Sorgen, ob sie vielleicht bald wieder eine schlechte Nachricht aus der Villa erhalten würde. Teresa hasste diese Villa. Das ist aber auch verständlich, nicht wahr?«

»Hat die Signora Ihnen den Grund dafür genannt?«, fragte Vanina.

»Nein, Dottoressa. Ich habe sie danach gefragt, aber sie sagte immer, das sei eine zu lange Geschichte, als dass ich es verstünde. Ich glaube, sie hat den Tod ihres Mannes nie ganz verwunden. Teresa hatte einen schwierigen Charakter. Viele verstanden sie nicht, am wenigsten ihr Neffe. In den letzten Tagen haben sie sich oft gestritten«, erklärte sie und brach abermals in Tränen aus. »Tut mir leid, Dottoressa, aber das war so schrecklich! Sie ging nicht an die Tür, und als ich mir von der Concierge die Wohnung öffnen ließ … habe ich sie so vorgefunden.«

Vanina ließ sie in Ruhe.

Die Concierge – die sinnigerweise auch Agata hieß – konnte Einzelheiten hinzufügen, wie die Signora den Morgen verbracht hatte. Um zehn Uhr, bevor sie zur Messe gegangen war, hatte sie ihr die Zeitung gebracht, und sie war ihr ruhig erschienen. Nun ja, soweit man Teresa Burrano ruhig nennen konnte. Sie hatte eine halbe Stunde gewartet. Als sie wieder hinunterging, war Signora Burrano am Telefon gewesen und hatte die offene Zeitung vor sich liegen gehabt. Kämpferisch wie immer.

Mioara schien hingegen völlig durch den Wind. Sie weinte, lachte und raufte sich traurig die Haare. »Heute Morgen ging es Signora gut! Sie sauer war wie immer, also ging gut!«

Was sollte man dagegen einwenden?

»Wann ich nach Hause zurück, Polizei schon da gewesen. Signora Clelia ohnmächtig. Und ganzes Mittagessen verbrannt.«

Diesen letzten Satz wiederholte sie dreimal und redete dabei immer leiser, als wäre dies die wichtigste Aussage überhaupt.

Staatsanwalt Vassalli erschien, blieb nur so lange wie unbedingt nötig und verschwand wieder. Adriano hatte die Tote verschoben und wartete auf den Leichenwagen. »Einschussloch«, sagte er und deutete auf die rechte Schläfe der Frau. »Austritt der Kugel«, fuhr er fort und wies auf die linke Seite. »Das Einschussloch weist keine sternartigen Ränder auf, das bedeutet, dass der Schuss ohne Kontakt ausgeführt wurde. Außerdem ist die Leiche noch warm, die Leichenblässe hat gerade erst begonnen. Das heißt, das Ganze muss passiert sein, kurz bevor die Freundin nach Hause zurückkehrte.«

Pappalardo und zwei Tatortfotografen arbeiteten am Schreibtisch.

»Pappalardo!«, rief Vanina, woraufhin der Mann sich ruckartig aufrichtete. »Pappalardo! Vorsicht, das ist die sicherste Methode, um sich einen Hexenschuss einzufangen, wussten Sie das? Und es scheint mir auch nicht die beste Methode zu sein.«

»Sie haben recht, Dottoressa.«

»Hören Sie, Pappalardo, wir müssen diesen Aktenkoffer und die Pistole penibelst untersuchen, haben Sie verstanden? Die sind älter als Noahs Arche, für unsere Ermittlungen aber von entscheidender Bedeutung.«

Pappalardo nickte.

»Fingerabdrücke, Spuren. Und wir müssen jeden Materialrückstand erfassen, vor allem Rückstände, die auf Banknoten oder Papierfragmente hinweisen.«

Sie wandte sich an Adriano, der sich über die Leiche beugte. »Und ich brauche die DNA der Signora.«

Der Arzt musterte sie gedankenverloren.

»Adrì?«

»Was? Ja, ja, ich habe verstanden. Die DNA …«

»Und die müssen wir mit der DNA auf der Tasse vergleichen, die wir in der Villa Burrano gefunden haben«, schlug Pappalardo vor.

»Bravo, Pappalardo! Mit Ihnen versteht man sich auf Anhieb.«

»Gott bewahre, Dottoressa, sagen Sie das bloß nicht zu laut! Wenn das Manenti hört …«

Vanina und Fragapane, der neben ihm stand, kicherten leise.

Vanina sah sich ein letztes Mal am Tatort um.

»Was denken Sie, Dottoressa?«, fragte Spanò, kannte die Antwort aber bereits.

»Das, was Sie denken, Spanò. Dass dieser Aktenkoffer und die Pistole mehr sagen als ein schriftliches Geständnis.« Was allerdings viel leichter auszuwerten gewesen wäre.

»Ein Schuldeingeständnis also. Wer weiß, vielleicht hat der von uns ausgeübte Druck sie um den Verstand gebracht. Vielleicht befürchtete sie, wir könnten die Wahrheit herausfinden.

Sie hätte es nicht ertragen, ihr Leben mit einer Verurteilung wegen Mordes zu beenden. Da ist ein Selbstmord besser. Und diese Wendung ... Jetzt müssen wir nur noch die anderen Puzzlestücke zusammenfügen.«

»Schön, ich fahre nach Santo Stefano. Ihr wartet hier, bis alle gegangen sind, dann gönnt ihr euch die letzten Sonntagsstunden.«

Sie betrat den Salon nebenan, und sogleich kam ihr Marta entgegen.

»Unglaublich! Es stimmt schon ... Die am stärksten wirken, sind am Ende die Labilsten. Wer hätte das von Signora Burrano gedacht?«

»So ist das nun mal, meine liebe Marta. Menschen sind immer für eine Überraschung gut, im Guten wie im Schlechten.« Sie näherte sich Marta mit Blick auf deren blonden Pferdeschwanz und zupfte ihr eine kleine braune Alge aus dem Haar. »Vorsicht, deine Fußgelenke sind voller Sand!«

Marta starrte sie an, schien aber nicht zu verstehen.

»Na gut, ich fahre jetzt mal los und dusche das Salz ab«, sagte Vanina und warf Marta ein ironisches Lächeln zu. Dann ging sie auf Signora Santadriano zu. »Heute sollten Sie und das Hausmädchen lieber nicht hier übernachten. Wissen Sie schon, wo Sie unterkommen können?«

»Ich habe noch andere Freundinnen in Catania«, versicherte ihr Clelia. »Freundinnen von Teresa«, hauchte sie.

Die Concierge trat hervor. »Mioara schläft bei mir.«

»Gut.«

Vanina zündete sich eine Zigarette an und wollte gerade gehen, als ihr ein Gedanke kam und sie stehen blieb. »Spanò!«

»Ja, Boss, was gibt's?«

»Also ... haben wir Alfio Burrano verständigt?«

»Ich habe es unzählige Male versucht, Dottoressa. Er ist nicht erreichbar.«

Vanina nahm die Zigarette aus dem Mund, seufzte und holte ihr Handy aus der Tasche. In ihren Kontakten suchte sie nach Alfios Nummer und rief ihn an. Einmal, dann ein zweites Mal. »Wo zum Teufel steckt der bloß?«, murmelte sie.

Spanò tat, als überhöre er den vertraulichen Ton. »Machen Sie sich keine Sorgen, Boss, ich versuche es einfach weiter.«

Aus einem Nebenraum hörte Vanina einen Tumult, der ihre Aufmerksamkeit erregte. Mioara und die Concierge hielten sich nicht mehr im Salon auf. Also folgte sie den Stimmen und gelangte in die Küche, die bei optimistischer Betrachtung mit Möbeln aus den Sechzigerjahren ausgestattet zu sein schien. Von wegen Geiz … Die Verstorbene hatte ihren Geldbeutel vermutlich eigenhändig zugenäht.

»Was ist denn hier los?«, fragte sie ernst. Sie kam sich vor wie im Hühnerstall, so wie die beiden kreischten. Der Gestank von Verbranntem lag in der Luft.

»Sie hat sich in den Kopf gesetzt, die Küche in Ordnung zu bringen, bevor sie zu mir kommt«, protestierte die Concierge.

»Signora wollte nie schmutzige Küche, nie. Signora am Sonntag hat gutes Essen vorbereitet, und wenn ich zurückkomme, sie sagte immer, sofort Küche sauber machen. Ich glaube, sie sieht jetzt schmutzige Küche und das gute Essen verbrannt.«

Vanina ging auf die Bedienstete ein und ließ ihre Autorität spielen. »Mioara, bei den vielen Leuten hier im Haus kannst du die Küche nicht putzen. Schmeiß das verbrannte Essen weg, geh runter und ruh dich aus! Du bist völlig durcheinander. Verstanden?«

Mioara nickte. »Verstanden«, sagte sie. »Signora immer gesagt, Guarrasi hat Eigenschaften. Ich weiß nicht, was Eigenschaften sind, aber sie recht hatte, glaube ich«, fügte sie noch hinzu, während sie zurückgingen.

»Na, so was, und zu wem hat sie das gesagt, Mioara? Zu dir?«

»Nein, Signora, das hat sie zu Signor Alfio gesagt. Und einmal zu jemand am Telefon, aber ich weiß nicht, mit wem sie geredet hat.«

Im Hof traf Vanina auf den Leichenwagen. Sie rief Adriano. »Fährst du mit mir?«

»Nein, ich lasse mich ins Krankenhaus bringen. Je schneller ich anfange, desto schneller bin ich fertig.«

»Na gut.«

»Wenn ich irgendetwas finde, gebe ich dir Bescheid.«

Vanina holte ihren Mini, der auch im Hof stand, verließ endlich wieder das Haus der Burrano und bahnte sich den Weg durch dreimal so viele Leute wie zuvor. Sie musste sich darauf gefasst machen, dass die Presse bereits in der ersten Reihe stand.

Spanò hatte gesagt, dass er wieder versucht habe, Alfio zu erreichen, doch Vanina hatte einen anderen Einfall. Der einzige Verwandte der Verstorbenen musste benachrichtigt werden. Auch wenn er sie nicht sonderlich gemocht hatte, so war sie immerhin seine einzige Verwandte gewesen. Und angesichts ihres erst kürzlich entstandenen freundschaftlichen Verhältnisses erhielt er die Todesnachricht vielleicht lieber von ihr als von irgendwem sonst. Oder auch nicht, schließlich war Spanò auch kein Unbekannter für ihn.

Sie versuchte es erneut, doch statt nunmehr einfach nur zu klingeln, sprang die Mailbox an. Sie hinterließ Alfio eine Nachricht und bat ihn um Rückruf, auch spät noch. Vermutlich hatte Spanò dasselbe getan. So konnte er sich aussuchen, wen er kontaktieren wollte.

Es war bereits dunkel, als sie nach Santo Stefano kam. Als sie die äußere Treppe zu ihrer Wohnung hinaufstieg, überlegte sie, was sie sich zum Abendessen kochen sollte. Seit dem Mittagessen, das erst durch die Überraschung am Strand und später von Spanòs Anruf unterbrochen worden war, hatte sie nichts Ordentliches mehr gegessen.

Wie immer eilte Bettina zu ihrer Rettung herbei. »Jetzt duschen Sie sich erst einmal ordentlich, dann kommen Sie her und leisten mir Gesellschaft. Heute Abend möchte ich nämlich nur ungern allein essen.«

Bettina war immer so. Sie drehte es stets so hin, als erwiese ihr Vanina einen Gefallen, statt ihre eigene Liebenswürdigkeit in den Vordergrund zu spielen. Damit Vanina nicht zu Dank verpflichtet war oder das Gefühl hatte, in ihrer Schuld zu stehen. Und Vanina war ihr doppelt dankbar dafür.

Sie ging also darauf ein und entschloss sich zu duschen, während Bettina für die Spaghetti Knoblauch von einem langen Zopf abriss. »Dann kommen noch getrocknete Tomaten und etwas geriebener Caciocavallokäse hinein.«

Eine halbe Stunde später saß Vanina am Tisch der Nachbarin und genoss die getrockneten sizilianischen Tomaten in Olivenöl mit verschiedenen Gewürzen und die nette Gesellschaft. Denn Bettinas Küche heiterte sie auf und gab ihr das Gefühl, zu Hause zu sein, wie sie es seit Langem nicht mehr erlebt hatte.

»Heute war das Foto in der Zeitung«, fing die Nachbarin an.

Vanina fiel aus allen Wolken. »Wie bitte?«

»In der *Gazzetta Siciliana* stand ein endloser Artikel. Luisa brauchte eine halbe Stunde, um ihn durchzulesen. Weiß man also jetzt, wer die Frau war, die vor fünfzig Jahren ermordet wurde?«

»Stand das so da drin?«, fragte Vanina.

»Ja. Und dann eine ganze Geschichte, dass sie … nun ja, eine Dirne war. Und dass der Mörder vermutlich derselbe war, der auch Burrano ermordete, und dass vielleicht der, der Signor Burrano ermordet hatte, nicht der ist, der im Gefängnis landete …«

»Moment mal! Halt, halt, halt … Das stand alles in der Zeitung?«

Bettina stand auf und holte die *Gazzetta*.

Darin war ein Foto von Vicequestore Guarrasi zu sehen, umringt von ihrer Truppe, dann die Villa Burrano und die Garage des *Valentino*. Außerdem Hinweise zum Verbrechen am Feiertag der heiligen Agata mit allen Einzelheiten, noch dazu Einzelheiten zur nie gefundenen Pistole sowie Anspielungen auf einen Mörder, der seit sechzig Jahren auf freiem Fuß sei. Dazu Solidaritätsbekundungen für den Mann, der teuer für eine Tat bezahlte, die er nicht begangen hatte. Eine perfekte Collage. Und Vanina konnte sich unschwer vorstellen, wer der Redaktion diese Einzelheiten geliefert hatte. Tunis' Gesicht tauchte wieder vor ihrem geistigen Auge auf.

Hatte der Bericht Teresas Selbstmord ausgelöst? Ein Artikel in der Tageszeitung von Catania konnte bedeuten, dass jemand sich nicht mehr um ihre Vorherrschaft scherte. Dass es jemanden gab, der mächtiger als sie war. Und dass die Polizistin mit den *gewissen Eigenschaften* früher oder später auf sie gekommen wäre.

Dennoch hätte Vanina schwören können, dass eine wie Teresa Regalbuto bis zum Schluss gekämpft hätte. Sich umzubringen war vielleicht eine Methode, um auch weiterhin die

Kontrolle auszuüben. Mit dieser Tatwaffe wirkte es jedoch eher wie die totale Kapitulation. Und das sah Teresa irgendwie nicht ähnlich.

Die Nachbarin beobachtete, wie Vanina grübelnd dasaß, und beschloss offenbar, das zu ändern. »Dann esse ich jetzt auch einen guten Teller Nudeln«, sagte sie und machte es sich auf einem Stuhl gemütlich. »Wissen Sie, gutes Essen ist wichtig, vor allem, wenn man allein lebt. Ich koche immer für mich und decke den Tisch hübsch. Wenn ich das mit jemandem teilen kann, umso besser, wenn nicht, dann ist es auch nicht schlimm. Das bedeutet einfach, dass man sich selbst gernhat.«

Vanina lächelte und dachte weiter über den Inhalt des Artikels nach, bis sie auf etwas stieß, das irgendwie keinen Sinn ergab. Und dann hörte sie den falschen Ton, laut wie eine Note von Freddie Mercury, die auf ihr Ohr traf. »Verdammt!«, schrie sie.

Bettina sah sie erstaunt und verärgert an. Eine solche Ausdrucksweise mochte sie gar nicht. Und sie hatte sogar recht. Aber nicht in diesem Moment. In diesem Moment überwog das Adrenalin, das keine Rücksicht auf eine elegante Ausdrucksweise nahm.

»Bettina, Sie sind ein Genie!«

»Warum, was habe ich denn gesagt?« Doch Vanina hörte ihr schon nicht mehr zu.

Komm schon, Adriano, geh endlich dran!, dachte sie.

»Ich wusste, dass du es bist«, begrüßte sie der Arzt.

»Ich muss dich etwas Wichtiges fragen. Und du musst mir umgehend darauf antworten. Kannst du irgendwie herausfinden, ob Teresa Burrano …«

»Sich selbst erschossen hat?«, kam Adriano ihr zuvor.

»Bin schon unterwegs zu dir.«

Mioaras Singsang hallte noch immer in ihren Gedanken wider. *Ganzes Mittagessen verbrannt! Ganzes Mittagessen verbrannt!*

Bettina hatte recht, für sich zu kochen bedeutete, dass man sich selbst liebte. Jemand, der sich umbringen will, bereitet keinen Braten vor und schiebt ihn dann in den Ofen, bevor er sich an den Schreibtisch setzt, eine Pistole nimmt und sich eine Kugel durch den Kopf jagt.

Adriano empfing sie in seiner *Klinik*, wie er sie nannte. »Der Zweifel kam mir, als ich mir die Hände angesehen habe. Siehst du, wie verkrümmt die sind? Die Signora litt an schwerer Arthrose. Bei so einem Verlauf bereitet es sogar Mühe, eine Zahnbürste in der Hand zu halten, ganz zu schweigen davon, den Abzug einer Pistole zu drücken.«

Er ergriff eine blau unterlaufene Hand, die neben dem Körper lag, und hielt sie Vanina unter die Nase. Von allen stinkenden Örtlichkeiten, zu denen ihr Job sie geführt hatte, war der Obduktionssaal immer die schlimmste. Das galt nicht nur für die Gerüche, die an Ekel kaum zu übertreffen waren, sondern es war der Tod, der in den Wänden saß, auf den Liegen hockte und am Besteck klebte. Der die Luft verpestete. Das trocknende dunkelrote Blut, das die Arztkittel befleckte. Der gewaltsame Tod, der zu ihrem Job gehörte und ihr den Lebensunterhalt sicherte.

»Und dann das Eintrittsloch«, fuhr Adriano fort. »Daran sind keinerlei Schmauchspuren zu finden. Dafür eine durch die unverbrannten Rückstände verursachte Tätowierung, die im Fall einer so alten Pistole viele sind. Und weißt du, was das bedeutet?«

»Nein, aber das erfahre ich bestimmt in Kürze.«

»Dass der Schuss aus über zwanzig Zentimetern Entfernung abgegeben wurde. Und nun kannst du anhand dieser

Details beurteilen, ob die Signora deiner Meinung nach den Schuss selbst ausgelöst hat.«

Vanina dachte schweigend darüber nach. Für Teresa Burrano wäre es schwer gewesen, mit dem Lauf an der Schläfe einen Abzug zu betätigen, ganz davon zu schweigen, ihre Schläfe aus zwanzig bis dreißig Zentimeter Entfernung mit einer Pistole zu treffen, die aufgrund des Rückschlags in ihrer Hand ausgeschlagen hätte. Das war praktisch unmöglich. Und selbst wenn ihr das rein hypothetisch gelungen wäre, wäre die Waffe nicht so dicht neben ihr zum Liegen gekommen.

»Die Todesursache erscheint mir offensichtlich«, schloss der Rechtsmediziner. »Aber du verschwindest jetzt! Ich muss fertig werden und möchte dann gern auch noch ein paar Stunden schlafen. Morgen früh bekommst du den Rest von mir.«

Für Vicequestore Guarrasi hatte die Nacht hingegen gerade erst begonnen.

Vassalli ging erst beim zehnten Klingelton dran.

»Dottoressa Guarrasi!«, stieß er überrascht hervor. Ohne ein Wort zu sagen und mit geräuschvoller Atmung wie immer hörte er ihr zu.

»Verdammter Mist!«, war sein einziger Kommentar.

»Wir müssen einen Mörder suchen, Dottore Vassalli. Wir haben ihm bereits einen gehörigen Vorsprung eingeräumt.«

Darin waren sie sich dieses eine Mal einig.

16

Alfio stieg aus seinem Wagen, während Chadi das Gatter schloss. Danach schickte er ihn in das Gartenhäuschen, in dem er wohnte, und betrat das Haus. Seit dem Tag, an dem die Leiche gefunden worden war, hatte er nicht mehr in Sciara übernachtet. Er schenkte sich zwei Fingerbreit eines feinen rauchigen Whiskeys ein, den ihm ein Freund mitgebracht hatte, und ließ sich in einen Sessel fallen. Er war am Ende.

Er konnte nicht fassen, was er getan hatte. Er hätte sich fernhalten und erst einmal einen klaren Kopf bekommen müssen. Er hätte nicht auf die Provokation eingehen dürfen, um den schlimmsten Fehler seines Lebens zu vermeiden. Denn das, was er getan hatte … dafür musste er früher oder später bezahlen.

Wenn man sich zu so etwas hinreißen ließ, musste man wissen, dass man danach gefesselt war, das Gefühl nie mehr loswurde, sein Gewissen betrogen zu haben. Er hatte in seinem Leben schon viele Dummheiten begangen, manche davon waren sogar unverzeihlich, aber er hatte stets nach seinem Gewissen gehandelt und es nie betrogen. Bis zu diesem verdammten Sonntag.

Die Niedergeschlagenheit, die plötzliche Unsicherheit über seine Zukunft, die verkehrte Perspektive, all das konnte einen Mann zur Strecke bringen. Ihn erschöpfen. Er hatte den ständigen Provokationen nicht mehr standgehalten, der Versuchung und dem Verlangen nachgegeben, ein für alle Mal Schluss zu machen. Und dann hatte er Schluss gemacht.

Er linste auf sein Handy, das immer noch auf dem Tischchen lag und auflud. Er hatte es an dem Morgen vergessen, als er seinem Fluch entgegengegangen war. Er entdeckte unzählige WhatsApp-Benachrichtigungen und zwei Nachrichten auf seiner Mailbox, und beschloss, bei den Nachrichten auf seiner Mailbox anzufangen.

Er hörte die Stimme von Vanina Guarrasi, die dringend um Rückruf bat, auch wenn es erst spätabends möglich sei, was seine Laune nur noch verschlechterte. Noch am Abend zuvor hätte er alles für einen Anruf von ihr gegeben. Und wer weiß, vielleicht hätte er nicht durchgedreht, wenn er schon früher mit ihr gesprochen hätte. Jetzt allerdings war sie die Letzte, mit der er sprechen wollte.

Schließlich rief er Carmelo Spanò an.

Spanò saß in Vaninas Büro und erwartete sie.

»Ispettore, verraten Sie mir etwas? Wie kann es sein, dass Sie innerhalb weniger Minuten verfügbar sind?«

Spanò strich sich über den Schnauzbart. »Muss ich Ihnen darauf eine Antwort geben?«

»Nicht, wenn es Ihnen unangenehm ist.«

Er dachte nach. »Und wie kommt es, dass Sie immer verfügbar sind?«, fragte er sie dasselbe.

»Verstehe«, lenkte Vanina ein und beendete damit die Diskussion.

Spanò spielte mit einem Stifthalter. »Weil ich nichts zu tun habe«, fing er an. »Und weil ich zum Grübeln neige, wenn ich nichts zu tun habe. Und wenn ich grübele, werde ich wütend. Und wenn ich wütend werde, pflanze ich mich vor der Haustür

einer Person auf, der ich früher oder später den Schädel ein-
schlage, was ich bis ans Lebensende bereuen würde. Also geben Sie mir bitte etwas zu tun!«

Vanina lehnte sich auf ihrem Stuhl zurück und zog eine Zigarette aus der Schachtel. »Hier sind wir unter uns. Es macht
Ihnen doch nichts aus, Spanò?«

»Mir? Natürlich nicht. Im Gegenteil, darf ich …«, sagte er
und streckte seine Hand nach den Gauloises aus.

»Wir müssen wieder bei null anfangen«, erklärte Vanina.
»Wir müssen nach Spuren, Fingerabdrücken, einfach nach
allem suchen … Wir müssen Signora Santadriano, die Concierge und Mioara herbestellen. Wir wissen, dass Signora
Burrano mit jemandem telefoniert hat. Eine wie sie hatte
bestimmt auch ein Handy. Wir müssen uns eine Übersicht
über die Anrufe besorgen und herausfinden, mit wem sie gesprochen hat. Jemand hat mit der Pistole und dem Aktenkoffer einen perfekten Selbstmord simuliert, und wir wären
darauf fast selbst hereingefallen. Der Mörder hat allerdings
nicht daran gedacht, das Mittagessen zu entsorgen, das Signora Burrano vorbereitet hatte, und das war der erste Fehler. Und er wusste nicht oder hatte es vergessen, dass Signora Burrano nicht in der Lage gewesen wäre, den Abzug
einer Pistole zu drücken, weil sie an schwerer Arthrose litt.
Schließlich hat er aus über zwanzig Zentimetern Entfernung
auf sie geschossen. Das war der letzte und schwerwiegendste
Fehler.«

Spanòs Handy klingelte. Der Ispettore verrenkte sich, um
es aus der Tasche seiner engen Jeans zu ziehen. »Na endlich!
Alfio!«

»Spanò, nicht vergessen, plaudern Sie bloß nichts aus!«

»Das hätte uns gerade noch gefehlt.«

Spanò räusperte sich und nahm den Anruf an. Vanina stützte sich auf die Ellbogen und hörte mit. Als er wieder aufgelegt hatte, wirkte Spanò sehr ernst. »Der Arme, ihn hätte fast der Schlag getroffen. Er hat die ganze Zeit wiederholt, dass er es nicht fassen könne.«

»Ich kann es auch nicht fassen.« Vanina stand auf und nahm ihre Jacke, die über der Stuhllehne hing. »Gehen wir!«

»Wohin?«

»Glauben Sie, ich habe Sie um zehn Uhr abends in mein Büro bestellt, nur um mit Ihnen zu plaudern?«

Spanò folgte ihr verwirrt. Sobald sie draußen waren, machte er sich in Richtung Dienstwagen auf den Weg.

»Spanò! Wo laufen Sie denn hin?«, rief Vanina ihm hinterher.

Er blieb stehen. »Ich verstehe nicht ganz.«

»Wir nehmen Ihre Vespa.«

Spanò kehrte zurück. »Wohin fahren wir eigentlich, Dottoressa?«

»Wir besaufen uns irgendwo, um zu vergessen, dass wir so einen miesen Job haben.«

Spanò starrte sie verblüfft an.

»Spanò, jetzt denken Sie doch einmal nach! Wohin sollen wir Ihrer Meinung nach denn fahren? Natürlich zum Haus der Burrano. Nur wir beide, ohne nervige Begleitung und mit offenen Augen. Mit der Vespa geht das viel schneller.«

Spanò besaß eine weiße Vespa 125 aus den Siebzigerjahren, Modell Primavera. Ein unvergleichliches Gefährt, um das Vanina ihn beneidete. Schade nur, dass er hinten einen hässlichen Helmkoffer montiert hatte, aus dem er jetzt einen minimalistischen rosafarbenen Helm in Form einer Pfanne zog, auf dem ein Aufkleber von Naj-Oleari klebte.

»Das ist der alte Helm meiner Frau«, rechtfertigte er sich. »Ex-Frau«, korrigierte er dann.

Vanina fragte nicht weiter nach, und Spanò wusste dies zu schätzen. Was hätte er außerdem antworten sollen? Dass er so bescheuert war, den hässlichen Helmkoffer montiert zu haben, nur damit er immer dieses nostalgische Erbstück mit sich herumschleppte in der Hoffnung, dass seine Frau sich eines Tages rein zufällig von ihm auf der Vespa mitnehmen ließ und von Erinnerungen übermannt zu ihm zurückkehrte? Diese Tür hatte sich definitiv geschlossen.

Als sie am Haus der Burrano angekommen waren, drückte Vanina auf die Gegensprechanlage. Mioara kam ihnen besorgt und mit den Schlüsseln in der Hand entgegen.

»Soll ich mit in Wohnung kommen?«

»Nein, Mioara, das ist nicht nötig.«

Die Bedienstete sah ihnen nach, wie sie die Treppe hinaufstiegen, und kehrte kopfschüttelnd in die Pförtnerwohnung zurück. Der Geruch von Verbranntem hatte sich in der ganzen Wohnung ausgebreitet.

»Wo fangen wir an, Dottoressa?«, fragte Spanò

»In der Küche.« Da war alles unberührt geblieben, inklusive des verbannten Bratens. Das hieß, Mioara hatte sich an die Anordnung gehalten. Auf dem Tisch stand noch die Kasserolle mit Wein, in dem die Signora den Braten mariniert hatte. Daneben lag ein offenes Heft mit Rezepten, die säuberlich und in geschwungener alter Handschrift aufgelistet waren.

Auf der ersten Seite stand ein Name. *Agata Maria Burrano.* Vermutlich die Schwiegermutter.

»Signora Teresa hat ein Mittagessen zubereitet mit allem, was dazugehört«, sagte Spanò und steckte die Nase in den Topf.

»Wissen Sie, was mich so wütend macht, Ispettore? Dass

ich mich über zwei Stunden von einem skrupellosen Killer an der Nase habe herumführen lassen.«

Spanò nickte. Er wusste genau, was sie meinte. Und wie er das wusste!

Vanina kehrte ins Arbeitszimmer zurück, schaltete das Licht an und sah sich um. Spanò kam hinterher, näherte sich dem Schreibtisch und streifte Handschuhe über.

»Die Signora saß bereits, als der Mörder auf sie schoss. Darum ist sie über dem Tisch zusammengesunken«, überlegte er laut.

»Es gibt zwei Möglichkeiten. Entweder verschaffte sich der Mörder allein Zugang zur Wohnung, aber ohne einzubrechen, überraschte sie hinterrücks und schoss auf sie. Dann drapierte er den Aktenkoffer, die Kugel und die Pistole so, dass kein Zweifel am Selbstmord entstand. Oder …«, sagte Vanina und atmete tief durch. »Oder es lief ganz anders. Mein Gefühl sagt mir, dass die Signora ihren Mörder kannte.«

»Das heißt als zweite Möglichkeit, dass sie ihm die Tür öffnete und ihn in ihrem Arbeitszimmer empfing«, mutmaßte Spanò und warf einen Blick in den Aschenbecher. »Sie zündete sich sogar eine Zigarette an.«

»Auch das deutet darauf hin, dass sie ihn gut kannte, sonst hätte sie ihn im Wohnzimmer empfangen. Ganz zu schweigen davon, dass der Mörder den Aufenthaltsort des Aktenkoffers und der Pistole kannte. Und er war überzeugt, dass wir, sobald wir Koffer und Pistole fänden, Teresa Burrano für die Mörderin ihres Mannes und Maria Cutòs halten würden.«

»Er hat uns sozusagen gelenkt«, schloss Spanò.

Vanina beugte sich über den blutverschmierten Ordner und bat Spanò, ihn hochzuheben. Er war leer. »Öffnen Sie mal den darunter, Spanò!«

Der Ispettore öffnete den zweiten Ordner. Er war so groß wie ein Heft, aber bis zum Rand gefüllt. »Lauter Quittungen.« Spanò nahm ein paar davon heraus und wollte sie lesen, konnte aber nicht. »Meine Brille!«, rief er. Er hatte sie nicht dabei. Daher reichte er die Quittungen an Vanina weiter, die sie sich näher ansah.

»Ja, Quittungen über … Ratenzahlungen. Monatliche Ratenzahlungen, wenn ich das richtig sehe.«

»Raten? So allgemein?«

Vanina nickte und runzelte nachdenklich die Stirn. »Ispettore, reichen Sie mir doch mal irgendetwas, womit ich die Blätter berühren kann!«

Spanò zog ein weiteres Paar Handschuhe aus der Tasche und reichte es ihr.

Vanina holte den ganzen Stapel Quittungen heraus und begann eine nach der anderen zu lesen. Es standen immer andere Beträge darauf, doch der Empfänger war immer derselbe. Zumindest bei den ersten zehn Überweisungen. Danach änderte sich der Name auf weiteren insgesamt achtzehn Quittungen, auch die Summen waren andere. Dem folgten noch einmal vierundzwanzig Quittungen mit jeweils unterschiedlichen Beträgen. Alle hatten jedoch drei Nullen.

Spanò zog die mittlere Schreibtischschublade auf. Darin befanden sich nur weiße Blätter und verschiedene Schreibutensilien. Vanina beugte sich über die Schubladen links unter dem Schreibtisch. Die erste und einzige, die ein Schloss aufwies, stand halb offen. Darin lag ein Telefonbüchlein. Sie öffnete es. Er war gefüllt mit Namen, Nachnamen und Telefonnummern. Ein ganzes Heer.

»Spanò, wir müssen diese Schublade von der Spurensicherung kontrollieren lassen und herausfinden, ob die Pistole eventuell hier drinnen aufbewahrt wurde. Der Mörder holte sie vielleicht heraus, während die Signora die Schublade öffnete. Und wir müssen prüfen, ob sich auf dem leeren Ordner eventuell außer den Fingerabdrücken von Signora Burrano noch andere befinden.«

»Finden Sie es nicht auch seltsam, dass er leer ist? Der andere Ordner ist bis zum Rand voll und platzt aus allen Nähten, und der hier ist leer.«

»Darüber müssen wir nachdenken. Genau wie wir herausfinden müssen, was es mit diesen Quittungen auf sich hat. Den anderen Ordner nehmen wir also mit. Und zwar jetzt, bevor ihn morgen im allgemeinen Chaos die anderen mit Beschlag belegen. Und wir nehmen auch das Telefonbuch mit.«

Sie holte aus ihrer Tasche den üblichen Baumwollbeutel aus dem Buchladen, in dem sie alles außer Büchern transportierte, und reichte ihn Spanò. »Wir sind mit der Vespa da«, erinnerte sie ihn.

»Dottoressa«, sagte Spanò und schob den Ordner in den Beutel, »ich hätte da so einen Verdacht, was die Quittungen betrifft.«

»Ich auch, Ispettore. Ich auch …«

Und dieser Verdacht würde alles durcheinanderwürfeln, wenn er sich denn erhärtete. Deshalb sprachen ihn beide lieber nicht laut aus.

Auf der Rückfahrt hatte sich die Luft merklich abgekühlt, aber das war eigentlich normal. Catania war nicht Mailand, wo man am Abend mindestens eine schwere Daunenjacke tragen musste, wenn man auf der Vespa unterwegs war. Immerhin war es schon Herbst.

Sie fuhren an der Piazza Spirito Santo vorbei und blieben bei dem Kiosk an der Ecke stehen. Der Pub daneben war noch in vollem Betrieb, so wie alle Lokale in der Gegend. Nur Ninos Trattoria dahinter hatte wie immer schon geschlossen.

»Das ist das Schöne an Catania«, sagte Spanò. »Die Stadt lebt. Auch um Mitternacht. Auch unter der Woche. Aber das können Sie nicht wissen, Sie haben sich ja nach Santo Stefano verzogen.«

»Wo ist das Problem? Gehört Santo Stefano nicht praktisch zu Catania?«

»Santo Stefano ist Santo Stefano. Und sagen Sie niemals zu Ihren Dorfbewohnern, dass Sie Cataneserin sind, auf gar keinen Fall! Das würden die als Beleidigung auffassen.«

Vanina bestellte einen Mandarinococktail mit Zitrone und Spanò eine kalte Kaffeecreme.

»Diese Angewohnheit, abends durch die Kioske zu ziehen, egal, was man gerade hinter sich hat, ist tatsächlich typisch catanesisch. Bis vor ein paar Minuten haben wir noch gearbeitet, aber die Leute hier ziehen schon den ganzen Abend von einem Lokal zum nächsten. Dann treffen sie sich alle wieder hier und trinken Mandarino, Seltzer oder Pfefferminzwasser. Ganz zu schweigen von diesem Frappé mit Nutella und zerbröckeltem Muffin, das gefühlte dreitausend Kalorien hat.«

»Ist das nicht schön? In Catania gibt es diese Kioske schon seit Anbeginn der Zeit. Als sie noch Holzbuden waren, die Wasser mit Anislikör verkauften.«

»Ne, ne, ne! Wasser mit Anislikör kommt von uns. Die Araber haben den Anis gebracht, und die Araber waren bei uns«, stellte Vanina klar. »Sie haben trotzdem recht, Spanò, Catania geht niemals schlafen. Vielleicht kommt das auch von dem Vulkan, der immer aktiv ist und euch allen diese besondere Energie verleiht …«

»Warum, überträgt er die nicht auch auf Sie?«

»Das weiß ich nicht. Vielleicht. Oder vielleicht hat er auf mich keinen Einfluss, weil ich aus Palermo komme. Ich fühle mich immer noch als Palermitanerin, Ispettore. Und eine Palermitanerin ist davon überzeugt, dass es ihr in Catania nicht gut gehen kann, auch wenn das so nicht stimmt.«

Spanò lächelte sie an. Es kam nur darauf an, diesen Panzer zu durchbrechen. Sie rauchten eine Zigarette und hingen jeder für sich ihren Gedanken nach, die in diesem Moment jedoch in dieselbe Richtung liefen.

»Ist Ihnen etwas aufgefallen, Spanò? Wir sind nur wenige Meter von der *Casa Valentino* entfernt. Damals war das hier wohl der Rotlichtbezirk.«

»San Berillo war Rotlichtviertel, Dottoressa, und das blieb es auch noch viele Jahre danach. Im Gegenteil, es wurde sogar noch schlimmer, weil es keine staatliche Kontrolle mehr gab. Nach und nach konnte man die Altstadt abends nicht mehr besuchen. In den Achtzigerjahren flogen einem die Kugeln nur so um die Ohren. Erst später wurde das Viertel saniert, junge Leute kamen her, die Movida setzte ein …«

»In Palermo auch, in der Kalsa lief es im Grunde ähnlich. Nur sind wir etwas langsamer, wir brauchen länger dafür.« Sie warf die Zigarette in ihren leeren Becher und blies den letzten Zug aus. »Vielleicht kommt das ja auch daher, dass wir keinen Vulkan haben. Was meinen Sie?«

Spanò lächelte. »Das ist mir ein bisschen zu vage«, urteilte er, stieg auf die Vespa und reichte ihr den Kinderhelm. Er stammte aus den Achtzigerjahren, und das sah man ihm auch an. Mit Filzstift stand ein Datum drauf sowie der Name *Rosy.* So hieß wohl Spanòs Frau.

»Das ist das letzte Stück Rotlichtviertel, das uns geblieben ist. Das alte San Berillo«, sagte der Ispettore, als sie durch die

Via Di Prima fuhren, eine lange Straße, von der verwinkelte Gassen abgingen, in denen sich Transen und Prostituierte aufhielten. Und dann verbesserte sich langsam die Lage, ein neues Luxushotel, ein altes Kino, hier und da eine Pizzeria. Sie ließen den Hauptbahnhof hinter sich und fuhren zurück zur Via di Sangiuliano. Kurz darauf lagen die Polizeikaserne und die Wache vor ihnen.

»Gehen Sie ins Bett, Dottoressa! Morgen müssen wir wieder gehörig auf die Tube drücken und auf Verbrecherjagd gehen«, riet ihr Spanò in väterlichem Ton.

»Das gilt auch für Sie«, sagte Vanina, als sie ihn auf die geschlossene Tür zugehen sah.

»Ich stelle die Sachen nur schnell ins Büro und gehe dann nach Hause.«

»Gute Nacht, Spanò.«

Sie setzte sich ins Auto, umrundete den Platz und fuhr dann weiter. Sie wollte ein wenig Musik hören und kramte im Handschuhfach nach der erstbesten CD, die ihr in die Finger geriet. Jakob Gurevitsch, *Lovers in Paris*. Paolo. Woher hatte sie diese CD bloß?

Der Verkehr war so dicht, dass es ihr vorkam, als wäre Mittag. Catania, dachte sie nur. Ob das wirklich am Vulkan lag? Sie schaltete die Musik aus und zündete sich eine Zigarette an.

Am nächsten Tag war Vanina schon um acht Uhr im Büro. Spanò und Fragapane waren bereits in ihrem Element, sie redeten angeregt und kontrollierten die Quittungen, die sie im Ordner des Opfers gefunden hatten.

Pappalardo war benachrichtig worden und würde in Kürze mit einem Team der Spurensicherung am Tatort eintreffen, um weitere Spuren zu sichern.

Manenti begleitete sie. Vanina zog es vor, selbst auch dabei zu sein. Sie kam am Büro von Marta Bonazzoli und Nunnari vorbei und fand sie beide stehend und animiert diskutierend vor. Nunnari ging in Habachtstellung, Marta kam auf sie zu.

»Marta, du bist ja ganz verbrannt im Gesicht. Wie lange hast du denn in der Sonne gelegen?«

Verwirrt fasste sich Marta ins Gesicht.

»Leute, beeilen wir uns ein bisschen und sehen wir zu, dass wir uns die Arbeit aufteilen. Wir haben einen neuen Mordfall und die laufenden Ermittlungen zum Fall Cutò, der kurz vor der Aufklärung steht. Vassalli hat bereits die richterliche Genehmigung beantragt, den Fall Burrano neu aufzurollen.«

Die beiden Beamten nickten gleichzeitig.

»Nunnari, besorgen Sie sich die Aufzeichnungen der Telefonate von Signora Burrano, und zwar alle, die sie gestern Morgen erhalten und getätigt hat! Und bestellen Sie Di Stefano her!«

»Jawohl, Boss«, sagte Nunnari und schlug die Hacken zusammen

»Machen Sie das eigentlich absichtlich? Oder kommt das ganz spontan?«, fragte sie ihn.

Der Beamte wirkte verlegen. »Entschuldigen Sie, Dottoressa! Ich dachte, Sie fänden das lustig …«

»Ach was, Full Metal Jacket, machen Sie sich lieber an die Arbeit!«

Nunnari lächelte und begab sich in das Büro nebenan.

»Marta, du begleitest mich in das Haus der Alten und befragst die drei Frauen noch einmal. Wissen wir, wo die Santadriano übernachten wollte?«

»Bei einer Freundin, glaube ich. Aber sie hat mir ihre Handynummer gegeben. Ich rufe sie gleich an.«

»Na, dann mach! Ach ja, und sobald Macchia kommt, sag mir Bescheid!«, sagte Vanina im Gehen. »Und pass auf, dass deine Stirn sich nicht schält!«, rief sie ihr noch lächelnd zu.

Die Kollegin folgte ihr mit verwirrtem Blick.

Dann ging Vanina bei Spanò vorbei. »Gibt's was Neues?«

»Na ja, Dottoressa, ich habe das Gefühl, es läuft darauf hinaus, wie wir es uns schon gedacht haben.«

»Wucher?«

»Ich glaube schon. Damit würden viele offene Fragen beantwortet, zum Beispiel, warum die Signora so gefürchtet war, man sie aber bei Laune halten wollte. Auch die stetige Steigerung ihres Vermögens lässt sich wohl kaum auf die Einkünfte der Familiengeschäfte zurückführen. Es gibt sicher irgendwo ein Verzeichnis, in dem die Signora Beträge und Namen notiert hat, aber das lag offensichtlich nicht in der Schublade. Was die Telefonnummern in dem Büchlein betrifft, habe ich bisher noch nichts unternommen.«

»Vergessen Sie's! Das kann Lo Faro übernehmen. Dann hat er etwas zu tun und spielt nicht länger das Opfer. Rufen Sie Alfio Burrano an und sagen Sie ihm, er soll Ihnen alles über die Geschäfte seiner Tante erzählen, auch über die Personen, mit denen sie den engsten Kontakt hatte. Obwohl ich kaum glaube, dass er viel mehr weiß als das, was auch wir herausfinden werden. Ich glaube kaum, dass seine Tante viel von ihm hielt.«

Mit einem Stück Papier betrat Fragapane das Büro. »Dottoressa, das Ergebnis der Spurensicherung zu den Fingerabdrücken am Aufzughebel liegt vor. Offenbar waren sie ziemlich gut erhalten. Ein Plastikdeckel befand sich darüber, und so kam recht wenig Sauerstoff dran. Sie stimmen in fast fünfzehn Punkten mit denen auf dem Feuerzeug überein, also …«

»Gehören sie Teresa Regalbuto.«

Marta erschien in der Tür. »Boss, Dottore Macchia ist gerade eingetroffen.«

Vanina sah sie an und lächelte. »Ich hätte keinen besseren Späher einsetzen können.«

Vanina ließ Marta mit der Frage stehen, was sie wohl damit gemeint haben könnte, überquerte mit ausladenden Schritten den Flur und betrat Macchias überfülltes Büro. Sie traf auf Lo Faro, der genau in dem Moment heraustrat.

»Dottore Macchia hat mich gebeten, ihm einen Kaffee zu holen«, rechtfertigte er sich sofort.

»Ganz ruhig, Lo Faro! Ginge es nach mir, können Sie auch dem Polizeipräsidenten einen Kaffee holen, wenn Ihnen das Freude macht. Aber jetzt gehen Sie bitte wieder in Ihr Büro und machen Sie sich an die Arbeit, wir haben es nämlich eilig. Lassen Sie sich von Spanò alles erklären! Und halten Sie sich bereit, wir müssen schon bald los.«

Der Beamte strahlte über das ganze Gesicht. »Ich mache mich gleich auf den Weg.«

»Lo Faro!«, rief sie ihn zurück.

Er drehte sich um und wäre auf dem Flurboden beinahe ausgerutscht. Vanina warf ihm einen vernichtenden Blick zu. Wie bescheuert konnte man eigentlich sein?

»Bevor Sie Ihrer kleinen Freundin etwas berichten, was auch immer, kommen Sie zu mir, und wir entscheiden gemeinsam, was wir sagen und wie wir es sagen. Sie sehen, ich gebe Ihnen noch eine Chance. Verspielen Sie sie nicht! Andernfalls werden Sie für immer in die Telefonvermittlung verbannt, so schnell können Sie gar nicht schauen.«

Lo Faro nickte ohne Unterlass.

Tito Macchia saß bereits hinter seinem Schreibtisch, wie immer mit nicht angezündeter Zigarre im Mundwinkel und einem Becher Kaffee vor sich, der ganz sicher nicht aus dem Vollautomaten kam. Er wirkte gebräunt, wenn auch nicht so wie Marta.

»Meer?«, fragte sie ihn, sobald die anderen sein Büro verlassen hatten.

»Herrliches Meer«, präzisierte er. »Was gibt's Neues?«, fragte er, wechselte das Thema und stellte die richtige Rollenverteilung wieder her.

Sie berichtete ihm die Neuigkeiten, und je weiter sie mit ihrem Bericht kam, desto deutlicher runzelte er die Stirn. »Ziemliches Chaos also.«

»Kommt darauf an. Jetzt wissen wir mit Sicherheit, dass Teresa Burrano Maria Cutò umgebracht hat. Und wenn die DNA auf der Tasse dies bestätigt, dann ist es sehr wahrscheinlich, dass es so gelaufen ist, wie wir vermuten. Was den Mord an ihr betrifft und wenn sich Spanòs und mein Verdacht erhärtet, dann hat Signora Burrano an ziemlich viele Leute Geld zum Wucherzins verliehen. Ich bin mir sicher, dass ihr viele den Tod gewünscht haben. Gäbe es die Pistole und den Aktenkoffer nicht, dann wäre die Verbindung zwischen diesem Mord und den beiden Morden aus den Fünfzigerjahren äußerst dünn. Der Mörder wusste das, und er wusste auch, wo er die Pistole und den Aktenkoffer suchen musste.«

»Schauen wir mal, was bei dem neuen Ortstermin der Spurensicherung herauskommt. Ich versinke gerade im Ermittlungschaos zu einem Erpressungsfall, der kurz vor dem Ende steht. Bitte halte mich aber trotzdem auf dem Laufenden!«

»Natürlich, Boss. Von mir persönlich oder einer meiner …« Sie erhob sich und lächelte.

Er sah sie an, drehte die Zigarre im Mund herum und lächelte zurück.

Commissario Patanè eilte mit Zickzackschritten auf dem Gehweg der Via Umberto nach Hause, als wäre er von einer Tarantel gestochen worden. Ein Blick auf die erste Seite der Tageszeitung hatte genügt, und an dem entkoffeinierten Kaffee, den ihm der Vermesser Bellia spendiert hatte, hatte er sich fast verschluckt. Wahnsinn, was für ein Scoop! Teresa Regalbuto Burrano hatte sich umgebracht. Natürlich hatte er weder sein Handy noch die Nummer von Vicequestore Guarrasi dabei. Und auch die Autoschlüssel nicht. Jetzt hätte er am liebsten Flügel an Armen und Füßen sowie dreißig Jahre weniger auf dem Buckel gehabt, um die Strecke nach Hause im Laufschritt zurückzulegen.

»Gino, was ist denn los?«, empfing ihn Angelina und stieß den Wassereimer beiseite. »Heiliger Strohsack, du bist ja ganz rot im Gesicht!«

»Wo habe ich sie bloß hingelegt?«, regte er sich auf und drehte alle Taschen um.

»Was suchst du denn?«

»Die Autoschlüssel ... Da sind sie ja! Hier ist das Handy ...« Er zog eine Schublade auf. »Wieso verschwindet heute bloß alles?«

»Was suchst du überhaupt?«, wiederholte Angelina immer wütender.

»Die Visitenkarte von der Guarrasi.«

Seine Frau stellte den Wischmopp ab, als wolle sie eine Fahne aufrichten. »Warum? Was willst du denn damit?«

»Angelina, jetzt hör bitte auf damit und gib mir die Visitenkarte, sonst kriegen wir richtig Ärger!« Er hoffte, dass durch die Ankündigung eines Streits dieser erst gar nicht ausbrach. Wie konnte es sein, dass ihm mit über achtzig noch Eifersuchtsszenen gemacht wurden?

»Ich habe sie zerrissen. Wenn du sie anrufen willst, kannst du sie auch im Büro erreichen.«

Was hätte er tun sollen? So war sie eben, und so würde sie auch bleiben. Er ging zum Haustelefon und wählte die Nummer des Präsidiums.

Nunnari rief die Vicequestore zurück, die gerade mit Marta Bonazzoli die Treppe hinuntersteigen wollte, hinter ihnen Fragapane und als Schlusslicht Lo Faro.

»Nunnari, was gibt's denn?«

»Commissario Biagio Patanè ist am Apparat.«

Vanina verdrehte die Augen, aber eher belustigt als verärgert. Patanè hatte mal wieder ihre Nummer verloren. »Sag ihm, dass ich ihn in fünf bis zehn Minuten zurückrufe.«

Sie setzten sich in einen Dienstwagen, Marta fuhr, dann rief Vanina ihn zurück. »Commissario, buongiorno. Ich nehme an, Sie haben schon die Zeitung gelesen.«

»Ekelhafte Sache!«, rief Patanè und verlieh damit seiner Ungläubigkeit Ausdruck. »Dottoressa«, sagte er dann. »Sind Sie denn sicher, dass die Signora sich erschossen hat?«

Sinnlos. Ihr, Spanò oder Marta konnte man vielleicht etwas vormachen, nicht aber Commissario Patanè. Obwohl er nicht einmal wusste, dass die Pistole dieselbe war, mit der Burrano erschossen wurde. Denn dieses Detail war nicht bis zur Presse durchgesickert.

Der Commissario wollte Einzelheiten wissen. Ihm und seinem gemarterten Gewissen mochte es ja reichen, dass der Fall Burrano kurz vor der Lösung stand und endlich zu den Akten gelegt werden konnte. Vanina gestand ihm dies zu, nachdem sie ihn so intensiv in den Fall eingebunden hatte. Sie bat ihn, sie am Nachmittag in ihrem Büro aufzusuchen.

Die drei Frauen waren schon vor Ort, hatten sich in der Lobby zusammengefunden und wirkten ratlos. Sie hatten erneut die Spurensicherung vorfahren sehen mit dem Herrn, der schon am Vorabend da gewesen war, und einem weiteren Mann, der ziemlich nervös schien, Befehle schrie und sie nicht im Geringsten beachtete. Sie hatten keine Ahnung, was nun schon wieder passiert war.

Als Vanina die Wohnung der Concierge betrat, fühlte sie sich ein wenig wie Kommissar Maigret. In den Krimis von Simenon kamen immer eine Concierge, Kinder und Katzen vor, die im Haus umherliefen.

Vanina rief Mioara zu sich und nahm sie mit in die Wohnung von Signora Burrano. Bereits am Eingang war alles abgesperrt, dort arbeitete ein Tatortfotograf, dem Fragapane zusah.

Vanina schickte die Rumänin zu ihrem Team, damit sie die Stellen benannte, an denen die Signora vielleicht ein Verzeichnis aufbewahrt hatte. Wahrscheinlich gab es nicht allzu viele solcher Verstecke.

»Ach, Guarrasi!«, empfing Manenti sie. »Wir lassen wohl langsam nach, ah, ah, ah!«

Vanina hätte ihm am liebsten Signora Burranos gesamte Lalique-Sammlung ins Gesicht gepfeffert, hätte das nicht die ganze Arbeit zunichtegemacht, die Pappalardo nun wieder ganz von vorn und mit Engelsgeduld begonnen hatte.

»Was habt ihr am Eingang gefunden?«, fragte sie, ohne auf Manentis Provokation einzugehen.

»Einen Abdruck, aber wir fanden heraus, dass er zu Spanòs Schuh gehört. Um aber auf Nummer sicher zu gehen, werden die nötigen Untersuchungen noch vorgenommen.«

Die Lalique-Sammlung und das scharfkantige Porzellanbild von Capodimonte hätten sich perfekt geeignet.

»Neuigkeiten zur Pistole?«

»Natürlich! Unsere Kriminaltechniker schlafen schließlich nicht. Es könnte ja sein, dass die Vicequestore eine Patronenhülse vorbeibringt, die wir mit einer vor fünfzig Jahren gefundenen vergleichen sollen.«

»Manenti, wäre es nicht besser für uns beide, wenn du mit dem Schwachsinn aufhörst und wir zusammenarbeiten?«

Manenti seufzte. »Welche Neuigkeiten sollte ich denn bitte haben? Ich sage dir später Bescheid. Aber falls es dich interessiert, Pappalardo hat heute Morgen die Hand der Signora untersucht. Darauf waren natürlich weder Antimon- noch Barium- oder Bleispuren zu finden.«

»Jemand arbeitet also doch nachts«, kommentierte sie sarkastisch.

Sie ging auf die Männer zu, die sich am Schreibtisch zu schaffen machten, während Manenti zur Haustür ging.

Pappalardo stand auf. »Dottoressa, bevor ich heute Morgen herkam, habe ich mir den Aktenkoffer angesehen. Das Äußere war verstaubt, mit Rußpartikeln übersät, Vulkansand war auch dabei. Das könnte uns bei der Suche nach dessen Versteck helfen. Und darin lag höchstwahrscheinlich die Pistole.«

»Bravo, Pappalardo! Finden Sie so viel wie möglich heraus!«

Die Männer hielten sich mit Mioara im Nebenraum auf, in Signora Burranos Schlafzimmer. Lo Faro stand auf einer Leiter und folgte blindlings Mioaras Anweisungen, während Fragapane in den Schubladen wühlte.

»Weiter nach rechts. Nein, weiter nach links. Jetzt Mitte, such mit Hand nach Schachtel!«

Völlig verschwitzt stieg der Beamte die Leiter herunter und hielt eine Schuhschachtel in Händen. Sie enthielt alte Fotografien und Ansichtskarten. Die nächste Sackgasse innerhalb einer halben Stunde.

Mioara verschob die Leiter bereits an eine andere Stelle. »Jetzt du gehst da rauf!«, befahl sie.

Zehn Minuten lang beobachtete Vanina das Treiben, während Lo Faro viermal die Leiter hinauf- und wieder heruntersteig und jedes Mal neue Objekte zutage förderte. Fragapane hingegen stand etwas abseits, zog die Gegenstände aus den Schubladen und legte sie ordentlich wieder zurück.

»Fragapane!«, wies sie ihn zurecht. »Eigentlich sollten Sie hier das Kommando übernehmen und nicht zulassen, dass Mioara Lo Faro herumscheucht.«

»Die Kleine bringt alles durcheinander, Dottoressa. Doch etwas hat sie wohl kapiert, dass die Wohnung nämlich etliche Verstecke hat. Da könnte es spät werden.«

»Suchen Sie weiter, auch an den ausgefallensten Stellen!«

Vanina nahm Mioara mit in die Küche und sprach mit ihr über das Mittagessen, das die arme Signora so üppig hatte zubereiten wollen. Dann brachte Vanina sie dazu, ihr in allen Einzelheiten zu berichten, was sie an jenem Morgen getan hatte. Treffen mit rumänischen Freundinnen, Mittagessen mit rumänischen Freundinnen, Fahrt im Auto mit rumänischer Freundin. Danach war sie zurückgekehrt. Nun brach sie in Tränen aus. Sicher würde sie eine Woche unter Schock stehen, wenn sie die Wahrheit erführe, aber es half alles nichts.

Vanina brachte Mioara wieder hinunter zum Empfang, wo Marta sich in der Zwischenzeit in allen Einzelheiten erzählen ließ, wie sich die Vormittage der anderen beiden Frauen gestaltet hatten. An den blassen Gesichtern war zu erkennen, dass Marta ihnen die Neuigkeit bereits mitgeteilt hatte.

Agata war mit ihrer Cousine beim Gottesdienst gewesen,

hatte süße Cannoli gekauft, war nach Hause zurückgekehrt und hatte das Essen für die Kinder zubereitet. Dann war Signora Clelia zurückgekehrt, alles andere war bekannt. Agata erzählte, sie habe mit der Signora zwar kein freundschaftliches Verhältnis gehabt, sie aber respektiert. Nach eigener Aussage habe es für sie keinen Grund gegeben, die Signora umzubringen.

Vanina fragte, wer die anderen Hausbewohner seien. Es waren alles Leute, die nichts mit dem Opfer zu tun hatten. Nur ein älterer Herr aus dem ersten Stock, ein ehemaliger Geschichtsprofessor, habe ihr früher einmal den Hof gemacht. Doch inzwischen war der Ärmste gesundheitlich schwer angeschlagen und hatte wohl nicht mehr lange zu leben. Über die anderen Bewohner war wenig zu erzählen. Es gab eine Familie mit kleinen Kindern, ein Paar mittleren Alters und eine Witwe, die mit ihrem dreißigjährigen Sohn zusammenlebte.

Clelia Santadriano hingegen erzählte, sie sei mit einer gemeinsamen Freundin von Teresa im Auto zu dieser Blumenschau in einer noblen Villa gefahren. Sie habe die Villa dreimal durchquert, einen Bonsai und zwei verzierte Pappmachéketten einer Landsmännin gekauft, einer Schauspielerin, die sich der Kunst zugewandt habe und ihre eigenen Kreationen verkaufte. Nach zwei Stunden habe sie sich ein Taxi genommen und sei zurückgefahren, da die Freundin im Palmengarten noch mit Freundinnen geplaudert habe. Der Rest sei bekannt. Die Nacht habe sie bei einer Bekannten verbracht, habe sich jetzt aber ein Zimmer im *Hotel Royal* gemietet. Und solange der Fall nicht aufgeklärt sei, wolle sie dort wohnen bleiben. Danach habe sie vor, nach Neapel zurückzukehren.

Marta wollte noch wissen, mit welchen Personen die Signora Umgang pflegte, wo sie diese empfing und welches Verhältnis sie zu ihnen hatte. In Teresas Haus gingen viele Menschen ein und aus, sowohl Männer als auch Frauen. Die Damen bat sie für gewöhnlich in den kleinen Salon, in dem sie das letzte Mal auch Vicequestore Guarrasi und Ispettore Bonazzoli empfangen habe, die Herren hingegen meistens im großen Salon. Ins Arbeitszimmer ging sie nur, wenn sie etwas am Schreibtisch zu erledigen hatte, und ja, manchmal empfing sie auch dort Besucher. Teresa sei nie besonders mitteilsam gewesen, nicht einmal mit ihren engsten Vertrauten.

»Hatte sie enge Freunde?«, fragte Vanina.

»Bis auf mich und Arturo niemanden.«

»Arturo Renna?«

»Ja, der Notar. Mit ihm verband sie eine besondere Freundschaft ... Nun ja, zumindest früher einmal. In den letzten Tagen, nachdem die Geschichte mit der Leiche in der Villa herausgekommen war, wich er ihr nicht mehr von der Seite.«

»Wusste der Notar von dem Vorfall? Ich meine, bevor er heute Morgen in der Zeitung davon las?«

»Ja, ich habe ihn gestern Abend angerufen. Er war vollkommen fertig. Auch er konnte es einfach nicht glauben, genau wie ich. Am Ende gibt es ja eine Erklärung ...«, sagte sie und hob den Kopf. »Dottoressa, fahnden Sie jetzt nach dem Mörder?«

»Natürlich, Signora Santadriano! Und ich versichere Ihnen, dass wir dabei niemanden schonen.«

Sie wandte sich an die beiden anderen. »Bitte halten Sie sich weiterhin zu unserer Verfügung!«

Agata und Mioara nickten entschlossen. Signora Santadriano musterte sie schweigend. Vanina fiel auf, dass sie wunderschöne grüne Augen hatte. Sie war wirklich eine schöne Frau.

Sie kehrte nach oben zurück. Die Spurensicherung war noch am Werk, während Fragapane neben dem Bett des Opfers kniete und unter der Matratze herumfuhrwerkte. Lo Faro hingegen wanderte mit einem Handy in der Wohnung umher. »Wir haben etwas gefunden, Dottoressa. Es lag ganz hinten in einer Schublade der Kommode neben einem Ladegerät.«

Ein chromfarbenes Klapphandy der Marke Nec. Das von Patanè war im Vergleich dazu regelrecht modern. Vanina nahm es entgegen und brachte es Nunnari. Sie ließ die beiden Männer und Marta Bonazzoli zurück und bat beim Hinausgehen Fragapane, seinem Freund Pappalardo nicht von der Seite zu weichen. Ihrer Ansicht nach war er der Einzige bei der Spurensicherung, von dem sie zügig Ergebnisse erwarten konnte. Von den Ergebnissen hing sowohl der Abschluss des alten wie des neuen Falls ab. Und am allerwenigsten ertrug es Vanina, von jemandem abhängig zu sein, vor allem wenn es sich um Manenti handelte.

Sie beschloss, zu Fuß ins Büro zurückzukehren. Sie musste nachdenken. Irgendetwas überzeugte sie bei allem, was passiert war, nicht wirklich. Sie wusste nicht genau, was es war, war sich aber sicher, dass es da etwas gab. In dieser Phase tauchten natürlich Unsicherheiten auf, doch sie wurde das Gefühl nicht los, gezielt in eine bestimmte Richtung gelenkt zu werden. Und dieses Gefühl hatte sie schon am Vorabend gehabt, als sie angeordnet hatte, niemand dürfe in Signora Burranos Wohnung übernachten, und Mioara dürfe nichts in der Küche berühren. Tatsächlich war es so, als hätte sie die Wohnung versiegelt, auch wenn dem offiziell nicht so war. Hätte sie der Selbstmord hundertprozentig überzeugt, dann hätte sie diese Vorsichtsmaßnahmen nicht ergriffen. Es war eine spontane Entscheidung gewesen.

Sie betrat eine Bar an der Via Etnea und bestellte den zweiten Cappuccino des Tages. Während sie am Tresen stand und ihn schlürfte, sah sie sich zwei alte Poster aus den Fünfzigerjahren an, die an der Wand hingen. Die typischen Werbeplakate mit Pin-up-Girls und Männern mit gegelter Tolle. Die Zeit von Burrano und Maria Cutò.

Und genau das ließ ihr keine Ruhe. Sie hatte die Beweise des alten Mordfalls vor Augen, die man ihr wie auf einem Silbertablett serviert hatte. Und hätte sie nicht die Übereinstimmung der Fingerabdrücke der Signora auf dem Aufzughebel und dem Feuerzeug gehabt, hätte sie selbst alle Annahmen infrage gestellt.

Alfio Burrano trat durch die Tür des Präsidiums. Er lächelte, als er Vanina kommen sah. Sie erinnerte sich wieder, dass sie ihm am Abend zuvor zwei Nachrichten geschickt hatte, auf die er nicht geantwortet hatte.

»Carmelo hat mir alles erzählt«, begann Alfio. »Ich habe versucht, ihm mit meinem Wissen zu helfen, aber das ist nicht viel. Du weißt ja, wie meine Tante war, und so viel Kontakt hatten wir auch wieder nicht. Trotzdem hat sie so ein Ende nicht verdient. Wer kann das gewollt haben?«

»Alfio, niemand verdient ein solches Ende. Wir müssen herausfinden, wer es getan hat und aus welchem Grund. Und genau darum werde ich mich jetzt kümmern. Daher entschuldige mich bitte! Sollte dir sonst noch etwas einfallen, auch ein scheinbar unwichtiges Detail, dann sag uns Bescheid!«

»In Ordnung«, versprach Alfio und nickte.

»Ach ja, und sorg doch bitte dafür, dass du nicht wie gestern für Stunden unauffindbar bist!«

»Ich hatte mein Handy in Sciara vergessen und war den ganzen Tag ohne … Das passiert mir sonst nie.«

Vanina verabschiedete sich und stieg in ihr Büro hinauf. Spanò war bei Nunnari, beide gingen die Aufzeichnungen der

Telefonate durch. Vanina überreichte ihnen das Handy der Marke Nec.

»Die Signora hat nur einen Anruf getätigt, und zwar an Alfio, um 10:31. Sie wollte ihn umgehend bei sich zu Hause sprechen. Sie war wütend über den Artikel, der in der *Gazzetta Siciliana* erschienen war, aber Alfio ging nicht hin. Er meinte, er sei es leid gewesen, ihr immer zur Verfügung stehen zu müssen.«

Nunnari stand auf und überließ Vanina den Stuhl. »Die anderen Telefonate sind kürzer, außerdem handelt es sich ausschließlich um eingehende«, sagte er und drehte den Computerbildschirm zu ihr um. »Ein Anruf von einem Festnetzanschluss, der auf das Notariat Renna läuft, der hat fünfzig Minuten gedauert. Die beiden anderen gingen von einem Handy aus. Ein kurzer Anruf, der andere ein wenig länger. Wir prüfen gerade, auf wen die Nummer läuft. Jedenfalls ist es eine Nummer, die in den Tagen zuvor immer wieder auftaucht. Auch die Nummer des Notariats Renna ist häufig zu finden.«

»Das passt mit Signora Santadrianos Aussage zusammen, dass zwischen Renna und dem Opfer eine besondere Freundschaft bestand.«

»Das hat auch Tante Maricchia gesagt«, schaltete Spanò sich ein.

»Die keinen Schuss verfehlt.«

Nunnari sah beide an und schien nicht ganz zu verstehen.

»Haben Sie Di Stefano herbestellt?«, fragte Vanina und wechselte das Thema.

»Ja, der müsste gleich kommen.«

Spanò trommelte mit den Fingern an die Wange und wirkte nachdenklich. »Glauben Sie, dass er etwas damit zu tun hat?«

»Vielleicht hat er ja aus Rache gehandelt«, meinte Nunnari.

»Wir prüfen, ob er ein Alibi hat, aber ich halte ihn eher nicht für den Täter. Die Familie Zinna hat bereits ihren eigenen Racheplan verfolgt. Die Zeugenaussage von Calascibetta war der erste Schritt. Dem folgte gestern der Artikel in der Zeitung, und wer weiß, wer den verfasst hat. Bestimmt jemand, der bessere Karten als die Signora hatte, und das kann auch nicht jeder. Nein, Di Stefano wäre meiner Ansicht kein solches Risiko eingegangen.«

»Und warum bestellen wir ihn dann her?«

»Weil wir jetzt wissen, dass Teresa Regalbuto Maria Cutò umgebracht hat, und weil wir den Fall Burrano neu aufgerollt haben. Wir dürfen nicht vergessen, dass wir an zwei verschiedenen Fronten ermitteln müssen.«

Spanò berichtete ihr dann, dass er zu einigen Namen recherchierte, die auf den Quittungen aus dem Ordner vermerkt waren. »Der eine ist ein wichtiger Name, Dottoressa. Und zu ihm gehören auch die größten Summen. Ein sehr bekannter Händler, der aber mit den Geschäften der Burranos rein gar nichts zu tun hatte.«

»Das bekräftigt umso mehr unsere Annahme. Hoffen wir, dass wir auch noch ein Geschäftsbuch finden. Spanò, bestellen Sie Notar Arturo Renna ein!«

»Ich rufe ihn umgehend an.«

Vanina zog sich in ihr Büro zurück. Die Berichte des Rechtsmediziners und die der Spurensicherung lagen auf ihrem Schreibtisch. Sie las sie noch einmal durch, nur um ihrem Gedächtnis auf die Sprünge zu helfen. Sie fand aber nichts, was sie nicht sowieso schon wusste. Das Telefon vibrierte, und zum dritten Mal an diesem Tag erschien Giulis Nummer auf dem

Display. »Ich weiß, dass du mir keine Ruhe lässt, bis ich dran-gehe«, sagte Vanina und nahm den Anruf entgegen.

»Entschuldige, aber ich habe dir Nachrichten geschickt und zigmal angerufen. Du fährst also einfach nach Noto und sagst mir nicht einmal Bescheid?«

Vanina verdrehte die Augen. »Hast du nicht bis über beide Ohren in mondänen Events gesteckt?«

»Schon, aber vielleicht wäre ich ja gern mitgekommen.«

»Glaub mir, Giuli, das wäre keine so tolle Idee gewesen.«

»Ach was, was denkst du denn? Ich meinte eher, dass ich mir in der Nähe ein schönes Wochenende gemacht hätte.«

»Na klar! Glaub mir, die Gesellschaft war nicht die richtige. Und du weißt auch genau, warum. Hör zu, entschuldige mich, aber ich stecke bis über beide Ohren in einem Fall …«

»Ich hab's gelesen. Und was sagt dein Alfio dazu?«

Vanina erstarrte. Ihr missfiel der Ton, mit dem ihre Freun-din die Frage stellte. Nach dem Motto: *Keiner kennt ihn besser als du.*

»Spanò hat heute Morgen mit ihm gesprochen.«

Natürlich sagte sie ihr nicht, dass es in dem Fall inzwischen nicht mehr um Selbstmord, sondern um Mord ging. Das würde sie sowieso noch früh genug erfahren.

»Ach ja, Spanò«, sagte Giuli. »Der Mops mit dem Schnauz-bart, mit dem du gestern auf der Piazza Spirito Santo etwas getrunken hast. Ein echt scharfer Kerl! Hat sich übrigens erst vor Kurzem getrennt.«

Vanina schwieg, bevor sie zurückschlug. »Hast du noch nie darüber nachgedacht, dich bei der Polizei zu bewerben? Du könntest deine Fähigkeiten der Allgemeinheit zur Verfügung stellen. Denk mal darüber nach, noch hast du Zeit.«

»Ach komm, das war ein Scherz! Ich bin mit dem Auto vorbeigefahren und habe dich gesehen. Ich dachte, du seist mit Alfio Burrano zusammen, stattdessen warst du mit dem Schnauzbart unterwegs.«

»Ich war gestern noch bis spätabends im Dienst, wenn du's genau wissen willst. Und ich wüsste auch nicht, warum ich mit Alfio hätte zusammen gewesen sein sollen. Was weißt du überhaupt über Spanòs Angelegenheiten?«

»Seine Frau ist mit einem Kollegen von mir zusammen. Ein großes Tier, Zivilrechtler.«

Diese Tratschtante wusste wirklich alles. »Giuli, ich muss arbeiten. Wolltest du mir etwas mitteilen?«

»Nur eins ... wenn du das nächste Mal nach Noto fährst, komme ich mit.« Vanina musste es ihr versprechen.

Spanò betrat genau in dem Moment ihr Büro, als sie gerade an den rosafarbenen Sturzhelm und die besondere Bedeutung dachte, die er ganz offensichtlich für ihn hatte.

»Entschuldigen Sie, Boss.«

»Kommen Sie ruhig herein, Spanò!«

Der Ispettore nahm vor ihr am Schreibtisch Platz. Vanina beobachtete ihn aufmerksamer als sonst. Buntes Hemd und tief sitzende Jeans, in denen er sich ganz offensichtlich nicht wohlfühlte. Und dann wurde ihr plötzlich klar, wem er am liebsten die Fresse poliert hätte – dem Zivilrechtler.

»Ich habe Renna herbestellt. Er kommt am frühen Nachmittag vorbei. Was er sagte, hat mir allerdings gar nicht gefallen.«

»Was hat er denn gesagt?«

»Er hat mich gefragt, ob wir auch den Neffen des Opfers verhören werden.«

»Alfio Burrano?«

»Aber wie er das gesagt hat ... na ja, als käme der als Täter infrage.«

»Und sonst hat er nichts gesagt?«

»Nein, er wollte allerdings gleich nach dem Mittagessen hier sein.«

Vanina sah auf die Uhr, es war Viertel vor zwei, das war ihr gar nicht aufgefallen. »Ich bin schon gespannt, was uns der Notar erzählen wird.«

»Ja, und was Alfio betrifft ... Ich zerbreche mir schon die ganze Zeit wegen einer Sache den Kopf.«

»Worüber?«

»Erinnern Sie sich noch, dass er gestern den ganzen Tag nicht zu erreichen war? Angeblich hatte er sein Handy in Sciara vergessen. Das hat er schon berichtet, noch bevor ich ihn fragen konnte.«

Zu ihr hatte er dasselbe gesagt.

»Sie meinen also *excusatio non petita accusatio manifesta*, nach dem Motto, eine unverlangte Entschuldigung ist eine offenkundige Anklage?«

»So will ich das nicht sagen, aber ...«

»Aber Sie haben den Verdacht.«

Das Telefon auf ihrem Schreibtisch klingelte. »Guarrasi«, sagte sie und ging dran.

»Macchia hier. Hast du Zeit, mit mir zu Mittag zu essen? Ich muss mit dir reden.«

Das war eine ziemlich überraschende Frage. In elf Monaten hatten sie und Tito Macchia außerhalb der Bürozeiten vielleicht zweimal miteinander geredet, und auch das nur per Zufall. Sie überlegte, dass Renna sicher nicht vor drei Uhr eintreffen würde.

»Ich habe genau eine Stunde«, sagte sie.

»Perfekt. Dann lass uns gehen!«

Vanina legte auf, erhob sich und schob Zigaretten und iPhone in die Jackentasche. »Ich gehe mit dem Big Boss zum Mittagessen. Falls Renna früher kommt, bringen Sie ihn her und warten Sie auf mich.«

Im *Da Nino* herrschte weniger Betrieb als sonst. Aber montags war das meistens so. Macchia steuerte geradewegs auf den zweiten Raum zu und suchte sich dort den entlegensten Tisch. Er setzte sich an einen Tisch für vier Personen, hängte seine riesige Jacke über die Rückenlehne eines leeren Stuhls und legte Handy, Schlüssel und Zigarrenetui auf die Tischdecke. Er bestellte Mineralwasser mit Kohlensäure, denn schales Zeugs konnte er nicht leiden, und wartete, bis das Brot mit einem Schälchen Oliven serviert wurde.

»Zwei Dinge möchte ich mit dir besprechen. Eins hat mit dem anderen zwar nichts zu tun, aber trotzdem ist mir beides gleich wichtig«, fing er an.

Vanina musterte ihn fragend und suchte nach negativen Signalen, schließlich konnte sie nie wissen.

»Was gibt's denn?«

»Fangen wir beim Wichtigsten an. Die Abteilung organisiertes Verbrechen ermittelt in letzter Zeit intensiv zu Verbindungen zwischen catanesischen und palermitanischen Familien. Ein wichtiger Job, den wir mit dem Kriminalamt der DIA gemeinsam erledigen. Dabei stoßen wir immer wieder auf Fälle, die du gelöst hast, die uns aber als Bindeglied für andere Fälle dienen.«

Nino kam an den Tisch und unterbrach Macchias Ausführungen. »Was darf ich euch bringen?«

Macchia dachte nicht lange darüber nach. »Fleisch.«

Vanina bestellte erst einmal einen Teller Pasta. Zumal sich bei der Ansprache ihr Magen zuschnürte.

»Und?«, fragte sie, sobald sie wieder allein waren.

»Um es kurz zu machen. Ich fände es ideal, wenn du die Einheit in Catania leiten würdest. Giustolisi ist zwar tüchtig und könnte dich sehr gut unterstützen, aber du ... Vanina, ich finde es einfach jammerschade, dich weiter bei Ermittlungen zu ganz gewöhnlichen Mordfällen einzusetzen. Das ist fast schon so, als würde man Maradona als Abwehrspieler einsetzen.«

»Tito, ich danke dir für den schmeichelhaften Vergleich, und das aus dem Mund eines Neapolitaners. Du weißt, dass meine Rückkehr zur Abteilung organisierte Kriminalität nicht zur Debatte steht. Ich habe vor Jahren damit abgeschlossen und es keine Sekunde lang bereut. Es geht mir gut dabei, ganz gewöhnliche Mörder zu fassen. Auch darin muss man gut sein.«

»Das will ich gar nicht bestreiten, ich will nur sagen, dass es genug andere gute Leute gibt, die diesen Job übernehmen könnten. Was du kannst und gelernt hast, lernen nur wenige. Ich habe gerade vorhin mit Eliana Recupero darüber gesprochen. Sie war von dir beeindruckt und hat sich deine Personalakte kommen lassen«, warf er in den Raum.

»Tito, was ich kann, das können auch meine Kollegen. Und was ich gelernt habe, kann jeder lernen, der Lust hat, sich Tag für Tag in diesen Sumpf zu begeben und so viel wie möglich davon auszutrocknen. Auch auf die Gefahr hin, darin zu ersticken. Das Problem ist nicht, was ich weiß, sondern wie ich es erfahren habe, warum ich weiß, was ich weiß, und wie ich es gelernt habe. Und das hat mich am Ende bewogen, die Einheit zu verlassen und mir jeden Tag aufs Neue vor Augen zu führen, dass diese Entscheidung richtig war. Vielleicht bin ich feige, aber die Entscheidung war richtig.«

Tito schwieg eine Weile, bevor er weitersprach. »Ich ging immer davon aus, dass das Gerücht nicht zutraf, dass du deinen Vater rächen wolltest und dich dann zurückgezogen hast, um nichts mehr zu riskieren. Davon bin ich immer noch überzeugt.«

»Da tust du aber nicht gut daran«, antwortete sie.

»In Ordnung. Ich nehme deine Weigerung zur Kenntnis, aber versuchen musste ich es, Vanina. Solltest du irgendwann doch deine Meinung ändern … ich würde dir freie Hand gewähren, nur damit du es weißt.«

Vanina nickte genau in dem Moment, als Nino in Begleitung eines jungen Kellners einen Berg Salsicciawürste für eine ganze Armee auf den Tisch hievte.

»Dann frönen wir jetzt unserer fleischfressenden Natur, einverstanden?«, lenkte Vanina kichernd vom Thema ab.

Tito sah ihr in die Augen und lächelte zweideutig.

»Wobei wir beim zweiten Thema wären.«

Marta Bonazzoli war ins Büro zurückgekehrt, nachdem die drei Frauen das Protokoll unterschrieben hatten. Fragapane und Lo Faro hingegen waren noch am Tatort geblieben, um weiter in Schubladen mit Unterwäsche, Schuhregalen und Vorratskammern zu wühlen. Ab und zu warfen sie auch einen Blick in die Schränke. Doch bald würden sie besiegt und mit leeren Händen ins Büro zurückkehren.

Vanina war an ihrem Büro vorbeigekommen, hatte Marta nervös an der Tür stehen sehen und ihr zugelächelt. Aus den Augenwinkeln hatte sie beobachtet, wie Marta Tito einen fragenden Blick zugeworfen hatte, der in der Trattoria *Da Nino* vorhin ohne Umschweife zum Thema gekommen war. Er hatte gewusst, dass Vanina am Strand gewesen war, weil er sie gesehen hatte, genau wie sie ihn. Er hatte ihr ohne Umschweife zu verstehen gegeben, dass er ihre Witze zwar kassierte, sie aber auch gebeten, ihn nicht bloßzustellen, sondern ihm zu helfen. Und zwar mit Marta. Denn ob man es glaube oder nicht, das Problem an der Sache war sie.

Die beiden Notare Arturo und Nicola Renna kamen fünf Minuten, nachdem Vanina und Tito in ihre Büros zurückgekehrt waren. Der eine stolzierte erhobenen Hauptes voran, während der andere hinter ihm hertrottete und ständig verzweifelt die Nase hochzog.

Spanò führte sie in Vaninas Büro und bat die beiden, vor dem Schreibtisch Platz zu nehmen. Renna senior saß vor ihr, seine Kiefermuskeln zuckten als Ausdruck seiner Überheblichkeit, die ihr schon beim ersten Treffen aufgefallen war. Dazu kam, dass er sichtlich genervt war, in ihrem Büro zu sitzen.

Vanina kam ohne Umschweife zur Sache. »Signor Renna, in welchem Verhältnis standen Sie zu Teresa Regalbuto?«

»Wir waren befreundet.«

»Waren Sie immer nur Freunde?«

»Fast immer.«

»Fast immer *was*? Nur Freunde?«

Der Notar starrte sie an. »Welche Rolle spielt das eigentlich?«

»Bitte beantworten Sie meine Frage!«

»Nein«, antwortete er und seufzte ungehalten.

»Zu der Zeit, als Gaetano Burrano ermordet wurde, waren Sie da mehr als nur Freunde?«

»Wie bitte … Also, was hat das mit dem Tod von Teresa zu tun?«, regte er sich auf. »Ich dachte, Sie haben mich herbestellt, weil eine Freundin von mir ermordet wurde und ich Ihnen bei der Aufklärung des Falls helfen soll. Keineswegs bin ich damit einverstanden, dass Sie in meiner Vergangenheit herumwühlen ...«

»Signor Renna, der Mord an Ihrer Freundin führt ursächlich auch dazu, dass wir den Mord an ihrem Ehemann noch einmal aufrollen. Ich bitte Sie also, einfach meine Fragen zu beantworten und sich jeglichen Kommentars zu enthalten.«

»Komm schon, Papa!«, schaltete sich der Sohn ein. »Jetzt sei doch kooperativ! Teresa wäre dir bestimmt dankbar.«

Der Notar schien sich etwas zu beruhigen. »Wir waren lange mehr als nur gute Freunde«, antwortete er.

»Hatten Sie jemals den Verdacht, dass Teresa den Mord an ihrem Mann geplant haben könnte?«

Renna zuckte kurz zusammen, fing sich dann aber gleich wieder. »Natürlich nicht.«

»Aber Sie haben ihr bei dem Beweis geholfen, dass Masino Di Stefano der Täter war.«

»Warum? Ist denn Masino Di Stefano nicht der Täter?«

»Heute wie schon vor siebenundfünfzig Jahren muss der Täter noch gefunden werden. Eine Revision des Falls wurde angeordnet.«

Den Notar schien die Nachricht kaltzulassen.

Vanina holte Burranos handgeschriebenes Testament heraus. »Haben Sie eine Kopie davon erhalten?«

Arturo Renna setzte seine halbmondförmige Lesebrille auf und sah es sich genau an. »Nein.«

»Haben Sie diesen Aktenkoffer schon einmal gesehen?«, fragte Vanina und zog ein Foto heraus, das sie am Vorabend gemacht hatte.

Der Notar starrte die Aufnahme einen Moment lang an und sah dann weg. »Das ist ein alter Aktenkoffer mit Sicherheitshandschellen. So etwas haben Leute benutzt, die mit viel Geld zu tun hatten.«

»Haben Sie den Koffer jemals bei Teresa Regalbuto gesehen?«

»Das war kein Accessoire für eine Frau. Und es war nicht der Stil der armen Teresa.«

Vanina richtete sich auf ihrem Stuhl auf und stützte die Ellbogen auf dem Schreibtisch ab. »Signor Renna, haben Sie eine Ahnung, wer Teresa Regalbutos Tod herbeigeführt haben könnte?«

Nun schien Arturo Renna wieder ganz in seinem Element. »Leider ja«, erklärte er.

Auch Spanò, der auf Vaninas Seite des Schreibtischs saß, beugte sich näher heran.

»Und der wäre?«

»Alfio Burrano.«

Vanina zeigte sich nicht überrascht. »Wie kommen Sie darauf?«

Auf ein Zeichen von Renna senior hin öffnete sein Sohn eine Ledermappe und zog einen Umschlag heraus. »Die Tatsache, dass Teresa gerade vorgestern in der Kanzlei meines Sohns ein Testament hinterlegt hat, in dem sie ihrem Neffen nur das Weingut und einen kleinen Teil der Villa in Sciara hinterließ, die er sowieso schon besitzt. Alles andere schloss ihn vom Erbe aus. Also vom Großteil.«

Vanina und Spanò sahen sich fragend an.

»Wusste Signor Burrano vom Letzten Willen seiner Tante?«

»Sie hatte ihm das vor einigen Tagen mitgeteilt, noch bevor sie das Testament verfasst hatte. Das nahm er natürlich nicht gut auf. Er beleidigte sie lauthals und drohte ihr sogar. Aber dies bestärkte sie in ihrer Geringschätzung dieses Kerls nur weiter. Ich glaube nicht, dass er wusste, dass sie das Testament bereits hinterlegt hatte. Vielleicht hatte sie es ihm aber auch gesagt und damit seine mörderische Wut entfesselt.«

»Ich glaube kaum, dass es sich hier um mörderische Wut handelte, Signor Renna. Der Mörder sorgte dafür, dass wir alle Beweise finden, um Signora Burrano des Mordes an ihrem Mann und an Maria Cutò zu verdächtigen.«

Der Notar wirkte wie gelähmt und schwieg, nur sein Sohn zog weiter wie ein Geisteskranker die Nase hoch.

»Teresa soll Maria Cutò ermordet haben? Aber … das ist unmöglich«, beteuerte Arturo.

»Leider ist das so gut wie sicher. Die Beweise liegen uns vor.«

»Und wie soll sie Maria Cutò ermordet haben? Durch den Schuss aus einer Pistole etwa?«

»Nein, wir gehen davon aus, dass sie im Lastenaufzug lebendig begraben wurde, nachdem Burrano sie aufgefordert hatte, sich dort zu verstecken.«

Arturo Renna starrte sie an. Er wirkte blass und kniff den Mund zusammen.

Vanina hielt seinem Blick stand.

»Und wer ist der neue Erbe des Vermögens der Familie Burrano, wenn ich fragen darf?«

Nicola Renna erstarrte. »Ich weiß nicht, ob …«

Sein Vater machte ihn mit einer Geste mundtot. »Das sage ich Ihnen gern. Teresa hat Clelia Santadriano ihr ganzes Vermögen hinterlassen.«

Vanina sah ihn überrascht an, Spanò verkniff sich einen erstaunten Aufschrei.

»Und weiß Signora Santadriano von dieser Erbschaft?«, fragte Vanina.

»Natürlich nicht. Das erfährt sie erst, wenn wir das Testament eröffnen. Teresa wollte nicht, dass sie davon erfuhr.« Das war alles, was Arturo Renna dazu sagen konnte, doch er wirkte sichtlich mitgenommen.

Vanina teilte dem jungen Notar mit, dass durch richterlichen Beschluss das Testament beschlagnahmt werde.

Nachdem Spanò die beiden Notare hinausbegleitet hatte, kehrte er in Vaninas Büro zurück und setzte sich ihr gegenüber an den Schreibtisch. Sie hatte sich unterdessen ans Fenster gelehnt und rauchte eine Zigarette.

»Dottoressa, ich fürchte, wir müssen Alfio noch einmal einbestellen.«

»Erst einmal müssen wir herausfinden, ob er überhaupt ein Alibi hat.«

»Richtig. Aber eins ergibt noch immer keinen Sinn. Wer hat Alfio verraten, wo der Aktenkoffer und die Pistole versteckt waren?«

»Genau«, stimmte Vanina zu und sah aus dem Fenster.

Sowohl Teresa Burrano als auch Alfio hätten sich überlegen können, die Siegel an der Villa aufzureißen, um dort etwas zu suchen. Und wenn sich der Aktenkoffer tatsächlich in der Villa befunden hatte, wäre er vermutlich der Einzige gewesen, der danach suchen konnte. Doch das wusste Spanò nicht.

Pünktlich um halb sechs betrat Commissario Patanè das Präsidium. Vorher hätte Vicequestore Guarrasi keine Zeit gehabt. Er stieg zu Fuß die zwei Stockwerke hinauf, betrat den Gang und begrüßte jeden, den er kannte oder den er in den vergangenen Tagen aufgrund seiner häufigen Besuche näher kennengelernt hatte. Dabei wirkte er zwanzig Jahre jünger. Als Fragapane ihn sah, stürzte er auf ihn zu und begrüßte ihn. Er hatte fast die Hälfte des Wegs zurückgelegt, als ihm ganz zu seinem Leidwesen Macchia über den Weg lief, der gerade in sein Büro gehen wollte.

»Commissario Patanè! Wollen Sie wieder den Dienst antreten?«

»Das wäre zu schön, um wahr zu sein. Aber leider … Ich bin auf dem Weg zu …«

»Vicequestore Guarrasi«, ergänzte Macchia belustigt.

Patanè fühlte sich sichtlich unwohl. Macchia war zwar sympathisch, aber obwohl er sein Sohn hätte sein können, war er auch für ihn wie ein Vorgesetzter. Und er nahm ihn höflich, aber schamlos immer wieder auf die Schippe, sodass er sich lächerlich vorkam. Aber vielleicht war das genau der Sinn der Sache. Schließlich war er ständig hinter Dottoressa Guarrasi her, und das ließ sich trotz seines fortgeschrittenen Alters durchaus als Annäherungsversuch interpretieren.

»Commissario!«, rief Vanina erfreut und riss ihn aus seinen Gedanken, als sie die Tür öffnete, vor der er stehen geblieben war.

»Da bin ich.«

»Warum stehen Sie denn vor der Tür?«

»Ach, ich habe nur Dottore Macchia begrüßt.«

Sie bat ihn herein und bot ihm sogleich eine Gauloise und Schokoladentäfelchen an. Erfreut verputzte Patanè gleich zwei Stück davon.

Vanina hatte vor, ihm nur Details mitzuteilen, die den alten Mord betrafen, und wollte ihn nicht in den jüngsten Fall einbeziehen, der ihn im Grunde nichts anging. Doch so wie die beiden Ermittlungen miteinander verknüpft waren, ließ sich das kaum vermeiden.

»Etwas hat mir heute Morgen einfach keine Ruhe gelassen«,

begann Patanè. »Und vielleicht haben Sie sich dasselbe gefragt. Vielmehr bin ich mir da ziemlich sicher.«

»Und was wäre das, Commissario?«

»Ich habe mich gefragt, ob der Aktenkoffer mit der Pistole absichtlich dort abgelegt wurde, damit wir schneller auf die Lösung kommen und nicht weiter nachforschen.«

Genau dieselben Zweifel waren auch ihr gekommen. Obwohl sie später die Auswertung der Fingerabdrücke erhalten und herausgefunden hatten, dass es sich um die von Teresa Burrano handelte. Das sagte sie ihm.

»Natürlich. Das beweist aber lediglich, dass die Signora den Lastenaufzug mit dem armen Opfer herunterließ. Nicht aber, dass sie auch ihren Mann umbrachte. Hätte die Inszenierung des Selbstmords allerdings funktioniert, nähmen wir sie jetzt als selbstverständlich hin. Wenn Sie verstehen, was ich meine.«

Sie wusste genau, was er meinte. »Commissario, wie kann es sein, dass Sie mir immer ein Stück voraus sind?«

Patanè lächelte selbstzufrieden. »Ach was! Ich bin es einfach nur gewohnt, über alles nachzudenken. Kein Paragraf des Strafgesetzbuchs hilft weiter, wenn man nicht gründlich über die Fälle nachdenkt. Das ist doch ausschlaggebend.«

Das hätte Gian Maria Volontè in seiner Rolle des pensionierten Professors im Film *Ein einfacher Fall* nach dem Roman von Leonardo Scascia nicht treffender zu dem blutjungen Ricky Tognazzi in der Rolle des Polizisten sagen können. Nachdenken.

»Ihr jungen Leute seid heute auf die Ergebnisse dieser neuartigen Erfindungen der Wissenschaft fixiert und verschreibt euch ganz und gar der Spurensicherung.«

Mit diesen Worten versetzte er Vanina einen vernichtenden Schlag und nahm für sich das Recht in Anspruch, mehr über den Mord an Teresa Regalbuto zu wissen. Er machte sich also auch Gedanken darüber, dass die Aussichten für Alfio Burrano ziemlich düster waren.

»Natürlich, jetzt geht es nur noch um die Frage, wo die verdammte Pistole und das Aktenköfferchen versteckt waren. Und wenn wir überlegen, dass die alte Burrano nach so langer Zeit unbedingt in die Villa wollte, dann ...«

Vanina konnte nicht so tun, als wüsste sie von nichts. Patanè hatte offensichtlich von ihrem nächtlichen Saufgelage mit Alfio erfahren, der als ihr nächster Verdächtiger auf der Liste stand. Nicht auszudenken!

»Andererseits wäre Alfio Burrano ziemlich dumm gewesen, seiner Tante die Sache mit den Siegeln zu erzählen und ihre Aufmerksamkeit auf eine Sache zu lenken, aus der er Nutzen ziehen konnte«, fuhr Patanè fort.

Dieser Gedanke war ihr ebenfalls schon gekommen. Na also, ging doch, auch sie konnte nachdenken!

Verwirrt starrte Alfio Spanò an. »Warum willst du das alles wissen, Carmelo?«

Vanina hatte gerade das Büro betreten, stand etwas abseits und hörte zu. Sie beobachtete Alfio Burrano aufmerksam und wollte herausfinden, ob er sie nicht doch belogen hatte.

»Alfio, bitte beantworte meine Fragen! Du musst für uns rekonstruieren, was du nach dem Telefonat mit deiner Tante an dem Morgen gemacht hast.«

»Also ... ich war in Sciara. Dann bin ich weggefahren.«

»Und hast das Handy vergessen«, fügte Spanò hinzu.

»Beim Aufladen. Ich hatte einiges zu erledigen ... war unterwegs ...«

»Allein? Hast du den Tunesier nicht mitgenommen?«

»Nein, Chadi hat am Sonntag frei.«

»Und wo warst du?«

»Das weiß ich nicht mehr … Ich habe einiges besorgt. Ich hatte in Sciara nichts mehr zu essen.«

»Hast du die Quittungen noch?«

Völlig baff sah Alfio ihn an. »Die Quittungen? Nein, in den Geschäften, in denen ich einkaufe, bekommt man keine Quittungen. Warum willst du denn die Quittungen sehen, Carmelo? Wegen des Finanzamts?«

Spanò warf Vanina, die noch immer schweigend abseits stand, einen vielsagenden Blick zu.

Falls Alfio schuldig ist, nenne ich ihn einen begnadeten Schauspieler, dachte Vanina bei sich. Aber was wusste sie schon über ihn? Vielleicht war er tatsächlich ein guter Schauspieler. Die Rolle des Casanova spielte er jedenfalls hervorragend, davon konnte sie ein Lied singen. Aber auch das hatte nichts zu bedeuten. Das lag sizilianischen Männern im Blut.

»Vergiss das Finanzamt, Alfio! Wer könnte dich so gegen halb eins gesehen haben?«, fragte Spanò, der die Ruhe in Person schien, innerlich vermutlich aber kochte.

Alfio zögerte. »Keine Ahnung …«

Spanò musterte ihn schweigend.

»Um halb eins«, wiederholte Alfio leise, als wolle er es nicht glauben. »Wurde um diese Zeit nicht auf meine Tante geschossen?«

Auf diese Frage erhielt er keine Antwort.

»Also … werft ihr mir gerade den Tod meiner Tante vor?«, fragte er, und seine Gesichtsfarbe glich nun der einer weißen Wand. »Ich glaube es nicht … Warum denn?«, fragte er und drehte sich zu Vanina um, die ihn unverwandt ansah. Vielmehr genau auf seine Reaktionen achtete.

»Wir werfen dir gar nichts vor, Alfio. Wir wollen nur herausfinden, ob du ein Alibi hast und beweisen kannst, dass du es nicht gewesen sein kannst.«

»Ein Alibi?«

»Ganz genau, ein Alibi«, bestätigte Spanò.

Alfio starrte vor sich hin. Dann schüttelte er den Kopf und schloss die Augen. »Ich habe keins.«

Vanina und Spanò gaben sich geschlagen und warfen sich fragende Blicke zu.

»Du weißt, was das heißt, Alfio?«, schaltete sich Vanina ein.

Aus geröteten Augen sah er sie schweigend an.

»Das heißt, dass wir mit den Fakten, die wir bisher gegen dich in der Hand haben, ein Verfahren einleiten müssen. Dir wird ein Ermittlungsbescheid zugestellt. Sollte dann noch etwas anderes zutage treten …«

»Verstanden«, unterbrach Alfio sie.

Eine ganze Weile blieb er mit gesenktem Kopf schweigend sitzen. Nur das Ticken der Wanduhr war zu hören, sie zeigte acht Uhr abends an. »Darf ich nach Hause fahren?«, fragte er.

Vanina nickte.

Alfio drehte sich um und ging langsam, mit hängenden Schultern und in Begleitung von Spanò zur Tür. Kurz nachdem er das Zimmer verlassen hatte, kehrte er noch einmal um. »Du glaubst doch nicht, dass ich es gewesen bin, oder?«

»Fahr nach Hause, Alfio! Und versuche, dich an so viel wie möglich zu erinnern!«

Burrano wandte sich wieder um und näherte sich der Tür.

»Und wenn ich dir einen Rat geben darf«, sagte Vanina, ging auf ihn zu und legte ihm die Hand auf die Schulter. »Dann fährst du jetzt lieber nicht zurück nach Sciara.«

Alfio nickte und verließ den Raum.

An diesem Abend empfand Vanina Santo Stefano mehr als sonst wie eine Oase der Ruhe. Sie hatte eine halbe Stunde mit Vassalli am Telefon verbracht, der am folgenden Tag den Untersuchungsrichter um die Beschlagnahmung des Testaments ersuchen wollte.

Jetzt lag sie zusammengerollt und fröstelnd auf ihrem grauen Sofa. Ihre Wohnung war zwar hübsch, aber eiskalt. Heiß im Sommer und kühl im Winter. Das hieß, sie war von der Klimaanlage abhängig, die glücklicherweise aber ziemlich modern war. Sie hatte keine Zeit mehr gehabt, bei Sebastiano vorbeizufahren und etwas einzukaufen. Bettina war mit den Witwen aus und bisher noch nicht zurückgekommen. Also schleppte sie sich in die Küche und stellte ein Töpfchen mit Milch auf. Sie holte ein paar Kekse hervor, die sie auf ihrem Rückweg in einer Bäckerei an der Straße gekauft hatte, und machte sich ein Abendessen, das sie auf dem Sofa bei einem x-beliebigen Film aus ihrer Sammlung verzehrte. Sie kannte alle Filme, sah sie sich aber gern immer wieder an. An diesem Abend hatte sie keine große Lust, über ihre Arbeit nachzudenken, und wollte sich nur noch ablenken.

Also zog sie den Kultfilm *Bel Antonio* heraus, der in Catania gedreht worden war. Sie fotografierte den Filmtitel und schickte das Foto Adriano, der darauf sofort mit einem Emoji antwortete.

Marcello Mastroianni alias Antonio Magnano hatte gerade Claudia Cardinale alias Barbara Puglisi geheiratet, als ihr Handy vibrierte und eine Nachricht darauf aufpoppte. Sie nahm es zögernd zur Hand und hoffte, dass es nicht Alfio war. Es war zwar schlimm, das zu sagen oder auch nur zu denken, aber für sie wäre es nicht gerade vorteilhaft gewesen, wenn ihre Nummer auf der Anrufliste eines Verdächtigen aufgetaucht wäre. Glücklicherweise stammte die Nachricht nicht von Alfio, sondern von jener bestimmten Nummer, die sie nicht abspeichern wollte, die aber jedes Mal wie ein Schlag gegen das Schienbein wirkte.

Diesmal enthielt die Nachricht keine sentimentalen Sätze, die ihr einen Stich ins Herz versetzten, sondern da stand nur: *Was machst du gerade? P.*

Sie rief das Foto auf, das sie gerade Adriano gesandt hatte, schickte es ihm weiter und sah, dass er schrieb, dann pausierte und wieder schrieb. Am Ende las sie: *Genau das bist du. Du fehlst mir. Gute Nacht. P.* Vanina sah den Rest des Films nur noch verschwommen.

17

Diesmal beeilte sich Vassalli. Teresa Regalbutos Testament wurde beschlagnahmt, und Alfio Burrano stand auf der Liste der Verdächtigen ganz oben. Wenn er kein glaubwürdiges Alibi lieferte, würde seine Lage sich verschlechtern, und weder Spanò noch Vanina konnten etwas dagegen unternehmen.

Commissario Patanè tat unmissverständlich seine Meinung dazu kund, und die deckte sich zum Großteil mit dem, was auch Vicequestore Guarrasi dachte.

»Dottoressa, ich will ja nicht pessimistisch sein, aber mir scheint das diesmal ähnlich gelagert zu sein wie schon bei Di Stefano.«

Vanina hatte den Eindruck, dass Alfio ihr nicht die volle Wahrheit gesagt hatte. Er schien ihr irgendetwas zu verschweigen, als wolle oder dürfe er nichts zu seiner Entlastung vorbringen. Nicht einmal das Handy nutzte ihm, denn das hatte sich tatsächlich die ganze Zeit im Umfeld des Übertragungsmasts von Sciara befunden. Und auch das ergab für Vanina irgendwie keinen Sinn. Denn wenn Alfio ein Alibi gewollt hätte, hätte er einfach nur angeben müssen, dass er sich in Sciara aufgehalten hatte. Das Handy hätte es bewiesen. Stattdessen hatte er ausgesagt, dass er es vergessen habe. Das wirkte dilettantisch.

In der Zwischenzeit wurde auch in andere Richtungen ermittelt. Lo Faro präsentierte sich an Vaninas Tür mit einem

Kalender in der Hand, der bei Signora Burrano in einer Schublade gefunden worden war, und bat um die Erlaubnis, eintreten zu dürfen.

»Ispettore Spanò hat mich gebeten, diese Telefonnummern zu kontrollieren. Ich habe damit angefangen, aber … dann ist mir aufgefallen, dass es gar keine Telefonnummern sind.«

Erstaunt hob Vanina den Kopf. »Was soll das heißen? Was ist es denn dann?«

»Keine Ahnung. Die 095 Vorwahl für Catania stimmt, aber die Nummern danach passen nicht, Dottoressa. Und noch etwas. Bestimmte Namen wiederholen sich, aber auf unterschiedlichen Seiten, auch die Nummern sind immer andere.«

Vanina riss Lo Faro den Kalender aus der Hand und blätterte ihn ein paarmal durch. »Bravo, Lo Faro!«, rief sie und warf ihm einen Blick zu, nach dem er einige Sekunden lang im Paradies schwebte.

Sie nahm den Telefonhörer ab, wählte Spanòs Durchwahl an und bat ihn zu sich. Spanò erschien umgehend.

»Wir haben Teresa Regalbutos Schuldnerverzeichnis gefunden«, kündigte sie an.

Spanò nahm das Verzeichnis entgegen, sah Lo Faro an, schien aber nichts zu verstehen. »Dieses Miststück!«, rief er.

»Gut, nachdem das Lo Faros Verdienst war, hat er auch die Ehre, die Namen aller Kunden durchzugehen.«

Lo Faro kaute eifrig auf seinem Kaugummi herum. Er wusste, dass dies eine Heidenarbeit war, hätte aber im Traum nicht daran gedacht, gegen den Auftrag zu protestieren.

Marta Bonazzoli hatte von Vicequestore Guarrasi die undankbare Aufgabe übertragen bekommen, kurz zu kontrollieren, was die drei Frauen im Haus von Signora Burrano trieben. Vor allem Clelia Santadriano musste überwacht werden, sie wusste noch nichts von der gewaltigen Erbschaft, die sie erwartete. Sie war die Einzige, die für einige Minuten kein Alibi hatte, obwohl der Ausflug in die Blumenschau von ihrer Freundin bestätigt worden war.

Clelia wirkte immer gebrochener. »Hat Teresa die Frau im Lastenaufzug … wirklich umgebracht?«, fragte sie Vanina.

Die Antwort löste einen Weinkrampf bei ihr aus. »Ich kann es nicht glauben … Teresa … ausgerechnet Teresa«, flüsterte sie.

Sie erzählte Vanina, wie sie sich kennengelernt hatten. Vor zwei Jahren war sie noch Besitzerin eines kleinen Bekleidungsgeschäfts im Zentrum von Neapel in der Via Chiaia gewesen, einer Boutique, die nur ausgewählte Ware führte. Extrem teure, aber sehr exklusive Stücke. So ein Geschäft wurde von der Wirtschaftskrise natürlich als erstes getroffen. Und ihre Geschäfte liefen schon seit einiger Zeit nicht mehr sonderlich gut. Eines Tages betrat eine ältere Dame den Laden und kaufte einen ganzen Bestand Schals, den sie ihren Freundinnen schenken wollte. Sie blieb noch ein wenig, und beide plauderten über dies und das, bis sie am Ende gemeinsam zum Mittagessen gingen. So war Clelias Freundschaft mit Teresa Regalbuto entstanden. Damit kamen ihre Aufenthalte in Catania. Und da sie am Ende ihr Geschäft aufgeben musste, hatte die Signora darauf bestanden, sie bei sich aufzunehmen.

Das klang wie eine schöne Geschichte, die allerdings nicht in das Bild passte, das Vanina sich von Teresa Regalbuto gemacht hatte. Denn bis auf die Schals, die sie angeblich für ihre Freundinnen gekauft hatte, hatten sie bisher alle als gierige und kaltherzige, äußerst berechnende Frau beschrieben.

Und was Clelia Santadriano betraf, so vermutete Vanina, dass sie eine Abenteurerin war, die sich gern bereiterklärte, einer alten Hexe Gesellschaft zu leisten, um in den Genuss ihres Vermögens zu kommen. Doch Vanina vermutete nur ungern etwas.

Sie ermittelte die Daten der Frau, nahm das Telefon und ließ sich mit dem Polizeipräsidium von Neapel verbinden. Doch dann hatte sie einen noch besseren Einfall. Sobald sie hörte, dass Macchia in sein Büro zurückgekehrt war, erhob sie sich und suchte ihn auf.

Vanina parkte ihren Wagen vor dem Seiteneingang der Villa Burrano und näherte sich dem Tor. Unschlüssig warf sie einen Blick auf den hinteren Teil des Hauses, denn diese Fahrt nach Sciara hatte keinen offiziellen Anlass. Plötzlich tauchte wie aus dem Nichts durch die Hecke im Halbschatten hinter dem Eisentor Chadi auf. Vanina ließ sich das Tor öffnen. Der Tunesier beäugte sie von der Seite, als sei sie der Grund für das Unheil, das über Herrn Alfio hereingebrochen war.

»Hören Sie zu, Chadi!«, sagte sie zu ihm. »Wollen Sie Alfio helfen? Dann sagen Sie mir, ob Sie etwas wissen, das er uns vielleicht verschweigt. Treibt er irgendwelche illegalen Geschäfte? Sie können es mir sagen, hier hört uns niemand.«

»Herr ist guter Mensch. Macht ehrliche Geschäfte, mit allen. Er hat nur Laster mit Frauen, vielen Frauen. Ist aber normal für Mann, oder?« Nach seiner muslimischen Überzeugung ergab das vermutlich durchaus einen Sinn.

Sie kontrollierte die Siegel und fand sie unversehrt vor. Sie drehte eine Runde um das Haus und gelangte zu Alfios Seite. Dort bemerkte sie, dass das Haus von drei Videokameras überwacht wurde.

»Chadi, sind die echt?«

Viele Leute ließen falsche Videokameras in dem Glauben installieren, damit potenzielle Diebe abzuschrecken.

»Natürlich echt sind!«

»Und wer schaut die Filme an?«

»Niemand, nur Herr Alfio kontrolliert auf Handy und ich auf Monitor, wenn ich in Nacht Geräusche höre.«

»Könnte ich mir die Filme der letzten Tage ansehen?«

Der junge Mann zögerte. »Ja ...«

»Dann zeigen Sie mir den von Sonntagmorgen!«

»Aber Herr Alfio weiß nicht ...«

»Chadi, jetzt hören Sie mir mal gut zu! Dottore Alfio ist drauf und dran, sich in große Schwierigkeiten zu bringen. Wenn Sie ihn also mögen, dann versuchen Sie, mir zu helfen, sonst komme ich morgen mit einem richterlichen Beschluss wieder. Was dann passiert, weiß keiner.«

Mit diesen Worten hoffte sie ihn ausreichend aufgerüttelt zu haben. Er musterte sie noch eine Weile mit unsicherem Blick und ließ sie dann in das Häuschen. Sie hatte das Gefühl, einen Laden für Kebab zu betreten, eins der wenigen Gerichte, die sie verabscheute. Ein deftiger Geruch nach undefinierbaren Gewürzen stieg aus einem Topf auf, der auf dem Herd vor sich hin köchelte und die Luft verpestete, obwohl das Fenster offen stand.

Chadi näherte sich einem kleinen Tisch, auf dem ein alter Computer stand. Er öffnete den Bildschirm, auf dem die Videokameras zu sehen waren. Vanina bat ihn, zu dem Video der mittleren Kamera zu klicken, von der die Haustür zu Alfios Apartment einzusehen war, und zu dem Teil zu schwenken, der am Sonntagmorgen aufgenommen worden war. Sie verfolgte jede Szene – wie Alfio das Haus verließ, stehen blieb, zum Tor eilte, wieder ins Haus zurückkehrte, auf halbem Weg kurz stehen blieb, sich umdrehte und dann schnell ins Auto stieg. Irgendetwas überzeugte sie nicht, aber sie wusste nicht, was es war.

»Gehen Sie noch mal zurück!«, verlangte sie.

Verängstigt kam Chadi der Aufforderung nach.

Er verlässt das Haus, bleibt stehen … Da war es, das erste seltsame Detail. Alfio schien jemandem am Tor zu sehen. Er läuft schnell. Kehrt zurück … wieder eine Auffälligkeit, er bleibt stehen, dreht sich um und hebt einen Arm, als wolle er jemanden aufhalten …

»Halten Sie hier an!«, befahl sie Chadi. »Noch einmal kurz zurück!« Und dann sah sie ihn, den ausgestreckten Arm, der ins Bild hereinreichte.

Bei näherer Betrachtung fiel ihr auf, dass es ein rechter Arm war, an dessen Handgelenk etwas blitzte. Sie musste mit Alfio reden.

Vanina kehrte ins Büro zurück und rief Nunnari an. »Haben wir inzwischen die Anrufliste von Alfio Burrano bekommen?«, fragte sie.

»Natürlich, Boss.«

»Haben Sie kontrolliert, zu wem die Telefonnummern der Anrufer gehören, die er an jenem Morgen erhalten hat?«

»Natürlich!« Sie hörte, wie er ein Blatt vom Schreibtisch nahm. »Ich habe auch die vom Vorabend, wenn Sie möchten. Jedenfalls haben wir nichts Nützliches gefunden, Dottoressa. Bis auf den Anruf seiner Tante hat Burrano am betreffenden Vormittag nur zwei Anrufe erhalten. Einen von Valentina Vozza und einen weiteren von Luigi Nicolosi.«

Alfios Freund und seine vermeintliche On-und-off-Verlobte, die zurzeit in den Weinbergen des Chianti verschollen war.

»Alfio, ich frage dich zum letzten Mal, hast du mir irgendwas zu sagen?«

Burrano schien nur noch der Schatten seiner selbst zu sein und wirkte leichenblass. Er starrte Vanina unsicher an und schüttelte den Kopf.

»Nein, nichts.«

»Alles ist besser als eine Anklage wegen vorsätzlichen Mordes, das siehst du doch ein, oder?«

Er sah sie an, doch sie schwieg und wurde immer ungeduldiger. Dann zog sie ihr Handy heraus und legte ihm die Aufnahme seiner Videokamera vor. »Mit wem hast du da geredet?«

Alfio zuckte zusammen, das hatte er nicht erwartet. »Mit niemandem, da hat mich nur jemand um eine Auskunft gebeten.«

»Auf deinem Grundstück?«

»Das Tor stand offen.«

»Und du läufst der betreffenden Person entgegen, kehrst um, drehst dich noch einmal um, gibst ihr ein Zeichen, steigst dann schnell in deinen Wagen und fährst aus dem Aufnahmeradius der Kamera?«

Schweigen.

»Dir ist schon klar, dass ich dir helfen will, oder?«

Er beugte sich nach vorn und stützte die Ellbogen auf den Tisch. »Vanina, du musst mir glauben, ich habe nichts damit zu tun.«

»Es nutzt nichts, wenn ich dir glaube, sieh das doch endlich ein! Und es bringt dir auch nichts, dass Spanò dir glaubt.«

»Ich kann nichts anderes sagen, Vanina. Ich kann einfach nicht.« Und diese Worte klangen wie eine Bestätigung.

Vanina wollte gerade ihr Büro verlassen, um zum Mittagessen zu gehen, als das Telefon klingelte.

»Dottoressa, hier sprich Pappalardo.«

»Ach, Pappalardo!«

»Ich wollte nur kurz ankündigen, was wir auf den Gegenständen gefunden haben, die vor Tagen in der Wohnung von Signora Burrano beschlagnahmt worden sind. Dottore Manenti schreibt gerade den Bericht und …«

»Ich habe verstanden. Was gibt es?«

»Fangen wir bei der ballistischen Untersuchung an. Die Patronenhülse, die neben Signora Regalbuto gefunden wurde, passt genau zu der, die man damals am Tatort von Burrano fand. Das bestätigt, dass es sich um dieselbe Waffe handelt. Auf der Pistole konnten wir nur zwei Fingerabdrücke finden, und diese stammten vom Opfer selbst. Sie befanden sich an zwei etwas unwahrscheinlichen Stellen. An der offenen Akte haben wir verschiedene Fingerabdrücke gefunden, aber auch die sind alle vom Opfer selbst. Nun aber der Clou der Sache, das Aktenköfferchen«, sagte Pappalardo, atmete tief durch und fuhr dann fort: »Die Akte war mit Fingerabdrücken von mindestens drei verschiedenen Personen übersät, darunter auch denen des Opfers. Die Pistole lag im Koffer, und in einer Ecke haben wir am Stoff dicht neben der Kofferschnalle einen Blutfleck entdeckt. Dabei ist mir aufgefallen, dass sich zwischen Handschellen und Kofferöffnung eine scharfe Kante befindet. Wenn man die Handschellen korrekt anlegt, ist das kein Problem, wenn man das aber nicht weiß und den Koffer schnell nimmt oder ihn zu hastig öffnet, dann verletzt man sich mit großer Wahrscheinlichkeit. Wir konnten den Blutfleck analysieren und die DNA bestimmen.«

Vanina dachte schweigend nach. Dann zündete sie sich eine

Zigarette an. »Und sie gehört natürlich nicht zu Teresa Regalbuto.«

»Richtig. Aber da ist noch mehr, denn dabei ist mir rein zufällig noch etwas anderes aufgefallen.«

»Pappalardo, was soll das? Wollen Sie mir die Informationen etwa nur tröpfchenweise einträufeln?«, fragte Vanina ungeduldig.

»Nein, nein! Ich dachte nur, nacheinander …«

»Was ist denn noch?«

»Die DNA stimmt fast hundertprozentig mit der auf der Tasse überein, die Sie auf dem Tischchen in der Villa Burrano gefunden haben. Wir konnten nur eine geringe Abweichung feststellen, die ist aber vermutlich darauf zurückzuführen, dass das Beweisstück alt und die Spur verunreinigt ist. Daher war es recht schwer, die DNA zu isolieren.«

Das hätte Vicequestore Guarrasi nicht erwartet.

Staatsanwalt Vassalli brauchte nur fünf Minuten, um alle Informationen zusammenzufügen, die ihm Vanina in einer Einmalgabe verabreichte.

»Wenn ich Sie richtig verstanden habe, dann haben wir immer noch keine Ahnung, wer Gaetano Burrano ermordet hat, wir wissen nur, dass es sich um dieselbe Person handeln muss, die auch seine Frau ermordet hat.«

»Wir wissen, dass die beiden Spuren zu ein und derselben Person gehören.«

Der Staatsanwalt dachte eine Weile darüber nach. »Wir könnten Di Stefano einer weiteren DNA-Probe unterziehen«, schlug er entschlossen vor.

Vanina hätte am liebsten die Augen verdreht. »Dottore, ich darf Sie daran erinnern, dass Di Stefano ein Alibi hat. Am

Sonntag war er den ganzen Tag in Zafferana Etnea bei einer Gemeindeversammlung.«

»Richtig. Aber er hätte jemanden beauftragen können.«

»Jemanden, den Teresa Regalbuto so gut kannte, dass sie ihn in ihre Wohnung ließ und in ihr Arbeitszimmer bat? Und der vor ein paar Jahrzehnten einen Kaffee in der Villa Burrano getrunken hatte?«

Darauf wusste auch Vassalli keine Antwort. »Und Alfio Burrano? Er hätte die Tasse benutzen und sie zufällig dort hinstellen können.«

»Ich bezweifle, dass Alfio Burrano jemals irgendwelches Geschirr aus der Villa benutzt hat. Aber wenn Sie es für nötig erachten, dass er sich dem Test unterzieht, nur zu!«

»Ja, das ist ein guter Vorschlag. Halten Sie mich auf dem Laufenden, Dottoressa! Und vergessen Sie nicht, jeden dem Test zu unterziehen, den Sie für verdächtig halten!«

Plötzlich schien es Vassalli eilig zu haben. Nach dem Mord an Teresa Regalbuto saß ihm die Presse im Nacken, und im Fernsehen zerrissen sich die Kommentatoren die Mäuler darüber. Also DNA-Proben volle Kraft voraus!

Zerstreut verließ Vanina das Büro des Staatsanwalts.

»Dottoressa Guarrasi!«, rief jemand.

Sie drehte sich hastig um und entdeckte Eliana Recupero, die ihr auf dem Gang entgegenkam, gefolgt von einem Mann, der einen Aktenberg schleppte.

»Buongiorno, Dottoressa Recupero.«

»Wo kommen Sie denn her?«

»Von Dottore Vassalli. Und woher kommen Sie?«

Die Staatsanwältin gab dem Mann zu verstehen, die Akten in ihrem Büro abzulegen. »Aus dem Gefängnis Bicocca. Nettes Plätzchen, nicht wahr?«

Vanina lächelte. »Eine wahre Oase.«

»Wie steht es um Ihre Mordfälle? Alle reden darüber.«

»Ich weiß«, sagte Vanina und schnitt eine Grimasse.

»Wissen Sie, ich habe vor ein paar Tagen mit Ihrem Vorgesetzten gesprochen ...«

»Ich weiß, er hat mir davon erzählt«, unterbrach Vanina sie.

Staatsanwältin Recupero sah sie schweigend an. »Sollen wir einen Kaffee trinken, bevor ich mich wieder auf meine Unterlagen stürze?«

Vicequestore Guarrasi nahm das Angebot an. Sie setzten sich in die Bar an der Ecke, und die Staatsanwältin bestellte ganz unerwartet ein riesengroßes Frühstück. »Ab und zu sollte man sich auch einmal etwas gönnen.«

Vanina überkam ein schlechtes Gewissen, doch dann bestellte sie dasselbe, denn sie hätte es für unhöflich gehalten, der Staatsanwältin keine Gesellschaft zu leisten.

»Mit etwas Sport lässt sich das spielend ausgleichen. Das ist sowieso die einzige Rettung für alle, die den ganzen Tag am Schreibtisch verbringen«, urteilte Signora Recupero. Sie war wenigstens brav und nutzte die Mittagspause, um ins Fitnessstudio zu gehen. Was ihre zierliche Figur bewies. Vanina wagte erst gar nicht daran zu denken, dass ihre einzige Bewegung die mit dem Auto war. Büro, Dienstwagen, Verhöre, Dienstwagen, Trattoria, Büro, Auto, Zuhause. Ab und zu ein Aperitif, was die Lage nur noch verschlimmerte.

Dottoressa Recupero fragte neugierig zu den neuesten Entwicklungen im Fall Burrano-Cutò-Regalbuto nach, und Vanina kam ihr bereitwillig entgegen. Sie berichtete von ihrer letzten Unterredung mit Staatsanwalt Vassalli. Der Kommentar der Staatsanwältin bestätigte ihr, dass sie ohne Verzögerung weiter nach ihren Vorstellungen verfahren sollte. Darüber, was sie mit Macchia besprochen hatte, verlor sie kein Wort mehr. Dafür war ihr Vanina dankbar.

Spanò hatte einen illegalen Geldverleiherring auffliegen lassen, der seit Jahrzehnten am Werk war. Er hatte ein Dutzend Personen verhört, je nach der Höhe des Betrags, den sie sich geliehen hatten. Je höher der Betrag gewesen war, desto wahrscheinlicher wurde eine Vorladung des Commissario.

Lo Faro hatte eine Namensliste erstellt und nach Spanòs Kriterien katalogisiert. Chronologisch und je nach Summe in aufsteigender Reihenfolge. Sogar das Jahr stand in einer Ecke am Seitenrand. Die Übereinstimmung zwischen den hinter der Vorwahl versteckten Zahlen und den Anfangszahlen der verliehenen Summe war hundertprozentig. Die letzte Zahl zeigte die Raten an. Es fehlten ziemlich viele Quittungen.

»Ich wette, dass sie alle in der Mappe lagen, die wir leer vorgefunden haben«, sagte Vanina. »Und das bedeutet, dass der Mörder sie verschwinden ließ, damit man nicht auf seinen Namen kommt«, sagte sie zu Spanò.

Jetzt mussten sie unter den gerade einmal hundertsechsundfünfzig Personen nur noch den Schuldigen finden, der sich in den vergangenen zehn Jahren Geld von Teresa Regalbuto geliehen hatte. Die berühmte Nadel im Heuhaufen.

Vanina war sich inzwischen sicher, dass Alfio nichts mit der Sache zu tun hatte, selbst wenn Vassalli sich dazu erst nach Auswertung der DNA-Probe äußern wollte. In der Zwischenzeit hatte allerdings die Nachricht über Alfio Burranos Schuld in ganz Catania die Runde gemacht. Was Vanina allerdings auch weiterhin nicht verstand, war die stoische Resignation, mit der er schwieg und nicht erzählte, was ihn von Anfang an entlastet hätte.

Vanina hatte gerade ihr Telefonat mit Maria Giulia De Rosa beendet, Zigaretten und Handy eingesammelt, um sich mit ihr zu treffen, als Marta Bonazzoli an ihre Tür klopfte. Eigentlich wollte sie sich an diesem Abend ein wenig ablenken. Vor allem aber wollte sie nicht nach Hause fahren und das Risiko eingehen, wieder geheimnisvolle Nachrichten von einer Nummer zu erhalten, die sie noch immer nicht in ihr Handy eingespeichert hatte und die immer häufiger eintrafen.

»Vanina, draußen steht ein Mädchen, das unbedingt mit dir reden will.«

»Ein Mädchen? Was will sie denn?«

»Keine Ahnung, sie wollte es mir nicht verraten.«

»Und du bist sicher, dass es nicht wieder irgendeine Journalistin ist?«

»Glaube ich nicht, sonst hätte sie etwas gesagt. Die Journalisten wissen außerdem, dass von dir nichts zu erwarten ist. Deshalb gehen sie ja immer T..., also dem Boss auf die Nerven.«

»Nun gut, schick sie herein!«, entschied Vanina und ließ sich wieder auf ihren Stuhl fallen.

Das ein Meter achtzig große blonde Mädchen mit blauen Augen in einem gerippten Baumwollkleid betrat das Büro. Sie war ungefähr achtzehn Jahre alt.

»Hallo, ich bin Elena Nicolosi«, stellte sie sich vor.

»Vicequestore Giovanna Guarrasi«, sagte Vanina und bot dem Mädchen einen Platz an.

»Ich bin hier, weil ich etwas über Alfio Burrano loswerden will«, begann sie und kam ganz ohne Umschweife zur Sache.

Vanina warf einen Blick auf das rechte Handgelenk des Mädchens, an dem mehrere Armreifen blitzten.

»Und was?«

»Ich kann mit absoluter Sicherheit sagen, dass er seine Tante nicht umgebracht hat.«

»Ach so? Und woher wissen Sie das?«

»Ich weiß das, weil …« Sie zögerte einen Moment lang und sah Vanina dann unverwandt in die Augen. »Alfio war zu dem Zeitpunkt mit mir zusammen.«

Vanina sah sie an. »Wie alt bist du, Elena?«, fragte sie und ging zum Du über.

Das Mädchen senkte den Blick, hob ihn dann aber rasch wieder und sah Vanina stolz an.

»Achtzehn.«

»Und was hast du mit Alfio Burrano unternommen?«

»Wir hatten Sex.«

Vanina konnte ihr Erstaunen kaum verbergen. Nicht wegen der Sache an sich, denn das hatte sie sich bereits nach zwei Sekunden des Gesprächs gedacht, sondern aufgrund der Unbekümmertheit, mit der das Mädchen sprach.

»Erstaunt Sie das etwa, Dottoressa? Alfio ist ein gut aussehender Mann, auch für eine Frau in meinem Alter. Und auf diesem Gebiet hat er, sagen wir … ziemlich viel Erfahrung. Aber das wissen Sie vermutlich selbst am besten.«

Vanina ging nicht auf die Provokation ein, doch ihr Blick wurde eisig. Es war keine sonderlich nette Entdeckung, dass man sie zu den Geliebten von Alfio Burrano zählte.

In diesem Moment erschien Fragapane und blieb mit einem Blatt in der Hand an der Bürotür stehen. »Oh, entschuldigen Sie, Boss. Ich wusste nicht, dass …«

Mit einer Geste bat ihn Vanina, er solle eintreten. Fragapane überreichte ihr den Bericht der Spurensicherung, der soeben eingetroffen war, und zog sich dann eilig zurück, nicht ohne einen Blick auf das Mädchen geworfen zu haben.

Vanina überflog den Bericht und legte das Blatt beiseite. »Elena, dir ist klar, dass alles, was du hier sagst, zu Protokoll genommen werden muss?«

»Was bedeutet das?«

»Das bedeutet, dass es aufgeschrieben wird und du es unterschreiben musst.«

»Kein Problem.«

»Weiß Alfio Burrano, dass du hier bist?«

»Nein, er hat es mir verboten, weil er Angst hat. Vor meinem Vater, der ist sein bester Freund. Und … na ja … vor Ihnen. Aber es wäre doch schrecklich, wenn er für einen Mord ins Gefängnis käme, den er gar nicht begangen hat. Und das alles, weil er nicht zugeben will, dass er mit mir im Bett war.«

Elena war die Tochter von Gigi Nicolosi. Jetzt war Vanina alles klar. »Angst vor mir?«, fragte sie. »Warum das denn? Jetzt hat er doch ein Alibi und kann ruhig schlafen. Alles andere gehört nicht in meinen Zuständigkeitsbereich.«

Elena lächelte schief. »Wo soll ich unterschreiben?«, fragte sie schnell.

Vanina rief Marta noch einmal herein.

»Ispettore Bonazzoli wird deine detaillierte Zeugenaussage aufnehmen und zu Protokoll nehmen«, sagte sie, stand auf und nahm ihre Jacke von der Rückenlehne.

Sie wartete, bis Marta sich an ihren Platz hinter den Schreibtisch gesetzt hatte, schob ihr den Bericht der Spurensicherung unter die Nase und überließ es ihr, welchen Nutzen sie daraus ziehen wollte. Dann verabschiedete sie sich und verließ endlich das Büro.

18

Für gewöhnlich wachte Vanina nie um halb sechs auf. Wenn doch, dann deshalb, weil sie erst gar nicht geschlafen hatte. Das war ein Zeichen dafür, dass ihr Kopf nicht zu denken aufhörte, nicht einmal in der Tiefschlafphase. Meistens stand sie dann kurz vor der Lösung eines Falls, wusste aber noch nicht genau, wie die aussah. Dann fühlte sie sich machtlos. Da half es auch nichts, wenn sie im Bett blieb und wieder einzuschlafen hoffte. Genauso gut konnte sie gleich aufstehen und wenigstens produktiv sein.

Sie warf einen Blick auf das Display ihres Handys. Aber um diese Uhrzeit waren noch keine Nachrichten zu sehen. In den letzten Tagen hatte sich der Griff zum Handy fast verselbstständigt, aber das hätte sie gern wieder geändert. Sie musste sich darum bemühen, auch wenn die Nachrichten, die sie seit ihrem Treffen in Palermo jeden Abend erhielt, nicht gerade hilfreich waren.

Die Feuchtigkeit in ihrer Wohnung wurde zunehmend spürbar. Fröstelnd zog sie eine Jacke über den Pyjama und schlurfte zu ihrer Espressomaschine. Sie steckte zwei Kapseln hinein und machte sich einen doppelten Espresso. Nach dieser Koffeindosis würden ihr den ganzen Tag die Haare zu Berge stehen. Dann zündete sie sich eine Zigarette an und rauchte sie auf der Terrasse mit Blick auf die Zitronen- und Orangenbäume. Um halb sieben schloss sie die Haustür hinter sich.

Bettina war schon auf den Beinen und schlenderte mit zwei Kätzchen im Schlepptau zwischen ihren Pflanzen umher. »Vanina, was ist denn los? Ist jemand ermordet worden?«, fragte sie besorgt. Die Kätzchen verkrochen sich hinter einem Farn.

Vanina lächelte. »Nein, nein, keine Sorge! Bisher sind die Opfer noch immer dieselben.«

»Haben Sie schon gefrühstückt?«

»Ich frühstücke in der Bar. Aber ich habe schon einen Kaffee getrunken.«

Bettina schüttelte den Kopf. »Es ist gar nicht gesund, wenn Sie immer in der Bar frühstücken. Ein anständiges Glas Milch und ein Stück selbst gemachter Kuchen sind viel bekömmlicher.«

Die Kätzchen tappten durch das Beet.

»Wo kommen denn die beiden Miezen her?«, fragte Vanina und bückte sich vorsichtig, um sie zu streicheln.

»Ach, reden wir lieber nicht darüber! Es waren vier, sie wurden ausgesetzt, und ich habe sie bei Luisas Haus in einer Schachtel gefunden. Zum Glück hört wenigstens eine von uns vieren noch recht gut, wer weiß, welches Ende die armen Tierchen sonst genommen hätten.«

Vanina überquerte die Rampe zur Straße, ließ die Nachbarin in ihrer heilen Welt zurück und schloss die Gartentür hinter sich. Zum ersten Mal seit mindestens drei Monaten war es im Innern ihres Wagens eiskalt. Zum Glück herrschte um diese Uhrzeit auf den Straßen nach Catania kaum Verkehr.

Vanina entschied sich für ihre Lieblingsstraße. Von der Umgehungsstraße aus fuhr sie bis nach Ognina hinunter und bog dann gerade rechtzeitig auf die Straße zum Meer ein, um noch den Sonnenaufgang zu sehen. An der ersten offenen Bar hielt sie an, frühstückte und genoss den taufrischen Sonnenaufgang am Meer. In der Bar drängten sich frühmorgendliche Gäste, die am Tresen standen und ihren Espresso schlürften. Vanina musste an Federico Calderaro denken, der an welchem Ort auch immer um halb sechs Uhr morgens bei Eiseskälte sein Haus verließ und sich einen Platz suchte, an dem ihm ein Kaffee zubereitet wurde.

Als sie wieder ins Auto stieg, lief Marta Bonazzoli in Joggingkluft mit Kopfhörern und Pulsuhr an ihr vorbei. Vanina beneidete sie. Nie im Traum wäre ihr eingefallen, im Morgengrauen aufzustehen, um kilometerweit zu laufen. Tito Macchia noch weniger, dachte sie und lächelte vor sich hin.

Salvatore Cunsolo, der Sohn des alten Bediensteten der Villa Burrano, wurde am Vormittag im Präsidium vorstellig und fragte nach Vicequestore Guarrasi. Er wirkte besorgt.

»Dottoressa, Sie haben mich vor einigen Tagen gefragt, ob ich mich an irgendetwas aus der Vergangenheit meines Vaters erinnere«, begann er und klopfte seine Jacke ab, an der Vulkanstaub haftete. »Im ersten Moment ist mir nichts eingefallen, dann aber doch. Ich war ungefähr dreizehn Jahre alt und bei ihm in seinem Haus in den Bergen. Das kam nur selten vor, aber ich war gern dort. An einem Nachmittag wollte ich unbedingt den Steinofen öffnen, weil er den immer verschlossen hielt und nie benutzte. Irgendwann ist es mir auch gelungen. Darin lag ein großer Jutesack. Ich habe ihn aufgemacht und ein Köfferchen herausgezogen. Ich weiß noch, dass ich mich wunderte, weil eine Handschelle daran hing. Doch in dem Moment kam mein Vater. Er riss mir den Koffer aus der Hand und bläute mir ein, gut darauf aufzupassen, denn das sei unsere Lebensversicherung. Ich hatte keine Ahnung, was er damit sagen wollte. Er meinte, ich solle mir keine Gedanken darüber machen, er werde Profit daraus schlagen. Die Zeit verging, und ich vergaß die Sache. Heute Morgen bin ich zum ersten Mal seit einer Woche wieder zum Haus meines Vaters gefahren, um zu kontrollieren, ob alles in Ordnung ist. Die Tür war nur schlecht verriegelt, als wäre jemand eingebrochen, und dann habe ich entdeckt, dass das ganze Haus auf den Kopf gestellt worden war. Alles stand offen, Schränke, Schubladen, einfach alles. Sogar der Ofen. Aber es fehlte nichts, Dottoressa, bis auf …«

»Das Köfferchen«, kam ihm Vanina zuvor.

Der Mann nickte. »In der Zeitung hatte ich gelesen, dass in dem Fall, in dem Sie ermitteln, auch ein Köfferchen eine Rolle spielt.«

Vanina zog das Foto des Aktenköfferchens aus der Akte und legte es ihm vor. »Ist das der Koffer?«

Überrascht hob der Mann den Kopf. »Genau das ist er, Dottoressa. Ich bin mir sicher.«

»Dottore Cunsolo, sehen Sie genau hin, denn was Sie da gerade behaupten, könnte die Ermittlungen entscheidend beeinflussen.«

Er rückte noch etwas näher heran und besah sich das Foto genauer. »Das ist er.«

Vanina klappte die Akte wieder zu und griff zum Telefonhörer. »Spanò, kommen Sie bitte in mein Büro!«

Cunsolo zog ein besorgtes Gesicht. »Entschuldigen Sie, Dottoressa, dürfte ich fragen … was sich in dem Köfferchen befand?«

»Eine Beretta M35, mit der Gaetano Burrano erschossen wurde.«

Als Spanò das Büro betrat, hatte Salvatore Cunsolo sich noch nicht wieder gefasst.

Spanò strich sich über den Schnauzbart. »Demetrio Cunsolo könnte also theoretisch Burrano ermordet haben.«

Vanina stieß den Rauch ihrer Zigarette durch das offene Fenster aus. »Nein, Ispettore.«

»Warum?«

Commissario Patanè, der sich auf Ansuchen sofort ins Präsidium begeben und Angelina bereits zum zweiten Mal beim Mittagessen versetzt hatte, öffnete den Mund und wollte etwas sagen, doch Vanina kam ihm zuvor.

»Denken Sie doch einmal darüber nach, Spanò! Wäre Cunsolo der Mörder gewesen, hätte er die beiden wichtigsten Beweisstücke doch nicht wie seinen Augapfel gehütet. Vor allem aber hätte er sie nicht als Lebensversicherung bezeichnet. Nein, Ispettore, mit diesem Köfferchen hat Cunsolo jemanden erpresst. Und dieser Jemand ist zwangsläufig Burranos Mörder.«

»Und Sie glauben, dass es dieselbe Person ist, die auch die Alte umgebracht hat?«

Patanè rümpfte die Nase. Er hielt nicht viel von dieser Theorie. »Wir wissen bisher nur, dass Signora Regalbutos Mörder vor fünfzig Jahren einen Kaffee mit Gaetano Burrano trank. Dass er ihn danach ermordete, ist reine Vermutung. Das sagt uns allerdings, dass der Betreffende jetzt mindestens in meinem Alter ist und Cunsolo ihn kannte«, erklärte er.

Vaninas Telefon klingelte. »Ja, Dottore Cunsolo, was gibt es denn? Sehr gut«, sagte sie und sprang auf. »Los geht's! Rufen Sie Marta Bonazzoli, wir müssen los.«

Patanè war mit Vanina aufgestanden und folgte ihr mit sehnsüchtigem Blick. Er wirkte wie ein kleines Kind vor dem Schaufenster eines Spielzeugladens, das nichts von den Ausstellungsstücken bekommen kann.

Vanina dachte nach. Im Grunde war auch Commissario Patanè ein Zeuge. Zwar stand er auf der ermittelnden Seite und war vorzeitig ausgehebelt worden, dennoch war und blieb er ein Zeuge. Außerdem hatten die Ermittlungen wieder bei null begonnen, also …

»Commissario Patanè, Sie begleiten Marta Bonazzoli und mich.«

Patanè musterte sie ungläubig. Dann schien er zu begreifen und lächelte strahlend. Sie stiegen in den Dienstwagen und fuhren dem Auto von Salvatore Cunsolo hinterher. Sie kamen an Trecastagni, dann an Pedara und schließlich an Nicolosi vorbei. Die Umgebung hatte sich in eine Mondlandschaft verwandelt, unzählige Aschehäufchen säumten die Straße. Die Temperaturanzeige im Auto zeigte zwölf Grad an. Fast bereute Vanina, Patanè mitgenommen zu haben. Was war, wenn ihm der Temperaturunterschied zu schaffen machte und er eine Lungenentzündung bekam? Wer erklärte das Angelina?

»Wo wohnt denn dieser Kerl? Ist es nicht gefährlich, noch weiter hinaufzufahren, während der Ätna Feuer spuckt?«, fragte Marta.

»Er spuckt auf der anderen Seite Feuer, auf dieser Seite gibt es keine Probleme. Wenn dem so wäre, hätten wir nicht bis hier herauffahren können«, antwortete Patanè.

Vanina drehte sich zu ihm um und sah ihn fragend an.

»Ich habe mir das letzte Protokoll angesehen, das nach Ihrer Befragung von Cunsolos Sohn angefertigt wurde, und hatte eine ungefähre Vorstellung davon, wo sein Vater gewohnt haben könnte«, rechtfertigte sich der Commissario.

»Wir sind gleich in den Silvestribergen«, stellte Marta fest.

»Silvestriberge! Du kennst anscheinend alle abgeschiedenen Plätzchen«, frotzelte Vanina.

»Die befinden sich in der Nähe der Sapienza-Unterkunft, und das ist alles andere als ein abgeschiedenes Plätzchen«, stellte Marta klar.

»Ich korrigiere … romantisches Plätzchen. Gefällt dir das besser?«, fragte Vanina.

Marta sah sie von der Seite an.

Vanina lächelte. »Das sollte keine Beleidigung sein. Im Gegenteil, ich bin eher neidisch.«

Cunsolos Auto bog in eine Seitenstraße ein, die sich zwischen Eichen und Gebirgslärchen hindurchschlängelte.

»Wo zum Teufel fahren wir denn hin?«, stieß Vanina hervor, als sie eine Ruine entdeckte, die bis auf das Dach hinter schwarzen Felsen versteckt lag.

Sie hielten auf einem Platz vor einem Gebäude mit Giebeldach aus Lavastein.

»Dieses Haus wurde zweimal von Lava umschlossen, blieb aber unversehrt, weil es sich glücklicherweise auf einer kleinen Anhöhe befindet«, erläuterte Cunsolo, als er die Haustür öffnete. Dem zersplitterten Holz war anzusehen, dass hier offensichtlich eingebrochen worden war.

Sie betraten ein Wohnzimmer mit rustikalen Möbeln, in dem heilloses Chaos herrschte. Schränke, Kommoden, Schubladen, alles war aufgerissen und der Inhalt auf dem Boden verstreut worden. Vanina schickte Spanò und Marta in die Nebenzimmer, um nachzusehen, ob es dort auch so aussah.

»Zum Ofen geht es hier entlang«, sagte Cunsolo und übernahm die Führung.

Sie betraten eine aus Stein gefertigte Küche mit modernen Einrichtungsgegenständen, aber auch hochwertigen alten Haushaltsgeräten.

In einer Ecke stand ein Steinofen.

»Hier, sehen Sie, Dottoressa? Da bewahrte mein Vater das Köfferchen auf.«

»Ein Versteck«, murmelte Vanina und bückte sich. Sie knipste die Taschenlampe ihres iPhones an und spähte ins Innere des Ofens. Überall klebte Ruß, Überreste verbrannter Holzscheite lagen herum, an den Wänden haftete Asche. In der Mitte war ein viereckiger Abdruck zu erkennen.

»Vermutlich hat Ihr Vater den Ofen nie benutzt.«

»Ich habe ihn jedenfalls nie in Betrieb erlebt. Was hätte er damit anfangen sollen? Er war nicht so fürs Kochen. Als er das Haus kaufte, war der Ofen schon da, er hat ihn einfach behalten.«

Vanina sah sich um. Auch in der Küche herrschte Chaos. Dann entdeckte sie den Jutesack auf dem Boden, der an einigen Stellen schwarze Rußflecke aufwies. Sie ging in die Hocke und nahm ihn in Augenschein, ohne ihn zu berühren.

»Dottore Cunsolo, Sie sagten, der Koffer habe sich in einem Sack befunden. War er das?«

Cunsolo bückte sich. »Sieht ganz so aus.«

Vanina blieb in der Hocke, stützte einen Ellbogen auf die Knie und sah sich den Boden an. Sie hob den Sack mit zwei Fingern hoch und drehte ihn um. Auf der anderen Seite, neben der Öffnung, befand sich ein Blutfleck, der frisch zu sein schien.

»Spanò!«, rief sie.

Der Ispettore tauchte aus dem Nebenzimmer auf.

»Rufen Sie die Spurensicherung! Die sollen den Sack mitnehmen.«

Marta Bonazzoli kam mit einem Aktenordner. »Boss, schau mal, was ich gefunden habe!«

Vanina stand auf, und Marta reichte ihr den Aktenordner. Er enthielt alle möglichen Unterlagen, die Demetrio Cunsolo über die Jahre abgeheftet hatte. Arbeitsverträge, Lohnabrechnungen, den Kaufvertrag des Hauses, Kaufverträge für Autos. Die Unterlagen reichten bis in die Sechzigerjahre zurück. Und sie bewiesen alle, dass es dem ehemaligen Bediensteten der Villa Burrano offenbar nie an Geld gemangelt hatte.

»Sieh nur!«, rief Marta und zog eine Unterlage auf Englisch hervor. Eine Aufenthaltsgenehmigung für Domenico Cunsolo, die 1959 von der amerikanischen Einwanderungsbehörde ausgestellt worden war.

»Er hat in den USA gelebt.«

»Und das ausgerechnet 1959«, fügte Patanè hinzu.

»Wir nehmen die Akte mit ins Büro und sehen sie uns genau an. Vielleicht enthält sie interessante Details«, sagte Vanina.

Sie kehrte noch einmal zum Ofen zurück, steckte den Kopf hinein und richtete die Taschenlampe in das Innere. In der hintersten Ecke entdeckte sie einen an die Rückwand gelehnten Papierumschlag. Sie streckte den Arm aus, musste dann aber den Oberkörper zur Hälfte in den Ofen schieben. Patanè beobachtete sie verwundert.

»Passen Sie bloß auf, dass Sie sich nicht verletzen, Dottoressa!«

Auf dem Umschlag stand dieselbe Adresse wie auf den Unterlagen, die sie in Burranos Auto gefunden hatten. Nur dass dieser Umschlag grau und vergilbt wirkte. In einer Ecke war ein blutiger Fingerabdruck zu sehen. Vanina öffnete den Umschlag, zog den Inhalt heraus und legte alles auf die Ofenablage. Dann faltete sie das erste Dokument auseinander.

Patanè stand hinter ihr, setzte seine Brille auf und las mit ihr. »Wahnsinn!«, rief er ungläubig.

Sie sahen sich an.

»Verstehen Sie, Commissario?«

Sie lasen noch die beiden anderen Dokumente durch, obwohl sie bereits wussten, was sie erwartete.

Macchia hatte es sich in Vaninas Büro bequem gemacht, schaukelte auf ihrem Stuhl hin und her und kaute auf seiner Zigarre herum. Vanina und Marta, die den Ordner auf dem Schoß hielt, saßen ihm am Schreibtisch gegenüber. Macchia hatte auch Commissario Patanè zum Gespräch geladen, der etwas abseits mit dem Rücken an der Wand lehnte.

»Jetzt haben wir alle Unterlagen, die uns fehlten, um Di Stefano endgültig zu entlasten. Und wir haben Spuren, die uns zum Mörder führen. Die Frage ist jetzt nur, wie Cunsolo in deren Besitz kam«, sagte Tito Macchia.

Vanina sah ihn an, ohne darauf zu antworten.

»Guarrasi, jetzt tu doch nicht so! Du kennst die Antwort doch längst.«

»Sagen wir so ... ich kann mir vorstellen, wie es sich zugetragen haben könnte. Genau weiß ich es nicht, bisher sind das reine Hypothesen. Märchen, sozusagen.«

»Ich liebe Märchen«, behauptete Macchia.

Vanina holte tief Luft. »Na schön. Nehmen wir an, Demetrio Cunsolo war in Sciara angestellt, arbeitete dort aber für Teresa Burrano, weil sie ihn für vertrauenswürdig hielt. Also musste Burrano ihn jedes Mal von der Villa fernhalten, wenn die Cutò ihn besuchte. Am Abend von Sant'Agata machte Signora Burrano ihm ein finanzielles Angebot, das er nicht ablehnen konnte, und erkaufte sich damit seine Komplizenschaft. Der Angestellte kam früher als sonst zur Villa. Es war seine Aufgabe, so lange zu warten, bis der Mord vollzogen war, und zusammen mit dem Mörder die Beweise verschwinden zu lassen. Dafür sollte er großzügig entlohnt werden. Als er Di Stefano kommen hörte, betrat er Burranos Arbeitszimmer, und das Drama nahm seinen Lauf. Mit dem Köfferchen und der Pistole übergab der Mörder dem Angestellten auch drei Dokumente, die dieser vernichten sollte. Doch Cunsolo war nicht dumm. Was er da in den Händen hielt, würde seine Zukunft verändern, und er hatte damit die Leute in der Hand, die ihn bisher nur als Diener behandelt hatten. Statt die Beweisstücke verschwinden zu lassen, bewahrte er sie sorgfältig auf und verwandelte sie in einen unerschöpflichen Geldquell. In eine Lebensversicherung sozusagen.«

Tito Macchia und Marta hörten Vanina gespannt zu. Patanè lauschte und nickte in regelmäßigen Abständen.

»Das wird schwer zu beweisen sein«, bestätigte der Oberboss. »Aber die Ausführungen folgen einer gewissen Logik und könnten der Wahrheit recht nahekommen. Die Hinweise zum Mörder hingegen scheinen mir ziemlich konkret. Das teilen wir jetzt Vassalli mit, und danach befassen wir uns mit dem Fall der Regalbuto.«

Vanina schwieg. Sie hatte schon einmal den Fehler begangen, sich dem feigen Verhalten des Staatsanwalts zu beugen. Die Folge war der Mord an Teresa Regalbuto gewesen. Denn hätte er ihr genehmigt, zu kontrollieren oder abzuhören, hätte die Alte vielleicht noch gelebt, und man hätte sie gemeinsam mit ihrem mörderischen Freund zur Rechenschaft ziehen können.

Der Fall Regalbuto war eng mit dem Fall Burrano verknüpft, denn so viel stand fest: Jemand hatte Cunsolo das Köfferchen kurz vor dem vorgetäuschten Selbstmord entwendet, um es anschließend absichtlich am Tatort in Szene zu setzen. Jemand, der Bescheid wusste. Und das konnte streng genommen nur eine Person sein. Wieder dieselbe. Aber was war diesmal das Motiv?

Nicht einmal drei Stunden später rief Eliana Recupero an. »Ich habe einen ganzen Aktenberg für Sie. Wer holt ihn ab?«

Vanina hatte Marta geschickt, und jetzt lagen die Akten auf ihrem Schreibtisch, in denen sich die Zusammenfassung all dessen befand, was sie angefordert hatte.

Zwei Gesellschaften hatten das Aquädukt errichten lassen, das über Gaetano Burranos Land verlief. Die eine Firma hieß Idros Srl, und dieser Bau war ihr erstes Projekt, das andere Unternehmen war die Tus Srl, eine Baufirma, die seit den Fünfzigerjahren im Verdacht stand, Verbindungen zur Mafia zu haben. Baubeginn war der 23. April 1959 gewesen. Ein Milliardengeschäft, dessen Erträge sich die Landbesitzerin Teresa Regalbuto und der einzige Geschäftsführer der Idros in die Tasche steckten. Die Tus verschwand aus der Verwaltung, aber nur nominell, was die Unterlagen von Eliana Recupero bestätigten.

Hätte Teresa Regalbuto das Grundstück nicht geerbt und Gaetano Burrano sich das Milliardengeschäft mit Di Stefano unter Mithilfe der Familie Zinna geteilt, hätte es die Idros Srl nicht einmal gegeben.

Demetrio Cunsolo war im Besitz von drei Dokumenten, die den ganzen Hergang bewiesen. Es war der von Burrano und Gaspare Zinna unterschriebene Vertrag für den Bau des Aquädukts sowie Burranos Vollmacht an Tommaso Di Stefano, in seinem Namen und für ihn zu handeln, falls er nicht anwesend wäre. Und dann gab es noch das Ass im Ärmel, das von Gaetano Burrano handgeschriebene Testament, das den Schuldigen lebenslang hinter Gitter gebracht hätte, wenn ein anderer nicht beschlossen hätte, persönliche Vorteile daraus zu ziehen.

Vaninas Tag endete in Vassallis Büro, der aufgrund eines anderen Falls den Gesprächstermin immer wieder um eine halbe Stunde verschob.

»Sie entschuldigen mich, Dottoressa, aber der Fall ist fast gelöst, es fehlen nur noch ein paar Kleinigkeiten«, erklärte der Staatsanwalt, ließ sich auf seinen Stuhl fallen und bot ihr Limonade aus der Dose an.

Vanina lehnte das Getränk höflich ab und konzentrierte sich auf ihren Vortrag. Sie hielt ihn so kurz und bündig wie möglich, ließ aber keine wichtige Einzelheit aus. Dem Staatsanwalt erklärte sie, warum der Notar Arturo Renna am 5. Februar 1959 unter Beihilfe von Teresa Regalbuto Gaetano Burrano umgebracht hatte. Sie war zur Komplizin geworden, weil sie Maria Cutò verschwinden ließ, das letzte Hindernis bei der Realisierung ihrer Projekte. Doch die beiden hatten nicht mit Demetrio Cunsolo und seinem ungezügelten Ehrgeiz gerechnet.

Was Vanina jetzt brauchte, war Handlungsfreiheit, um den Mörder dingfest zu machen, der vermutlich zwei Verbrechen begangen hatte. Eins davon erst vor Kurzem.

Vassalli schwitzte auch den letzten Tropfen der Limonade aus, die er soeben getrunken hatte. Er raschelte mit den Blättern, rückte sein Jackett zurecht, lehnte sich auf dem Stuhl zurück und gab sich geschlagen. Er bestätigte Vanina, dass er den Fall in das Register der Nachrichten über Straftaten aufnehmen und Arturo Renna eine Mitteilung zur Interessenwahrung übermitteln werde. So konnte sie jedem Verdacht nachgehen, um seine Schuld zu beweisen, egal, ob es sich um

Fingerabdrücke, Gegenüberstellungen oder sonst etwas handelte. Inklusive DNA-Proben natürlich.

In der Lücke vor ihrem Haus stand ein weißer SUV, der auf Hochglanz poliert war, als führe der Betreffende gleich zu einer Hochzeit. Vanina sah ihn schon, bevor sie um die Ecke bog und ihn mit der Schnauze ihres Mini fast berührte. Sobald Alfio Burrano sie ankommen sah, sprang er aus dem Wagen und eilte zum Gartentor, an dem er wie ein Korporal der Schweizergarde stehen blieb.

»Burrano, wegtreten!«, sagte Vanina und zog ihre Schlüssel aus der Tasche.

»Hallo, Vanina!«, begrüßte er sie.

»Hallo, Alfio!«

»Ich habe dich heute angerufen, aber du bist nicht drangegangen. Dann war dein Handy ausgeschaltet, also …«

»Heute hatte ich einfach keine Zeit, nicht einmal für meine Mutter. Und irgendwann war der Akku leer.«

»Gott sei Dank! Ich dachte schon, du willst nicht mit mir reden.«

»Gott sei Dank für wen?«

Alfio antwortete nicht.

»Wolltest du mir etwas mitteilen?«, ermutigte sie ihn.

»Nun ja, nachdem sich meine Lage aufgeklärt hat, haben wir nicht mehr miteinander gesprochen. Ich wollte dir aber etwas sagen.«

»Hör mal, Alfio, ich hatte einen anstrengenden Tag und bin völlig fertig. Jetzt möchte ich nur nach Hause, etwas essen und dann schlafen. Wenn du mich also mit irgendwelchen Gesprächen belasten willst, bei denen ich aufmerksam zuhören muss, dann vergiss es!«

417

»Ich würde nur gern meine Version der Dinge schildern. Schließlich weiß ich nicht, was man dir erzählt hat.«

Vanina seufzte resigniert. »Na schön, komm herein!«

Alfio lächelte erleichtert und nahm ihr die Tüten ab, die sie von Sebastiano mitgebracht hatte.

Bettina hatte ihr etwas in die Wohnung gestellt. Vanina lugte in das Päckchen und stellte die Tüten auf den Küchentresen. Ein Napfkuchen. Etwas Ordentliches zum Frühstück am nächsten Morgen. Wie konnte es sein, dass Bettina nie etwas vergaß?

Unbeholfen stand Alfio mitten im Raum und betrachtete das gerahmte Foto auf dem Regal. »Ist das dein Vater?«, fragte er und trat näher heran.

»Ja, das ist er.«

Er stellte keine weiteren Fragen. Dies war ein Zeichen dafür, dass er wusste, wer Ispettore Giovanni Guarrasi gewesen war.

»Ihr seht euch ähnlich.«

»Danke.«

Alfio drehte sich zum grauen Sofa um und wusste nicht genau, ob er sich setzen durfte. Vanina half ihm aus der Verlegenheit und nahm als Erste darauf Platz.

»Hör zu, ich möchte dir erklären, warum ich dir verschwiegen habe, dass ich an dem Sonntagmorgen ein Alibi hatte.«

»Das ist nicht nötig.«

»Doch«, beharrte er.

»Also schön, Alfio, aber ich warne dich: Dass Elena Nicolosi die Tochter deines Freundes Gigi ist, wusste ich, sobald sie den Mund geöffnet hatte. Die einzig wichtige Information für mich war nur, dass sie volljährig ist. Der Rest geht mich nichts an. Das ist deine Sache. Und Elena scheint mir alles andere als ein verführtes junges Mädchen zu sein.«

Was hätte Alfio diesen Worten noch hinzufügen sollen? Nur dass er sich geschämt und unnötig Angst gehabt hatte? Elena war seit zwei Wochen volljährig, hatte ihn aber mit ihrem Geplänkel seit Monaten gereizt. Er hatte der Versuchung widerstanden, bis er am Sonntag schließlich nachgegeben hatte. Das erste und einzige Mal.

»Du hast jetzt zwei Möglichkeiten. Entweder setzt du dich an meinen ungedeckten Tisch und teilst Büffelmozzarella und rohen Schinken mit mir, oder du hebst deinen Hintern von meinem Sofa, gehst und lässt mich in Ruhe zu Abend essen.«

Alfio entschied sich für die erste Möglichkeit. Der Tisch war außerdem in zwei Minuten gedeckt, vom Büffelmozzarella hatte Vanina zwei Stück gekauft, die herrlich schmeckten, und Sebastianos roher Schinken suchte in der ganzen Provinz von Catania sowieso seinesgleichen. Schade nur, dass Alfio seinen eigenen Wein nicht mitgebracht hatte.

Nach dem Essen verabschiedete er sich erleichtert, ohne Vanina einen Annäherungsversuch gemacht zu haben. Wenn überhaupt, dann war er nur freundschaftlicher Natur gewesen.

19

Arturo Renna gab der Polizei keine Gelegenheit, gegen ihn zu ermitteln.

Er erschien freiwillig bei Vicequestore Guarrasi und legte ein Geständnis ab. Er gab zu, am Abend des 5. Februar 1959 zu Gaetano Burrano in die Villa nach Sciara gefahren zu sein. Er wollte ihn überreden, das Testament zu vernichten, das dieser ihm geschickt hatte. Außerdem wollte er die Verträge nicht unterschreiben, die ihm Burrano allerdings bereits unterzeichnet unter die Nase hielt. Er gestand, ihn mit einer *sauberen* Beretta M35 im Bunde mit Teresa Regalbuto erschossen zu haben, die seine Komplizin und Geliebte gewesen war. Und er gestand, dem Opfer drei Millionen Lire entwendet zu haben, die sich in dem Aktenköfferchen befunden hatten. Auf die direkte Frage, ob auch Demetrio Cunsolo an dem Mord beteiligt gewesen sei, antwortete der Notar, dass der den Hausangestellten bezahlt habe, damit er alles verschwinden ließ, und dass dies der größte Fehler seines Lebens gewesen sei. Cunsolo habe ihn nämlich seitdem erpresst und zur Vermittlung von Arbeitsplätzen gezwungen. Renna bestätigte außerdem, alles habe sich so zugetragen, wie Vanina es sich vorgestellt hatte. Inklusive der Tasse Kaffee, die er bei Burrano getrunken hatte.

Auf die Frage, was ihn zu dem Geständnis bewogen habe, antwortete Renna, er habe gewusst, dass Vanina den Fall früher oder später gelöst hätte. Daher halte er es für würdevoller, sich selbst zu stellen.

»Was Maria Cutòs Tod betrifft, bestätigen Sie, dass Teresa Regalbuto sie im Lastenaufzug einsperrte und sie elend verdursten ließ?«

Arturo Renna senkte den Blick. »Nein, das kann ich nicht bestätigen«, murmelte er. »Es steht Ihnen natürlich frei, mir zu glauben, aber ich hatte keine Ahnung, dass Luna an jenem Abend bei Tanino war. Mir war auch nicht bekannt, welches Ende Teresa ihr beschert hatte. Niemals hätte ich das zugelassen.«

Renna gestand, dass er eigenhändig den Abzug der Pistole gedrückt und Gaetano Burrano erschossen habe. Dies sagte er mit hoch erhobenem Kopf und sah Vanina dabei in die Augen. Dann schwieg er, senkte den Blick, holte Luft und fing wieder zu reden an.

»Ich habe Teresa Regalbuto ermordet«, gestand er. »Ich habe sie ermordet, weil sie mich anzeigen wollte, um sich vor einer Anklage wegen Mordes zu schützen. Ich kannte sie gut genug und wusste, dass sie dazu fähig war. Ich kannte sie als zynische, gierige Frau, die sich nicht scheute, ihren Neffen zugunsten einer Unbekannten zu enterben. Ich habe den Selbstmord in Szene gesetzt und die Pistole und das Aktenköfferchen neben dem Leichnam platziert. Wir hatten beide jemanden beauftragt und bezahlt, im Haus von Demetrio Cunsolo nach den Sachen zu suchen. Köfferchen und Pistole hatte sie dann bei sich zu Hause aufbewahrt.«

»Und was wollten Sie mit dieser Inszenierung bezwecken?«

»Ich hatte gehofft, Sie würden Teresa Regalbuto den Mord an ihrem Ehemann und seiner Geliebten anlasten und nicht weiter nach dem wahren Schuldigen suchen. Ich befürchtete,

Sie wären früher oder später daraufgekommen, Vicequestore Guarrasi«, murmelte er.

Vanina musste an Clelia Santadrianos Worte denken, die Renna als Teresas engsten Freund bezeichnet hatte. So konnte der Schein doch trügen.

Keuchend erreichte Nicola Renna das Präsidium, als Spanò und Fragapane gerade das Geständnis seines Vaters zu Protokoll brachten.

»Wandert er wirklich ins Gefängnis?«, fragte er Vanina besorgt.

»In seinem Alter nicht. Wahrscheinlich wird er wegen vorsätzlicher Tötung in zwei Fällen angeklagt und unter Hausarrest gestellt.«

Renna junior schüttelte übertrieben heftig den Kopf. »Mein Vater! Verstehen Sie?«, sagte er und zog die Nase hoch.

Im Verlauf des Tages fügten sie dann alle weiteren Puzzlestücke zusammen, die zum Großteil mit allem übereinstimmten, was Vicequestore Guarrasi vermutet hatte.

Vanina fuhr zu Commissario Patanè nach Hause und überbrachte ihm die Neuigkeiten.

»Wissen Sie, Dottoressa, einerseits bin ich froh darüber, dass auch ich endlich mit dem verdammten Fall abschließen kann. Andererseits finde ich es schade, dass ich nicht mehr in Ihr Büro kommen und so tun kann, als wäre ich noch immer im Dienst.«

Vanina versicherte ihm, dass früher oder später bestimmt wieder ein Mord aus alten Zeiten auf ihrem Schreibtisch landen werde, bei dem sie seine Hilfe benötigte.

»Außerdem sind wir inzwischen Freunde geworden, nicht

wahr? Ich bin jung und Sklavin der Technik. Mir könnte also hin und wieder eine Lektion in Nachdenken guttun, oder?«

»Sie sind doch keine Sklavin und denken besser nach als ich, denn mir ist ein gravierender Fehler unterlaufen. Ich war fest davon überzeugt, dass Arturo Renna Teresa Regalbuto nicht ermordet hatte. Alle redeten davon, dass beide unzertrennliche Freunde und früher einmal ein Paar gewesen waren. Und das glaubte ich. Aber ich habe mich geirrt. Nicht wahr?«

Tito Macchia wurde von den Journalisten belagert, denen Vanina tunlichst aus dem Weg ging.

Auf der Rückkehr von einer Pressekonferenz, einen Tag nach Arturo Rennas Geständnis, klopfte Macchia an Vaninas Tür. Sie saß auf ihrem Stuhl, der jetzt wieder kippelte, und las in Ruhe Protokolle durch.

»Schönes Leben, sich einfach so vor den Journalisten zu drücken!«, sagte er und lächelte ironisch. Aber alle wussten, dass Macchia Pressekonferenzen liebte und sein Gesicht gern in der Tagesschau sah. »Kommst du kurz mit? Ich muss dir etwas zeigen.«

Vanina hoffte, dass er nicht wieder mit der Geschichte der Sondereinheit auf sie zukam. Dazu hatte sie sich auch Eliana Recupero gegenüber deutlich ausgedrückt. Selbst wenn beide es nicht verstanden hatten, wie man einen so begehrten Posten ablehnen konnte.

Sie folgte Macchia in sein Büro.

»Erinnerst du dich, dass ich zu der Freundin von Teresa Burrano recherchieren sollte?«

»Natürlich.«

Er zog eine Mail heraus, die er ausgedruckt hatte. »Das ist dabei herausgekommen.«

Vanina überflog das Blatt, während Tito Macchia sie aufmerksam beobachtete.

»Hast du es gelesen?«, fragte sie der Oberboss.

Sie hatte es gelesen und las es noch einmal, weil sie es nicht glauben konnte.

»Clelia Santadriano wurde mit vier Jahren vom Internat Santa Cecilia in Neapel adoptiert, weil man sie einfach zurückgelassen hatte«, sagte Tito.

Sie war nicht vorbestraft und hatte keine Schulden, dennoch war ihre finanzielle Situation alles andere als rosig.

Vanina las alles noch einmal durch. Unglaublich. Aber alles passte zusammen. Signora Regalbuto hatte sie in ihrem Geschäft aufgesucht, Kontakt mit ihr aufgenommen und sie als Erbin eingesetzt. Was hatte das zu bedeuten? Kam dies einem späten Schuldeingeständnis gleich? Wollte sie damit ihrer Geringschätzung für Alfio Ausdruck verleihen? Oder war es reiner Zufall? Clelia Santadriano war die Tochter von jemand anderem und vielleicht wirklich in dem Internat zurückgelassen worden. Sie war keine Waise. Mit Sicherheit ahnte die Frau von alldem aber nichts. Das bewies ihr Erstaunen darüber, als sie von der Erbschaft erfuhr. Sofort rief sie Alfio an und überließ ihm die Villa.

Alfonsina saß im Wohnzimmer und starrte aus dem Fenster.

»Dottoressa Guarrasi.«

»Signora Fresta, wie geht es Ihnen?«

»Wie soll es mir schon gehen? Wir warten darauf, was mit Marias Haus passiert, und hoffen … dass wir hier wohnen bleiben dürfen.«

Vanina nahm vor ihr Platz.

»Notar Renna, na, so was!«, sagte Alfonsina und schüttelte

den Kopf. »Auf mich machte er immer einen anständigen Eindruck. Vielleicht ist er etwas aufbrausend, aber dafür kann er nichts. Für Luna hatte er eine besondere Schwäche. Er war einer ihrer letzten Freier und kam fast bis zur Schließung unseres Etablissements.«

Vanina dachte an Rennas Geständnis und hatte das Gefühl, dass der Fall sich nicht so entwickelt hatte, wie sie es sich vorgestellt hatte. Vielleicht war es tatsächlich nur ihrem Stolz zuzuschreiben, weil der Fall am Ende aufgrund eines Geständnisses und nicht wegen ihrer ermittlerischen Fähigkeiten abgeschlossen wurde. Dennoch hinterließ das alles einen schalen Geschmack, selbst wenn für Zweifel kein Raum war.

Die Untersuchung der Blutspuren hatte eine hohe Übereinstimmung mit Arturo Renna bestätigt. An dem Köfferchen hafteten Fingerabdrücke von ihm und Teresa Regalbuto.

»Alfonsina, ich möchte Sie etwas fragen. Vielleicht kommt es Ihnen seltsam vor.«

»Worum geht es denn, Dottoressa?«

»Erinnern Sie sich noch an den Namen des Internats in Neapel, in dem Maria ihre Tochter Rita untergebracht hatte?«

Alfonsina dachte lange nach.

»Alfonsina?«, rüttelte Vanina sie wach.

»Ich habe es vergessen … ich wusste es aber einmal.«

Sie schloss die Augen und dachte weiter nach.

»Nein.«

»Könnte es Santa Cecilia gewesen sein?«

»Könnte schon sein, aber ich weiß es ehrlich gesagt nicht mehr genau …«

Warum hätte sie sich auch erinnern sollen? Rita war verschwunden, Luna war tot, so war es nun einmal. Egal, welche Wahrheit am Ende zutage trat, für diese Frau konnte das nur von Vorteil sein. Andernfalls hätte auch die Enttäuschung darüber die letzten Stunden ihres Lebens nicht sonderlich erschüttert. Denn wer nichts erwartet, wird nicht enttäuscht.

Vanina beschloss, dass es nicht notwendig war, dieses Gleichgewicht durcheinanderzubringen.

Lo Faro klopfte an die Tür und betrat Vaninas Büro.

»Entschuldigen Sie, Dottoressa.«

»Was gibt's denn, Lo Faro?«

Er überreichte ihr das vermeintliche Telefonbüchlein von Teresa Regalbuto.

»Was sollen wir mit den vielen Namen anfangen, die wir hier gefunden haben? Der Fall ist doch gelöst.«

»Nichts, Lo Faro, was sollen wir schon damit anfangen?«

»Wollen Sie es haben, oder soll ich es Ispettore Spanò geben?«

»Lassen Sie es hier!«

Der junge Mann folgte der Anweisung und ging wieder.

Vanina nahm das Telefonbüchlein zur Hand und blätterte darin. Eine geniale Methode, das musste sie zugeben. Die Zahlen sahen tatsächlich wie Telefonnummern aus. Sie kam zur letzten Seite und blätterte sie um. Dabei fiel ihr auf, dass sie mittig wie eine Lasche zugeklappt war. Sie öffnete sie und stellte fest, dass es ein Umschlag war. Sie sah nach. Der Name, der daraufstand, und die Telefonnummer, die keine war, trafen sie mit voller Wucht.

Umgehend rief sie Spanò zu sich. »Sie, Nunnari, Marta und Fragapane in mein Büro, zügig!«

Innerhalb weniger Sekunden standen alle vor ihrem Schreibtisch.

»Boss, was … ist passiert?«

»Fragapane, besorgen Sie sich das Testament von Signora Burrano und bringen Sie es zur Spurensicherung! Bitten Sie Pappalardo, die Fingerabdrücke darauf mit denen auf der Akte zu vergleichen, die er von uns erhalten hat. Und sagen Sie ihm, dass er mich danach gleich anrufen soll. Marta, du recherchierst die Vermögensverhältnisse, Konten und so weiter.« Sie schob ihr einen Zettel hin, auf dem ein Name stand.

»Nunnari, Sie begeben sich zur Staatsanwaltschaft und warten dort, bis Vassalli von der Spurensicherung das bekommt, wovon ich ausgehe. Spanò, Sie kommen mit mir!«

»Vanina, was ist denn los?«, fragte Marta.

Vanina lachte. »Geh zu deinem Tito und sag ihm, dass wir in wenigen Stunden den wahren Mörder von Teresa Regalbuto hinter Gitter bringen werden«, flüsterte sie ihr ins Ohr.

»Was soll das heißen?«

Doch Vanina eilte bereits die Treppe hinunter.

Man konnte einen an die Wand genagelten alten Federrost als Kunstwerk bezeichnen. Genau wie eine auf einen Würfel montierte Schublade im IKEA-Stil, die sogar noch recht hübsch aussah. Installationen nannte man das. Gegenstände, die in der Tate Modern in London oder im MOMA in New York zuhauf ausgestellt waren. Aber wenn man dann vor einem Picasso stand, versöhnte man sich wieder mit der modernen Kunst. Jedenfalls war das für Vanina so. Deshalb übersprang sie im MOMA auch die ersten Stockwerke und begab sich in die fünfte Etage. Eben dorthin, wo Picasso und seinesgleichen zur Schau gestellt wurden.

Die Kunstgalerie von Nicola Renna lag unterhalb seiner Kanzlei. Dort befanden sich alle möglichen Installationen verschiedenster Größe, zwischen denen auch einige Bilder hingen.

Die Sekretärin hatte Vanina hinuntergeschickt, nachdem ihr der Dienstausweis unter die Nase gehalten worden war. Der Notar ging mit Maßstab und Notizbuch von einem Kunstwerk zum anderen und zählte dabei die Schritte.

»Dottoressa, was verschafft mir die Ehre? Mein Vater ist oben in seinem Büro. Solange er noch aus dem Haus gehen darf, Sie wissen schon.«

Vanina überhörte die Bemerkung in Bezug auf seinen Vater. »Schöne Kunstwerke, nicht wahr, Herr Notar?«

»Einzigartig, würde ich sagen! Ich organisiere eine Ausstellung für Freunde, eine Vernissage, um einen Neuzugang zu feiern«, sagte er, drehte sich um und zeigte auf eine Skulptur im Legostil. »Sie können gern auch kommen …«

»Schön und sehr teuer«, fuhr Vanina fort und hörte gar nicht weiter zu.

Der Notar antwortete erst nach einer Weile. »Nun, die Kunstwerke sind nicht gerade günstig, aber Sie wissen ja, wie das ist. Wenn der Geschmack stimmt …«

Vicequestore Guarrasi ging nicht darauf ein. »Vor allem dann, wenn man noch andere Interessen hat, die auch kostspielig sind, wie beispielsweise teure Oldtimer. Etwa ein Morgan.«

Notar senior gesellte sich zu ihnen. Zwischen den Installationen hindurch kam er auf seinen Sohn zu und musterte ihn so durchdringend, dass dieser verstummte.

»Man glaubt, dass man es schaffen kann, schließlich hat man Geld wie Heu«, sagte Vanina. »Also sammelt man Kunstwerke, dann Autos und andere Werke. Bis man merkt, dass man es aus eigener Kraft doch nicht fertigbringt. Dann tut sich plötzlich eine einzigartige Gelegenheit auf.« Vanina drehte sich um und deutete mit einer Lampe auf ein Bild von Picasso.

»Die kann man sich nicht entgehen lassen. Das Geld wird umgehend benötigt, aber die Bank gewährt nur bedingt Kredit, selbst wenn man ein anerkannter Notar ist. Also bleibt nur noch eine Möglichkeit. Schließlich ist sie eine alte Freundin, sagt er sich. Bei ihm wird sich das alte Miststück schon korrekt verhalten. Er, der Sohn des ehemaligen Geliebten. Doch aus einer Gelegenheit werden schnell zwei«, erklärte Vanina und drehte sich zur anderen Seite zu einem Bild von Matisse um. »Das letzte Mal war es ganz einfach gewesen.«

Entsetzt starrten die beiden Notare sie an.

»Bis das alte Miststück eines Tages beschließt, ihn mit aufgelaufenen Zinsen, die das Anfangskapital um ein Drittel übersteigen, zur Kasse zu bitten. Sonderkonditionen für den Sohn des ehemaligen Geliebten. Aber was ist, wenn man die Forderungen nicht begleichen kann? Schließlich fließt der Verdienst in den Erhalt der Kunstwerke und das Auto. Das kann einen zur Verzweiflung treiben, nicht wahr, Signor Renna? Dann hört man plötzlich, wie der Vater mit dem alten Miststück über ein Köfferchen und eine Pistole spricht, die ihm zum Verhängnis werden könnte. Eine einmalige Gelegenheit, oder? Man muss nur noch am Sonntag das alte Miststück besuchen, erbärmlich winseln und um Zeit bitten, schließlich ist sie da immer allein. Und dann so tun, als hätte der Vater einem aufgetragen, ein bestimmtes Köfferchen mitzunehmen, das die Alte nicht länger in ihrer Wohnung aufbewahren wollte. Zu viel Polizei. Dann verlässt man die Wohnung und lässt die Tür angelehnt. Lädt die Pistole, die sich im Köfferchen befindet. Betritt wieder die Wohnung, geht zur Alten, die immer noch dasitzt und Quittungen kontrolliert, und erschießt sie. Dann entfernt man die Spuren, inszeniert den Selbstmord und ein Schuldeingeständnis. Schließlich geht man davon aus, dass damit der Fall für immer geschlossen wird. Dann nimmt man alle Quittungen an sich in der Annahme, damit sämtliche Beweise zu vernichten. Begeht dabei aber einen Fehler, den man selbst nicht bemerkt. Es ist nicht die eigene Schuld, dass man den verbrannten Braten nicht riecht, der sich in der ganzen Wohnung ausbreitet. Der Geruchssinn ist in den Tagen vorübergehend außer Gefecht. Man bemerkt also nicht, dass das für uns die erste Alarmglocke ist.«

Sie wandte sich an Renna senior. »Was soll ein Vater tun, wenn er zu spät erfährt, dass der eigene Sohn das Gefängnis riskiert? Dass die Frau, mit der er ein Leben voller Manipulationen und noch schlimmerer Verbrechen geteilt hatte, bei dem einzigen Menschen spekuliert hat, der einem etwas bedeutet? Jedes Kind weiß heute, dass Vater und Sohn eine fast identische DNA haben. Ein schier erdrückendes Beweismittel, das viele glorifizieren, mit dem sich aber längst nicht alle zufriedengeben.«

Der alte Notar geriet ins Taumeln. Er ließ den Kopf hängen, schloss die Augen und sank auf einen Stuhl, der an der Wand stand.

Nicola blickte auf und starrte seinen Vater entsetzt an. »Papa! Kunstwerk Nummer zwölf! Du hast dich auf das Kunstwerk Nummer zwölf gesetzt!«

20

Maria Giulia De Rosa hatte es bis zur Erschöpfung wiederholt. »Wenn du das nächste Mal nach Noto fährst, komme ich
mit.« Und so wartete Vanina schon seit einer Stunde auf die
Freundin.

Adriano und Luca waren schon dort und genossen die ersten Herbsttage in der Stadt, die sie als ihre adoptiert hatten.
Wie immer hatten sie alle eingeladen, die ihnen vor den Bug
gelaufen waren, und hatten sämtliche Pensionen des Zentrums
gebucht, die um diese Zeit fast alle schon leer standen. Eine
Flucht gen Süden, bei der die Anwältin De Rosa auf keinen
Fall fehlen durfte.

Alfio Burrano hatte sich auf Giulis Party gekonnt mit den
richtigen Leuten vernetzt, also bestand die Gefahr, dass er ohne
Vorankündigung in Noto auftauchte. Und Vanina war sich
nicht sicher, ob das so gut war. Ihr Verhältnis auf freundschaftlicher Ebene lief momentan problemlos, obwohl beide wussten,
dass es eigentlich anders angefangen hatte und es nur zwischen
Verbrechen, streitlustigen Mädchen und sonstigen Peinlichkei-
ten noch nicht dazu gekommen war. Da betreffender Mann
sich aber inzwischen wohl in sie verliebt hatte – sie sich aber
nicht in ihn –, war es wohl besser, wenn alles so blieb, wie es war.
Schade.

Sie lümmelte sich auf das Sofa und zündete sich eine Zigarette an. Dann drückte sie seitlich auf die Taste ihres iPhones

und schaltete den Bildschirm an. Keine neue Nachricht, nur das Hintergrundbild von Addaura.

Die letzte Nachricht mit P, die sie vergeblich zu ignorieren versuchte, aber immer mit klopfendem Herzen erwartete, lag inzwischen zwei Tage zurück. Danach hatte sie keine mehr erhalten.

Die Nummer hatte sie, aber sie speicherte sie auch weiterhin nicht ab. Es klingelte an der Sprechanlage.

»Oh, endlich lässt du dich auch mal herab und kommst!«, sagte Vanina laut, erhob sich vom Sofa und drückte die Zigarette aus.

Ohne nachzufragen, wer draußen stand, schnappte sie ihren Trolley und die Tasche mit dem Badetuch und dem Bikini, denn auch im Oktober wusste man nie, wie sich die Temperaturen auf Sizilien entwickelten, und verließ das Haus.

Sie kam an Bettina vorbei, die sich mit der Katzenhütte zu schaffen machte, und verabschiedete sich.

»Schönes Wochenende, und ruhen Sie sich aus!«, rief die Nachbarin, während Vanina über die Außenrampe zum Eisentor ging.

Sie riss es auf, wollte die Freundin mit einer Schimpftirade für ihre Verspätung zur Rede stellen ... und verstummte.

Vor ihr stand Paolo Malfitano. Allein. Ganz ohne Begleitschutz.